MANUELA INUSA
Blaubeerjahre

Autorin

Manuela Inusa wurde 1981 in Hamburg geboren und wollte schon als Kind Autorin werden. Kurz vor ihrem dreißigsten Geburtstag sagte die gelernte Fremdsprachenkorrespondentin sich: »Jetzt oder nie!« Nach einigen Erfolgen im Selfpublishing erscheinen ihre aktuellen Romane bei Blanvalet. Nach der »Valerie Lane«-Reihe lassen nun die »Kalifornischen Träume« die Leserherzen schmelzen und erobern nebenbei die Bestsellerlisten. Die Autorin lebt mit ihrem Ehemann und ihren beiden Kindern in ihrer Heimatstadt. In ihrer Freizeit liest und reist sie gern, außerdem hat sie eine Vorliebe für Duftkerzen, Tee und Schokolade.

Von Manuela Inusa bereits erschienen

Jane Austen bleibt zum Frühstück
Auch donnerstags geschehen Wunder

Die Valerie Lane
1 Der kleine Teeladen zum Glück
2 Die Chocolaterie der Träume
3 Der zauberhafte Trödelladen
4 Das wunderbare Wollparadies
5 Der fabelhafte Geschenkeladen
6 Die kleine Straße der großen Herzen

Kalifornische Träume
1 Wintervanille
2 Orangenträume
3 Mandelglück
4 Erdbeerversprechen
5 Walnusswünsche
6 Blaubeerjahre

Besuchen Sie uns auch auf www.instagram.com/blanvalet.verlag
und www.facebook.com/blanvalet.

MANUELA INUSA

Blaubeerjahre

ROMAN

blanvalet

Sollte diese Publikation Links auf Webseiten Dritter enthalten, so übernehmen wir für deren Inhalte keine Haftung, da wir uns diese nicht zu eigen machen, sondern lediglich auf deren Stand zum Zeitpunkt der Erstveröffentlichung verweisen.

Penguin Random House Verlagsgruppe FSC® N001967

1. Auflage
Copyright © 2022 der Originalausgabe by Blanvalet Verlag,
in der Penguin Random House Verlagsgruppe GmbH,
Neumarkter Str. 28, 81673 München
Redaktion: René Stein
Umschlaggestaltung und -motiv: © Johannes Wiebel | punchdesign,
unter Verwendung von Motiven von Shutterstock.com
(Marco Bicci, karamysh, romakoma, Hannamariah, Theresa Lauria,
donatas1205, Charcompix, JamesChen, Pixel-Shot)
LH · Herstellung: sam
Satz: KompetenzCenter, Mönchengladbach
Druck und Bindung: GGP Media GmbH, Pößneck
Printed in Germany
ISBN: 978-3-7341-1061-0

www.blanvalet.de

Für meine treuen Leser

Prolog

April 1999, Lodi, Kalifornien

»Nun esst doch nicht so viele Blaubeeren, sonst kriegt ihr noch Bauchschmerzen«, schimpfte Alison mit ihren beiden jüngeren Schwestern. Jillian, fast zehn, stopfte die Dinger nur so in sich hinein, und die fünfjährige Delilah tat es ihr gleich.

»Die sind aber sooo lecker!«, rief das Nesthäkchen strahlend und streckte sich erneut, um ganz oben an die prallsten Beeren heranzukommen. Die Pflanze war beinahe doppelt so groß wie sie.

»Ist doch alles egal«, maulte dagegen Jill und ließ sich eine weitere Handvoll der süßen Früchte in den Mund fallen. Ihre Lippen waren bereits ganz blau, und ihre Augen verrieten ihr, wie wütend, verzweifelt und traurig sie war, genauso wie Alison selbst.

Als Älteste hatte sie aber dennoch die Aufgabe, dafür zu sorgen, dass es ihren kleinen Schwestern gut ging. Dass die Traurigkeit sie nicht übermannte und sie sich nicht die halbe Nacht vor Bauchweh im Bett krümmen würden.

Die Zwölfjährige nahm Jill in den Arm und drückte sie fest an sich. »Irgendwann wird es bestimmt besser werden. Ich kann mir nicht vorstellen, dass es für den Rest unseres Lebens so wehtun wird.«

»Ich glaub das aber schon«, erwiderte Jill und machte sich von ihr los, um noch mehr Blaubeeren zu pflücken.

»Wann kommen Mommy und Daddy wieder?«, erkundigte sich die kleine Delilah bei ihren großen Schwestern, die doch sonst alles wussten, zumindest so viel mehr als sie selbst.

»Hast du nicht gehört, was Granny und Gramps gesagt haben?«, blaffte Jill. »Sie kommen gar nicht wieder. Sie sind jetzt im Himmel. Oder sonst wo.«

Ally warf ihr einen bösen Blick zu. Sie verstand ja, dass Jill wütend war, aber sie musste der Kleinen ja nicht alles kaputt machen. Sie ging in die Hocke und sah Delilah in die Augen. »Sie sind oben bei den Engeln, Süße. Der liebe Gott wollte sie so gerne wieder bei sich haben«, wiederholte sie die Worte, die Grandma Fran ihnen nach dem Unfall gesagt hatte. Es war schon eine Woche her, doch ihr kam es so vor, als wäre es erst gestern gewesen, dass sie ihre Mom ein letztes Mal umarmt hatte, bevor sie in das Boot gestiegen und für immer aus ihrem Leben gesegelt war.

Ihr traten Tränen in die Augen, und sie musste ihren Blick abwenden.

Ihre kleine Schwester sah sie mitleidig an. »Nicht weinen, Ally. Guck mal nach oben, da sind sie und lächeln zu uns runter.« Sie legte den Kopf in den Nacken und deutete mit dem Zeigefinger in Richtung Wolken.

Obwohl die Trauer ihr die Luft abschnürte, musste Ally doch lächeln. »Kannst du mich mal ganz fest drücken?«, bat sie, und die Kleine fiel ihr in die Arme.

Das tat so gut.

Wenigstens hatten sie noch einander. Und die Großeltern, die sich von nun an um sie kümmern würden. Noch am Tag des Unfalls waren Grandma Fran und Grandpa Cliff nach

San Francisco gekommen und hatten sie bei der Nachbarin eingesammelt, bei der sie voller Angst gewartet hatten. Nachdem sie an diesem stürmischen Tag nicht von der Schule abgeholt worden waren, hatte Ally sich ihre Schwestern geschnappt, und sie waren mit dem Bus nach Hause gefahren.

Fünf Tage harrten sie alle zusammen in dem Stadthaus in Laurel Heights aus, während sich die Großeltern um die Beerdigung und alles andere kümmerten. Irgendwann sagte Grandma Fran, dass es Zeit für die Mädchen sei, ihre Sachen zu packen und mit nach Lodi zu kommen, auf die Blaubeerfarm, die die beiden seit vielen Jahrzehnten betreiben. Und auch wenn Ally nicht von San Francisco wegwollte, wusste sie doch, dass sie keine andere Wahl hatte.

Von nun an würde sich alles ändern, ihr Leben würde nie wieder dasselbe sein.

Lodi, das mit dem Auto gut anderthalb Stunden von San Francisco entfernt lag, kannten die Schwestern natürlich schon von Wochenendbesuchen und Sommerferienaufenthalten, doch hier von nun an leben zu müssen, weckte in jeder von ihnen eine Mischung aus unterschiedlichen Gefühlen. Alison wollte ihre Geburtsstadt, die Straßen, die sie liebte, ihr Zimmer mit den Backstreet-Boys-Postern und die Benjamin Franklin Middle School, auf die sie erst seit diesem Schuljahr ging, nicht hinter sich lassen. Jillian wollte bei ihren Freundinnen bleiben und weiter in ihrer Fußballmannschaft spielen. Und die kleine Delilah wollte ihren Geburtstag nirgendwo anders feiern als zu Hause, dem einzigen Zuhause, das sie kannte.

»Ally? Krieg ich aber trotzdem noch meine Geburtstagstorte?«, fragte sie jetzt.

In zwei Tagen wurde Delilah sechs Jahre alt, es würde der

traurigste Geburtstag aller Zeiten werden, das wusste Ally jetzt schon. Doch sie sah ihre kleine Schwester an und zwang sich zu lächeln. »Ganz bestimmt.«

»Und wer backt sie für mich, wenn Mommy nicht da ist?«

»Grandma Fran kann das sicher auch.«

»Aber kann Granny auch eine Einhorn-Torte backen? Eine pinke?«

»Das bekommen wir bestimmt hin, ich helfe ihr.«

»Okay.« Delilah schien zufrieden. »Darf ich noch mehr Blaubeeren essen?«, fragte sie dann.

Ally zwinkerte ihr zu. »Ach, warum nicht?« Dann bekam die Kleine halt Bauchschmerzen, das würde sie wohl auch noch verkraften können.

Sie erhob sich und zog einen Ast herunter, an dem besonders viele Früchte hingen, sodass Delilah sie besser erreichen konnte.

Auch Jill kam jetzt herbei und griff erneut nach den Beeren, den zuckersüßen blauen Beeren, die sie von nun an zur Genüge haben würden. Die jetzt Teil ihres Lebens sein sollten, so wie sie es seit jeher für ihre Großeltern waren.

»Wenigstens haben wir noch uns«, meinte Jill schließlich.

»Ja. Und wir werden immer zusammenhalten, das verspreche ich euch hoch und heilig«, sagte Ally und sah hinauf zum Himmel.

Und ihren Eltern versprach sie es ebenso.

Kapitel 1

Alison

Heute

»Zieh die dicke Jacke an, es ist kalt heute«, rief Ally ihrer Tochter zu, die mal wieder eine Ewigkeit vor dem Flurspiegel stand und überlegte, welcher Schal am besten zu welcher Jacke und welche Mütze zu welchen Schuhen passen würde. Mit ihren elf Jahren war Misha bereits modebewusster, als Alison es jemals sein würde, und insgeheim musste sie oft darüber lächeln, auch wenn es sie manchmal fast in den Wahnsinn trieb. Besonders dann, wenn sie wieder einmal spät dran waren, wie auch an diesem Morgen.

»Es ist April, Mom!«, kam es genervt zurück.

Kurz zuckte Alison bei dem Wort April zusammen, weil es nach wie vor Erinnerungen an schlimme Zeiten hervorrief. Im April waren ihre Eltern gestorben, und im April hatte sie sich von Travis scheiden lassen, nachdem er sie zum wiederholten Mal betrogen hatte. Doch sie fegte diese Gedanken schnell beiseite, schnappte sich Handtasche und Autoschlüssel und stellte sich provokativ neben die Tür ihrer Zweieinhalbzimmerwohnung.

»Es sind für heute Regen und elf Grad vorhergesagt, zieh dich also warm an oder frier halt den ganzen Tag. Wir müssen jetzt aber los, sonst kommst du zu spät zu deinem Englischtest und ich zur Arbeit. Hopp, hopp!«

Misha sah sie nun noch genervter an. »Immer diese Eile!« Ihr Blick schweifte erneut über die verschiedenen Schals, die alle an einer Leine im Flur hingen.

Alison öffnete die Tür, verließ die Wohnung und wartete ungeduldig.

Dann kam endlich auch Misha herbeigeeilt, zog die Tür hinter sich zu und meckerte: »*Hopp, hopp* ... bin ich ein Hase, oder was? Und warum ist es so kalt an einem Frühlingstag? Warum können wir nicht wie Granny und Gramps in Kalifornien wohnen oder wie Tante Jill in Arizona? Da sind jetzt bestimmt über dreißig Grad, und sie sonnt sich am Pool.«

»Es ist halb acht!«, erinnerte Alison ihre Tochter. Allerdings könnte sie recht haben damit, dass Jillian sich am Pool sonnte, wenn auch noch nicht jetzt, dann sicher doch im Laufe des Tages. Viel anderes hatte die Gute nämlich überhaupt nicht zu tun, seit sie mit Preston zusammen war, der mit einer hochriskanten Anlagestrategie so viel Geld gemacht hatte, dass die beiden sich den lieben langen Tag in der Sonne aalen, golfen oder shoppen konnten, oder wozu auch immer sie gerade Lust hatten.

»Ist doch alles unfair!«, meinte Misha und setzte sich auf den Beifahrersitz des alten Hondas.

»Ja, du hast es so schwer im Leben«, zischte Alison, jedoch so leise, dass sie sich nicht sicher war, ob ihre Tochter es überhaupt gehört hatte.

Doch das hatte sie. Das merkte sie daran, wie Misha jetzt den Kopf zu ihr drehte und sie mit dieser Mischung aus

Mitleid und Bedauern ansah, wie sie es immer tat, wenn sie wusste, dass sie zu weit gegangen war. Alison nahm es ihr nicht übel, sie kam in die Pubertät, da war dieses Gezicke ganz normal. Sie konnte sich nur zu gut daran erinnern, wie Jill und DeeDee sich in dem Alter verhalten hatten. Sie selbst hatte dafür allerdings gar keine Zeit gehabt, viel zu sehr war sie damit beschäftigt gewesen, erwachsen zu werden, und zwar schneller, als es gesund gewesen war. Doch es hatte damals so viel Verantwortung auf ihr gelastet.

»Sorry, Mom«, sagte Misha jetzt.

»Ist schon gut, du hast nichts falsch gemacht.«

»Doch, ich hab mich über mein Leben beklagt, obwohl ich doch weiß, wie schwer du es in meinem Alter hattest.«

»Nun ja, ich war ein Jahr älter, aber ... du hast recht, ich hatte es schwer. Das ist dennoch kein Grund, dass du dich nicht ab und zu mal über dein Leben beklagen darfst. Ich tue es die ganze Zeit, oder?« Sie zuckte mit den Schultern.

»Kann man wohl sagen.« Misha grinste sie an, während sie so schnell wie möglich durch die Straßen von Tacoma fuhr.

Alison war damals der Liebe wegen hergezogen, und auch wenn Washington State so ganz anders war als das wunderbare, immer sonnige Kalifornien, war sie doch glücklich gewesen. Hatte ihre Entscheidung nicht bereut, zumindest die ersten Jahre nicht. Mittlerweile wurden die Tage häufiger, an denen sie sich selbst nach Kalifornien zurückwünschte, besonders wenn es aus Eimern schüttete, wie es zehn Minuten später der Fall war, als sie Misha an der Schule absetzte.

»Ich drück dir die Daumen für den Test!«, rief sie ihr durch den Regen nach, und Misha drehte sich unter ihrem Schirm noch einmal um, winkte und lächelte ihr zu.

Danach fuhr Alison direkt zum Supermarkt, wo sie an sechs Tagen in der Woche als Kassiererin arbeitete. Seit der Trennung von Travis vor dreieinhalb Jahren schlug sie sich auf diese Weise durch, hatte sie doch nie etwas anderes gelernt als Blaubeeren pflücken und Mutter sein. Die vier Jahre Studium am California Institute of the Arts brachten ihr heute nichts. Was konnte man schon damit anfangen, Klaviernoten lesen oder Harfe spielen zu können, außer vielleicht private Unterrichtsstunden zu geben? Doch darauf zu setzen, war ihr zu unsicher, sie brauchte einen festen Job mit einem geregelten Einkommen.

Die Musik gehörte längst der Vergangenheit an.

Das Einzige, was ihr die Musikakademie gebracht hatte, war Misha, denn dort hatte sie damals Travis kennengelernt. Ihr Exmann hielt sich heute tatsächlich mit Klavierunterricht über Wasser, und sie wusste, dass einige seiner Schülerinnen mehr von ihm bekamen als nur eine Klavierstunde.

Noch immer tat es weh, über ihre gescheiterte Ehe nachzudenken, und doch war sie keine dieser Frauen, die ihren Ex vor den gemeinsamen Kindern schlechtmachten. Misha hatte ein wunderbares Verhältnis zu Travis, und so sollte es auch bleiben. Wenn ihre Tochter schon einen Vater hatte, wie könnte Alison ihr den dann nehmen?

Im Regen eilte sie in den Walmart, wo ihr Boss Huell sie gleich angiftete, dass sie schon wieder zu spät sei. Sie entschuldigte sich, hängte im Mitarbeiterraum ihren nassen Mantel an den Haken und verstaute ihre Tasche in ihrem Spind. Dann machte sie sich auf zur Kasse, wo sie die nächsten acht Stunden stehen und gestressten, genervten und manchmal zum Glück auch freundlichen Kunden ein Lächeln schenken musste.

Wie geht es Ihnen heute, Sir?
Haben Sie eine Kundenkarte?
Sie haben Glück, auf die Zimtschnecken gibt es heute einen Dollar Rabatt.
Einen schönen Tag noch, Miss.
Beehren Sie uns bald wieder.
Nach fünf Minuten war sie so in ihrem monotonen Rhythmus, dass sie alles andere ausgeblendet hatte, auch dass April war, Kalifornien ganz weit weg und ihr Leben so ganz anders, als sie es sich erträumt hatte.

In ihrer Mittagspause ging Alison die Regale durch und entschied sich für zwei Packungen Zimtschnecken und noch einige andere Lebensmittel, die im Angebot waren. Das war das Gute, wenn man in einem Supermarkt arbeitete. Man bekam immer gleich mit, wenn es Schnäppchen gab, und darauf war sie angewiesen, wenn sie für sich und ihre Tochter einigermaßen anständige Mahlzeiten auf den Tisch zaubern wollte. Sie brachte ihre Einkäufe zur Kasse und ließ sich von Jennifer den Mitarbeiterrabatt abziehen, bevor sie alles in den Aufenthaltsraum brachte.

Sie schenkte sich einen Kaffee ein, setzte sich an den langen Tisch und holte ihr Sandwich hervor, das sie sich wie jeden Morgen zubereitet hatte. Während sie hungrig hineinbiss, fischte sie ihr Handy aus der Gesäßtasche, um zu sehen, ob sie irgendwelche Nachrichten oder Anrufe in Abwesenheit hatte. Sofort breitete sich ein Lächeln auf ihrem Gesicht aus, als ihr drei Nachrichten von Delilah angezeigt wurden. Sie öffnete sie und las:

Hey, big sis, hoffe, es geht euch gut? Ich wollte dir nur mal zeigen, auf was ich mich wieder Dummes eingelassen hab. Ein neuer Job, diesen Sonntag fange ich an. Wie findest du, sehe ich aus? :D

Die nächsten beiden Nachrichten waren Bilder, die ihre Schwester geschickt hatte. Fotos, auf denen sie mit einer lila Glitzerweste, einem lila Zylinder und einem Zauberstab in der Hand zu sehen war.

Sie musste lachen. *Oh, DeeDee*, dachte sie, *was du immer für Jobs an Land ziehst.*

Sie schrieb sofort zurück.

Sieht cool aus! Aber ich weiß nicht so genau, was du darstellen sollst. Bist du Zauberin bei einem Seniorentreff?

Haha. Nein, keine Senioren, stattdessen Kinder. Ich wurde für eine Geburtstagsparty engagiert, Rachel hat mir den Job besorgt.

Rachel war Delilahs beste Freundin und Mitbewohnerin, und die Gute hatte ihrer Schwester schon einige verrückte Jobs vermittelt. Zuletzt hatte sie in einer Eisdiele gearbeitet, bei der sie ein Eiswaffel-Outfit tragen musste – und wo sie rausgeflogen war, weil sie den Kunden immer nur die drei Sorten Sorbet andrehen wollte, die die Diele im Sortiment hatte. Als strikte Veganerin fand sie, es war ihre Pflicht, sie davon abzuhalten, das Milchspeiseeis zu kaufen. Ihre Chefin fand das weniger toll und feuerte sie bereits am dritten Tag ihrer Eisverkäuferkarriere.

Aber hatte Delilah dann nicht als Hundesitterin angefangen?

Was ist mit den Hunden?

Die führe ich nach wie vor aus. Würde ich auch niemals aufgeben, damit kann man nämlich gutes Geld machen und ist immer an der frischen Luft.

Ja, und da es in San Francisco weit seltener regnete als in Tacoma, klang diese Tätigkeit tatsächlich ziemlich ansprechend.

Na gut, meine Mittagspause ist leider rum. Falls wir vorher nicht mehr voneinander hören, wünsche ich dir für Sonntag viel Erfolg!

Danke. Kann ich sicher gut gebrauchen. Ally? Du hast meine Frage nicht beantwortet.

Welche Frage war das noch gleich? Sie scrollte ein paar Nachrichten zurück. Ah. Klar.

Uns geht es gut.

Das wollte ich hören.

Alison schob sich das letzte Stück vom Sandwich in den Mund, ging sich die Hände waschen und zurück zur Kasse, wo sie für die nächsten dreieinhalb Stunden erneut ein Lächeln aufsetzte.

Sie war gerade zu Hause angekommen und hatte die Einkäufe ausgepackt, als sie einen Schlüssel im Schloss hörte. Sie warf einen Blick um die Ecke. »Du bist spät. Wenn ich gewusst hätte, dass du nach mir kommst, hätte ich dich auch abholen können.«

An den meisten Tagen kam Misha mit dem Schulbus nach Hause, weil Alison es einfach nicht rechtzeitig schaffte.

»Ich musste noch bleiben, weil wir das Frühlingsfest besprechen mussten. Ich bin doch im Komitee, schon vergessen?«

»Nein, natürlich nicht. Nur, dass ihr heute ein Treffen hattet, war mir entfallen.« Sie war sich nicht einmal sicher, ob Misha ihr davon erzählt hatte. »Wie war denn der Englischtest?«

»Ganz okay. Ich hab Hunger. Gibt es was zu essen?«

»Ich hab Zimtschnecken mitgebracht. Willst du eine haben, bis das Dinner fertig ist? Ich wollte Spaghetti machen, ist das okay?«

»Ja, klar.« Misha öffnete die Pappschachtel und nahm sich eine Schnecke heraus. »Übrigens ist mein Rucksack jetzt völlig hinüber.« Sie zeigte ihr den abgerissenen Riemen des rosa Rucksacks, der wahrhaftig schon bessere Zeiten gesehen hatte.

»Ich besorg dir einen neuen.« Sie notierte sich auf ihrer gedanklichen To-do-Liste, dass sie morgen in der Mittagspause Ausschau nach einem neuen Rucksack halten musste, und meinte noch zu wissen, dass Walmart sogar gerade welche im Angebot hatte. Eastpak-Rucksäcke für nur vierundzwanzigfünfundneunzig; abzüglich ihres Mitarbeiterrabatts würde sie sich das wohl ausnahmsweise mal leisten können, auch wenn die Stromrechnung dringend bezahlt werden musste, wollten sie nicht bald ohne Licht, Fernsehen und Internet dastehen. Und ohne Kühlschrank, in den sie gerade die letzten Einkäufe einsortierte.

»Alles okay, Mom?«, fragte Misha und sah sie besorgt an.

»Ja, natürlich. Wieso fragst du?«

»Du siehst irgendwie nachdenklich aus.«

»Ich hab nur an meine Schwester gedacht.« Sie musste wieder lachen. »Rate, was DeeDee jetzt für einen Job hat!«

»Touristenführerin? Zoowärterin? Oh! Oh! Straßenfegerin?«

»Knapp daneben.« Sie holte ihr Handy hervor und zeigte Misha die Fotos von Delilah im Magier-Outfit.

»Sie will Zauberin werden?«, fragte Misha lachend.

»Ganz genau.«

»Kann sie uns dann nicht ein bisschen Sonne herbeizaubern? Und wenn sie schon dabei ist, einen neuen Schulrucksack für mich und einen neuen Mann für dich?«

Alison fiel die Kinnlade herunter.

»Misha! Wie kommst du darauf, dass ich einen neuen Mann brauche?«

»Na, du bist seit drei Jahren Single, oder? Ich finde, es wird langsam mal Zeit.«

»Wer hat schon Zeit für einen Mann?«, fragte sie. Doch was sie eigentlich fragen wollte, war: Wo zum Teufel konnte man heutzutage noch einen Mann finden, der anständig war und seine Frau nicht von vorne bis hinten verarschte?

»Vielleicht melde ich dich einfach mal bei so einer Datingseite an«, meinte Misha grinsend, nahm den Rucksack in die eine, die Zimtschnecke in die andere Hand und verschwand in ihrem Zimmer.

»Wehe, du wagst es!«, rief Alison ihr hinterher. Obwohl sie sich selbst schon bei mehreren dieser Seiten angemeldet hatte. Doch die Männer, die ihr eine Nachricht an ihr Profil schickten, wirkten allesamt wie Muttersöhnchen, Öko-Freaks oder Psychopathen, und so hatte sie es schnell wieder sein lassen.

Wenn irgendwo da draußen der Richtige auf sie wartete,

dann würde sie ihn schon finden. Oder er sie. Bis dahin musste sie jetzt aber erst mal Spaghetti kochen, also holte sie eine Packung aus dem Schrank, dazu ein Glas Tomatensauce, und dann stand sie einfach da und seufzte schwer. Sie nahm sich selbst eine Zimtschnecke, die nicht einmal ansatzweise an das leckere Gebäck ihrer Grandma Fran heranreichte, und biss trotzdem hinein.

Kalifornien vermisste sie mehr denn je.

Kapitel 2

Jillian

Freitagnachmittag. Jill saß am Pool und schob sich den Sonnenhut ein wenig tiefer ins Gesicht. Es brachte rein gar nichts. Also erhob sie sich mühsam von der Sonnenliege und stellte den Schirm neu ein, damit er ihr Schatten spendete. Dann griff sie zur Sonnencreme und verteilte sie abermals auf ihrem makellosen Körper, in den sie viel Zeit und Arbeit investiert hatte.

Sie setzte sich wieder auf die Liege. Rutschte hin und her, bis sie die perfekte Position fand, setzte die Sonnenbrille auf und streckte sich, um an die Zeitschrift auf dem kleinen Beistelltisch zu gelangen. Es war eines dieser Klatschblätter, die über Promis und Möchtegern-Promis berichteten; sie blätterte ein wenig darin, doch es langweilte sie, daher warf Jill sie zurück in Richtung Tisch. Die Zeitschrift fiel daneben und landete auf dem Boden, doch es war ihr egal. Statt sie aufzuheben, blickte Jill jetzt in die Sonne, die strahlende Sonne, die hoch oben am Himmel stand an diesem wunderbaren heißen Tag in Scottsdale, Arizona, an dem das Thermometer um halb fünf an einem Aprilnachmittag noch achtundzwanzig Grad anzeigte.

Mitten in der Sonora-Wüste gelegen, gab es hier beinahe nur heiße Tage, Tage, an denen man sich in der Sonne aalen oder in einer der klimatisierten Malls shoppen gehen konnte. Zum Tennis verabredete man sich entweder gleich frühmorgens oder auch am Abend, wenn die Sonne nicht ganz so brutal auf einen niederschien, zumindest hielt Jillian das so. Preston hingegen machten diese Temperaturen nichts aus, und er war oftmals sogar in der Mittagshitze auf dem Golfplatz anzufinden.

Preston war in Arizona aufgewachsen, in Phoenix, der an Scottsdale angrenzenden Hauptstadt des Sonnenstaates. Seine Familie war weder arm noch reich – seine Mom war als Lehrerin, sein Dad als Buchhalter tätig gewesen, doch Preston hatte von klein auf mehr gewollt, wie er gerne herumerzählte. Manchmal stellte Jillian ihn sich vor, wie er als Zehnjähriger seinen Freunden mitteilte, dass er eines Tages in Aktien machen und Millionen scheffeln würde. Nun, er hatte es geschafft, lebte ein unbeschwertes Leben, von dem andere nur träumten, und Jillian durfte es an seiner Seite genießen.

Sie hatten sich vor gut acht Jahren kennengelernt, als Preston auf der Suche nach einem neuen, größeren Eigenheim war, und sie ihm als Immobilienmaklerin die Villen der Gegend zeigte. Es hatte sie an die University of Arizona in Tucson verschlagen, an der sie ein Sport-Stipendium erhalten hatte. Es war ihr allerdings von Anfang an klar gewesen, dass sie nicht in dem kleinen Nest Tucson bleiben würde, deshalb ging sie nach ihrem Abschluss nach Phoenix, wo sie bereits im Vorfeld einen Job als Maklerin ergattert hatte. Die Arbeit gefiel ihr, sie traf viele interessante Menschen, und eines Tages traf sie eben auf Preston, der sie vom ersten Augenblick an in seinen Bann zog.

Nie zuvor hatte sie jemanden wie Preston kennengelernt. Er war unglaublich gut aussehend, ebenfalls sehr sportlich, kultiviert, intellektuell und gerade so arrogant, dass es noch nicht unangenehm auffiel.

Zu ihrer großen Überraschung faszinierte Jillian ihn ebenfalls, sie, die vierundzwanzigjährige Hinterwäldlerin, die doch nicht viel mehr herumgekommen war als über die Blaubeerfarm und das langweilige Tucson hinaus. Doch er sah mehr in ihr, er sah Potenzial. Und er machte sie zu seinem Projekt, wie eine seiner Aktien, in die man erst einmal investieren musste, um am Ende belohnt zu werden.

Sie zogen zusammen in die Villa in Scottsdale, die Jillian ihm vermittelte, ein gewaltiges Haus mit sieben Schafzimmern, vier Bädern und einer Küche, die fünfmal so groß war wie die ihrer Grandma Fran, und die mit den neuesten technischen Geräten und einer gläsernen Insel ausgestattet war. Es gab einen riesigen nierenförmigen Pool, Palmen, wohin man blickte, und sogar ein paar Zitrusbäume, von denen sie sich jeden Morgen Orangen, Zitronen und Grapefruits pflücken konnte, wenn sie Lust auf einen frischen Saft verspürte.

Jillian war im Himmel.

Dass jemand wie sie, ein Landei aus dem kalifornischen Lodi, es eines Tages ins luxuriöse Scottsdale schaffen sollte, war für sie bisher unvorstellbar gewesen. Und sich von nun an unter den Reichen und Schönen aufzuhalten, mit Frauen Tennis zu spielen, die Röckchen von Gucci und Schuhe von Prada trugen und sie nach dem Spiel zu Weinverkostungen oder in die elegantesten Restaurants einluden, in denen sie noch vor ein paar Jahren nie und nimmer einen Tisch bekommen hätte – das war manchmal mehr, als sie verkraften konnte. Dann saß sie sprachlos da und dankte dem Schicksal für all diese Möglichkeiten. Und dann dachte sie an Kalifornien zurück, an Lodi und die Blaubeeren, an ihre Großeltern und Schwestern, und sie fühlte sich einen Moment lang schlecht, weil es ihr so viel besser ergangen war als ihnen.

Gerade Alison tat ihr leid. Von ihrem Mann betrogen, alleinerziehend, Kassiererin in einem Supermarkt. Wie oft hatte sie ihr schon angeboten, ihr finanziell unter die Arme zu greifen, doch Ally hatte es jedes Mal abgelehnt. Als älteste Schwester war sie wohl zu stolz, um Geld von ihr anzunehmen. Sie wollte es allein schaffen, was Jillian natürlich nachvollziehen konnte, doch gerade mit Kind sollte man doch manchmal über seinen Schatten springen. Und da ihre Schwester ihr Geld nicht annahm, schickte sie ihr halt hin und wieder ein paar Dinge, großzügige Geschenke zu Geburtstagen und an Weihnachten, sogar am Valentins- und am Muttertag, einfach um sie zu unterstützen. Ob sie wollte oder nicht.

Sie wandte ihren Blick von der Sonne ab. Grandpa Cliff hatte ihr, wenn sie es als Kind getan hatte, immer gesagt, dass sie niemals direkt in die Sonne blicken durfte. Das sei nicht gut für die Augen, und die Augen brauche sie doch noch zum Lesen. Ja, sie war schon immer eine Leseratte gewesen, genau wie Grandpa Cliff, der Gute. Allerdings wusste sie nicht, ob er noch immer selbst las oder ob Grandma Fran ihm inzwischen vorlesen musste.

Ihr Blick wanderte weiter zum Pool. Das Wasser glitzerte im Schein der Sonne. Sie überlegte, ob sie ein wenig schwimmen sollte, entschied sich aber dagegen. Stattdessen stand sie auf und ging ins Haus, um sich das Buch zu holen, das ihr Grandpa ihr bei ihrem letzten Besuch mitgegeben hatte. Das war an den Feiertagen gewesen, im Dezember, und sie hatte ihr Versprechen, es zu lesen, bisher nicht gehalten. Es wurde höchste Zeit, auch dafür, die Großeltern mal wieder zu besuchen. Vielleicht konnte sie dann auch gleich bei ihrer kleinen Schwester Delilah vorbeischauen. Die lebte gar nicht weit von Lodi in San Francisco, und auch DeeDee hatte sie seit Weihnachten nicht gesehen.

So oft hatte sie ihre Schwestern nach Scottsdale eingeladen, doch die waren beide mit anderen Dingen beschäftigt. Und irgendwie hatte Jillian auch das Gefühl, dass es einen weiteren Grund gab, weshalb die beiden nicht mehr herkommen wollten: Sie mochten Preston nicht, konnten mit ihm nichts anfangen. Okay, zugegeben, er hatte eine ganz eigene Art, mit seinen Mitmenschen umzugehen, eine oftmals ein wenig überhebliche Art, doch eben dieses Selbstbewusstsein hatte sie damals von ihm überzeugt. Hatte sie sich in ihn verlieben lassen. Und damals hatte sie auch gehofft, dass eines Tages mehr aus ihnen werden würde als nur der reiche Kerl und seine hübsche Freundin. Sie hatte von einer Familie geträumt, das tat sie immer noch, auch wenn Preston ihr nun schon mehrmals gesagt hatte, Kinder würden nicht in ihr Luxusleben passen. Mit Anhängseln könne man nicht mehr spontan verreisen, Nächte durchfeiern oder im ganzen Haus Joints herumliegen lassen. Die rauchte Preston gerne zur Beruhigung, wie er ihr sagte, nur fragte sie sich, wovon er denn Beruhigung brauchte? Stress kannte der Mann nicht, sein Leben glich einem Märchen, und selbst wenn er eine schlechte Investition machte und eine halbe Million verlor, so hatte er doch noch etliche weitere Millionen auf seinen Konten, die den Verlust wieder wettmachten.

Sie musste gestehen, so ganz hatte sie sich noch nicht damit abgefunden. Noch wollte sie nicht auf eine eigene Familie verzichten, noch immer hoffte sie darauf, dass Preston eines Tages aufwachen und seine Meinung ändern oder dass ihm irgendetwas Einschneidendes passieren würde, das ihm eine neue Sichtweise schenkte.

Sie ging nun also ins Haus, holte sich das Buch aus jenem Zimmer, das allein ihr zur Verfügung stand und in dem sie all ihre persönlichen Dinge aufbewahrte. In diesem Raum hingen die verrückten Fotos von ihrer Familie an den Wänden, die Preston im Rest des Hauses nicht haben wollte, wie zum Beispiel die, auf denen Jillian und ihre Schwestern hässliche Grimassen zogen. Hier hatte sie die selbst gemalten Bilder von Misha an eine Pinnwand gehängt, und hier bewahrte sie die Leckereien auf, die Grandma Fran ihr hin und wieder schickte – versteckt vor Preston, der es nicht gern sah, wenn sie Kuchen oder Süßigkeiten aß, die ihrer Figur schaden oder ihr über Nacht einen Pickel ins Gesicht zaubern konnten.

Preston war streng in dieser Hinsicht, und auch damit hatte sie zu leben gelernt, denn seine Disziplin war nun mal ein Teil von ihm. Und sie liebte halt das Gesamtpaket.

Der Roman *Dienstags bei Morrie* von Mitch Albom lag auf der Kommode neben dem mit Herzchen verzierten Bilderrahmen, der ein Foto von Alison und Misha zeigte und den ihre Nichte ihr zu Weihnachten geschickt hatte. Sie hatte die beiden viel zu lange nicht gesehen, seit beinahe einem Jahr schon nicht, und sie nahm sich fest vor, demnächst auch mal wieder nach Tacoma zu reisen.

Mit dem Buch in der Hand ging sie zurück zum Pool und begann zu lesen, doch um ihre Konzentration war es heute nicht gut bestellt. Sie dachte an Grandpa Cliff, der ihr so viel beigebracht hatte, vor allem, wie bedeutend das geschriebene Wort war. Wie wichtig es war, an sich selbst zu glauben und seine Träume zu verwirklichen. Und wie kostbar es war, den einen Menschen zu finden, der einen bedingungslos liebte.

Kapitel 3

Delilah

Sie brachte den letzten Hund zurück nach Hause, einen Spitz, der erstaunliche Ähnlichkeit mit seinem Besitzer hatte, ein Broker namens Alvin Meyer. Er war bereits von der Arbeit zurück, nahm ihr Buster ab und ließ sich von seinem »Baby« das Gesicht abschlecken. Freudig bedankte er sich bei ihr und reichte ihr die zwanzig Dollar.

»Holen Sie ihn Montag um dieselbe Zeit ab?«

»Aber sicher«, antwortete sie und war froh, dass Alvin wenigstens sonntags frei hatte. An diesem Tag schien sogar der Financial District mal eine Pause zu machen, und sie konnte sich in Ruhe der Kindergeburtstagsfeier und ihrer neuen Aufgabe widmen. Sie hatte tagelang geübt. Zaubertricks, die das Geburtstagskind Ginny und seine Gäste beeindrucken würden, und die dennoch so einfach waren, dass sogar Delilah sie hinbekam. Bisher hatte sie sieben Tricks drauf, unter anderem den, bei dem man endlose Tücher aus seinem Ärmel fischte, den mit dem Glas Milch, das man sich verkehrt herum über den Kopf hielt und das dennoch nicht auskippte, und den »Kaninchen aus dem Hut«-Zaubertrick. Dabei nahm sie natürlich ein Stoffkaninchen, niemals hätte sie ein echtes für ihre Show benutzen wollen.

Sie würde einhundert Dollar verdienen, für einen einzigen Nachmittag, das war nicht schlecht. Fürs Gassigehen mit den Hunden bekam sie oft an einem ganzen Tag nicht so viel zusammen, da sie aktuell nur noch drei Hunde regelmäßig ausführte. Die anderen fünf kamen nur ein paarmal die Woche dran, und den beiden älteren Damen, für die sie das Gassigehen übernahm, berechnete sie lediglich zehn Dollar, weil sie wusste, dass sie sich nicht mehr leisten konnten. Seit gut zwei Jahren ging DeeDee dieser Tätigkeit nun schon nach, und es war die einzige, die sie nicht aufgegeben hatte.

Sie musste zugeben, Beständigkeit war nicht gerade ihre Stärke, was man auch erkennen konnte, wenn man sich ihre Männergeschichten ansah. Delilah hatte in den letzten fünf Jahren fünf Beziehungen gehabt. Mit Channing war sie nun bereits zehn Monate zusammen, und das war quasi eine Meisterleistung. Doch Channing war wirklich nett, aufmerksam, er sah dazu verdammt gut aus, und vor allem gab er ihr ihren Freiraum. Sie war drauf und dran, sich ernsthaft in ihn zu verlieben, was eigentlich gegen ihre Regeln verstieß. Doch sie war beinahe neunundzwanzig, so langsam sollte sie vielleicht doch mal darüber nachdenken, sich weiterzuentwickeln. Wenigstens ein bisschen.

Sie winkte Alvin und Buster zum Abschied und hüpfte die sechs Treppen der Prachtvilla hinunter, die Alvin sein Eigen nannte. Sie hatte noch nie eine Frau bei ihm gesehen, geschweige denn Kinder, und auch im Innern des Hauses hatte sie keinerlei Fotos entdeckt. Lediglich ein paar, die Alvin mit Buster zeigten, und einige andere, auf denen er mit einer älteren Dame abgebildet war. Seine Mutter, wie sie annahm. An dem Tag vor acht Monaten, an dem Alvin sie als Busters

Hundesitterin eingestellt hatte, hatte er ihr einen Schlüssel sowie den Code für die Alarmanlage überreicht. Oft dachte sie, wie einfach es wäre, die Bude auszuräumen. Doch mal davon abgesehen, dass ein Kerl wie Alvin höchstwahrscheinlich jede Menge Kameras überall im Haus und auf dem Grundstück installiert hatte, würde Delilah so etwas niemals tun. Sie war ein ehrlicher Mensch, hielt nichts von Hinterlist, sagte immer, was sie dachte, und wenn ihr etwas nicht passte, erfuhr ihr Gegenüber es auch sogleich. Es war ein Wunder, dass Rachel es immer noch mit ihr aushielt.

Sie hatte Rachel kennengelernt, kurz nachdem sie zurück nach San Francisco gezogen war. Gleich mit achtzehn ging sie von der Blaubeerfarm weg, besuchte jedoch im Gegensatz zu ihren Schwestern kein College. Sie hatte nie diesen Traum gehegt, alles, was sie immer gewollt hatte, war zurück an die Bucht zu ziehen. Die Golden Gate Bridge in ihrer Nähe zu wissen. Zum East Beach laufen zu können, wann immer ihr danach war. Sich auf nach Chinatown zu machen und sich Wan Tan oder Dim Sum zu kaufen, wenn sie Lust darauf hatte. Die Geräusche der Großstadt in den Ohren zu haben, die sie all die Jahre so vermisst hatte.

Und ihren Eltern nahe zu sein.

Sie wusste, dass sie ihren Großeltern damit schwer zusetzte. Denn erstens war sie die Letzte der Schwestern, die bis dato noch auf der Farm gelebt und ihnen geholfen hatte. Zweitens wollte sie nicht das aus ihrem Leben machen, was Grandma Fran und Grandpa Cliff sich für sie gewünscht hatten: eine Collegeausbildung und irgendeinen supertollen Beruf, bei dem sie anständig verdienen und keine Entbehrungen erdulden musste. Und drittens war allein die Erwähnung San Franciscos etwas, das eigentlich tabu war im Hause Rivers. Einmal im Jahr waren sie alle stets zurück dorthin gefahren, um am Todestag ihrer Eltern das Grab auf dem Friedhof zu besuchen – Fran und Cliff hatten auf eine Inschrift mit Ginas Namen bestanden, vor allem für die Mädchen, aber auch für sie selbst. Für den Rest des Jahres war San Francisco in etwa so weit entfernt für die Großeltern wie Simbabwe, obwohl es keine zwei Autostunden von der Farm entfernt lag.

Die beiden hatten Delilah in den beinahe elf Jahren, die sie nun schon wieder dort lebte, kein einziges Mal in ihrer Wohnung besucht, jedes Essengehen in Chinatown hatten sie abgelehnt, und Rachel hatten sie nur deshalb kennengelernt, weil Delilah sie ein paarmal mit zur Farm gebracht hatte. Letztes Jahr zu Weihnachten etwa, als Rachels Eltern in Paris und ihr Freund bei seiner Familie in Michigan waren, und sie sonst ganz allein in der ruhigen Wohnung gesessen hätte.

Rachel.

Es gab für Delilah keinen wichtigeren Menschen auf Erden, von ihren Schwestern und den Großeltern einmal abgesehen. Als sie damals nach San Francisco gekommen war und in einer schrecklichen WG gelebt hatte, in der sie sich nichts als unwohl fühlte, war sie Rachel begegnet, die zu dem Zeitpunkt mit einem ihrer Mitbewohner liiert war. Die beiden trennten sich kurz darauf, doch Delilah und Rachel freundeten sich an und zogen sogar bald darauf zusammen in eine Wohnung in Mission Bay. Von dort aus konnte man auf die Bay Bridge blicken und aufs Wasser – Delilah fühlte sich sofort zu Hause.

Seitdem waren Rachel und sie unzertrennlich, und sie lächelte jetzt, als sie ans klingelnde Handy ging, das ihr einen Anruf von ihrer besten Freundin anzeigte.

»Hey, Besty.«

»Hey, DeeDee. Hast du schon Feierabend?«

»Hab gerade den letzten Hund abgegeben.«

»Den Chihuahua bei dem Playboy-Model?«

»Nein, den Spitz bei dem Broker.«

»Ach so. Der hat viel Kohle, oder?«

»Hat er. Wieso?«

»Glaubst du, er würde in meine neu gegründete vegane Catering-Firma investieren?«

Delilah lachte. »Ich glaube eher nicht.« Und sie glaubte ehrlich gesagt auch nicht, dass Rachels Catering-Firma etwas war, das langfristig Erfolg haben würde. Zwei Wochen maximal. Denn Rachel war, was ihre Jobs anging, nicht besser als Delilah selbst, dafür hatte sie allerdings ihren Boyfriend Jay, mit dem sie bereits seit siebenundzwanzig Monaten zusammen war. Das wusste Delilah so genau, weil die beiden jeden Monatstag feierten, als wäre es das ultimative Ereignis. Sie beschenkten sich, verbrachten einen romantischen Abend, bastelten sich Karten – es war so schnulzig, dass einem das Essen hochkam.

»Bist du zum Dinner zu Hause?«, fragte Rachel jetzt.

»Ich weiß nicht?«, erwiderte sie vorsichtig, weil ihr Schlimmes schwante.

»Ich habe ein paar Gerichte ausprobiert und brauche unbedingt jemanden, der sie kostet.«

»Wo ist denn Jay heute Abend?«

»Sein Cousin hat Footballkarten.«

»Oh. Na dann.«

»Ach komm schon, meine Gerichte schmecken nicht immer scheußlich«, meinte Rachel. »Nur manchmal«, ergänzte sie.

Beide lachten, Delilah hängte auf und stieg in den Bus, der sie direkt in ihre Straße bringen würde. Sie sah aus dem

Fenster auf die Bucht, während sie den Embarcadero entlangfuhren. Durch Fisherman's Wharf, wo die Touristen sich tummelten, die entweder von den Seelöwen am Pier 39 kamen oder auf dem Weg in eines der vielen Fischrestaurants waren. Als Kind war sie selbst des Öfteren an diesem abenteuerlichen Ort gewesen, bevor ihre heile Welt in Trümmern gelegen hatte.

Sie sah hinaus aufs Wasser und stellte sich wie immer vor, dass ihre Mutter noch irgendwo da draußen war. In der Tiefe des Ozeans. Im Gegensatz zu ihrem Dad war sie niemals gefunden worden. Als kleines Mädchen hatte Delilah sich deshalb oft vorgestellt, dass ihre Mom auf einer einsamen Insel angespült worden war, wo sie jetzt mit irgendwelchen Ureinwohnern lebte und sich von Kokosnüssen und exotischen Früchten ernährte.

Diese Vorstellung hatte sie natürlich längst begraben. Sie war erwachsen geworden und wusste, was Sache war. Wusste, dass ihr Leben völlig anders verlaufen war, als das Schicksal es für sie vorgesehen hatte.

Ihre Schwester Alison hatte ihr einmal gesagt, dass die Blaubeerfarm ihrer aller Schicksal war. Doch davon hatte sie nie etwas wissen wollen. Deshalb hatte sie auf den Ruf gehört, den San Francisco ihr immer wieder ausgesandt hatte, und sie hatte es keinen einzigen Tag bereut.

Hier wollte sie sein, nirgendwo sonst.

Und als sie jetzt aus dem Bus und die Treppen in ihre Wohnung hochstieg, als sie den Duft von indischem und den von arabischem Essen mit einem Hauch von Südstaatenküche wahrnahm, konnte sie nicht anders, als zu lächeln.

Rachel wartete bereits auf dem Sofa. Sie hatte unzählige Speisen auf den Couchtisch gestellt und eine romantische Komödie auf Netflix rausgesucht.

»Hast du Lust auf Tempura und *Love, Vegas*?«, fragte sie grinsend.

»Was ist denn das für eine Frage?« Sie schnappte sich ein Stück Karotte im Backteig und warf sich aufs Sofa, wo sie sich an Rachel kuschelte und sich fragte, warum nicht alles so einfach sein konnte wie diese Freundschaft.

# Kapitel 4

Fran

Sie sah aus dem Küchenfenster, umklammerte einen Becher heiße Zitrone und fragte sich wie so oft in letzter Zeit, was sie nur machen sollte.

Erneut hatte sie keinen Schlaf finden können, weil sie an ihren Liebsten denken musste, der nun schon seit zweieinhalb Jahren nicht mehr an ihrer Seite schlief, nachdem sie siebenundfünfzig Jahre lang das Bett geteilt hatten. Unvorstellbar, dass sie und ihr Cliff so lange glücklich verheiratet gewesen waren, nur um das Ende ihres Lebens getrennt voneinander zu verbringen.

Sie hatten es sich nicht ausgesucht.

Als die Krankheit sich ganz leise in ihr Leben geschlichen hatte, machte Fran sich noch keine großen Sorgen. Hin und wieder vergaß Cliff, wo er etwas abgelegt hatte, ihm entfiel das Datum ihres Hochzeitstages oder der Geburtstag einer ihrer Enkelinnen. Dann wusste er eines Tages am Abend nicht mehr, was es am Mittag zu essen gegeben hatte, und irgendwann war es dann so weit, dass er nicht einmal mehr wusste, wo sich die Praxis seines Hausarztes befand, bei dem er bereits seit vielen Jahren in Behandlung war. An dem

Vormittag rief er sie von einem Friseursalon aus an, in den er gegangen war und darum gebeten hatte, einen Anruf tätigen zu dürfen.

»Ich habe mich verlaufen«, sagte er ihr, und sie fragte, wo er sich denn befände.

»Beim Friseur. Ich darf freundlicherweise das Ladentelefon benutzen.«

»Aber warum benutzt du denn nicht dein eigenes?«, fragte Fran. Sie hatte ihm ein Handy besorgt, eins für Senioren mit extragroßen Tasten und ohne all diesen Schnickschnack, den Mobiltelefone heutzutage hatten. Es war ganz leicht zu bedienen, und sie sorgte dafür, dass es immer aufgeladen war.

»Ich weiß nicht, wo es ist«, gab er zur Antwort.

»Das macht nichts, mein Schatz. Ich rufe bei Dr. Marshall an und sage ihm, dass du heute nicht mehr kommst. Geh einfach zu deinem Auto zurück und fahr nach Hause, ja?«

Stille. Und sie ahnte es schon.

»Weißt du auch nicht mehr, wo du deinen Buick geparkt hast?«, wagte sie zu fragen.

Immer noch Stille, doch sie konnte ihn quasi den Kopf schütteln sehen. Verzweifelt. Beschämt.

»Bleib, wo du bist, ja? Ich komme dich abholen.«

Das tat sie, und auf dem Weg dorthin machte sie sich schreckliche Vorwürfe, weil sie Cliff allein hatte in den Ort fahren lassen. Sie hätte es besser wissen müssen und würde es garantiert nicht noch einmal zulassen. Sie würde sich einfach besser um ihn kümmern müssen, mehr Acht geben, öfter da sein. Anderen Dingen nicht so viel Beachtung schenken.

Doch so viel Mühe sie sich auch gab, sie schaffte es nicht.

An einem stürmischen Novembertag brachte sie ihn in ein Altenpflegeheim ganz in der Nähe, damit sie ihn täglich besuchen konnte. Die Wolken waren so düster wie alles andere an diesem Tag. Und der Himmel weinte mit ihr.

Seitdem war nichts mehr, wie es einmal gewesen war. Fran war von ihrem Seelenverwandten getrennt. Wie versprochen besuchte sie ihn täglich zum Nachmittagstee und blieb bei ihm, um wie fast ihr ganzes Leben lang zusammen mit ihm zu Abend zu essen. Sie wartete, bis er eingeschlafen war, und fuhr erst dann zurück zur Farm. An den Vormittagen erledigte sie die Dinge, die dort anfielen, auch wenn sie die meisten der Aufgaben mittlerweile an ihren Vorarbeiter abgegeben hatte. Arturo war eine große Hilfe und in ihren Augen ein wahrer Held, immer da, wenn sie ihn brauchte. Er ließ sie täglich herzliche Grüße an Cliff ausrichten.

Die Sache war nur, dass sie sich nicht einmal sicher war, ob Cliff sich noch an Arturo erinnern konnte.

Vor ein paar Tagen hatte er mit Alison telefoniert, und er hatte nicht einmal ihre Stimme erkannt. Fran wusste, wie schwer es für ihre Enkelin gewesen sein musste, das war es für sie alle. Doch sie litt am meisten darunter. Denn wie konnte man damit leben, dass der Mann, den man liebte, die Dinge vergaß, die einen so viele Jahre miteinander verbunden hatten?

Und die größte Angst hatte sie davor, dass er eines Tages auch anfangen könnte, *sie* zu vergessen.

Nachdem sie sich in die Küche gestellt und eine Ladung Blaubeer-Muffins gebacken hatte, ging Fran hinaus und sah nach dem Rechten. Sie fand Arturo vor der Halle an, wo er gerade Kisten mit Blaubeeren leerte.

Die Erntehelfer hatten vor drei Wochen mit dem Pflücken begonnen, denn auf den meisten Blaubeerfarmen, und auch auf ihrer, wurden die ersten Pflückvorgänge noch per Hand erledigt. Das Blaubeerpflücken war gar nicht so einfach, wie man annahm, denn die Beeren reiften nicht alle gleichzeitig, und es befanden sich sowohl pralle, reife blaue Beeren inmitten der Trauben wie auch die noch unreifen, kleinen grünen und erst rosa gefärbten, die auf keinen Fall jetzt schon mitgepflückt werden durften, da Blaubeeren nun mal nicht nachreiften.

Das Gute war, dass man sich beim Blaubeerpflücken – die Rivers' pflanzten die bis zu zwei Meter hohen Highbush-Sorten – nicht den Rücken kaputt machte, wie es zum Beispiel bei der Erdbeerernte der Fall war, wo man den ganzen Tag gebeugt stehen musste. Nun, es gab natürlich auch die Lowbush-Sorten, die nicht annähernd so hoch wuchsen, doch für diese war eher Kanada bekannt, in Kalifornien gab es seit jeher überwiegend die kultivierten Arten.

»Wie läuft es heute, Arturo?«, stellte Fran dieselbe Frage wie jeden Tag.

Der sechzigjährige Mexikaner sah sie lächelnd an. »Sehr gut, Señora«, antwortete er und kippte eine Kiste Blaubeeren behutsam in jene Maschine, die die Blätter und Stöckchen herauspustete, die sich unter die Beeren gemischt hatten. Danach fuhren sie auf einem Fließband in die Halle hinein, wo sie sortiert wurden. Diesen Vorgang wiederholte Arturo mehrere Male, bis alle Kisten auf seinem kleinen Wagen leer waren.

»Kann ich noch etwas für Sie tun?«, fragte er.

»Nein, nein, ich brauche nichts«, ließ Fran ihn wissen. »Ich wollte nur sichergehen, dass alles in Ordnung ist, wenn ich nachher losfahre.«

»Alles bestens, Señora, machen Sie sich keine Sorgen.« Sie nickte, und Arturo setzte sich wieder ans Steuer des Wagens. »Richten Sie Señor Rivers meine Grüße aus, ja?«

»Das mache ich«, antwortete sie und sah dabei zu, wie Arturo zurück aufs Feld fuhr, um noch mehr Kisten einzusammeln.

Die Erntehelfer arbeiteten so: Sie pflückten die Beeren direkt in einen Plastikbehälter hinein, den sie sich um den Bauch gebunden hatten, und entluden den Inhalt, wenn er voll war, in eine leere Kiste. Diese wurden von Arturo eingesammelt, der sie an Ort und Stelle wog und sich notierte, wie viel welcher Pflücker gesammelt hatte. Jeder Erntehelfer bekam einen kleinen Zettel, auf dem ein Betrag stand, den er sich am Ende der Woche auszahlen lassen konnte. Es gab Pflücker, die ernteten mehr als andere, einige sogar das Dreifache, das waren meist diejenigen, die seit vielen Jahren auf Blaubeerfarmen beschäftigt waren und sehr geschickt beim Pflücken vorgingen. Sie konnten am Tag hundertfünfzig Dollar oder mehr einnehmen, weshalb die Arbeit bei der Blaubeerernte sehr beliebt bei den Erntehelfern war. Viele kamen dafür eigens aus Mexiko angereist, einige mit einem Arbeitsvisum, einige illegal. Fran und Cliff hatten nie gute Pflücker weggeschickt, vor allem, weil kein Amerikaner dieser Art von Beschäftigung nachgehen wollte. Sie waren auf sie angewiesen, auch auf die illegalen Arbeitskräfte, wie all die anderen Farmen auch, und die Behörden ließen sie gewähren.

Was blieb ihnen anderes übrig?

Die Wirtschaft durfte nicht zum Erliegen kommen, die Obst- und Gemüseernte war von großer Bedeutung für den Staat Kalifornien, und die Farm hatte Fran und Cliff viele, viele Jahre gutes Geld eingebracht. Es hatte auch Jahre gegeben, in denen der Frost oder ein Sturm einen Teil der Ernte kaputt gemacht oder in denen die Dürre ihnen zugesetzt hatte, doch alles in allem war es ein gutes, lukratives

Leben, und Fran würde es mit keinem anderen eintauschen wollen.

Sie sah nun hinaus aufs weite Feld. Die vielen, vielen Blaubeerpflanzen auf den dreißig Hektar Land würde man kaum zählen können. Abertausende Beeren wurden täglich gepflückt, und das bis in den August hinein, da auf der Rivers-Farm, wie auch auf vielen anderen Blaubeerfarmen, mehrere verschiedene Sorten Beeren wuchsen, damit nicht nur sechs Wochen lang geerntet werden konnte, sondern einige Monate.

Fran seufzte und ging zurück zum Haus, wo sie vor den Verandastufen kurz haltmachen musste, um wieder zu Atem zu kommen. Mit ihren zweiundachtzig Jahren war sie leider selbst nicht mehr die Fitteste oder die Gesündeste, doch manchmal, wenn sie nur lange genug die Augen schloss und sich an bestimmte Dinge zurückerinnerte, dann fühlte sie sich wieder wie zweiundzwanzig...

Kapitel 5

1962

Frances Sinclair nahm einen großen Schluck von ihrem Erdbeermilchshake und lächelte vor sich hin. Sie saß an der Theke des Stardance Diners und hatte eine Zeitschrift vor sich liegen, die an diesem Morgen in ihrem Briefkasten gesteckt hatte. Auf Seite acht war die Werbeanzeige abgedruckt, auf die sie so sehnsüchtig gewartet hatte. Sie nahm eine ganze Seite ein und zeigte eine junge Frau mit blondem Haar an einem Swimmingpool. Sie saß glücklich und entspannt am Beckenrand und hielt eine Flasche Candy Cola in der Hand, das neueste und bald schon beliebteste Getränk der Jugend, wenn es nach den Herstellern ging, die ein enormes Werbebudget in die Kampagne gesteckt hatten. Diese würde in den kommenden Monaten noch vier weitere Bilder der jungen blonden Frau zeigen: eins auf einem Pferd, eins auf einer Party, eins an der Seite von ihrem Liebsten und eins, an dem sie an einer Jukebox lehnte.

Frances konnte nicht aufhören zu strahlen und erhob sich jetzt von ihrem Barhocker, um selbst zur Jukebox am anderen Ende des Diners zu gehen. Sie steckte einen Nickel hinein und drückte den Knopf neben dem Song *The Wanderer* von Dion, dem Lieblingslied ihrer besten Freundin Anastasia, auf die sie hier wartete. Und sie hoffte, dass Annie bald auftauchen würde, denn sonst würde sie noch verrückt werden vor zurückgehaltener Aufregung.

Als sie zurückkehrte, hatte neben ihrem Barhocker ein junger Mann Platz genommen, gut aussehend in seinen Bluejeans und dem kurzärmeligen Hemd, dessen obere beide Knöpfe offen standen. Dem Outfit, das heutzutage so viele junge Kerle trugen, seit Elvis so herumlief. Als ob sie damit alle auf einmal so beliebt bei den Mädchen wären wie der King of Rock 'n' Roll höchstpersönlich. Frances musste gestehen, dass auch sie eine Schwäche für Presley hatte. Im vergangenen Jahr hatte sie sich gleich dreimal auf ins Kino gemacht, um den Film *Blue Hawaii* mit Elvis in der Hauptrolle zu sehen. Alle drei Male war Annie mitgekommen, obwohl sie selbst mehr für Paul Anka schwärmte.

»Sagen Sie, sind das Sie da in dem Magazin?«, fragte der junge Mann verblüfft, als sie sich neben ihn setzte und wieder ihrem Milchshake widmete. Dabei deutete er auf die *Glamour Girl*, die sie aufgeschlagen auf der Theke liegen gelassen hatte. Unbeabsichtigt. Obwohl ihr der Blick des jungen Mannes nun doch ganz gut gefiel.

Sie musste lachen und sog grinsend an ihrem Strohhalm.

»Nun verraten Sie es mir, bitte. Sind Sie es?«

Sie zog die Zeitschrift zu sich heran. »Das da?«, fragte sie und tippte mit dem Zeigefinger auf den schwarzen Bikini. »Hmmm ... vielleicht.«

»Ich liege Ihnen zu Füßen, Gnädigste«, sagte der Mann theatralisch und ging auf die Knie. »Wollen Sie mich heiraten?«

Wieder musste Frances lachen. »Nun, fürs Erste könnten Sie mich auf noch einen Erdbeershake einladen«, sagte sie gerade, als sie Annie durch die Tür eintreten sah. »Oh, da kommt meine Freundin. Wir sind verabredet.«

»Ich warte gerne«, sagte er.

»Ein andermal, ja?«

»Versprochen?«

»Versprochen.«

»Ich bin übrigens Johnny.«

»Nett, Sie kennenzulernen, Johnny.« Sie wandte sich von ihm ab und winkte Annie zu, die zu ihr tänzelte, wie sie es immer tat. Als Ballerina schien sie es verlernt zu haben, ganz normal zu gehen.

»Hallo, meine Liebe. Du hast dich verspätet«, sagte Frances sogleich. Normalerweise hätte es ihr nicht das Geringste ausgemacht, vor allem wenn sie stattdessen so nette anderweitige Gesellschaft hatte, doch heute nahm sie es ihrer Freundin beinahe übel. Sie wusste doch genau, wie aufgeregt sie war!

»Oh, bitte entschuldige. Ich habe meinen Bus verpasst. Verzeihst du mir?«

»Aber natürlich.« Sie sah sich in dem Laden um. »Da vorne ist eine Nische frei, wollen wir uns dorthin setzen?«

Annie nickte, und sie ließen sich jeder auf einer der gegenüberliegenden rot gepolsterten Bänke nieder.

The Wanderer ertönte endlich, und Annie begann, freudig dazu zu wippen. »Ich liebe diesen Song.«

»Das weiß ich. Ich habe ihn für dich ausgesucht.«

»Wie aufmerksam.« Annie lächelte. »Und nun zeig es mir endlich!«

Frances schlug die Zeitschrift, die sie jetzt vor sich auf dem Tisch liegen hatte, erneut auf Seite acht auf, drehte sie um hundertachtzig Grad und schob sie ihrer Freundin unter die Nase.

»Wow! Bist du umwerfend! Ich kann kaum glauben, dass du das bist!«, rief sie aus.

»Bin ich denn im wahren Leben nicht so umwerfend?«, fragte Frances gespielt beleidigt.

»Oh, doch, natürlich. Aber dieses Bild ... Du siehst aus wie eine Marilyn Monroe oder eine Doris Day. Und *ich* kenne dich persönlich!«

»Du kanntest mich schon, als ich noch Pausbäckchen hatte und die zwei hässlichen Zöpfe, die meine Mutter mir jeden Morgen geflochten hat.«

»Ja ... und jetzt bist du ein Star.«

»Na, ein Star bin ich vielleicht noch nicht, aber ich komme dem jeden Tag ein Stückchen näher.« Sie lächelte zufrieden vor sich hin.

»Und es wird noch mehr Bilder dieser Reihe geben, sagtest du?«

»Ja, fünf insgesamt.«

»Ich freue mich schon auf die anderen. Wann erscheinen sie denn?«

»Jeden Monat eins. Alle in der *Glamour Girl* und anscheinend wohl auch noch in anderen Zeitschriften, nur da nicht ganz so groß.«

»Und eines Tages bist du an einer Werbetafel am New Yorker Times Square zu sehen«, war Annie sich sicher.

»Schön wäre es.« Wer träumte nicht davon?

»Ob du mich dann noch kennen wirst?« Annie, die heute ein hübsches rosa Kleid trug, das hinterm Hals zusammengebunden war, sah sie unsicher an.

Frances fuhr mit der Hand über den Tisch und nahm die von Annie. »Was sagst du denn da? Wir werden immer die besten Freundinnen bleiben. Und jetzt lade ich dich auf alles ein, worauf du Lust hast.«

»Aber du weißt doch, dass ich nicht ...« Sie sprach es nicht aus, doch Frances wusste, was Annie meinte. Sie aß keine Burger und auch keine Pommes, und sie trank ganz bestimmt niemals so etwas Fettiges wie einen Milchshake, denn als Ballerina musste sie strikt auf ihre Figur achten und durfte kein Gramm zunehmen. Ihre Tanzausbildung würde in diesem Sommer beendet sein, und sie hoffte auf eine Anstellung bei einem Ensemble, das durchs ganze Land reiste.

»Ach, Annie, für mich. Nur dieses eine Mal. Um zu feiern.«

Annie grübelte. »Na gut. Aber nur eine winzige Portion Pommes und ein kleines Glas 7 UP.«

»Wie du willst«, sagte Frances und gab die Bestellung bei der vorbeihetzenden Kellnerin auf.

»Was ist das eigentlich für ein Getränk, für das du da Werbung machst?«, fragte Annie mit gerunzelter Stirn. »Candy Cola? Davon hab ich ja noch nie etwas gehört.«

»Nicht?« Sie starrte sie mit weit aufgerissenen Augen an. »Das ist doch jetzt das beliebteste Getränk!«

»Tatsächlich?«

Frances lachte. »Nein, ich veralbere dich nur. Ich habe nämlich auch noch nie davon gehört. Doch ich habe es während der Fotoshootings probiert, und es schmeckt vorzüglich. Ein bisschen wie Dr Pepper.«

»Dr Pepper mag ich.«

»Wer nicht?«

Sie unterhielten sich noch ein wenig, bis ihr Essen kam. Während Annie sich mit ein paar Pommes ohne allem zufriedengab, steckte Frances ihre Gabel in einen Berg von Cheese Fries – Pommes, die mit geschmolzenem Käse überladen waren. Dazu hatte sie sich einen Cheeseburger bestellt. Heute waren ihr überschüssige Pfunde so was von egal.

»Du, der Kerl da vorne schaut immer herüber zu dir. Kennst du ihn?«, fragte Annie.

Sie sah zur Theke und winkte ab. »Ach, der. Der hat mir vorhin einen Antrag gemacht.«

Ihre Freundin riss die Augen auf. »Einen Heiratsantrag, meinst du?«

»Es war nur Spaß. Er hat mich in der Zeitschrift gesehen und war ganz hin und weg.«

»Oh, Liebes, bald werden alle Männer aus Los Angeles hinter dir her sein. Du solltest auf der Hut sein, wenn du solche Bilder machst.«

Ja, die Bilder waren gewagt, das wusste sie. Doch sie zeigten nicht zu viel, nur sie im Bikini und mit ihrem strahlendsten Lächeln im Gesicht.

»Ich hätte nichts dagegen«, erwiderte sie, und sie aßen auf.

Als sie den Diner verließen, saß der junge Mann namens Johnny noch immer an der Theke. »Wann darf ich Sie denn nun auf den Milchshake einladen?«, rief er ihr nach.

Sie drehte sich um, lächelte ihm zuckersüß zu und rief zurück: »Irgendwann.«

»Und wie finde ich Sie?«

»Ich stehe im Telefonbuch.«

»Wie ist Ihr Name?«

Sie lächelte erneut. »Frances Sinclair«, verriet sie ihm. »Aber nennen Sie mich Fran.«

Als sie an diesem Abend nach Hause kam, klingelte das Telefon, sobald sie die Tür hinter sich geschlossen hatte, und sie glaubte schon, es wäre Johnny aus dem Diner. Doch es war Herbert Herman, ihr Manager.

»Frances, du bist eine Wucht!«, sagte er. »Dein Foto in der *Glamour Girl* ist einmalig, es haben mich heute bestimmt einhundert Leute darauf angesprochen, wenn nicht mehr.«

»Oh, wirklich?«

»Ja, und sie wollen dich, Kleines! Sie alle wollen dich für ihre Kampagnen haben. Bald wirst du nicht nur in der *Glamour Girl* abgebildet sein, sondern auch in den namhaften Magazinen. Vielleicht wird es sogar Poster an Litfaßsäulen mit dir geben.«

»Das ist ja fantastisch!«, schrie sie freudig ins Telefon. Oh, wenn das nur wirklich wahr werden würde, dann konnte ihre Mutter nie mehr etwas gegen ihre Tätigkeit als Fotomodell einwenden. Die Gute hatte leider ständig etwas zu meckern, weshalb sie auch bei der erstbesten Gelegenheit von zu Hause ausgezogen war und sich ein kleines Einzimmerapartment am Sunset Boulevard gemietet hatte. Ihre Gagen erlaubten es ihr, und vielleicht würde sie sich zukünftig sogar etwas Größeres leisten können.

»Dieser Seifenhersteller, Willow Soap, will dich unbedingt schon für seine aktuelle Werbekampagne engagieren. Ganz ohne Casting. Sie sind absolut vernarrt in dich.«

Sie konnte das alles gar nicht fassen und hörte nur still zu.

»Was machst du nächste Woche?«, wollte Herbert dann wissen.

»Bisher noch gar nichts.«

»Das wollte ich hören. Dann fang schon mal an, deine Koffer zu packen, denn es geht zum Lake Tahoe!«

Ihr fiel die Kinnlade herunter. »Zum Lake Tahoe?« Bisher hatten sie immer nur in der Gegend in oder um Los Angeles gedreht, der Lake Tahoe befand sich allerdings ganz im Norden von Kalifornien, an der Grenze zu Nevada.

»Ja, dort soll das Fotoshooting stattfinden. Du sollst für eine neue Seife werben, die so blau ist wie das Wasser des Lake Tahoe, oder so ähnlich. Ist das ein Problem?«

Sie schüttelte den Kopf, auch wenn sie wusste, dass

Herbert es nicht sehen konnte. Dann bildete sich ein übergroßes Lächeln auf ihrem Gesicht. »Nein, nicht im Mindesten. Ich wollte immer schon mal zum Lake Tahoe.«

Kapitel 6

Alison

Sie kam von der Arbeit nach Hause, zog sich erschöpft die Schuhe aus und hängte ihren Regenmantel an den Haken. Dann stand sie ein wenig verloren im Flur und wusste nichts mit sich anzufangen.

So ging es ihr oft, wenn Misha bei ihrem Dad war und sie die Wohnung für sich allein hatte. Bei der Scheidung hatten sie eine Abmachung getroffen: Jedes zweite Wochenende verbrachte Misha bei Travis, was ihr damals eigentlich ganz gut gepasst hatte, weil sie dann samstags keinen Sitter für ihre Tochter organisieren musste, während sie arbeiten ging. Doch die Abende waren einsam, es war viel zu still. Sie hatte bereits all ihre alten DVDs etliche Male angeschaut und überlegte ernsthaft, sich einen dieser Streaming-Kanäle anzuschaffen. Sie wusste, Misha wäre begeistert, allerdings würde das bedeuten, dass sie auf irgendetwas anderes verzichten müssten. Aufs Telefon. Warmes Wasser. Oder das Frühstück. Und das war es ihr dann doch nicht wert.

Nachdem sie den neuen pinken Rucksack auf Mishas Bett gelegt und das Nachtlicht ausgeknipst hatte, was ihre Tochter am Morgen wohl vergessen hatte, begab sie sich ins

Wohnzimmer. Sie nahm ein paar der Fotoalben aus dem Regal, blätterte darin herum und sah sich die alten Bilder an, die sie und ihre Schwestern als Kinder zeigten. Alison hatte schon immer ein wenig aus der Reihe getanzt mit ihren roten Haaren, die sie von ihrer Mom geerbt hatte. Jill und DeeDee dagegen waren blond wie ihr Dad, und auch wie Grandma Fran, die auf vielen der Fotos abgebildet war. Grandma Fran in einem Blaubeerfeld, Grandma Fran beim Marmelademachen, Grandma Fran an ihrem Geburtstag, wie sie die Kerzen auf ihrer Torte auspustete, Grandma Fran Arm in Arm mit Grandpa Cliff. Sie wünschte, von ihrer Mom hätte sie ebenso viele Bilder. Doch es hatte lediglich sechs Alben gegeben, die sie untereinander aufgeteilt hatten. Die Schwestern hatten jeweils eins bekommen, die übrigen hatten ihre Großeltern behalten.

Sie nahm ein anderes Album und betrachtete Bilder von sich selbst und der kleinen Misha, deren Haar ebenso rot wie ihres war. Bilder, die Travis geschossen hatte. Schöne vergangene Zeiten, die bedauerlicherweise nie mehr zurückkommen würden.

Sie seufzte, stellte die Alben wieder an ihren Platz und ging die DVDs durch. Sie entschied sich für *Wo dein Herz schlägt*, einen ihrer Lieblingsfilme als Teenager. Bei einer Tüte Chips sah sie der siebzehnjährigen schwangeren und obdachlosen Novallee dabei zu, wie sie heimlich ihr Quartier in einem Walmart aufschlug, wo sie schließlich auch ihr Baby zur Welt brachte. Zum ersten Mal kam Alison der Gedanke, dass ihre eigene Jobwahl etwas mit diesem Film zu tun haben könnte. Als sie nämlich Travis aus der Wohnung geworfen und überlegt hatte, was sie fortan tun könnte, um ihren Lebensunterhalt zu bestreiten, war ihr als Erstes die Supermarktkette in den Sinn gekommen.

Sie musste lächeln. Wie verrückt das Leben manchmal doch spielte.

Und dann grübelte sie weiter. Vielleicht hatte Misha ja recht. Womöglich war nun wirklich der Zeitpunkt gekommen, nach einem neuen Mann Ausschau zu halten. Nicht nach einem im Internet, sondern einem, den sie im realen Leben kennenlernte. Bob aus der Feinkostabteilung hatte sie neulich erst gefragt, ob sie nicht mal mit ihm ins Kino gehen wollte. Er war ebenfalls geschieden, schon ein wenig grau meliert und trug einen kleinen Bierbauch vor sich her, doch er war wirklich nett und zuvorkommend. Vielleicht sollte sie ihm eine Chance geben.

Während Nathalie Portman im Krankenhaus erwachte, nickte Alison ein und träumte wie so oft von der Vergangenheit ...

September 2018

»Ich habe Blaubeer-Muffins dabei!«, rief sie ihrer Freundin Lori zu, mit der sie zum Picknicken verabredet war.

Lori saß bereits in ihrem Lieblingspark auf einer großen roten Decke und lächelte sie an.

»Lecker!«

»Das sind sie. Nach dem Rezept meiner Grandma.« Alison legte die Tupperdose auf die Decke und setzte sich zu Lori, die irgendwie gar nicht so fröhlich wirkte wie sonst.

Ihre Freundin öffnete die Box, nahm sich einen Muffin und biss ab. »Wow, die sind ehrlich lecker.«

»Sag ich doch. Grandma Fran hat das mit dem Backen

echt drauf. Früher, als wir noch Kinder waren, haben meine Schwestern und ich ihr immer dabei geholfen. Wir haben oft Unmengen an Muffins gebacken und sie dann auf dem Wochenmarkt verkauft. Wir haben auch Marmelade eingekocht und den besten Blueberry Pie gezaubert, den du dir nur vorstellen kannst.«

Lori sah sie an. »Wenn du das alles kannst, wieso hast du mir das dann bisher vorenthalten?«

Sie kannten sich nun seit gut einem Jahr, hatten sich im Music Store kennengelernt, als Lori eine Geige kaufte, und sich sofort angefreundet. Alison mochte Lori, weil sie ein absolut ehrlicher Mensch war.

»Ich weiß nicht.« Sie zuckte mit den Achseln. »Vielleicht einfach, weil ich so selten Zeit zum Backen finde?« Es musste ja immer jemand im Laden stehen, dazu hatte sie Misha, um die sie sich kümmern musste. Und da der Stairway Music Store, den Travis und sie ein paar Jahre zuvor gemeinsam eröffnet hatten, mehr schlecht als recht lief, hatte Travis vor Kurzem angefangen, zusätzlich Klavierunterricht zu geben. Was bedeutete, dass Alison den Großteil ihres Tages im Laden verbrachte. Während der einstündigen Mittagspause holte sie Misha von der Schule ab und nahm sie mit in den Store, wo ihre Tochter sich in eine Ecke setzte und bis zum Ladenschluss Hausaufgaben machte oder Gitarrespielen übte. Manchmal traf sie sich auch mit Ella, der Tochter der Johnsons, die nebenan den Zeitungskiosk betrieben, und spielte mit ihr, bis Alison sie einsammelte und mit ihr nach Hause fuhr. Dort kümmerte sie sich dann noch um das Abendessen und rief ihre Grandma oder eine ihrer Schwestern an, bevor sie es sich mit Travis auf der Couch bequem machte, und sie irgendwann ins Bett gingen und sich liebten.

Travis wollte immer. Es gab keinen Tag, an dem er zu müde war oder einfach mal keine Lust hatte. Er selbst bezeichnete es als Sexsucht, und damit hatte er auch die beiden Affären gerechtfertigt, die er im Laufe der Jahre gehabt hatte.

Die beiden Affären, von denen sie wusste.

Sie hatte ihm verziehen. Beide Male. Denn sie waren eine Familie, und sie liebte Travis nun mal. So sehr, dass sie ihm eine zweite und dann noch eine dritte Chance gegeben hatte. Doch sie hatte ihm gesagt, sollte er ihr so etwas noch einmal antun, wäre sie weg, dann würde er alles verlieren, was er hatte. Und das hatte sie in dem Moment auch so gemeint. Allerdings fragte sie sich selbst immer wieder, ob sie es letzten Endes wirklich durchziehen würde. Denn allein der Gedanke, erneut ohne einen geliebten Menschen auskommen zu müssen, war schrecklich. Undenkbar. Wie sollte sie noch einmal von vorne anfangen? Das hatte sie nun schon zweimal müssen. Einmal, nachdem ihre Eltern gestorben waren und sie zu den Großeltern auf die Blaubeerfarm ziehen musste, und ein weiteres Mal, als sie für Travis nach Tacoma gegangen war und ihre Großeltern zurückgelassen hatte.

Natürlich könnte sie jederzeit zurück auf die Farm, sie wusste, Grandma Fran und Grandpa Cliff würden sie mit offenen Armen empfangen. Doch sie wollte ihre Familie nicht aufgeben, wollte diese scheinbar heile Welt für Misha nicht zerstören, wusste sie doch, wie sehr Kinder darunter litten, wenn von heute auf morgen alles anders war. Alles kaputt war, was sie kannten.

»Wie läuft der Laden denn?«, fragte Lori nun, während sie sich das letzte Stück ihres Muffins in den Mund steckte. Noch immer wirkte sie irgendwie seltsam, als würde ihr etwas auf der Seele liegen.

Alison seufzte. »*Ach, nicht sehr gut. Ich weiß ehrlich gesagt nicht, ob wir ihn überhaupt bis zum Ende des Jahres halten können.*«

»*Oh nein. Und was wollt ihr dann tun? Ein neues Geschäft eröffnen? Was haltet ihr denn vom Franchising? Diese ganzen Subway- und Starbucks-Läden machen super Umsätze.*«

»*Ich bin auch schon am Hin- und Herüberlegen, möchte aber den Music Store gar nicht aufgeben. Er war immer unser Traum.*«

»*Ja, ich weiß.*« *Lori sah sie eingehend an.* »*Wie läuft es mit Travis?*« *Sie nahm sich noch einen Muffin.*

»*Ganz okay. Wie immer. Wieso fragst du?*«

»*Nur so.*«

»*Lori, nun hör schon auf mit dem Theater. Es gibt da doch etwas, was du mir sagen möchtest, oder? Ich sehe es dir an.*«

Ihre Freundin druckste herum, starrte den Muffin in ihrer Hand an und sagte: »*Ich habe ihn gesehen.*«

»*Wen hast du gesehen?*«*, fragte sie, obwohl sie es sich bereits denken konnte. Ihr Herz schlug schneller.*

»*Travis. Ich habe ihn zusammen mit einer anderen gesehen. Im Kino. Gestern Nachmittag.*«

»*Gestern Nachmittag? Da hatte er eine Klavierstunde. Ich hab dir doch erzählt, dass er jetzt Privatunterricht gibt?*«

»*Ally, ich habe ihn gesehen. Meine Cousine Darla hat mich in diese neue Liebeskomödie mit Jennifer Lopez reingeschleift, die ich ehrlich gesagt noch nie ausstehen konnte, aber ... ach, egal. Er saß ein paar Reihen vor mir mit einer blonden Frau, und die beiden konnten die Finger nicht voneinander lassen. Bitte glaube mir.*«

»*Du musst dich irren, denn wie gesagt ...*« *Sie musste ein-*

mal tief ein- und wieder ausatmen, bevor sie weitersprechen konnte. »Vielleicht sah ihm nur jemand sehr ähnlich? Ich meine, im Kino ist es doch dunkel, oder?«

Lori griff nun nach ihrer Hand und hielt sie fest. »Süße, es tut mir leid. Ehrlich.«

Sie nickte. Eine Träne kullerte ihr über die Wange, dann war es ein ganzer Wasserfall.

»Hat er sie geküsst, die andere?«

»Ja, und nicht nur das.«

Wieder nickte sie. »Es ist nicht das erste Mal, weißt du?«

»Was meinst du damit? Hat er dich etwa vorher schon betrogen?«

»Ja. Zweimal. Mindestens.«

Lori starrte sie verständnislos an. »Und warum bleibst du dann bei dem Dreckskerl?«

»Weil ich ihn liebe.«

»Jemanden zu lieben, bedeutet aber nicht, sich alles von ihm gefallen lassen zu müssen, Ally. Und wenn er dich *wirklich* lieben würde, würde er dir so etwas nicht antun.«

»Er hat da diesen ... diesen Drang, er nennt es Sexsucht. Er kann einfach nicht anders.«

»Das ist doch Bullshit! Du solltest dich mal hören! Und ich dachte immer, du wärst so eine schlaue, selbstbewusste Frau.« *Fassungslos schüttelte ihre Freundin den Kopf und ließ ihre Hand los.*

»Das ist alles nicht so einfach, wie du denkst. Wir haben immerhin ein Kind zusammen. Und ich weiß, wie es ist, ohne Eltern aufzuwachsen.«

»Das ist doch etwas völlig anderes als bei dir damals. Misha hätte weiterhin beide Elternteile, nur dass diese dann eben nicht mehr zusammen wären. Glaubst du wirklich, es ist besser für deine Tochter mitanzusehen, wie du leidest?«

»*Sie weiß es ja nicht. Sie ist noch zu klein, um so etwas mitzubekommen.*«

»*Ja, noch. Aber sie wird auch älter. Ist es wirklich das, was du ihr vorleben willst? Dass Frauen sich von Männern alles gefallen lassen können? Dass sie sich wie Dreck behandeln lassen können? Dass sie nicht mehr als das verdient haben?*«

Nun musste sie richtig schluchzen. »*Du hast ja recht, Lori. Doch ich weiß einfach nicht, was ich tun soll.*«

»*Ihn verlassen. Auf der Stelle. Geh nach Hause, schmeiß seine Sachen in einen Koffer und ihn vor die Tür. Das wäre das einzig Richtige.*«

Und Alison hörte auf Lori. An diesem Tag musste endlich etwas geschehen. Nachdem sie Travis die Pistole auf die Brust gesetzt hatte, gestand er auch diesen »*Ausrutscher*«*.*

»*Du kannst nicht die ganze Schuld mir geben, Ally. Du willst ja oft nicht, und ich habe eben meine Bedürfnisse.*«

»*Wage es ja nicht, mir die Schuld in die Schuhe zu schieben*«*, zischte sie ihn wütend an und versuchte, ihre Stimme im Zaum zu halten, damit sie Misha nicht weckte. Denn das wäre für sie das Schlimmste, wenn Misha ihren Streit mitbekäme.*

Nachdem Travis ihr wieder mit Entschuldigungen und leeren Versprechungen daherkam, sagte sie ihm, dass es aus war. Für immer. Und dass er seine Sachen packen sollte. Zuerst war er geschockt, wollte nicht glauben, dass sie es wirklich ernst meinte. Doch dann holte sie einen Koffer hervor und begann, seine T-Shirts und Hosen und Socken hineinzulegen, und da begriff er es – so wie auch sie es in diesem Moment endgültig begriff: Ihre Ehe war vorbei.

Und sosehr es auch wehtat, wusste Ally, es gab kein Zurück. Wie Lori gesagt hatte: Es war das einzig Richtige.

Sie erwachte von Vogelgezwitscher und war erleichtert: Es war bereits hell, sie hatte die Nacht hinter sich gebracht, und Misha würde heute zurück nach Hause kommen. Dann würde sie ihr sicher wieder von all den aufregenden Dingen erzählen, die ihr Dad mit ihr unternommen hatte. Von einer Spätvorstellung im Kino, einem Ausflug in die Berge oder sonst irgendwas Coolem, bei dem Alison in der Regel nicht mithalten konnte. Deshalb überlegte sie, was sie Schönes für ihre Tochter vorbereiten könnte, um ihr eine Freude zu machen. Vielleicht könnte sie etwas Leckeres backen und ihr später den Film zeigen, bei dem sie gestern Abend eingeschlafen war. Er würde Misha bestimmt gefallen.

Sie grübelte. Am liebsten würde sie etwas mit Blaubeeren backen, doch statt immer nur Blaubeer-Muffins könnte sie doch mal den Blueberry Pie ausprobieren, den gedeckten Blaubeerkuchen, den Grandma Fran jedes Mal machte, wenn sie sich sahen. Misha liebte den Pie, nur leider bekam Alison ihn nie auch nur annähernd so gut hin wie die Muffins. Was bedeutete, dass sie sich wohl an den Profi wenden musste.

Sie sah zur Uhr, es war kurz nach acht. Der Supermarkt an der Ecke öffnete sonntags um neun; sie musste sich also gedulden und machte das, was im Haushalt anfiel – Blumen gießen, die Waschmaschine anschmeißen, den Mülleimer entleeren – und ging dann einkaufen. Besorgte alles, was man für einen Blueberry Pie brauchte, und rief, sobald sie zurück zu Hause war, Grandma Fran an.

»Das ist ja eine Überraschung. Wie geht es dir, Liebes?«, meldete sich ihre Großmutter.

»Mir geht es gut, Granny, und dir?«

»Alles bestens.«

»Das freut mich. Und Grandpa?«

Kurze Zeit herrschte Stille am anderen Ende der Leitung, dann sagte ihre Grandma: »Ach, ich will dich nicht anlügen. Er baut immer mehr ab. Gestern habe ich ihm von unserem Kennenlernen erzählt, und es schien mir, als könne er sich überhaupt nicht mehr erinnern.« Von ihrem Kennenlernen hatte Grandma Fran Alison und ihren Schwestern früher auch hin und wieder erzählt. »Es war Liebe auf den ersten Blick«, hatte Grandma Fran dann gesagt, und Alison hatte das immer furchtbar romantisch gefunden und selbst auf solch eine Liebe gehofft.

Die einzig wahre Liebe, die ewig andauerte.

»Das tut mir so leid«, sagte sie jetzt und wünschte wie so oft, sie könnte Grandma Fran umarmen. Wünschte, sie würden in der Nähe wohnen. Wünschte, sie hätte ihre Familie bei sich.

»Man kann es nicht ändern. Ich kann nur versuchen, so viel Zeit wie möglich an seiner Seite zu verbringen, bevor er...«

Grandma Fran musste nicht weitersprechen, Alison wusste auch so, was sie meinte.

Bevor er sich an gar nichts mehr erinnerte.

»Wie machst du das denn? Viel Zeit mit Grandpa verbringen und zugleich die Farm in Schuss halten?«, wollte sie wissen, denn das fragte sie sich schon seit Längerem. Ein- oder zweimal hatte sie sogar darüber nachgedacht, ihre Hilfe anzubieten, doch dann waren ihr sofort Misha und Travis in den Sinn gekommen, die sie nicht auseinanderreißen wollte.

»Genau das ist mein Dilemma. Ich habe viel nachgedacht in letzter Zeit, und ich wollte dich und deine Schwestern demnächst gerne mal alle zusammen sprechen.«

Ihr blieb fast das Herz stehen.

Dachte ihre Grandma etwa darüber nach, die Blaubeerfarm zu verkaufen?

»Okay, klar«, sagte Ally. »Wir könnten mal wieder alle zusammen zoomen, du weißt ja inzwischen, wie das geht.« Es war nicht leicht gewesen, die App einer zweiundachtzigjährigen Farmerin zu erklären, doch letztlich war sie durchgestiegen, und sie hatten nun schon ein paarmal alle miteinander eine Zoomkonferenz abgehalten.

»Das ist eine gute Idee. Ich gebe euch dann Bescheid.«

»Mach das.«

»Hast du von deinen Schwestern gehört?«

»Ja, gerade Freitag erst hat DeeDee Fotos von sich geschickt. In einem Zaubererkostüm. Sie geht nämlich jetzt unter die Magier.«

Grandma Fran lachte. »Bei DeeDee wird es wenigstens nie langweilig. Und Jilly?«

»Ich glaube, wir haben vor ungefähr einer Woche zuletzt telefoniert.« Sie fragte sich selbst, wann aus den beinahe täglichen Telefonaten wöchentliche geworden waren. »Sie genießt ihr Leben im Luxus.«

»Ja, sie scheint es sich richtig gut gehen zu lassen in ihrer Villa. Ich würde sie ja zu gerne mal sehen.«

»Die Villa ist wirklich toll.« Sie war vor einigen Jahren für ein paar Tage hingeflogen, vor ihrer Trennung von Travis. Damals hatte sie in einem der Gästezimmer geschlafen, zusammen mit Delilah, die ebenfalls gekommen war. Sie hatten eine wirklich schöne Zeit miteinander verbracht, relaxt und viel gelacht. Jill hatte ihnen Scottsdale gezeigt, sie waren in einer riesigen Mall shoppen gegangen, hatten sich dort in den Food Court gesetzt und sich all ihre Lieblingsgerichte bestellt. So, wie sie es früher so gern getan hatten, als sie alle noch in Kalifornien wohnten.

Jillian hatte sie danach noch des Öfteren eingeladen, sie in Scottsdale besuchen zu kommen, doch sie musste ehrlich gestehen, dass sie einfach nicht das Geld für zwei Flüge nach Arizona hatte. Sie wusste, ihre Schwester hätte sie sofort finanziell unterstützt, wenn sie sie gefragt hätte, doch das wollte sie nicht. Sie wollte auf eigenen Beinen stehen. Wenn Travis endlich mal regelmäßig den Unterhalt für Misha zahlen würde, wäre dem auch schon geholfen, aber so musste sie halt sehen, dass sie jeden Monat ein bisschen was beiseitelegte. Und irgendwann würde sie auch genug für zwei Flugtickets zusammenhaben, nur würde sie dann wahrscheinlich lieber die Großeltern in Kalifornien besuchen statt ihre Schwester in Arizona. Sie hoffte da einfach auf deren Verständnis.

»Und nun erzähl mir endlich von Misha. Was gibt es Neues bei ihr?«

»Nichts, das du noch nicht weißt, denke ich.« Denn Misha rief ihre Grandma jeden Freitagabend an, um ihr selbst zu erzählen, was in ihrem Leben vor sich ging. Was für Noten sie geschrieben oder welches Lied sie auf der Gitarre gelernt hatte, für wen sie gerade schwärmte oder was sie alles in den nächsten Ferien unternehmen wollte. Alison wusste, dass Misha ihre Urgroßeltern auch ganz schrecklich vermisste und sie gerne viel öfter sehen würde.

Sie wünschte, sie könnte es ihr ermöglichen.

»Ist dieser Justin noch aktuell?«

Kurz musste sie überlegen, welchen Justin Grandma Fran meinte. Justin Timberlake? Justin Bieber? Ah! Justin aus der Parallelklasse, in den Misha letzten Monat verschossen war.

»Nein, der ist schon wieder passé. Jetzt gibt es da Daryl aus der Schülerband. Er ist schon dreizehn.«

»Soso. Ein Musiker also.« Grandma Fran lachte und

dachte sich wahrscheinlich: *Der Apfel fällt nicht weit vom Stamm.*

»Du, Granny, ich würde für Misha gern deinen berühmten Blueberry Pie backen, weiß aber nicht mehr genau, wie du das mit dem Mürbeteig machst. Mir fällt der immer auseinander.«

»Oh, wie lustig. Ich habe auch gerade einen Pie im Ofen. Das ist ganz einfach, Kind. Du musst kaltes Wasser zum Teig dazugeben, aber schön langsam... Am besten fangen wir ganz von vorne an. Du mischst genau dreihundertfünfundsechzig Gramm Mehl mit drei Esslöffeln Zucker und einem Teelöffel Salz...«, gab Grandma Fran die Anweisung, und Alison schrieb alles Punkt für Punkt auf.

An diesem Tag gelang ihr der Pie perfekt, und als Misha am Nachmittag nach Hause kam, präsentierte sie ihn ihr stolz.

»Wow, der sieht ja aus wie der von Granny!«, rief ihre Tochter aus.

Und nun hoffte sie nur noch, dass er auch so schmeckte.

Kapitel 7

Jillian

An diesem Sonntagnachmittag lag Jillian wieder einmal am Pool. Sie hatte die letzten Seiten von *Dienstags bei Morrie* lesen wollen, musste dabei aber eingenickt sein. Denn sie schreckte hoch, als sie etwas klimpern hörte. Sie merkte, wie heiß ihr Körper sich anfühlte und wie trocken ihr Mund war, und ging ins Haus, um sich in der Küche etwas zu trinken zu holen. Es war auch höchste Zeit fürs Mittagessen, wie ihr ein Blick auf die Uhr verriet, vielleicht würde sie sich einen kleinen Salat machen.

Die Küche war voller Leute, und überall standen Dinge herum: Küchenutensilien, Partyteller und Gläser, Essen, das anscheinend geliefert worden war – und da fiel es ihr wieder ein.

Das Spiel!

Heute fand das Spiel der Arizona Diamondbacks statt, und Preston, ein riesiger Baseballfan, hatte wie so oft seine gesamten, ebenso begeisterten Sportfreunde dazu eingeladen, es mit ihm auf seinem 100-Zoll-Ultra-HD-QLED-Fernseher mit Anti-Reflexion-Panel anzusehen.

Und nun kam er ebenfalls in die Küche, in einer legeren

hellen Leinenhose und einem kurzärmeligen weißen Hemd, dessen obere drei Knöpfe offen standen. Er wirkte ganz aufgeregt und klatschte ihr auf den Hintern, während sie die Deckel der riesigen Aluschalen anhob, um herauszufinden, was sich darunter befand.

»Ist das alles frittiert?«, fragte sie, als sie neben Hühnchen auch noch Shrimps entdeckte.

»Na, denkst du, Jimmy, Coop und Hank geben sich mit Gurkenhäppchen und Jakobsmuscheln zufrieden?«, fragte er lachend. »Wir wollen uns ein Baseballspiel ansehen, Jill!«

»Ist mir schon klar. Aber gibt es hier denn gar nichts, was ich auch essen könnte?« Die nächste Schale, in die sie einen Blick warf, war gefüllt mit fettigen Mac&Cheese, und sie stöhnte genervt auf.

»Wenn du ein Damenkränzchen veranstaltest, kannst du gerne anbieten, was immer du willst, bei einem Sportevent gibt es eben richtiges Männeressen. Guck mal in den Kühlschrank, da müsste noch was von dem Meeresfrüchtesalat von gestern Abend übrig sein, und auch vom Graved Lachs.«

Sie öffnete den glänzenden doppelseitigen Kühlschrank und nahm sich zuerst einmal eine kleine Wasserflasche heraus, von der sie ein paar Schlucke trank. Dann fand sie die Reste, die Preston ihr vorgeschlagen hatte. Während sie sich einen Teller befüllte, stieg ihr der Duft des geschmolzenen Käses von den Makkaroni entgegen, und sie musste sich zusammenreißen, sich nicht einfach welche auf den Teller zu tun. Das hätte nur wieder eine Diskussion mit Preston gegeben.

Oksana, die Servicekraft, die Preston schon öfter für solche Zwecke engagiert hatte, kam herbei und werkelte in der Küche herum. Sie rief nach ihren Töchtern, die ebenfalls antanzten. Nadja und Natascha hießen sie, wenn Jillian sich richtig erinnerte, oder zumindest irgendwas mit dem Buchstaben N. Beide waren jung und hübsch, ohne den russischen Akzent ihrer Mutter, und Jillian war sich bewusst, dass sie genau Prestons Typ entsprachen. Groß, schlank, blond – wie sie –, nur ein wenig jünger und noch ein wenig knackiger. Und wie so oft fragte sie sich, ob er ihr wohl treu war. Haben könnte er sicher jede Frau, aber ob er die Chance auch nutzte?

»Na, ich muss dann mal ein paar Dinge vorbereiten, die Jungs trudeln gleich hier ein«, sagte Preston jetzt. Dann trat er näher an sie heran und flüsterte ihr ins Ohr: »Leider reicht es nicht für einen Quickie, aber heute Nacht hoffe ich auf ein bisschen ... du weißt schon was.« Er grinste sie an.

Ja, sie wusste, was.

»Na klar. Viel Spaß euch bei dem Spiel«, wünschte sie und sah das Maskottchen der Diamondbacks vor sich. *D. Baxter the Bobcat*, ein alberner Rotluchs, der auf Instagram zwanzigtausend Follower hatte.

Sie griff nach der Küchenrolle, riss ein Stück davon ab und tupfte sich damit über die Stirn und den schweißnassen Hals. Als sie sich wieder zu Preston umdrehte, bemerkte sie, wie ihn das heißmachte, doch er schüttelte den Kopf und verschwand aus der Küche. Nadja – oder Natascha? – schubste sie beiseite, um die frittierten Shrimps noch einmal zum Aufwärmen in den Ofen zu schieben. Als niemand hinsah, hob Jillian erneut den Deckel von den Mac&Cheese an, stach mit der Gabel in die köstlichen Nudeln und ließ sie schnell in ihrem Mund verschwinden. Sie schmolzen ihr auf der Zunge. Am liebsten hätte sie die ganze riesige Aluschale mitgenommen, doch sie begnügte sich mit zwei weiteren Gabeln und ging mit ihrem Meeresfrüchtesalat nach draußen, um ihn unter dem Sonnenschirm zu essen.

Dort fischte gerade der Pooljunge ein paar Blätter aus dem Becken und lächelte ihr zu, als er sie entdeckte. Benito sah in seinen Shorts und dem hautengen gelben T-Shirt so viel mehr zum Anbeißen aus als die blöden fettarmen Calamari auf ihrem Teller. Er würde gut zu DeeDee passen, dachte sie, doch die Sache mit ihrer Schwester und ihrem aktuellen Freund Channing schien tatsächlich mal etwas Ernstes zu sein. Was Jillian wirklich wunderte. Denn Delilah hielt sonst nichts von festen Beziehungen, und das konnte sie sogar gut nachvollziehen. Denn es war nicht leicht, sich auf jemanden einzulassen, wenn einen die ganze Zeit diese Angst begleitete, dass man diesen geliebten Menschen nur doch wieder verlieren würde.

Später am Nachmittag, während aus dem Hobbyraum Männerjubeln ertönte, saß Jillian in ihrem eigenen Zimmer und wählte die Handynummer ihrer Grandma, von der sie wusste, dass sie um diese Zeit bei Grandpa Cliff sein würde. Ihr Großvater lebte seit circa zweieinhalb Jahren in einem Seniorenheim namens Bridgefront Park, weil Grandma Fran die Pflege allein nicht mehr bewältigen konnte. Schließlich hatte sie sich nach wie vor um eine Farm zu kümmern, und die war nicht klein. Die Blaubeerfarm erstreckte sich über dreißig Hektar und brauchte um die fünfzig Helfer, die während der Erntezeit zu beaufsichtigen waren. Dazu kamen der Verkauf und Versand der Beeren, der Marktstand und die vielen anderen Aufgaben, die mit solch einer Farm einhergingen. Jillian fragte sich schon lange, wie Grandma Fran mit ihren zweiundachtzig Jahren das überhaupt alles noch schaffte.

Sie ging nach dem vierten Klingeln ran. »Hallo?«

Jillian musste lächeln. Obwohl ihr Name doch auf dem Handydisplay ihrer Grandma gestanden hatte, meldete diese sich doch jedes Mal mit einer fragenden Stimme, als wüsste sie nicht, wer dran war.

»Hallo, Granny, ich bin es, Jill.«

»Oh, Jilly! Wie schön, dich zu hören. Wie geht es dir?«

Sie dachte an die köstlichen Mac&Cheese zurück und fragte sich, ob sie sich noch ein paar stibitzen konnte. »Es geht mir gut, danke. Und euch? Du bist gerade bei Gramps, oder?«

»Ja, das bin ich. Wie jeden Nachmittag um diese Zeit. Uns geht es auch gut.«

»Freut mich sehr, das zu hören. Wie läuft die Farm? Sind die Blaubeeren schon reif?«

Es war Mitte April, die Ernte müsste schon in vollem Gange sein.

»Oh ja. Die Helfer sind fleißig am Pflücken, und ich habe heute sogar meinen berühmten Blueberry Pie für deinen Grandpa gebacken.«

»Na, da wird er sich aber gefreut haben.« Oh ja, auf ein Stück dieses köstlichen Pies hätte sie jetzt selbst auch Lust. Als Dessert nach den Mac&Cheese.

»Das hat er. Möchtest du ihn mal sprechen? Er sitzt gleich neben mir.«

»Ja, gerne.«

Kurz darauf hörte sie ihren Grandpa am anderen Ende der Leitung. »Ja? Wer ist da?«, fragte er.

»Hier ist Jillian, Grandpa. Wie geht es dir?«

»Gut, gut.«

»Ich habe gehört, du hast heute Grandmas begehrten Blueberry Pie genießen dürfen? Da bin ich richtig neidisch.«

Keine Antwort. Und Jillian fragte sich, ober er es vielleicht schon wieder vergessen hatte.

Ihr wurde schwer ums Herz, und es bildete sich ein Kloß

in ihrem Hals. Es war einfach zu traurig, wie Grandpa Cliff sich in den letzten paar Jahren verändert hatte. Er war nicht mehr derselbe, und er konnte nichts dafür.

Sie erinnerte sich noch so gut daran, was er ihr und ihren Schwestern früher alles erzählt und beigebracht hatte. Wahrscheinlich wussten sie mehr als die meisten anderen Menschen über die Blaubeere: Die Pflanzen wuchsen bis zu vier Meter hoch, sie mussten jährlich beschnitten werden und trugen die ersten Früchte erst nach drei bis fünf Jahren. Sie mussten mehrmals täglich gegossen werden, doch nicht zu viel, denn sonst bekamen sie Wurzelfäule. Eine Pflanze trug bis zu sieben Kilo Blaubeeren, und diese enthielten viel Vitamin C, Vitamin A und wichtige Antioxidantien. Außerdem linderten sie Entzündungen im Hals- und Rachenraum – Grandma Fran hatte Jillian, Alison und Delilah stets einen selbst gemachten Blaubeersaft gegeben, wenn sie sich erkältet hatten.

»Ich lese gerade das Buch, das du mir ans Herz gelegt hast«, erzählte sie jetzt und hoffte, wenigstens daran konnte er sich erinnern.

»Ja?«, fragte er.

»Ja. *Dienstags bei Morrie*. Du sagtest mir, ich müsse es unbedingt lesen, weil es eins deiner Lieblingsbücher sei. Erinnerst du dich?«

Kurze Stille. »*Dienstags bei Morrie*?«

»Ja, genau. Von Mitch Albom.«

»Das hatte ich auch einmal. Doch es ist nicht mehr da, ich weiß nicht, wo es jetzt ist. Jemand muss gekommen sein und es mir gestohlen haben.«

Der Kloß in ihrem Hals wurde immer größer.

»*Ich* habe es, Gramps. Du hast es mir geliehen«, sagte sie mit brüchiger Stimme.

»Wer ist da?«, hörte sie und musste sich die freie Hand auf den Mund legen, um nicht laut loszuschluchzen.

Oh, Grandpa.

Sie hörte, wie Grandma Fran etwas zu Grandpa Cliff sagte, und dann hatte sie wieder ihre Großmutter am Apparat.

»Oh, Jilly, nimm es ihm nicht übel. Er hat heute keinen guten Tag.«

»Ist schon okay«, brachte sie mühsam hervor, weil sie es für Grandma Fran nicht noch schlimmer machen wollte. Sie wusste ja, wie sehr sie selbst darunter litt, dass der Feind namens Alzheimer ihre große Liebe einholte.

Wie ironisch das doch war, oder? Dass Grandpa Cliff ausgerechnet unter dieser Krankheit litt, obwohl der Blaubeere doch nachgesagt wurde, dass sie vor Alzheimer schützte.

»Ich glaube, wir legen besser auf und sprechen ein anderes Mal weiter, ja?«, hörte sie Grandma Fran sagen.

»Okay.« Sie nickte und wartete ab, bis sie ein Klicken in der Leitung hörte. Dann Stille.

Sie konnte die Tränen nicht aufhalten und ließ ihre Gefühle zu. Und während sie weinte, hörte sie unten Gegröle und laute Rufe. »Home Run! Home Run!«

Sie schnäuzte sich die Nase, wischte sich die Tränen aus dem Gesicht und ging in die Küche, in der jetzt nur noch Oksana anzufinden war, die gerade zwei Sixpacks Bier aus dem Kühlschrank holte. Die Frau schenkte ihr ein Lächeln, und als sie mit dem Bier in Richtung Hobbyraum verschwunden war, nahm Jillian sich eine Müslischüssel aus dem Schrank und befüllte sie sich bis zum Rand mit Mac&Cheese. Damit ging sie wieder nach draußen und nahm sich fest vor, das Buch noch heute fertigzulesen, damit sie es Grandpa Cliff ganz schnell zurücksenden konnte.

Kapitel 8

Delilah

Der Nachmittag war eine Katastrophe.

Obwohl Delilah die Zaubertricks ziemlich gut gelangen, kamen sie beim Geburtstagskind Ginny und ihren Freunden gar nicht gut an. Die Kinder fanden sie lahm. Ein kleiner Junge mit schwarz umrandeter Brille meinte, dass Harry Potter das mit dem Zaubern tausendmal besser draufhätte. Ein rothaariges Mädchen beschwerte sich, dass Delilah lediglich ein Stoffkaninchen aus dem Hut zauberte und keinen echten Drachen oder ein Einhorn. Und zu guter Letzt kotzte eine kleine blonde Diva im Prinzessinnenkleid ihr auf die Schuhe.

Doch das war noch nicht der Höhepunkt des Tages!

Ginnys Grandma war beleidigt, weil Delilah nicht ihre selbst gemachte Erdbeertorte probieren wollte, und sah sie unglaublich böse an, als sie ihr sagte, dass sie sie gerne probiert hätte, wenn sie Sojasahne statt die von gefangen gehaltenen und gequälten Kühen verwendet hätte. Schließlich bekam sie nur fünfundsiebzig statt der hundert Dollar von Ginnys Mutter, die ihr sagte, dass sie das mit der Bezahlung anscheinend falsch verstanden hatte.

Genervt und mit völlig versauten Schuhen machte Delilah den Abgang. Von der Feier in Berkeley bis nach Hause würde sie eine gute Stunde brauchen, und sie stank einfach fürchterlich, weshalb sie sich kaum in die Bahn wagte. Zu Channing würde sie aber nur fünfzehn Minuten zu Fuß brauchen, also beschloss sie spontan, bei ihm vorbeizuschauen. Sie war sich ziemlich sicher, dass bei ihm noch ein paar ihrer Flip-Flops rumlagen, die würden zur Überbrückung gehen. Die vollgekotzten weißen Chucks würde sie in eine Tüte stopfen und zu Hause oder auch gleich bei Channing in die Waschmaschine stecken.

Um zwanzig nach fünf erreichte sie Channings Apartment, der im oberen Stockwerk eines Zweifamilienhauses wohnte. Seine Wohnung bestand lediglich aus zwei Zimmern, eins benutzte er als Wohn- und Schlafzimmer, das andere als Studio. Channing war Künstler, Maler, und auch sie hatte ihm bereits mehrmals Modell gestanden.

Seine Tür war nie abgeschlossen, weshalb sie nur kurz anklopfte und den Türknauf drehte. Sie freute sich sogar richtig drauf, ihn zu sehen, und hoffte, ihm ging es genauso.

»Überraschung!«, rief sie lachend, als sie durch den Flur ging und kurz darauf das Wohnzimmer betrat. »Ich bin es! Bitte achte nicht auf den schrecklichen Gestank, ich werde mir die Kleider sofort vom Leib reißen und …«

Sie hielt in ihrem Satz inne und blieb schockiert stehen. Starrte ihren Freund an, der sich gerade mit einer anderen vergnügte. Splitterfasernackt saßen die beiden auf dem Bett, sie auf ihm, und sie bewegte sich so rhythmisch, dass Delilah bei dem Anblick nun selbst schlecht wurde und sie am liebsten auf der Stelle losgekotzt hätte.

Noch immer konnte sie kein Wort sagen. Nur Channing anstarren, der sie ertappt und entschuldigend anblickte.

»DeeDee. Oh, äh ... sorry, ich wusste nicht, dass du heute vorbeikommen wolltest.«

Seine Bettgespielin hatte sie nun auch endlich bemerkt und hielt in ihren Bewegungen inne.

»Das war auch nicht geplant gewesen«, brachte Delilah endlich heraus. »Ich hatte in der Nähe einen Job und wollte dich überraschen. Ist mir wohl gelungen.« Sie machte kehrt und verließ die Wohnung, so schnell sie konnte.

Channing kam ihr hinterhergerannt, barfuß, er war nur schnell in seine Hose geschlüpft.

»DeeDee, es tut mir leid. Bitte lass es mich dir erklären.« Er packte sie bei der Schulter.

Angewidert drehte sie sich um und sah ihn an. »Was gibt es da noch zu erklären?«

»Sie bedeutet nichts. Sie hat mir Modell gestanden und plötzlich ... Es ist einfach so passiert.«

»Ist dir das schon öfter *einfach so* passiert?«, wollte sie nun aber doch gern wissen.

»Nein, ich schwöre.«

»Wag es nicht zu schwören. Ich sehe dir an, dass du lügst.«

»Okay, ein paarmal vielleicht. Ich bin Künstler, ich muss meiner Muse folgen. Das verstehst du doch sicher, oder?«

»Nein, tu ich nicht. Du Arsch! Lass dich nie wieder bei mir blicken!«, blaffte sie ihn nun doch lauter und wütender an als beabsichtigt. Dann ging sie schnellen Schrittes davon. Weg von Channing. Weg von der Beziehung, die sie viel zu nah an sich herangelassen hatte.

Sie blickte sich nicht um.

Und dann – verdammt! – fielen ihr die Flip-Flops wieder ein, die sich noch irgendwo in Channings Wohnung befanden.

Nie und nimmer wäre sie noch einmal zurückgegangen und hätte riskiert, Channing und sein nacktes Modell erneut beim Sex zu erwischen. Also suchte sie die nächste Drogerie auf und betrat sie mit dem Wissen, dass sie nach erbrochener pinker Glitzertorte duftete. Die Kassiererin blickte sie dann auch direkt so an, als wäre sie einer Mülltonne entstiegen.

»Kinderkotze. Sorry«, sagte sie und grinste schief.

Draußen vor dem Laden zog sie ihre Chucks aus, die ausgerechnet Channing ihr vor ein paar Monaten geschenkt hatte, als sie nach einem seiner lukrativeren Aufträge zusammen shoppen gegangen waren. Oh Gott, wenn sie sich jetzt vorstellte, mithilfe welcher Muse er das Geld vielleicht verdient hatte… Sie schlüpfte in ihre Flip-Flops und warf die schmutzigen Chucks in hohem Bogen in den nächsten Mülleimer.

»Bye bye, Channing«, sagte sie und fuhr nach Hause.

An diesem Abend war Rachel mit Jay aus, im Kino oder sonst wo. Auf jeden Fall hatte Delilah die Wohnung für sich. Zuallererst sprang sie unter die Dusche, nicht nur um sich den miesen Geruch von den Füßen, sondern auch um sich die Demütigung abzuwaschen, die sie heute hatte erfahren müssen.

Channing war so ein Schwein! Wie hatte sie ihn nur auf diese Weise in ihr Leben und an sich heranlassen können?

Noch immer wütend auf sich selbst ging sie in Joggingsachen und mit feuchten Haaren in die Küche und wärmte sich ein paar der Reste vom Vortag auf. Das Tempura-Gemüse, der Curryreis mit Erbsen und Sojageschnetzeltem und das Auberginen-Mus waren wirklich lecker, das selbst gebackene Naan-Brot hingegen weniger, es war trocken wie Pappe und nur mit viel Wasser runterzubekommen. Auch die Salsa mit Rosinen und Koriander sollte Rachel ganz schnell wieder aus dem Programm nehmen.

Sie stellte den Teller in die Mikrowelle, ging ans Fenster und sah hinaus aufs Wasser. Dachte an ihre Mutter, die vielleicht immer noch irgendwo im Meer schwamm und mit der Zeit eins mit ihm geworden war.

»Oh, Mom, du fehlst mir so«, sagte sie. Weil es stimmte. Weil sie sich an Tagen wie diesen so sehr nach einer Mutter sehnte, die sie einfach nur in den Arm nahm und tröstete.

Sie konnte sich kaum noch an sie erinnern.

Gerade mal fünf Jahre alt war sie gewesen an jenem Tag, der ihr Leben für immer veränderte. Und das Schlimmste war, dass beinahe alles aus ihrem Gedächtnis gelöscht war. Sie erinnerte sich weder daran, wie sich die Stimme ihrer Mutter anhörte, noch daran, wie sie gerochen hatte. Sie wusste nicht mehr, dass es an dem Apriltag besonders stürmisch gewesen war oder dass Alison sie statt ihrer Mom von der Schule abgeholt hatte. Alles, was sie wusste, war das, was ihre Schwestern ihr im Laufe der Jahre immer wieder erzählt hatten, während die Großeltern eisern schwiegen.

Der Himmel war am Morgen noch blau. Und obwohl für den Tag schlechtes Wetter vorhergesagt wurde, hatten ihre Eltern, die beide passionierte Segler waren, sich dazu entschieden, mit dem Segelboot hinauszufahren, das dem Boss ihres Vaters gehörte. Er hatte es ihm für den Tag zur Verfügung gestellt, weil ihr Dad bei der Versicherungsfirma, für die er arbeitete, einen millionenschweren Vertrag mit einem Großkonzern an Land gezogen hatte. Zum Dank. Und das hatte ihm das Leben gekostet, genau wie ihrer Mutter, die freiberuflich von zu Hause aus für mehrere Zeitungen Hochzeits- und Sterbeanzeigen verfasste – ausgerechnet!

Sie mussten vom plötzlich aufkommenden Sturm überrascht worden sein und hatten es nicht mehr zurückgeschafft. Das Boot war gekentert, ihre Eltern waren über Bord gegangen und davongespült worden. Delilah hatte sich so oft gefragt, ob sie wohl noch lange um ihr Leben gekämpft hatten. Noch lange versucht hatten, sich an der Wasseroberfläche zu halten.

Die Großeltern waren gekommen, und gemeinsam hatten sie vor dem Fernseher sowie dem Telefon gesessen und auf Neuigkeiten gewartet. Dann kam der Anruf. Ihr Dad war vor Sausalito an Land gespült worden.

Die Großeltern waren wie in Trance. Ihr einziges Kind war tot.

Ihre Schwestern waren verzweifelt. Ihr Dad war ihnen genommen worden und die Mutter noch immer unauffindbar.

Und die kleine Delilah wollte nichts, als in ihrem Zimmer mit ihren Puppen zu spielen. Das hatte sie immer wieder gehört und sich gefragt, ob ihr kleines Herz noch nicht in der Lage war, die Dinge zu begreifen, oder ob es die Schreckensnachrichten absichtlich ignorierte, um ihr Kummer zu ersparen.

Woran sie sich allerdings erinnern konnte, war der Moment, als Grandma Fran sie und ihre Schwestern bat, ihre Sachen zu packen. Und wie sie daraufhin panisch überlegte, was ihr am wichtigsten war. Die Puppen mussten mit und ihre Plüschschmetterling-Spieluhr, die sie schon hatte, seit sie ein kleines Baby war und die sie noch immer beruhigte. Auch wollte sie die Kinderbücher nicht zurücklassen, die ihre Mommy ihr immer wieder vorgelesen hatte, oder die Prinzessinnenkrone, das Zepter und die hübschen Kleider, in denen sie sich selbst wie eine Prinzessin fühlte, wenn sie sie anhatte. Also quetschte sie all diese Dinge in den Koffer, den Alison ihr hinstellte, und weinte vor Verzweiflung, weil nicht alles hineinpassen wollte. Doch dann kamen ihre Schwestern ihr zu Hilfe. Alison quetschte noch ein bisschen mehr und drückte den Deckel mit aller Kraft zu, und Jillian setzte sich obendrauf, bis Alison den Reißverschluss einmal herumgezogen hatte. Delilah war so dankbar, dass sie es in dem Moment gar nicht mehr so schlimm fand, ihr Zuhause zu verlassen und mit auf die Blaubeerfarm zu fahren. Zumal sie Blaubeeren wirklich mochte. Sie war immer gern zu Besuch auf der Farm gewesen, und solange Ally und Jill bei ihr waren, war sowieso alles gut.

Während die Tage, Wochen, Monate und Jahre vergingen, gewöhnte Delilah sich an die neue Situation. Doch etwas konnte sie nie vergessen: das weite Meer, das Kreischen der Möwen und diese besondere, frische, ein wenig nach Fisch duftende Brise, die einem nur in San Francisco ins Gesicht wehte, wenn die Morgensonne hinter den Wolken hervorlugte und einen neuen Tag ankündigte – und wenn sie sich am Abend wieder verabschiedete.

Delilah betrachtete jetzt den rosaroten Himmel und seufzte schwer. So fröhlich, ausgeglichen und unbeschwert sie die meiste Zeit über auch war, war heute doch einer dieser Tage, an denen ihr Lächeln verschwand. An denen sie zerbrechlich war und es auch zuließ. Und an denen sie sich einfach nur ihre Familie herbeiwünschte.

Die Mikrowelle piepte, und sie nahm ihr Essen heraus. Doch Appetit verspürte sie keinen mehr. Sie ging ins Wohnzimmer, stellte den Teller ab und schob eine alte Videokassette in den noch älteren Player, den sie vom Flohmarkt hatte. Und dann sah sie sich selbst und ihren Schwestern dabei zu, wie sie auf der Blaubeerfarm herumtollten. Wie ihre Mom ein paar reife Blaubeeren direkt von der Pflanze aß und dann auf ihren Dad, der die Kamera in der Hand hielt, zukam und ihm ebenfalls welche in den Mund steckte. Man hörte ihn lachen, und ihre Mutter sah so glücklich aus. So glücklich, dass sie strahlte.

Genau so erinnerte sich Delilah an sie. Mit Blaubeeren in den Händen und diesem Glitzern in den Augen.

Und manchmal, aber nur manchmal, erkannte sie dasselbe strahlende Gesicht, wenn sie in den Spiegel blickte.

Kapitel 9

Frau

An diesem Dienstagmorgen mochte sie kaum aus dem Bett aufstehen. Irgendwann rappelte sie sich doch hoch, schlüpfte in ihre Pantoffeln, wusch sich das Gesicht, putzte sich die Zähne, kämmte sich das lichte weiße Haar und zog eins der alten Kleider an, die Cliff immer so gern an ihr gemocht hatte. Was hatte er ihr früher für Komplimente zu ihrem Aussehen gemacht! Wie hatte er sie verwöhnt mit netten Worten und kleinen Gesten, die ihr die Welt bedeutet hatten.

Sie hängte sich zuerst die Kette mit dem Medaillon um den Hals, die sie täglich trug, und legte danach die Kette mit dem kleinen silbernen Schlüssel an, die Cliff ihr vor ungefähr zwanzig Jahren geschenkt hatte, einfach nur so, weil sie so gut zu ihm war, wie er meinte. Der Anhänger sollte ein Symbol sein, der Schlüssel zu seinem Herzen. Denn sie war die Einzige für ihn, hatte er ihr immer wieder gesagt, die Einzige auf Erden. War es immer gewesen und würde es für immer sein.

Eine kleine Träne kullerte ihr über die Wange und landete auf ihrem Schminktisch, den sie gar nicht gebraucht hätte, den Cliff ihr aber damals zur Hochzeit geschenkt hatte –

weil jemand wie sie unbedingt einen haben musste, war er der Meinung gewesen. Und sie wusste damals wie heute, dass sie es nie gänzlich geschafft hatte, ihm die Zweifel zu nehmen. Zweifel darüber, ob er wirklich der Richtige für sie war und sie auf der Blaubeerfarm glücklich werden konnte. Es geworden war. Es keinen Tag bereut hatte.

Sie betrachtete den Anhänger und berührte ihn mit ihren faltigen Fingern.

Manchmal, nur in ganz seltenen Momenten, dachte sie aber doch über die Vergangenheit nach und fragte sich, was geschehen wäre, wenn sie sich damals anders entschieden hätte. Was wäre dann aus ihr geworden? Wo wäre sie dann heute? Wen hätte sie an ihrer Seite?

Doch dann schüttelte sie den Kopf. Sie wollte überhaupt niemand anderen an ihrer Seite haben als Cliff, ihren Liebsten, der ihr einfach alles bedeutete.

Auch wenn er jetzt ein anderer war.

Sie seufzte schwer in sich hinein und ging sich ein Frühstück machen.

Bei einer Scheibe Toast mit Orangenmarmelade, die von einer Orangenfarmerin in Bakersfield stammte und im örtlichen Bioladen verkauft wurde, wurde ihr bewusst, dass es langsam an der Zeit war, Blaubeermarmelade einzukochen. Die bot sie nämlich jedes Jahr auf dem Lodi Farmers Market an, der von Mitte Mai bis zum Ende des Sommers jeden Donnerstagabend abgehalten wurde. Früher hatte sie sich immer auf die Markttage gefreut, an denen sie gemeinsam mit Cliff am Stand gestanden und ihre Waren verkauft hatte. Der Lodi Farmers Market war kein gewöhnlicher Wochenmarkt, sondern ein richtiges Event mit Live-Musik, Straßenkünstlern, gutem Essen und gut gelaunten Menschen – Einheimischen wie Touristen. Doch seit Cliff nicht mehr mit von der Partie war, hatte diese Tradition an Bedeutung verloren, und hätte Fran nicht so viele Kunden gehabt, die auf sie zählten, hätte sie sie schon längst aufgegeben.

Wieder einmal kamen ihr ihre Enkelinnen in den Sinn. Sie hatte mit Alison bei ihrem Telefonat am Sonntag vereinbart, in naher Zukunft einmal wieder mit allen dreien eine Zoomkonferenz abzuhalten. Nur wusste sie noch nicht im Detail, was sie den Mädchen dabei erzählen oder worum sie sie bitten wollte. Sie wusste nur eins: Allein schaffte sie es nicht mehr. Sie wusste ja nicht einmal, wann sie all die Marmelade kochen sollte, die sie für den Markt benötigte.

Sie brauchte Hilfe, das musste sie sich endlich eingestehen. Denn auf Dauer würde sie nicht ständig Arturo alles übernehmen lassen können, zumal die Aufgaben sich türmten. Schon bevor Cliff nach Bridgefront Park gezogen war, hatten andere teilweise seine Aufgaben übernommen, und nun würden es auch die ihren sein, die eines Nachfolgers bedurften.

Ihre Gedanken fanden keinen Halt. Die Farm aufgeben würde sie auf keinen Fall, das konnte sie Cliff nicht antun, der sein ganzes Leben hier verbracht hatte. Es war sein Erbe, ihrer beider Erbe, und nach Sams tragischem Tod hatte sie insgeheim gehofft, dass vielleicht eines Tages eine ihrer Enkelinnen die Farm übernehmen würde. Allerdings hatte sie auch fest daran geglaubt, dass zumindest eine, besser noch alle drei einen anständigen Mann heiraten und eine Familie gründen würden. Eine glückliche, heile Familie, wie sie den Mädchen selbst verwehrt worden war.

Doch was war wirklich geschehen?

Alison hatte einen Nichtsnutz geheiratet, der sich Musiker nannte, der sie betrogen hatte und keinen Unterhalt zahlte, weshalb die Arme nun ihren Lebensunterhalt an der

Supermarktkasse verdiente. Fran hatte ihr weiß Gott wie oft finanzielle Hilfe angeboten, doch davon hatte die sture Ally nie etwas hören wollen. Lieber schlug sie sich allein durch und lebte ein ziemlich einfaches und vor allem einsames Leben im weit entfernten Staate Washington.

Jillian, die Mittlere, in der Cliff immer besonders viel Potenzial gesehen hatte, weil sie schon als Kind sehr zielstrebig und sportlich ambitioniert war, gönnte sich heute ein Leben im Luxus, ebenso weit entfernt in Arizona. Aus ihrem abgeschlossenen Studium, das sie durch ein Vollstipendium finanziert bekommen hatte, machte sie nichts und vertrödelte ihre Tage lieber an der Seite dieses widerlichen Kerls namens Preston, den Fran ein einziges Mal getroffen hatte, als er vor ein paar Jahren Jillian zur Farm begleitet hatte. An Thanksgiving war das gewesen, und er hatte gleich noch am selben Tag wieder weggewollt, weiter nach Los Angeles, um Freunde zu besuchen. Fran wusste, dass Jill ohne ihn weit länger geblieben wäre, mindestens das ganze Thanksgiving-Wochenende. Dass Preston ihr ihre Enkelin vorenthalten hatte, konnte sie ihm bis heute nicht verzeihen. Zudem war er kein sehr angenehmer Mensch, viel zu sehr von sich selbst eingenommen, ein Besserwisser, wie er im Buche stand. Auch Cliff hatte mit ihm nichts anfangen können, und so traurig sie darüber waren, dass Jillian sie so schnell wieder verließ, umso erleichterter waren sie, dass sie Preston nicht noch einen Tag länger ertragen mussten. Obwohl sie auch das in Kauf genommen hätten, nur um ihre Enkelin ein wenig bei sich zu haben. Sie sahen sie alle viel zu selten.

Außer Delilah, das Nesthäkchen. Sie war die Einzige, die so oft, wie es ihr möglich war, vorbeischaute. Natürlich gab es da den großen Vorteil, dass sie ganz in der Nähe wohnte. Und doch wusste Fran es zu schätzen, wie sehr die Kleine sich kümmerte. Wie viel ihr die Familie bedeutete. Allerdings schien sie am allerwenigsten daran zu denken, eine eigene zu gründen. Die Männer in ihrem Leben kamen und gingen, niemals schien der Richtige dabei zu sein oder auch nur einer, der es schaffte, sich einen Weg in ihr Herz zu bahnen. Außerdem liebte Delilah San Francisco; Fran glaubte kaum, dass sie es hinter sich lassen würde, um zurück nach Lodi zu ziehen.

Hach, es war so schwer. Was sollte sie nur tun?

Sie beschloss, ins Zentrum zu fahren und Naturjoghurt zu besorgen, damit sie ihrem Cliff heute seinen über alles geliebten Blaubeer-Limetten-Joghurt machen konnte. Sie war so glücklich, dass die Früchte endlich reif waren und sie ihren Schatz wieder mit seinen Leibspeisen verwöhnen konnte. Ihm etwas Gutes tun und seine Blaubeeren zu ihm bringen konnte, wenn er schon nicht mehr bei ihnen sein durfte.

Im Ort stieß sie auf Marjorie, die sie fragte, ob sie nicht mal wieder beim Bibelkreis dabei sein wollte.

»Ach, Liebes, ich würde ja. Aber ich weiß kaum, wo mir der Kopf steht. Die Farm und Cliff...«

»Warum bittest du nicht deine Enkelinnen um Hilfe?«, fragte ihre Freundin, die sie bereits vor über vierzig Jahren kennengelernt hatte, und die selbst Wassermelonen anbaute wie so viele Farmer in der Gegend.

»Was könnten die schon tun aus der Ferne?«

»Vielleicht fällt ihnen ja was ein. Wenn du nicht fragst, wirst du es nie wissen.«

»Du hast recht. Vielleicht sollte ich das einfach tun.«

Marjorie drückte ihren Arm und lächelte ihr ermutigend zu. »Bald ist Mai, und der Markt beginnt wieder. Wirst du denn überhaupt dabei sein können bei allem, was du um die Ohren hast?«

»Das werde ich mir nicht nehmen lassen. Mir fällt schon etwas ein«, sagte sie, und sie verabschiedeten sich.

Fran kaufte im Supermarkt Joghurt, Schlagsahne, Limetten und Maracujas für den Blaubeer-Limetten-Joghurt sowie ein paar Dinge, die sie sonst noch benötigte, und fuhr wieder zurück zur Farm. Nachdem sie die erfrischende Süßspeise zubereitet und ein paar geschäftliche Telefonate geführt hatte, nahm sie ein kleines Mittagessen zu sich und ging noch einmal über die Farm.

Ihre Farm. Der Ort, an dem sie zusammen mit Cliff ihre letzten Jahre verbringen wollte.

Das Schicksal hatte ihr einen Strich durch die Rechnung gemacht, doch sie würde ihm nicht auch noch erlauben, ihr ihren Liebsten ganz wegzunehmen.

Als sie Cliff an diesem Nachmittag besuchte und ihm statt Kuchen sein Lieblingsdessert reichte, sah er sie verwirrt an.

»Was ist das, Franny?«

»Blaubeer-Limetten-Joghurt, mein Liebling. Den magst du gern.«

»Ja?«, fragte er und betrachtete die Schale mit dem Joghurt, unter den sie frische Beeren gerührt hatte.

Ihr Innerstes zerbrach, wie so oft in diesen Tagen.

»Ja«, bestätigte sie und schenkte Cliff ein Lächeln. Ein trauriges Lächeln – ob er es wohl erkannte? »Iss, mein Liebster«, forderte sie ihn auf, und er führte den Löffel zum Mund.

»Das schmeckt gut«, sagte er und lächelte ebenfalls. »Du bist so gut zu mir, Franny. Bist es immer gewesen.«

»Ach, Cliff ...«, erwiderte sie und wünschte sich, sie müsse ihn heute nicht verlassen.

Als hätte er ihre Gedanken gelesen, fragte er: »Kannst du

heute nicht hier übernachten? In meinem Bett ist Platz für zwei.« Verschmitzt grinste er sie an. Genau so, wie er es früher so oft getan hatte – und ihr Herz ging auf.

Und in diesem Moment war sie sich endlich ganz sicher, was sie tun sollte. Was es auch kostete, sie würde Cliff nicht mehr allein lassen, würde zu ihm ziehen, um die vollen Tage an seiner Seite verbringen zu können. Tage, an denen er sie noch erkennen würde – bevor es zu spät war.

Sie musste eine Lösung finden. Jetzt war sie zum ersten Mal wirklich auf ihre Familie angewiesen, und sie hoffte nur, dass ihre Enkelinnen sie nicht hängen ließen.

Kapitel 10

1962

»*Wohin* soll es gehen?«, fragte ihre Mutter ungläubig, als wenn sie sie beim ersten Mal nicht verstanden hätte.

Frances rollte mit den Augen und wiederholte ihre Worte, sprach sie in den orangefarbenen Telefonhörer hinein und war froh, nicht persönlich vor ihrer Mutter zu stehen.

»In den Norden, Mom. Zum Lake Tahoe.«

»Das hört sich aber gefährlich an. Da gibt es sicher eine Menge wilder Tiere.«

Sie musste lachen. »Ich werde schon aufpassen, nicht von einer Horde Eichhörnchen oder einem Hirsch ermordet zu werden.«

»Wenn du erst einmal von Kojoten und Klapperschlangen angegriffen wirst, wird dir das Lachen sicher vergehen, Kind.«

Wieder rollte sie mit den Augen. Warum konnte ihre Mutter sich nicht einmal für sie freuen? Einfach das? Ohne immer ihren Senf zu allem dazugeben zu müssen.

»Ich fahre nicht in die Wüste von Nevada, Mom. Mir wird schon nichts passieren. Außerdem bin ich ja nicht allein.«

»Richtig. Du hast deinen *Manager* dabei.« Das Wort Manager sprach sie mit so viel Verachtung aus, dass es nicht zu überhören war.

Doch darauf würde Frances jetzt nicht eingehen, das führte doch zu nichts. Außerdem wusste sie, dass ihre Mutter im Grunde nur eifersüchtig war. Weil sie nämlich niemals einen Manager gehabt, es niemals geschafft hatte, ihren Traum von einer Hollywood-Karriere wahr werden zu lassen. Schauspielerin hatte sie werden wollen, doch nichts als eine Hausfrau war aus ihr geworden, eine gelangweilte Hausfrau, die in ihrem unspektakulären Haus in Brentwood ein unspektakuläres Leben führte.

»Wie auch immer, Mom, ich wollte mich nur verabschieden und dich wissen lassen, dass ich die nächsten Tage nicht erreichbar sein werde.«

»Na dann ... viel Spaß in der Wildnis«, war alles, was ihre Mutter ihr wünschte, und Frances legte auf.

Das war wohl das Höchste der Gefühle, was sie von ihrer Mutter erwarten konnte. Sie hatte ja den Glauben daran längst aufgegeben, jemals eine harmonischere Beziehung mit ihr zu führen. Es sollte ihr einfach nicht vergönnt sein, eine dieser wunderbaren Familien zu haben, die man aus dem Fernsehen kannte. Sie konnte sich bisher leider keinen eigenen Apparat leisten, doch ihr Vater hatte jahrelang auf einen hin gespart, und als Teenager hatte sie Stunde um Stunde vor dem Fernseher verbracht. Nun, mit zweiundzwanzig, war es eigentlich an der Zeit, sich endlich auch einen zu beschaffen, vielleicht würde es ihr ja mit dem neuen Job gelingen.

Da es morgen schon losgehen sollte, holte sie jetzt ihren Koffer hervor und packte alles ein, wovon sie dachte, dass man es an einem See würde gebrauchen können. Sommerkleidung und Sonnencreme selbstverständlich, auch wenn erst Mai war, doch sie musste in ihrem Beruf besonders gut auf ihren Teint achten. Ein Sonnenbrand war das Letzte, was sie gebrauchen konnte.

Das Telefon klingelte erneut, und sie fragte sich wieder, ob es wohl Johnny sein würde, doch er hatte es bisher nicht für nötig gehalten, ihre Telefonnummer herauszufinden und sich bei ihr zu melden, also konnte er ihr gestohlen bleiben.

»Ja, hallo?«, meldete sie sich.

»Frances, Schätzchen, wie geht es dir?«

Sie musste lächeln, es war Herbert. »Bestens, danke. Und dir?«

»Gut, gut, danke. Ich habe meine anderen Verpflichtungen absagen können und komme morgen mit nach Tahoe. Ich stehe um zehn vor deiner Tür, sei also bereit, ja?«

»Wunderbar! Du, Herbert, wie lange fährt man denn bis zum Lake Tahoe?«, wollte sie wissen.

»Oh, mit Pausen werden das wohl neun oder zehn Stunden sein. Wir werden gegen Abend ankommen.«

»Ach so. Du sagst, wir machen Pausen? Ich brauche mir also kein Sandwich einzupacken?«

Herbert lachte. »Du bist ein neuer Stern am Himmel, liebe Frances, du wirst dir nie wieder Sandwiches einpacken müssen.«

Sie strahlte jetzt bis über beide Ohren und glaubte Herbert jedes Wort. Wenn er sogar vorhatte mitzukommen, schien diese Reise wirklich von Bedeutung zu sein. Das tat er nämlich bei Weitem nicht für jedes seiner Models und auch nicht für jede der Schauspielerinnen, die er vertrat.

Sie verabschiedeten sich, und Frances konnte den Rest des Tages gar nicht still sitzen, so aufgeregt war sie. Das konnte ihr auch ihre Mutter nicht verderben oder der Postbote, der ihr an diesem Nachmittag noch die Stromrechnung überreichte, für die sie gar nicht mehr genug Geld übrig hatte, nachdem sie mit der Gage für den Candy-Cola-Job die monatliche Miete, ein paar hübsche neue Kleider und endlich einen Kühlschrank bezahlt hatte. Einen mit einem großen Gefrierfach, in dem sie ihr geliebtes Eis horten und sich immer, wenn ihr danach war, einen Milchshake oder einen Eisbecher zubereiten konnte. Mit frischen Früchten, Erdbeeren oder Blaubeeren. Ja, das war das wahre Leben, und nachdem ihre Mutter ihr ihre ganze Kindheit lang jede Art von Süßigkeiten verboten hatte, genoss sie es nun in vollen Zügen.

Auch jetzt holte sie die Packung Vanilleeis heraus und aß stehend ein paar Löffel in der kleinen Küche, die den Blick auf den palmengesäumten Sunset Boulevard freigab. Hoffentlich würden sie die Hitze, die ihren ganzen Körper einnahm, ein wenig lindern.

Morgen schon würde es so weit sein. Morgen würde sie Teil einer Werbekampagne sein, die ihr hoffentlich das Tor zur Welt öffnete. Vielleicht konnte sie sogar ein paar kleinere Rollen als Schauspielerin ergattern, das würde ihre Mutter erst so richtig auf die Palme bringen.

Während sie das köstliche Eis löffelte, malte sie sich all die Möglichkeiten aus, die vor ihr lagen, und sie konnte nicht anders, als sich auf die Zukunft zu freuen.

Was immer sie ihr auch bringen mochte.

Kapitel 11

Alison

Sie saß vor ihrem Laptop und wartete darauf, dass die anderen sich in die Videokonferenz einschalten würden. Sie war früh dran und mega aufgeregt, da sie eine Befürchtung hatte, was Grandma Fran ihnen mitteilen wollte, und das gefiel ihr ganz und gar nicht.

Misha war noch bei Travis, die Wohnung war still. Und dann erschien als Erstes Frans Gesicht auf dem Bildschirm.

Sie sah müde aus, unglaublich müde, und das konnte sie auch nicht hinter ihrem breiten Lächeln verstecken, das sie Alison sogleich zeigte.

»Ally! Du bist ja schon da!«

»Hallo, Grandma. Ja, ich habe sonst nicht viel zu tun, es ist ja Sonntag, und ich habe frei.«

»Ist Misha bei ihrem Daddy?«

»Ja, sie haben gestern einen Ausflug nach Seattle gemacht.«

»Wie schön für die Kleine. Sie hat mir am Freitag bei unserem Telefonat so von deinem Blueberry Pie vorgeschwärmt. Du scheinst ihn diesmal richtig gut hinbekommen zu haben.«

»Hab ich«, entgegnete sie stolz. »Zum allerersten Mal. Ich habe deine Anweisungen ganz genau befolgt.«

»Wunderbar!«, sagte Grandma Fran. Es war eins ihrer Lieblingswörter.

Jillian schaltete sich dazu, und sie quatschten ein bisschen über dies und das, bis endlich auch DeeDee auftauchte.

»Sorry, sorry, sorry. Bin spät dran.«

»Das ist uns nicht entgangen, Kind«, meinte Fran. »Du weißt aber schon, dass ich nicht ewig lebe, oder?« Sie schmunzelte, und Alison schloss sich ihr an.

»Ich musste noch einen Hund ausführen«, erzählte Delilah entschuldigend.

»Ich dachte, sonntags müsstest du das nicht?«, fragte Jill, bevor Alison es konnte.

DeeDee stöhnte. »Es war dieser verhätschelte kleine Chihuahua von dem Supermodel. Sie ist übers Wochenende weg, hat irgendwo ein Shooting, und ich bin eingesprungen. Sie zahlt ganz gut, also ...«

»Schon okay«, beschwichtigte Alison sie. Bei einem Blick auf ihre Grandma allerdings fragte sie sich sogleich, weshalb sie bei dem Wort Supermodel diesen merkwürdigen Gesichtsausdruck hatte, einen irgendwie verträumten. Aber wahrscheinlich hatten DeeDees Worte überhaupt nichts mit ihrem Blick zu tun, sondern sie war nur in Gedanken versunken.

»Grandma, warum wolltest du uns sprechen?«, fragte Jillian frei heraus, die es wahrscheinlich ebenso wenig abwarten konnte, die Neuigkeiten zu hören, wie sie.

Grandma Fran atmete einmal tief durch, dann sagte sie: »Es geht um die Farm.«

»Was ist mit der Farm?«, wollte DeeDee wissen, deren Dreadlocks ziemlich wüst aussahen. Alison fragte sich, was der winzige Chihuahua wohl mit ihr getrieben hatte, dass sie so zerzaust war.

»Ich weiß gar nicht, wo ich anfangen soll ...«, druckste Grandma Fran herum. »Ich ... ähm ...«

»Du kannst es uns sagen, Granny«, sagte Alison ermutigend. »Egal, was es ist.« Sie hielt den Atem an und machte sich auf das Schlimmste gefasst.

»Nun gut.« Fran blickte jetzt direkt in die Kamera. »Ich habe mich dazu entschlossen, zu eurem Grandpa nach Bridgefront Park zu ziehen.«

Die Augen ihrer Schwestern waren genauso weit aufgerissen wie Alisons, auch sie schienen diese Aussage nur schwer realisieren zu können.

»Aber Granny! Du gehörst doch nicht in ein Seniorenheim!«, rief DeeDee als Erste aus.

»Ich gehöre dorthin, wo mein Cliff ist«, war alles, was Fran antwortete, und niemand wagte es, ihr zu widersprechen.

»Okay«, sagte Jill. »Und wann hast du vor, dorthin zu ziehen?«

»So bald wie möglich. Ihr alle habt doch mitbekommen, dass es mit Cliff bergab geht. Ich möchte einfach die Zeit, die uns noch zusammen bleibt, an seiner Seite verbringen. Das könnt ihr doch verstehen, oder?«

»Ja, natürlich können wir das, Granny«, sagte Jillian. Das konnten sie alle, da sie doch wussten, wie sehr ihre Großeltern sich immer geliebt hatten. Die zweieinhalb Jahre, die sie nun getrennt voneinander lebten, waren bereits ein viel zu langer Zeitraum.

»Aber Grandma, was wird denn dann aus der Farm?«, erkundigte sie sich ganz vorsichtig.

»Willst du sie etwa aufgeben?«, fragte Jill, aus der sofort die Immobilienmaklerin sprach. »Sie verkaufen?«

Ihre Grandma atmete tief durch, bevor sie antwortete. »Deshalb wollte ich euch sprechen. Ich möchte die Farm nämlich nur sehr ungern aufgeben. Sie ist so ein großer Teil unseres Lebens. Wir haben viele glückliche Jahre hier verbracht.«

Alison atmete erleichtert auf. »Was hast du dann damit vor?«

»Ich möchte euch bitten, über etwas nachzudenken. Und zwar, ob ihr euch eventuell vorstellen könntet, zurück nach Lodi zu ziehen und die Farm weiterzuführen.«

Wieder blickten Alison erschrockene Gesichter und heruntergefallene Kinnladen entgegen.

»Aber ... aber ...«, war alles, was von Jillian kam.

»Grandma, ich weiß nicht, wie das funktionieren soll, wir alle haben doch unser eigenes Leben«, sagte Alison und grübelte gleichzeitig nach, ob es nicht doch eine Möglichkeit gab.

»Oh, ich weiß, Liebes. Und deshalb ist es mir so schwergefallen, euch überhaupt zu fragen. Ich erwarte auch nicht, dass ihr mir jetzt sofort antwortet. Besprecht es mit euren Liebsten, und bitte seid euch dabei bewusst, dass ich euch keinesfalls böse sein werde, wenn ihr euch dagegen entscheidet.«

Jillian schien sich endlich zu fassen. »Du möchtest also, dass wir alle drei die Farm übernehmen? Was würde da auf uns zukommen?«

»Ach, das könnten wir später noch klären. Ihr kennt doch die Arbeitsabläufe und wisst, was auf einer Blaubeerfarm alles zu tun ist. Da hat sich nicht viel geändert. Außerdem würde ich euch natürlich einarbeiten und noch so lange auf der Farm bleiben, wie es nötig wäre, bevor ich ...« Ihre Stimme versagte.

»Oh, Grandma ...«, sagte DeeDee, und Alison glaubte, in den Augen ihrer jüngsten Schwester bereits zu erkennen, wie sie sich entscheiden würde.

»Wir denken darüber nach, Grandma, ja?«, meinte Jill.

»Wann musst du unsere Entscheidung wissen?«, fragte Alison.

»Nun ja ... so bald wie möglich, wäre schön.«

Sie alle drei nickten und verabschiedeten sich nach und nach.

Als der Bildschirm leer und es wieder ruhig war, legte Alison das Gesicht in die Hände.

»Lass uns nach Lodi ziehen«, hörte sie plötzlich eine Stimme und drehte sich überrascht um.

Kapitel 12

Jillian

Mit allem hatte sie gerechnet, nur damit nicht!

Sie musste Grandma Frans Worte erst einmal verdauen, bevor sie damit zu Preston gehen konnte. Musste sich ihre Bitte durch den Kopf gehen lassen und überlegen, was sie tun wollte.

Ja, sie hatte vorgehabt, ganz bald mal wieder nach Lodi zu fahren – aber doch nicht für immer!

Nun, ob Fran mit ihrer Bitte hatte sagen wollen, dass Jillian und ihre Schwestern für immer und ewig auf die Farm ziehen sollten, hatte sie gar nicht so genau heraushören können. Und weder sie noch Ally oder DeeDee hatten näher nachgefragt, sie hatten ja auch alle unter Schock gestanden! Denn sie alle hatten doch immer geglaubt, dass ihre Großeltern auf der Blaubeerfarm alt werden und bis zum letzten ihrer Tage dort leben würden. Dass Grandpa Cliff so unerwartet in ein Heim musste, hatte Jillians Vorstellung bereits zunichtegemacht, dass nun aber auch noch Grandma Fran die Farm hinter sich lassen wollte, war mehr, als ihr Verstand begreifen konnte.

Und wollte Fran die Farm wirklich komplett hinter sich

lassen? Immerhin würde sie ganz in der Nähe wohnen und konnte jederzeit vorbeischauen, wenn sie wollte. Auch hatte sie gesagt, dass sie bleiben würde, bis sie die Schwestern eingearbeitet hätte. Wenn sie sich denn dazu entschließen würden, ihr diesen großen Gefallen zu tun.

Jillian dachte nach.

Ob wohl Delilah und Alison zusagen würden?

Bei ihrer kleinen Schwester konnte sie es sich nicht vorstellen, da sie das Großstadtleben liebte und bestimmt nicht wieder aus San Francisco wegziehen würde, nachdem sie ja schon einmal die Farm dafür verlassen hatte. Bei Alison war sie sich nicht sicher. Ihre große Schwester war zwar immer schon der totale Familienmensch gewesen, jedoch würde sie ihre Tochter nicht einfach so aus ihrem Umfeld, ihrer Schule und ihrem Freundeskreis herausreißen wollen, zumal sie ja selbst wusste, wie es war, noch einmal ganz neu anfangen zu müssen.

Am Ende würde wohl nur Jillian selbst übrig bleiben.

Aber konnten die anderen wirklich erwarten, dass sie allein das Ding wuppte? Es ging schließlich um eine dreißig Hektar große Blaubeerfarm! Wie sollte sie das schaffen, sich um alles kümmern, alles aufrechterhalten? Sie hatte keine Ahnung vom Farmleben, und wenn sie ehrlich war, war sie auch nicht sehr scharf darauf, ihre Villa gegen ein altes Farmhaus einzutauschen.

Vielleicht könnten sie und Preston sich ja ein Haus in der Nähe der Farm kaufen? Wenn Preston denn mitkommen würde. Sie wusste, sie musste dringend mit ihm sprechen.

Also ging sie ihn suchen und fand ihn im Fitnessraum, wo er gerade Gewichte stemmte.

»Hi«, sagte sie und setzte sich auf die Bank neben seiner.

»Hi«, erwiderte er.

Sie nahm eine der kleineren Hanteln in die Hand, legte sie aber gleich wieder weg. Dann sah sie Preston dabei zu, wie seine Muskeln arbeiteten. Sein Gesicht war rot, sein Oberkörper schweißnass, sein Blick in Richtung Decke gewandt. Irgendwann legte er die Gewichte ab, setzte sich auf und starrte sie an. »Was ist denn? Du machst mich ganz nervös, wenn du so still neben mir sitzt, während du doch offensichtlich über irgendwas reden willst.«

»Ich habe gerade mit meiner Grandma und meinen Schwestern gesprochen.«

»Ah ja?« Noch immer sah er sie genervt an.

Sie wusste, es war kein guter Moment, um auf Frans Bitte zu sprechen zu kommen. »Ist egal. Ich vermisse sie nur ziemlich, das ist alles. Wann findet eigentlich die große Verkündung statt?«, wechselte sie gekonnt das Thema.

Preston sponsorte in jedem Jahr ein anderes Baseball- sowie ein Football-Team aus Arizona, Highschool-Mannschaften, in denen er Potenzial sah. Demnächst würde er verkünden, welches Footballteam er in der diesjährigen Saison unterstützen wollte.

Sein Gesicht erhellte sich. »Am kommenden Freitag.«

Sie nickte, ihre Gedanken waren noch immer bei Grandma Fran und der Blaubeerfarm. Sie hörte Preston mit halbem Ohr zu, der von den Feierlichkeiten erzählte, dann nahm sie seine Hand, die er ihr entgegenhielt, und folgte ihm in die Dusche.

Als sie sich nach dem Sex gegenseitig einseiften, konnte Jillian es einfach nicht länger für sich behalten. »Meine Grandma will die Farm aufgeben und hat mich und meine Schwestern gebeten, sie für sie weiterzuführen.«

Preston starrte sie eine Sekunde lang an, dann begann er zu lachen. »Ja, klar!«

»Nein, sie meint das ganz ernst. Sie möchte zu meinem Grandpa ins Seniorenheim ziehen.«

»Und du im Gegenzug auf die Blaubeerfarm?« Er musste wieder lachen.

Hielt er das alles etwa für einen Witz?

Sie stieg aus der Dusche und wickelte sich in ein Handtuch. »Könntest du bitte mal aufhören damit? Ich weiß nämlich nicht, was ich machen soll.«

»Na, ihr absagen! Oder denkst du etwa ernsthaft darüber nach, zurück nach *Lodi* zu ziehen?« Beim Wort Lodi verzog er das Gesicht, als würde es sich dabei um das schlimmste Dreckloch handeln.

»Nein, ich ... ich weiß es ehrlich nicht.«

Preston kam nun auch aus der Dusche und stieg ohne Umschweife in seine Shorts. Er mochte es, wenn seine Haut an der warmen Luft trocknete. Er rubbelte sich das nasse braune Haar mit einem Handtuch ab und sah sie an. »Das ist eine wirklich dumme Idee, Jill, und das weißt du auch.«

»Dumm würde ich nun nicht sagen. Fran braucht meine Hilfe. Und die von DeeDee und Ally.«

»Machen deine Schwestern da etwa mit? Lassen sie alles hinter sich und ziehen zurück in dieses Kaff?«

»Das weiß ich nicht. Ich glaube nicht, bin mir aber nicht sicher. Wir haben ja gerade erst von der Sache erfahren und müssen erst mal darüber nachdenken.«

Natürlich hoffte sie, dass ihre Schwestern sich dafür entscheiden würden. Denn sollte sie sich ebenfalls so entscheiden, wäre sie wenigstens nicht allein, und sollte sie sich dagegen entscheiden, wäre zumindest Grandma Fran geholfen.

»Das ist total verrückt«, war Prestons Meinung.

»Das ist es vielleicht, ja, da hast du recht. Aber weißt du, Lodi ist eigentlich ganz schön. Die ganze Gegend ist es. Man könnte sich ein hübsches Haus in der Nähe der Farm kaufen, oder mieten fürs Erste, um zu sehen, wie es funktioniert.«

Sie schlüpfte wieder in ihr gelbes Sommerkleid und wickelte sich das Handtuch zu einem Turban.

Prestons Augen weiteten sich, und er verließ das Bad in Richtung Küche. »Du glaubst doch wohl nicht im Ernst, dass ich mit nach *Lodi* komme, oder?«, rief er, ohne sich dabei umzudrehen.

Sie folgte ihm. »Du müsstest ja nicht dorthin ziehen. Du könntest...«

Er blieb so abrupt stehen, dass sie beinahe in ihn hineinlief.

»Schlag dir das aus dem Kopf, Jill. In Lodi gibt es überhaupt nichts, außer ein paar gute Baseballspieler. Jason Bartlett und Brad Wellman stammen daher. Das ist aber noch lange kein Grund, auch nur in Erwägung zu ziehen, sich da ein Eigenheim anzuschaffen. Ich meine, komm schon, Jill: *Lodi*!«

»Wenn du es noch einmal so abfällig aussprichst, werde ich wirklich wütend, Preston! Immerhin habe ich dort meine Kindheit verbracht. Dort leben meine Großeltern, zu denen du mich, mal nebenbei bemerkt, nur ein einziges Mal begleitet hast.«

»Wenn dir das alles so viel bedeutet, dann geh doch zurück dahin, Jill.« Er nahm sich ein Bier aus dem Kühlschrank, öffnete die Dose und trank gierig. »Aber ohne mich!«

Sie nahm sich das Handtuch vom Kopf, und ihr langes blondes Haar fiel ihr auf die Schultern.

»Und was wird dann aus uns? Wenn ich mich wirklich dafür entscheide, was wird dann aus uns?«

Preston sah ihr nun direkt ins Gesicht. »Hast du dich nicht schon längst entschieden?«

Kapitel 13

Delilah

Sie musste nicht lange überlegen.

Sosehr sie San Francisco liebte, liebte sie ihre Grandma noch viel mehr. Und wenn die sie um einen Gefallen bat, war sie sofort zur Stelle.

Außerdem, was hielt sie denn noch in dieser Stadt?

Mit Channing war es aus und vorbei, ihre Jobs waren das Letzte, wenn sie ehrlich zu sich war, und die Familie war weit weg. Insgeheim hoffte sie sogar, dass Ally und Jill sich ebenfalls für die Farm entscheiden würden. Denn wie cool wäre das denn? *Die drei Rivers-Schwestern übernehmen die Blaubeerfarm!*

Je länger sie darüber nachdachte, desto mehr Ideen kamen ihr.

Man könnte doch am Marktstand auch ein paar vegane Sachen anbieten.

Man könnte das alte Gästehaus auf Vordermann bringen.

Man könnte einen Bereich absondern, in dem Besucher selbst pflücken konnten.

Man könnte im Internet werben und so neue Kundschaft anlocken.

Ihr Kopf sprudelte beinahe über vor Ideen.

Das Einzige, was ihr noch Sorgen bereitete, war Rachel. Wie sollte sie es ihr beibringen? Immerhin wohnten sie nun schon seit zehn Jahren zusammen und waren beste Freundinnen. Rachel war auch der einzige Mensch, den sie wirklich vermissen würde, wenn sie zurück nach Lodi ging.

Oh Gott, sie war wirklich im Begriff, zurück ins ländliche Kalifornien zu ziehen! Sie konnte es selbst kaum fassen.

»Rachel, ich muss dir etwas sagen.« Sie kaute nervös auf ihrer Lippe herum, als sie ihrer Freundin am Abend gegenüberstand.

»Du hast dir Herpes eingefangen? Einen Pilz? Syphilis?«

»Haha! Nein, ich werde demnächst ausziehen. Weg aus San Francisco.«

»Gott sei Dank!«, war Rachels Antwort. Sie strich sich mit beiden Händen das schulterlange, braune Haar zurück, und wirkte dabei ziemlich erleichtert.

Delilah sah sie überrascht an. »Ist es denn so schrecklich, mit mir zusammenzuleben?«

»Nein! Oh Gott, DeeDee, nein! Ich wusste nur nicht, wie ich dir sagen soll, dass ich gerne mit Jay zusammenziehen würde. Er hat mich schon vor einer ganzen Weile gefragt.«

Erleichtert atmete nun auch Delilah auf.

»Ich wollte dich aber nicht vor die Tür setzen und auch nicht einfach ausziehen und dich hängen lassen«, fuhr Rachel fort. »Du bist meine beste Freundin. Das bleiben wir doch, oder? Ich meine, wo willst du denn eigentlich hinziehen? Nicht etwa nach Aserbaidschan oder Kambodscha oder so?«

Sie holte tief Luft. »Nach Lodi!«

Rachel starrte sie an. Ihr fielen beinahe die Augen aus den Höhlen. »Du verarschst mich!«

»Nein. Meine Grandma hat mich gebeten, zurück auf die Farm zu ziehen. Sie zu übernehmen, genauer gesagt. Gemeinsam mit meinen Schwestern.«

»Weil sie es allein nicht mehr schafft?«

»Weil sie zu meinem Grandpa ins Seniorenheim ziehen will, um die Zeit, die ihnen noch bleibt, an seiner Seite zu verbringen.«

»Delilah Eleanor Rivers! Du bist ja doch eine Romantikerin!«

»Ach, Quatsch, ich doch nicht!«, erwiderte sie.

»Na, ich bin mir da nicht so sicher. Vielleicht hast du nur einfach noch nicht den Richtigen gefunden. Eines Tages jedoch wirst du ihm gegenüberstehen und es einfach wissen. So, wie Jay und ich es sofort wussten.«

Ach, Rachel, dachte sie. *Du ewige Romantikerin. Nicht jeder ist für die einzig wahre Liebe bestimmt.* Sagen tat sie jedoch nichts, da sie sich ja für ihre Freundin freute, die so unsterblich verliebt war. Und dank Jay musste sie nun auch kein schlechtes Gewissen haben, dass sie dem Wunsch ihrer Grandma nachkam.

»Wäre es okay, wenn ich zum nächsten Wochenende hin meine Sachen packe?«, fragte sie.

Rachel nickte und lächelte breit. »Okay.«

»Gut. Dann geb ich gleich meiner Grandma Bescheid. Und danach machen wir beide uns einen schönen Mädelsabend, ja? Es sei denn, du hast schon was mit Jay geplant.«

»Der kann heute mal ohne mich auskommen. Immerhin hab ich dich nur noch ein paar Tage für mich, die Zeit müssen wir voll auskosten.«

»Ach komm schon, ich werde doch nicht weit weg sein. Ich komme dich besuchen, oder du mich. Du kannst auch Jay mitbringen, und wir alle pflücken dann ein paar Blaubeeren.« Sie musste selbst den Kopf schütteln bei dem Gedanken.

Die Blaubeeren. Das Farmleben. Das war doch alles längst abgehakt gewesen.

Wie das Leben manchmal spielte. Da hatte das Schicksal es doch tatsächlich geschafft, sie zurück nach Lodi zu bringen.

Sie war gespannt auf Frans Reaktion. Als sie sie nun anrief und die Stimme ihrer Grandma hörte, konnte sie nicht anders, als zu lächeln.

Und sie wusste, sie tat das einzig Richtige.

Kapitel 14

Fran

Freitagvormittag. Fran huschte im Gästehaus herum und richtete ein paar der alten Zimmer her, zumindest, soweit das machbar war. Sie wollte alles fertig haben, wenn ihre Enkelinnen demnächst nacheinander eintrafen, und sie wusste noch nicht einmal, ob eine von ihnen ihren Lebensgefährten mitbrachte. Weder hatte Delilah Channing erwähnt noch Jillian Preston, doch sie wollte auf alles vorbereitet sein und den Mädchen gegebenenfalls ihre Privatsphäre gönnen.

Sie konnte es noch immer nicht fassen.

Noch am Sonntag hatte Delilah angerufen, um ihr zu sagen, dass sie ihrer Bitte nachkommen würde. Am Dienstag hatte Alison ihr mitgeteilt, dass sie und Misha mit von der Partie waren, und zu guter Letzt hatte sich Jillian am Mittwoch gemeldet und zugesagt.

Ihre Enkelinnen waren so großartig! Wie würde sie ihnen jemals angemessen danken können?

Auf eine hatte Fran gehofft, zwei wären fantastisch gewesen, doch dass alle drei sich dazu entschlossen hatten, ihr zu helfen, war etwas, das ihr armes altes Herz noch immer nicht richtig begreifen konnte. Delilah, Jillian und Alison zusammen mit Misha wollten wirklich ihr gewohntes Leben hinter sich lassen, alle Freunde und Menschen, die ihnen nahestanden, um auf die Blaubeerfarm zu ziehen. Ins Nirgendwo nach Lodi, das nun wirklich nicht mit dem angesagten San Francisco, dem luxuriösen Scottsdale oder Tacoma mithalten konnte, das Alison und Misha ihr Zuhause nannten und wo Mishas Vater ja lebte.

Oh, sie hoffte nur, sie alle trafen die richtige Entscheidung und taten das alles nicht nur, weil sie sich dazu verpflichtet fühlten. Sie betete, dass sie es später nicht bereuen würden.

Doch erst einmal war sie einfach nur glücklich und unendlich dankbar. Dass die Mädchen herkamen, und das auch noch so zeitnah, bedeutete, dass Fran schon ganz bald zu Cliff nach Bridgefront Park ziehen konnte. Sie hatte sich bereits vor Wochen erkundigt, ob sie noch freie Zimmer hatten. Schon damals wurde ihr gesagt, dass sie sicher einen Weg finden würden, wenn sie so weit war. Und nun war der Zeitpunkt gekommen. Als sie am Mittwoch, nachdem alle drei Enkelinnen zugesagt hatten, ins Büro von Bridgefront Park gegangen war, war ihr direkt das freie Zimmer in Cliffs Gang zugesagt worden. Nicht mehr lange, und sie würde bei ihm sein. Gänzlich. Und sie würde ihn nie wieder verlassen.

Nun jedoch ging es darum, es den Mädchen so leicht und bequem wie möglich zu machen. Ihnen ein Heim zu schaffen. Ihnen ihre Ängste zu nehmen. Ihnen alles beizubringen, was sie wissen mussten, damit sie ihnen guten Gewissens die Farm überlassen konnte. Und insgeheim hoffte sie natürlich, dass am Ende alle auf der Blaubeerfarm ihre Erfüllung finden würden, wie Cliff und sie sie einst gefunden hatten. Dann konnten sie beide zufrieden von dieser Welt gehen, wenn die Zeit für sie gekommen war.

Sie blickte aus dem Fenster und konnte für eine Sekunde den kleinen Sam draußen über die Wiese laufen sehen, seinen selbst gebastelten Drachen in der Hand. Er lachte und war so fröhlich. Ohne Sorgen, ohne Kummer. Sie schüttelte das Bild ab und seufzte traurig. Es war so lange her.

Sie zwang sich, wieder an die Menschen zu denken, die heute noch in ihrem Leben waren.

Delilah hatte ihr am Abend zuvor geschrieben, dass sie bereits am morgigen Samstag eintreffen würde, und zwar mit Jillian zusammen. Alison wollte Misha noch ein letztes Wochenende mit Travis geben, bevor die beiden sich Montagmorgen auf den Weg machten. Da sie mit dem Auto kamen, würden sie eine längere Anreise haben als Jill, die nur in den Flieger stieg. Wie sie so all ihre Sachen nach Kalifornien bringen wollte oder ob sie ein Umzugsunternehmen beauftragt hatte, wusste Fran nicht. Vielleicht wollte Jill ja auch erst mal für eine Weile herkommen und nicht gleich für immer. Vielleicht wollte sie nur einfach Frans Bitte nicht ausschlagen und hoffte insgeheim, ihre Schwestern würden es schon ohne sie schaffen. Und dafür hätte Fran vollstes Verständnis, immerhin lebte Jill in einer eleganten Villa und war mit einem Mann liiert, den sie liebte. Wenn Fran zu lange darüber nachdachte, packten sie gleich wieder Gewissensbisse, weshalb sie schnell aufhörte zu grübeln und lieber ein Lied summte.

Dedicated to the One I Love von The »5« Royales, ein Song aus der Zeit, als sie Cliff kennenlernte. Sie hatten so oft dazu getanzt. Oh, wie gern sie damals getanzt hatten. Wenn sie jetzt ihre Augen schloss, sah sie Cliff und sich selbst vor sich, jung und schön, so voller Leben und Hoffnung.

Kapitel 15

1962

Sie saßen bereits seit mehreren Stunden im Wagen, und obwohl Herbert alle Fenster heruntergekurbelt hatte, war es so heiß und stickig, dass es kaum auszuhalten war. Glücklicherweise wurde das Wetter kühler, je weiter sie in Richtung Norden fuhren, und kurz vor San Francisco bat Frances darum, einen weiteren Stopp einzulegen. Sie hatten bereits eine Lunchpause gehabt, bei der sie einen Hot Dog und ein großes Stück Apple Pie gegessen hatte, woraufhin die etwas fülligere Produktionsassistentin sie gefragt hatte, ob sie denn nicht zunahm, wenn sie sich all das genehmigte. Frances hatte den Kopf geschüttelt und gesagt: »Nein, ich kann essen, was ich will, und nehme nicht zu.«

»Sie Glückliche«, sagte die Frau, die kaum älter als sie war und mit dem Fotografen sowie dem Kamerateam in dem großen Transporter vor ihnen herfuhr, während Herbert und Frances ihnen in seinem Chevrolet folgten. Es gab auch noch einen dritten Wagen, in dem Frances eigentlich mitgefahren wäre. In dem saßen die Leute von Willow Soap, die das Ganze koordinierten, doch sie hatten sie irgendwo vor dem letzten Stopp verloren und würden sie wahrscheinlich erst an ihrem Zielort wiedersehen.

Sie waren spät dran. Eigentlich hatten sie gut in der Zeit gelegen, doch dann hatten sie an einer Baustelle vorbeigemusst und steckten danach wegen eines Zusammenstoßes mehrerer Autos mitten auf dem Highway fest. Eine Zeit lang ging es gar nicht voran, und dann verloren sie auch noch den Wagen mit dem Kamerateam aus den Augen. Als es endlich weiterging, dämmerte es bereits, und Herbert sagte, dass sie es wohl vor Mitternacht nicht nach Tahoe schaffen würden. Frances hoffte nur, dass er sich im Dunkeln nicht auch noch verfuhr.

Doch genau so kam es!

Denn irgendwann befand Herbert, dass es besser sei, vom Highway ab- und auf der Landstraße weiterzufahren. Noch dazu geriet der Wagen plötzlich ins Schlingern, und Herbert fuhr rechts ran.

»Was ist denn los?«, fragte Frances ein wenig ängstlich. Sie befanden sich mitten im Nirgendwo, hier wollte sie bestimmt nicht die Nacht verbringen – in einem Auto. Und plötzlich musste sie doch an die Kojoten denken, vor denen ihre Mutter sie gewarnt hatte.

»Wir haben einen Platten«, entgegnete Herbert und stieg aus dem Wagen. Im Licht der Scheinwerfer beobachtete sie ihn, wie er den Chevy umrundete, sich die Jacke zuknöpfte und sich den Hut wieder aufsetzte, der ihm hinunterfiel, als er sich bückte, um nachzusehen, was ihre Panne verursacht haben könnte. Dann öffnete er wieder die Tür und sagte: »Hinten rechts. Ich muss irgendwo reingefahren sein.«

»Oh nein!«

»Oh doch. Keine Ahnung, vielleicht ein Nagel oder so was in der Art. Ich kann es im Dunkeln schlecht erkennen. Am besten lasse ich den Wagen hier stehen und mache mich auf die Suche nach der nächsten Tankstelle oder Werkstatt.«

»Und was ist mit mir?«, fragte Frances panisch.

»Du kannst hierbleiben und ein Nickerchen machen.«

»Das kann nicht dein Ernst sein, Herbert! Du willst mich doch nicht wirklich allein am Straßenrand zurücklassen. In der Wildnis, im Dunkeln, in dieser Kälte.«

»Wildnis?« Herbert lachte, wie sie am Tag zuvor noch ihre Mutter bei diesem Wort ausgelacht hatte. »Wir sind kurz vor Sacramento. Irgendwo demnächst müsste ein Kaff namens Lodi oder so auftauchen, das stand zumindest auf dem letzten Schild. Hör zu, ich gehe jetzt los. Wenn du unbedingt mitkommen willst, dann komm mit, aber jammere später nicht, dass dir die Füße wehtun, ja?«

Sie musste nicht lange überlegen, schnappte sich ihre Handtasche, stieg aus dem Auto und stöckelte an Herberts Seite die Straße entlang.

Sie hatte ihn vor zwei Jahren kennengelernt. Besser gesagt hatte er sie angesprochen, als sie mit ein paar Freundinnen bummeln war. Sie hatte sich eine Schachtel Red Wines gekauft, hielt eine der roten Gummistangen in der Hand und biss gerade davon ab, als Herbert sie fragte, ob sie Interesse an einer Karriere als Fotomodell habe. Zuerst lachte sie, weil sie annahm, es sei ein Witz, doch als sie verstand, dass der nette ältere Herr es ganz ernst meinte, lächelte sie ihn an.

»Warum nicht?«, erwiderte sie und nahm Herbert Hermans Visitenkarte an sich.

Am nächsten Tag erschien sie in seinem Büro, sie machten ein paar Aufnahmen für eine Setcard, und Herbert versprach ihr, sie ganz groß rauszubringen.

In den folgenden Wochen und Monaten besorgte er ihr immer mal wieder ein paar kleinere Jobs, bis zu dem großen für Candy Cola. Herbert war mit Leidenschaft bei der Sache, setzte sich für seine Schützlinge ein, und auch wenn er sich oftmals wie ein Vater verhielt, sah sie in ihm eher den netten Onkel, der ihr heimlich Süßigkeiten zusteckte, wenn ihre Mutter es nicht sah. Die konnte Herbert übrigens nicht ausstehen, und er sie ebenso wenig, was ihn in Frances' Augen gleich noch sympathischer machte.

Nach nicht einmal einer halben Meile kamen sie nun zu einer Farm, auf der noch Licht brannte. Herbert ging auf das Haus zu und klopfte an, erklärte der Dame mittleren Alters seine Lage, die sofort ihren Mann herbeirief. Frances hielt sich im Hintergrund und beobachtete das Ganze. Der Farmer rief ebenfalls nach jemandem, und als Nächstes kamen er und ein großer junger Mann, wahrscheinlich der Sohn, aus dem Haus und gingen hinüber zu einem alten Pick-up-Truck. Sie sagten Herbert, dass er einsteigen sollte, der der Aufforderung folgte und Frances stehen ließ.

Verdutzt sah sie sich um. Wo wollte Herbert hin? Zurück zum Chevy? Zu einer Werkstatt? Gab es hier überhaupt eine, die abends um neun noch aufhatte?

Zum Glück rief die Farmerin Frances sogleich herbei und bat sie ins Haus, wo sie bei einer Tasse Tee auf die Männer warten wollten.

»Ich danke Ihnen«, sagte sie und pustete in ihre Tasse. »Was ist das hier überhaupt für eine Farm?«

»Blaubeeren«, antwortete die Frau, die sich jetzt als June Rivers vorstellte. »Wir bauen schon seit zwanzig Jahren Blaubeeren an.«

»Oh«, war alles, was sie sagte. Blaubeeren. Die hatte sie schon immer gern gemocht. Jedoch hatte sie sich nie Gedanken gemacht, wo die kleinen blauen Früchte herkamen, die sie gerne in ihrem Kuchen oder auf ihrem Eisbecher hatte.

Als hätte Mrs. Rivers ihre Gedanken gelesen, holte sie jetzt einen Blueberry Pie hervor und legte ihr ein großes Stück auf einen Teller. »Hier, essen Sie. Sie müssen hungrig sein.«

Sie lächelte die Frau an, nahm die Gabel in die Hand, die sie ihr hinhielt, und begann zu essen.

Niemals hatte ein Blaubeerkuchen besser geschmeckt.

Kapitel 16

Jillian

Am Ende war es ihr nicht schwergefallen zu gehen.

Preston hatte sich völlig danebenbenommen. Hatte ihr immer wieder gesagt, dass sie sich doch eh schon entschieden hatte. Beinahe hatte es in ihren Ohren so geklungen, als hätte er sich bereits damit abgefunden. Als würde es ihm überhaupt nichts ausmachen.

»Ich habe mich noch überhaupt nicht entschieden«, hatte sie das eine Mal erwidert. »Deswegen bin ich doch zu dir gekommen. Damit wir gemeinsam meine Optionen durchgehen können. Die Pros und Contras.«

»Also, es würde mich wundern, wenn du überhaupt Pros findest«, hatte Preston wieder so abschätzig gesagt, jener Mann, mit dem Jillian die letzten acht Jahre verbracht hatte.

Kopfschüttelnd hatte sie ihn angesehen. »Du willst mich gar nicht aufhalten, oder?«

»Wozu? Du bist ein freier Mensch, kannst eigene Entscheidungen treffen.« Er zuckte die Achseln.

»Ehrlich, Pres, ich weiß gar nicht, mit wem ich gerade rede. Ich dachte, du liebst mich? Wäre es dir denn völlig egal, wenn ich jetzt ginge?«

»Natürlich nicht, Jill.« Er nahm ihre Hand in seine. »Aber sei mal ehrlich: Bist du denn wirklich noch glücklich mit mir?«

Erschüttert blickte sie ihn an. Wie konnte er glauben, dass sie es nicht war? Nur für ihn hatte sie alles aufgegeben, den Traum von einer eigenen Familie, von Kindern. Den Beruf, den sie wirklich gemocht hatte. Nur weil er gemeint hatte, er wolle nicht, dass die Frau an seiner Seite arbeitete. Was sollten denn die Leute denken? Dass sie es nötig hatten?

Sie seufzte. »Bis gerade war ich glücklich, ja. Nur im Moment weiß ich gar nicht mehr, was ich denken soll. Ich glaube, ich brauche ein bisschen Zeit für mich, um mir über einiges klar zu werden. Ich ziehe für ein paar Tage ins Hotel«, ließ sie ihn wissen und packte ihren Koffer.

Preston hielt sie nicht auf.

Während sie die nächsten Tage am Pool des Scottsdale Plaza Resorts lag und über dies und das nachgrübelte, fragte sie sich auf einmal, ob Preston vielleicht sogar froh wäre, wenn sie ginge. Dann könnte er sich eine jüngere Version ihrer selbst anlachen und sich noch ein bisschen größer und besser fühlen.

Erneut seufzte sie, wie so oft in diesen Tagen.

Sie hatte geglaubt, es würde eine schwere Entscheidung werden, doch jetzt gab es überhaupt nichts mehr zu überlegen. Nachdem sie Preston drei Tage Zeit gegeben hatte, um sie zurückzuholen, sich bei ihr zu entschuldigen und sie zum Bleiben zu bewegen, er jedoch kein einziges Mal von sich hören lassen hatte, rief sie Grandma Fran an.

»Granny, ich habe es mir überlegt. Ich komme zurück nach Lodi.«

»Oh, Liebes, wie wundervoll. Du ahnst gar nicht, wie sehr ich mich freue.«

Sie musste lächeln und stellte sich ihre Grandma dabei vor, wie sie strahlte vor Glück.

»Ich versuche, schon am Wochenende da zu sein«, sagte sie ihr, und sie hoffte, sie würde sie nicht nach Preston fragen. Ob er mitkäme, und dann, warum er es nicht tat. Wie er reagiert hatte und was aus ihrer Beziehung werden würde, wenn Jillian über siebenhundert Meilen von ihm weg wohnen würde.

Glücklicherweise fragte Fran nichts dergleichen.

»Ich bin wirklich überglücklich, Jilly. Vor allem, weil ihr alle drei zurückkommen werdet. Dann haben wir euch immer ganz in unserer Nähe, euer Grandpa und ich.«

»Ally hat auch zugesagt?«, fragte sie überrascht, denn das hatte sie noch nicht gewusst.

»Ja. Sie hat mir gestern Abend Bescheid gegeben. Ist das nicht fantastisch?«

»Ja, wirklich. Aber wieso hat sie es mir nicht erzählt?« DeeDee hatte ihr gleich noch am Sonntag geschrieben, dass sie Frans Wunsch nachkommen würde, und ihr schien es überhaupt nicht schwergefallen zu sein, sich zu entscheiden. Wahrscheinlich weil ihre kleine Schwester von Natur aus so ein unbeschwerter Mensch war, der sich sicher überall zu Hause fühlen konnte, wenn er die Dinge nur positiv betrachtete.

»Ich denke mir, dass Ally dich nicht beeinflussen wollte. Sie wollte, dass du diese Entscheidung ganz für dich selbst triffst.«

Sie nickte. Ja, so war es wahrscheinlich. Dennoch war sie jetzt auch enorm erleichtert, dass sie diese große und bedeutende Aufgabe nicht allein angehen musste. Mit Delilah, die das Wort Aufgeben nicht kannte, und Alison, die die Verantwortung in Person war, würde das schon alles klappen.

»Dann bis ganz bald, Grandma«, verabschiedete sie sich.

Als Nächstes, noch bevor sie die American-Airlines-Seite aufrief, wählte sie DeeDees Nummer, denn ihr war gerade eine Idee gekommen.

»Hey, *big sis*!«, ging ihre Schwester ran.

»Hey, *little one*. Wie geht es dir?«

»Super, und dir? Hast du dich schon entschieden?«

»Ja, das habe ich, und deshalb rufe ich an. Ich habe nämlich vor, ebenfalls auf die Farm zu ziehen, und wollte gerade einen Flug bu...«

»Du ziehst auch auf die Farm?«, schrie Delilah ins Telefon, und sie musste lachen.

»Aua, mein Ohr!«

»Meinst du das auch wirklich ernst? Wir werden die Sache zu dritt angehen?«

»Sieht ganz so aus, ja.«

»Wie cool! Weiß Ally es schon?«

»Noch nicht. Es sei denn, Granny hat sie bereits angerufen.«

»Wann hast du es Granny denn gesagt?«

»Vor ungefähr einer Viertelstunde.«

»Dann weiß Ally es ganz sicher schon.«

Sie beide lachten. Ja, das konnte gut möglich sein.

»Okay, okay, jetzt gib mir aber mal ein paar Details. Was hat Preston denn dazu gesagt?«, wollte DeeDee wissen.

»Können wir da lieber nicht drüber reden?«, bat sie.

»Oh. Okay, wie du willst.«

»Danke. Wie sieht es bei dir und Channing aus?«

»Ebenfalls kein Kommentar.«

Oje. Hatte diese Sache etwa gleich zwei Beziehungen zerstört? Oder waren sie eh zum Scheitern verurteilt gewesen, und Grandma Frans Bitte hatte das nur aufgedeckt?

»Na, dann sind wir uns ja einig«, meinte Jillian. »Du, weshalb ich eigentlich anrufe... Ich wollte dich fragen, wann du vorhast, nach Lodi zu fahren. Ich hatte mir gedacht, ich könnte doch nach San Francisco fliegen, dich abholen, und wir machen uns gemeinsam auf den Weg zur Farm.«

»Oh, das ist super! Ich hatte nämlich noch keine Ahnung, wie ich ohne Auto und mit meinen tausend Sachen nach Lodi kommen soll. Du bist also meine Rettung!«

»Perfekt.« Sie lächelte. »Also? Wann würde es dir passen?«

»Ich richte mich da ganz nach dir. Ich habe bereits all meine Jobs gekündigt und bin schon am Packen. Viel mehr als Liebeskomödien mit Rachel zu gucken, habe ich in den nächsten Tagen nicht vor.«

»Wie wäre es denn dann mit Samstag?«

»Samstag passt perfekt!«, antwortete ihre Schwester, und eine halbe Stunde später gab sie ihr die Flugdaten durch.

Jetzt, drei weitere Tage später, saß sie im Mercedes, den sie sich direkt nach ihrer Ankunft am San Francisco Airport gemietet hatte, und fuhr durch South San Francisco und dann die Küste entlang bis ins Stadtzentrum, wo DeeDee in einer kleinen Wohnung in Mission Bay lebte. Nun ja, zumindest bis heute.

Anders als bei Delilah, bescherte San Francisco ihr immer ein mulmiges Gefühl. Erinnerungen kamen auf, und es waren keine schönen. Jillian wusste nicht, an wie viel von damals ihre kleine Schwester sich noch erinnerte, immerhin war sie erst fünf Jahre alt gewesen. Sie hingegen hatte mit neun schon genau verstanden, was passiert war. Und es hatte sie lange in ihren Albträumen verfolgt. Sie war nie gern zurück nach San Francisco gekommen, es war Jahre her, dass sie der Stadt einen Besuch abgestattet hatte. Und auch heute hatte sie gleich wieder einen Kloß im Hals, wenn sie auf die Bucht blickte.

Wie konnte DeeDee diesen Ausblick nur jeden Tag ertragen?

Sie versuchte, ruhig weiterzuatmen und stattdessen an etwas anderes zu denken.

Preston. Sie hatten nicht noch einmal miteinander gesprochen. Als sie am Freitag ihre restlichen Sachen abgeholt hatte – zumindest das, was sie unbedingt mit nach Lodi nehmen wollte –, war er nicht zu Hause gewesen. Ihr war die Sponsoren-Veranstaltung wieder eingefallen. Vielleicht war es gut so, dass sie sich vor ihrer Abfahrt nicht noch einmal sahen. Nicht, dass sie von ihrem Vorhaben abgelassen hätte.

Sie hatte eingepackt, was sie auf der Farm brauchen würde, und alles zurückgelassen, was nicht mehr von Bedeutung war. Teure Kleider, die Preston ihr gekauft hatte – er hatte es immer gerngehabt, wenn sie an seiner Seite strahlte und er mit ihr angeben konnte. High Heels, für die sie keine Verwendung in Lodi haben würde. All das Make-up, die vielen Cremes und Parfüms, der Schmuck ... Bei Letzterem überlegte sie es sich anders und packte ihr Schmuckkästchen doch ein. Die Ketten, Ohrringe und Armbänder waren immerhin Geschenke von Preston gewesen, an Jahrestagen, Geburtstagen, zum Valentinstag und an Weihnachten – sie gehörten ihr! Vielleicht würde sie sie noch mal brauchen, immerhin hatte sie kaum einen Cent auf dem eigenen Konto. Und Prestons Kreditkarte wollte sie nicht mehr benutzen, wenn sie morgen aus dem Wellness-Hotel ausgecheckt haben würde.

Sie ging ein letztes Mal in ihr Zimmer, in dem die vielen Bilder von Misha hingen. Sie nahm sie von der Wand und legte sie in ihren Koffer, zusammen mit den Familienfotos.

Und sie musste lächeln. Schon bald würde sie diese Fotos gar nicht mehr brauchen, um sich ihnen nahe zu fühlen, weil sie sie alle um sich herum haben würde.

Sie freute sich richtig auf ihr Abenteuer. Mit lediglich zwei Koffern und einer kleinen Reisetasche verließ sie das Haus und war sich nicht sicher, ob sie je wieder einen Schritt durch diese Tür setzen würde.

War der Sex unter der Dusche mit Preston der letzte, den sie je mit ihm gehabt hatte?

Waren die Worte im Streit die letzten, die sie mit ihm gesprochen hatte?

Mit einem weinenden und einem lachenden Auge rief sie sich ein Taxi. Den Porsche ließ sie in der Einfahrt stehen und steckte den Autoschlüssel zusammen mit dem Schlüssel zur Villa in den Briefkasten. Dann ließ sie sich zurück zum Hotel fahren. Eine Weile saß sie still auf ihrem Bett. Sie war sich ziemlich sicher, dass Preston sich auch nach heute nicht melden würde, auch wenn er feststellen würde, dass ein großer Teil ihrer Sachen verschwunden und Jillian für immer weg war. Er besaß viel zu viel Stolz, um sie auf Knien anzuflehen, zu ihm zurückzukommen.

Sie hatte ein klein wenig geweint, dann war sie aufgestanden und ins hoteleigene Restaurant gegangen, wo sie sich ein Glas Wein und ein großes Steak mit Pommes bestellt hatte. Und danach hatte sie sich noch ein Dessert gegönnt.

Als sie jetzt um die Ecke bog und DeeDee auf dem Gehsteig sitzen sah, hupte sie. Ihre Schwester blickte in ihre Richtung, sprang auf, und keine Minute später lagen sie sich in den Armen.

»Bist du bereit?«, fragte sie.

»Aber so was von!«, antwortete DeeDee.

Kapitel 17

Delilah

»Was sind das nur alles für Sachen?«, fragte Jill sie kopfschüttelnd. »Brauchst du die wirklich alle auf der Farm?«

Sie betrachtete den riesigen Berg von Gedöns, den sie zusammen mit Rachel auf den Bürgersteig getürmt hatte. Dann, bevor ihre Freundin zur Arbeit musste, hatten sie sich unendlich lange umarmt und einander versprochen, sich ganz bald gegenseitig besuchen zu kommen.

»Na, mein ganzer Kram halt. Ich konnte ihn doch nicht einfach bei Rachel in der Wohnung lassen.«

»Okay, da hast du auch wieder recht. Ist es eigentlich für Rachel in Ordnung, dass du so plötzlich auszieht?«, erkundigte sich ihre Schwester.

»Ja, sie wollte sowieso mit ihrem Freund zusammenziehen. Es passt also alles perfekt.«

»Na, das ist doch schön.«

Sie luden den Rest ein, und der Mercedes quoll fast über.

»Du, jetzt hab ich aber auch mal eine Frage. Wieso hast du denn lediglich zwei Koffer dabei? Wo sind deine restlichen Sachen? Holst du sie später nach oder lässt sie dir schicken?«

Jill sah sie mit einem merkwürdig verzerrten Blick an. »Das ist alles, was ich brauche«, erwiderte sie und stieg in den Wagen.

Delilah setzte sich neben sie auf den Beifahrersitz. Sofort holte sie ein paar selbst gebackene Schokokekse aus der Tasche und reichte ihr einen.

Jill biss ab. »Lecker.«

»Und vegan, hättest du nicht gedacht, oder?«

»Du ernährst dich also immer noch rein pflanzlich?«, fragte ihre Schwester.

»Aber natürlich! Das ist doch kein vorübergehendes Hobby, das ist eine Lebenseinstellung!«, stellte sie klar.

»Dann sollte ich dir wohl lieber nicht erzählen, dass ich gestern Abend ein fettes Steak gegessen hab. Zum zweiten Mal in dieser Woche.«

»Ach, leben und leben lassen. Wenn du das mit deinem Gewissen ausmachen kannst, soll es für mich okay sein.«

Allerdings wunderte sie sich doch ein wenig. Denn in den letzten Jahren hatte sie ihre Schwester nie mehr als einen Salat oder irgendwas Fettarmes essen sehen.

»Als Veganerin wirst du es auf der Farm sicher nicht leicht haben, zumindest, solange Grandma noch dort wohnt«, meinte Jill jetzt, während sie über die Bay Bridge fuhren und San Francisco hinter sich ließen. »Granny hat das Ganze nie verstanden. Weißt du noch, als du dich gefreut hast, dass es grünen Spargel gab, und sie ihn dann in einem gefühlten Liter geschmolzener Butter geschwenkt hat?«

DeeDee musste lachen. »Ja, aber das ist schon Jahre her. Inzwischen weiß auch Grandma, wie vegan geht. Wir haben in letzter Zeit sogar ein paarmal zusammen gekocht oder gebacken, und es hat ihr richtig gut geschmeckt.«

»Na, ich weiß ja nicht ...« Jill verzog das Gesicht.

»Hey, es kann richtig gut schmecken! Oder was ist mit dem Keks, den du gerade verdrückt hast?«

»Okay, zugegeben, der war echt super. Dein eigenes Rezept?«

Sie nickte. »Ja. Ich backe echt gern in letzter Zeit. Hab sogar überlegt, dass man für den Stand auch ein paar vegane Sachen backen könnte.«

»Für den Marktstand?«, fragte Jill überrascht.

»Ja. Wieso nicht?«

»Da bist du aber sehr viel weiter als ich. An den hab ich bisher noch gar nicht gedacht.«

»Es werden einige Aufgaben auf uns zukommen, Jill. Je früher wir uns Gedanken machen, desto besser.«

Ihre ältere Schwester sah sie an. »Wann bist du denn nur so erwachsen geworden, *little one*?«

Sie zuckte die Achseln. »Ist einfach so passiert. Eines Tages bin ich aufgewacht und war erwachsen.« Sie lachte. »War nur Spaß! Die meiste Zeit fühl ich mich noch immer wie siebzehn.«

»Du hast nächste Woche Geburtstag«, erinnerte Jill sie.

Es würde der erste Geburtstag seit zehn Jahren sein, den sie nicht mit Rachel feierte. Aber der erste seit Langem, den sie zusammen mit ihrer gesamten Familie verbringen würde. Und vielleicht würde Rachel ja sogar zur Farm kommen und dazustoßen.

»Ja. Ich komme der dreißig immer näher. Wie fühlt sich das so an?«, fragte sie.

»Was? Dreißig zu sein? Auch nicht so anders«, antwortete ihre zweiunddreißigjährige Schwester.

»Du, darf ich dich mal fragen, was denn eigentlich mit Preston passiert ist? Habt ihr euch etwa getrennt?«

Jill seufzte. »Ach, wenn ich das so genau wüsste. Ich

habe ihm von Grannys Bitte erzählt, er hat sie als lächerlich abgetan, wir haben uns gestritten, und ich bin ins Hotel gezogen. Seitdem haben wir kein Wort miteinander gesprochen.«

»Scheiße.«

»Das kannst du laut sagen. Und was ist mit dir und Channing?«

»Hab ihn beim Sex mit einer anderen erwischt.«

»Oh, verdammt. Was ist denn nur los mit den Männern?«

»Alles untreue Säcke!«, ließ Delilah ihrer Wut freie Bahn.

»Nun ja, alle sicher nicht, oder?«

»Na, überleg mal, was Travis Ally angetan hat. Und kannst du mit absoluter Sicherheit sagen, dass Preston dir noch nie fremdgegangen ist?«

»Nein, kann ich wohl nicht.«

»Was ist mit dir? Bist du ihm je untreu gewesen?«, fragte sie frei heraus.

Jill sah sie von der Seite an, ein wenig schockiert. »Nein! Wie kommst du denn darauf?«

»Nur so. Hat mich einfach interessiert.« Sie steckte sich ein paar herausgefallene Dreadlocks zurück unter das dicke Zopfband und zog die Füße hoch auf den Sitz. »Hast du auch nie daran gedacht?«

Jill errötete leicht. »Na ja, doch, das schon. Ich meine, tut das nicht jeder mal? Ich hatte sogar ein paarmal die Gelegenheit dazu, hätte es aber niemals wirklich getan.«

»Ach ja? Mit wem hattest du die Gelegenheit?« Jetzt hatte ihre Schwester sie richtig neugierig gemacht.

Jill schmunzelte. »Der Barkeeper im Country Club zum Beispiel hat mich immer so angesehen ... mit diesen Blicken. José. Er hätte bestimmt nicht Nein gesagt. Aber der war gerade mal Anfang zwanzig.«

»Ja, und? Die Kleine, mit der Channing im Bett war, sah nicht älter als sechzehn aus.«

»Dann sollten wir den Mistkerl vielleicht sogar anzeigen. Wegen Verführung Minderjähriger. Verdient hätte er es, oder?«

»Ach, weißt du, ich will ihn eigentlich nur vergessen. Er war eh nicht der Richtige.«

Sie schweigen ein paar Minuten, während sie durch Walnut Creek und dann durch Pleasant Hill fuhren. Dann fragte Delilah etwas, das ihr schon lange auf dem Herzen lag.

»Glaubst du, wir werden eines Tages eine Liebe wie die von Granny und Gramps finden?«

Jill antwortete nicht gleich, sondern nahm sich einen Moment zum Nachdenken. »Die beiden sind seit beinahe sechzig Jahren verheiratet. Ich glaube nicht, dass es solch eine wahre Liebe heute noch gibt. Das ist wohl etwas aus früheren Generationen, als die Menschen noch nicht viel mehr hatten als die Liebe und einander.«

»Ja, vielleicht. Schon traurig irgendwie, oder?«

»Ja. Sehr traurig«, stimmte Jillian zu.

Delilah kaute nervös auf ihrer Unterlippe herum. »Was denkst du ist der wahre Grund, weshalb Granny so abrupt ins Heim ziehen will? Glaubst du, Gramps geht es schlechter, als sie es uns gegenüber zugibt?«

»Ich weiß es nicht, hoffe aber nicht. Wahrscheinlich ist es so, wie sie sagt, dass sie einfach mehr Zeit mit ihm verbringen will. Aber wer kann das schon so genau wissen?« Jill nahm sich noch einen Keks aus der Tüte, die nun zwischen ihnen stand. »Hast du in letzter Zeit mal mit Grandpa Cliff gesprochen? Er wird immer vergesslicher.«

»Ich habe ihn letzten Monat zusammen mit Granny besucht.«

»Hat er dich noch erkannt?«

»Hat er. Oh Gott, ich heule, wenn er es irgendwann nicht mehr tut.«

»Ja. Mir war neulich zum Heulen zumute. Ich habe mit ihm telefoniert, und er hat meine Stimme nicht erkannt. Wusste gar nicht, wer ich bin. Erst als ich es ihm gesagt habe, wusste er es dann. Glaube ich zumindest. Aber er erinnerte sich auch nicht mehr, dass er mir eins seiner Bücher ausgeliehen oder mir empfohlen hat, es zu lesen.«

Was Jill ihr da erzählte, klang einfach nur schrecklich.

»Er ist vierundachtzig und hat Alzheimer. Damit müssen wir wohl irgendwie lernen klarzukommen.«

»Ja. Das müssen wir wohl.«

»Und dass sein Gehirn nicht mehr so mitmacht, wie es sollte, bedeutet ja nicht, dass es ihm ansonsten gesundheitlich schlecht geht. Vielleicht hat er noch ein paar schöne Jahre.«

»Hoffen wir es für Grandma. Ich weiß nicht, wie sie ohne ihn weitermachen sollte.«

»Es ist das Richtige, dass sie zu ihm zieht«, war Delilah der festen Überzeugung.

»Ja. Und seien wir mal ehrlich. Was kann sie denn schon noch groß auf der Farm machen? Sie ist so zerbrechlich geworden in den letzten Jahren.«

Da hatte Jill recht, das war ihr auch aufgefallen. Früher war Grandma Fran immer so stark gewesen. Doch bei ihrem letzten Besuch war ihr aufgefallen, dass sie noch ein wenig dünner und fragiler geworden war. Nun ja, sie hatte schon immer eine schlanke Figur gehabt – Delilah hatte oft gedacht, dass Fran in einem anderen Leben ein Model hätte sein können. Denn hübsch war sie dazu. Auf alten Fotos konnte man nur erahnen, was aus ihr hätte werden können, wenn sie nicht ihr ganzes Leben auf einer Blaubeerfarm verbracht hätte.

»Ja, sie wird immer dünner, das ist mir auch aufgefallen. Wir müssen versuchen, sie ein bisschen aufzupäppeln.«

»Auf jeden Fall.«

Sie hatten die Farm nun fast erreicht, und die Aufregung stieg.

»Ich kann ehrlich noch immer nicht richtig glauben, wozu wir uns entschlossen haben«, sagte sie.

»Geht mir genauso«, erwiderte Jill und fuhr in die Einfahrt und den Weg hoch, der zum Haupthaus führte.

Es sah alles noch genau so aus wie in ihrer Kindheit. Ein hübsches, blaues, zweistöckiges Haus mit vier Zimmern. Dahinter das alte, etwas größere Gästehaus, das früher einmal das Haupthaus gewesen war und in dem ihre Urgroßeltern nach der Heirat von Cliff und Fran weiterhin gewohnt hatten, auch als Cliff irgendwann die Farm leitete. Bis zu ihrem Tod vor rund dreißig Jahren. Bei seinem Anblick kamen Delilah gleich wieder Ideen, was man daraus alles machen könnte. Allerdings mussten sie sich erst mal einigen, wer überhaupt wo wohnen wollte, immerhin waren sie von nun an zu fünft beziehungsweise irgendwann dann bald zu viert auf der Farm.

»Weißt du, wann Ally und Misha eintreffen?«, erkundigte sich Jill.

»Ja. Am Montag fahren sie los und kommen, wenn alles gut geht, noch am Abend an.«

Auf Jills Gesicht breitete sich ein Lächeln aus, das ihr bis hin zu den Ohren ging.

»Was ist?«, fragte sie, obwohl sie sich ziemlich sicher war, dass ihre Schwester gerade die gleichen Gefühle überkamen wie sie selbst.

Jill starrte auf das blaue Haus. »Irgendwie hatte ich total vergessen, wie sich das anfühlt.«

»Zu Hause anzukommen?«

Jill nickte, und sie griff nach ihrer Hand.

Und dann sahen sie Grandma Fran die Gardine beiseiteschieben und aus dem Fenster schauen. Kurz darauf öffnete sich die Tür, und sie kam die Veranda herunter. Fröhlich und voller Tatendrang.

»Da seid ihr ja schon!«, rief sie ihnen entgegen, während Delilah und Jillian endlich aus dem Auto ausstiegen.

Sie gingen auf ihre Grandma zu und wurden sogleich in eine herzliche Umarmung gehüllt.

»Na, seid ihr auch bereit für alles, was jetzt auf euch zukommt?«, erkundigte sich Fran.

»Na klar, Granny«, entgegnete Delilah, und auch Jill beruhigte sie sofort.

»Mach dir keine Sorgen. Wir werden das Ding schon schaukeln.«

»Wunderbar! Dann sollten wir jetzt zur Stärkung ein kleines Mittagessen zu uns nehmen und gleich ein paar Dinge besprechen. Ihr könnt dann selbst entscheiden, ob ihr später mit zu Cliff kommen oder lieber erst mal auspacken und euch einrichten wollt.«

Beide waren sich sofort einig, dass das Auspacken Zeit hatte. Also aßen sie eine Kleinigkeit – einen Salat und eine Gemüsepastete, die Grandma Fran zubereitet hatte – und überlegten direkt, wer in welches Zimmer ziehen sollte.

Jill machte den Vorschlag, dass sie Ally und Misha das Zimmer überlassen könnten, das sie und Delilah sich früher geteilt hatten, da es das größte war. Sie beide würden Allys altes Zimmer nehmen, bis Grandma Fran auszog und damit ja ein weiteres Schlafzimmer frei wurde.

»Und wenn Misha keine Lust hat, ein Zimmer mit ihrer Mutter zu teilen? Sie kommt immerhin so langsam in die Pubertät«, überlegte Delilah.

»Fürs Erste wird es gehen. Zur Not gibt es dann ja immer noch das alte Gästehaus«, meinte Grandma Fran. »Ich habe zwei Zimmer hergerichtet, weil ich ja nicht wusste, wen ihr alles mitbringt.« Sie sah von Jill zu Delilah und erwartete anscheinend ein paar Sätze über Preston beziehungsweise Channing, doch weder sie noch ihre Schwester gingen darauf ein.

Delilah überlegte, ob sie Jill und Grandma Fran jetzt schon von ihrer Idee erzählen sollte, das alte Gästehaus zu renovieren, entschied sich aber dagegen. Auch das hatte Zeit.

»Wann eröffnet der Farmers Market dieses Jahr?«, fragte sie stattdessen.

»Schon in knapp vier Wochen. Wir haben dafür noch jede Menge zu tun. Ich muss euch beibringen, wie man den Pie, die verschiedenen Muffins und den Sirup macht, vor allem aber müssen wir haufenweise Marmelade einkochen.«

»Das kriegen wir hin, Granny. Mach dir keine Gedanken. Knapp vier Wochen sind viel Zeit.«

»Das glaubt ihr jetzt. Ihr werdet aber sehen, dass die Zeit hier wie im Flug vergeht.« Grandma Fran stellte das Geschirr in die Spüle. »Na kommt, wir holen eure Sachen ins Haus, und dann fahren wir euren Grandpa besuchen. Der wird sich freuen, euch zu sehen. Ich habe euch schon angekündigt.«

Ob er sich daran noch erinnerte?, fragte Delilah sich.

»Es ist gut, dass ihr nicht alle auf einmal eingetroffen seid, das hätte ihn wohl ein wenig überfordert.«

Sie nahm Jills besorgten Blick wahr, schickte ihr aber einen beruhigenden zurück.

Alles wird gut. Ganz bestimmt.

Während Grandma Fran sich um den Abwasch kümmerte, gingen sie beide schon mal zum Auto und luden aus. Jills drei Gepäckstücke waren schnell im Haus, mit Delilahs komplettem Hausstand brauchten sie ein bisschen länger.

»Was bringst du denn da alles an?«, lachte Fran, als sie beladen mit Tüten voll Kostümen und anderem Schnickschnack ins Haus trat.

»Na, wer weiß, wofür ich das noch mal brauchen werde«, erwiderte sie und schleppte alles in ihr neues Zimmer, in dem sogar noch die alten Poster von Alison hingen. Die Backstreet Boys waren irgendwann Alicia Keys, Norah Jones und anderen Sängerinnen gewichen, die ebenfalls Instrumente spielten und Alison als Vorbilder gedient hatten.

Jill stand am Fenster und sah hinaus zu den endlosen Weiten der Blaubeerfelder. Sie stellte sich dazu und legte ihrer Schwester einen Arm um die Schulter.

»Ich bin mir wirklich sicher, dass alles gut wird«, sagte sie.

Ganz langsam begann sich Jills Kopf zu bewegen, bis es in einem zuversichtlichen Nicken endete. »Ja. Das bin ich auch.«

Kapitel 18

Alison

Ohne Misha hätte sie sich die Entscheidung wahrscheinlich deutlich schwerer gemacht. Doch ihre wunderbare, erst elfjährige Tochter hatte gleich gewusst, was zu tun war.

Alison hatte am Sonntag gar nicht mitbekommen, dass Misha bereits zurück nach Hause gekommen war. Travis hatte sie ein wenig früher als verabredet zurückgebracht, da eine spontane Klavierstunde reingekommen war. Misha hatte sich also selbst in die Wohnung gelassen und beinahe alles mitangehört, was Grandma Fran gesagt hatte. Und sie hatte auch mitbekommen, wie Alison und ihre Schwestern darauf reagiert hatten.

»Lass uns nach Lodi ziehen«, hatte Misha ohne zu zögern gesagt. »Granny Fran braucht uns.«

Alison hatte ihre Tochter verwirrt angesehen. »Wir können doch aber nicht einfach so auf die Farm ziehen.«

»Warum nicht? Granny würde bestimmt nicht fragen, wenn es ihr nicht wirklich wichtig wäre.«

»Das mag sein, aber ... was wäre denn mit deiner Schule? Deinen Freunden?«

»Es gibt doch auch Schulen in Lodi, Mom. Und mit

meinen Freunden bleibe ich in Kontakt, genau wie mit Dad.«

»Dein Dad wird nie und nimmer damit einverstanden sein.«

»Doch. Wenn ich mit ihm rede und ihm alles erkläre. Wir könnten uns doch weiterhin sehen. Er könnte nach Lodi kommen oder ich nach Tacoma. Ich könnte die kompletten Ferien bei ihm verbringen.«

Sie schüttelte den Kopf. Sie war sich da nicht ganz so sicher wie Misha.

»Du gehst ab dem Sommer auf die Junior High, Süße. Das ist ein neuer Lebensabschnitt. Ich weiß aus eigener Erfahrung, wie es ist, noch einmal ganz neu anzufangen. Das ist wirklich nicht leicht.«

»Aber bei dir war es doch etwas ganz anderes! Du musstest neu anfangen, weil du Menschen verloren hattest. Wir aber würden welche dazugewinnen.«

Voller Stolz sah sie ihre Tochter an und hielt ihr eine Hand entgegen. Misha stieß sich von dem Türrahmen ab, gegen den sie gelehnt hatte, und kam auf sie zu. Nahm ihre Hand, ließ sich an sie ziehen und sich in die Arme nehmen.

»Du bist wirklich einzigartig, Misha. Ich glaube, kein anderes Mädchen in deinem Alter hätte dafür solches Verständnis wie du.«

»Ich hab Granny lieb, und Gramps auch. Wir vermissen sie doch beide total. Wie cool wäre es, ganz in ihrer Nähe zu wohnen? Wir könnten sie jeden Tag sehen, alle Feiertage mit ihnen verbringen – ich finde, das hört sich echt gut an.«

»Ja, da hast du recht. Das tut es. Ich müsste dann nur noch überlegen, was ich wegen meiner Arbeit mache.«

»In Lodi gibt es bestimmt auch einen Supermarkt, der dich einstellt.«

»Du, ich glaube, ich wäre voll ausgelastet mit der Arbeit auf der Farm. Darum geht es nicht, sondern darum, dass ich eine Kündigungsfrist habe. Ich kann nicht einfach so Tschüss sagen, meine Uniform abgeben und gehen.«

»Dann finde heraus, wie bald du wegkönntest.«

»Das mache ich.« Sie lächelte und strich Misha liebevoll über die Wange. »Ich möchte aber nicht, dass wir das überstürzen. Lass uns eine Nacht drüber schlafen, ja? Morgen sprechen wir noch mal und sehen, ob wir beide noch immer derselben Ansicht sind. Wenn auch nur eine von uns Zweifel hat, lassen wir es. Okay?«

»Okay.«

Am nächsten Tag waren sie noch derselben Ansicht. Und heute, eine Woche später, luden sie die letzten Sachen ins Auto und machten sich bereit für die zwölfstündige Fahrt – inklusive Pausen, eventuelle Staus nicht mit eingerechnet.

Es war sieben Uhr morgens, Travis war gekommen, um sich zu verabschieden, und er drückte Misha ganz lange und ganz fest.

»Wir sehen uns so bald wie möglich, ja?«, fragte er, und Misha nickte und drückte ihn so sehr, dass er schwankte.

»Misha, gib mir noch einen Moment mit deinem Dad, ja?«, bat Alison, als ihre Tochter ins Auto stieg.

»Okay.«

Sie ging auf Travis zu, der wie eh und je umwerfend aussah. Mit seinem schwarzen Haar und den dunklen Augen wirkte er fast südländisch. Misha hatte diese Augen geerbt, auch wenn sie ansonsten aussah wie eine kleine Version von Alison selbst.

»Ich wollte einfach noch mal Danke sagen«, meinte sie und zwang sich, Travis direkt anzusehen.

Die letzten Jahre hatte sie das vermieden. Sie verhielt sich vorbildlich, war freundlich, tat es für Misha, die keine Ahnung hatte, was damals vorgefallen war. Weshalb sie sich getrennt hatten. Doch ihm direkt in die Augen schauen hatte sie nicht mehr können. Es hatte einfach zu sehr wehgetan.

»Sie wird mir wirklich fehlen«, sagte er.

»Ja, ich weiß. Du bist trotz allem ein großartiger Dad, und es tut mir selbst in der Seele weh, euch trennen zu müssen.«

»Wir schaffen das aber, sei unbesorgt. Wir haben abgemacht, jeden Tag zu telefonieren, uns Nachrichten zu schreiben und uns Fotos zu schicken. Außerdem darf sie ja in den Ferien zu mir kommen, oder?«

»Ja, natürlich. Das haben wir doch so vereinbart. Du wirst sie so oft sehen, wie es irgend möglich ist.«

Travis nickte. »Danke.«

»Wie gesagt, ich bin diejenige, die sich hier bedanken muss. Es bedeutet mir – uns beiden – wirklich viel, das machen zu können. Meine Großeltern unterstützen zu können. Und ich hatte nicht damit gerechnet, dass du es uns so einfach machen würdest, muss ich ehrlich gestehen.«

Jetzt blickte Travis ihr intensiv in die Augen. »Ich hoffe, auf diese Weise ein bisschen wiedergutmachen zu können, was ich dir angetan habe. Was ich unserer Familie angetan habe. Es tut mir nämlich ehrlich leid, auch wenn du mir nicht glaubst.«

»Doch, ich glaube dir.« Und sie hatte ihm doch längst vergeben. Denn trotz allem hatte er ihr immer noch diesen wunderbaren Menschen geschenkt, der ihr am liebsten auf der Welt war – wie hätte sie ihn da auf ewig hassen können?

Um ihm zu zeigen, dass sie ihm nicht mehr böse war, umarmte sie ihn nun leicht und lächelte noch einmal. »Wir hören voneinander?«

»Auf jeden Fall. Gute Fahrt!«

Sie stieg zu Misha ins Auto, das bis obenhin vollgeladen war. In der letzten Woche hatten sie ihren Haushalt aufgelöst, alles verkauft oder verschenkt, was sie nicht mitnehmen konnten, und den Rest in Koffer, Kartons und Einkaufstüten gepackt. Sie hatte Misha von der Schule abgemeldet und ihre Stelle gekündigt. Glücklicherweise hatte eine ihrer Kolleginnen sowieso gerade um mehr Arbeitsstunden gebeten, und so hatte sie bereits am Sonntag ihre Uniform und ihr Namensschild abgegeben und sich von ihren Kolleginnen verabschieden können. Misha hatte ihren Freundinnen tränenreich bye bye gesagt, und sie hatten sich versprochen, in Kontakt zu bleiben.

Nun waren sie bereit, Tacoma hinter sich zu lassen.

»Ich freue mich so auf Kalifornien!«, meinte Misha jetzt, während sie losfuhren.

Sie winkten Travis zu, der noch immer an derselben Stelle stand und eine Hand gehoben hatte.

»Ich mich auch«, erwiderte sie strahlend und schaltete ihre Playlist an. Gestern Abend hatte sie eine Liste mit Songs zusammengestellt, die *California* im Titel hatten oder die von Kalifornien handelten. Und obwohl Misha einen ganz anderen Musikgeschmack hatte als sie, wippte sie nun doch zu der Musik mit. Zu dem Song aus dem Jahr 2002, in dem Phantom Planet sangen: »*California, here we come, right back where we started from.*«

Sie kannte keinen Song, der passender gewesen wäre.

Während der Fahrt redeten sie über dies und das und kamen auch auf Grandma Fran und Grandpa Cliff zu sprechen.

»Wie haben sich die beiden eigentlich kennengelernt?«, fragte Misha irgendwann.

»Sag bloß, du kennst die Story nicht! Grandma hat sie doch schon so oft erzählt.«

»Mir nicht.«

»Hm. Vielleicht warst du auch einfach zu klein, um dich daran zu erinnern. Also, es war so«, holte sie aus. »Fran war zweiundzwanzig und hatte eine Autopanne. Sie hat dann Hilfe gesucht und die Blaubeerfarm gefunden, wo sie auf Cliff stieß. Der Wagen wurde in die nächstgelegene Werkstatt gebracht und repariert, und Fran blieb so lange auf der Farm – und verliebte sich unsterblich.« Sie lachte. »Sorry. Granny kann die Geschichte viel besser erzählen, frag sie doch einfach mal danach.«

»Werde ich machen. Bei dir klingt das nämlich ehrlich gesagt ein bisschen lahm.«

Sie musste lachen. »Hast recht.«

»Hat Granny damals auch in Lodi gewohnt?«, wollte Misha wissen.

»Hm, das weiß ich gar nicht so genau. Ich glaube schon.«

»Und warum musste sie dann auf der Blaubeerfarm warten und ist nicht einfach nach Hause gegangen?«

Sie runzelte die Stirn. Darüber hatte sie sich noch nie Gedanken gemacht. Sie hatte die Geschichte einfach so hingenommen, wie sie war, und sie nicht hinterfragt. Nicht so wie Misha, die schon immer sehr wissbegierig und vor allem neugierig war.

»Gute Frage. Dann hat sie wohl doch ein bisschen weiter entfernt gewohnt. Auch das kannst du ja ganz leicht herausfinden, indem du sie selbst fragst.«

»Ich glaube, da gibt es einiges aufzudecken«, war Misha sich sicher.

Alison bezweifelte das. Denn ihre Grandma war einfach keine mysteriöse Frau, die schwer zu durchschauen war oder die Geheimnisse mit sich herumtrug. Sie war doch schlicht eine Blaubeerfarmerin, war es immer gewesen, und dieses einfache, aber hingebungsvolle Leben hatte sie glücklich gemacht.

Nach drei Stunden legten sie die erste Pause ein, nach vier weiteren eine zweite. Sie genossen die Fahrt entlang der Küste. Machten Halt in Eureka, wo sie sich mit ihren eingepackten Sandwiches ans Meer setzten und danach in einen von diesen Süßigkeitenläden gingen, wo man sich selbst eine Mischung zusammenstellen konnte. Zum Schluss kauften sie noch an einem Straßenstand frische Erdbeeren.

»Hast du gesehen, dass man da auch Erdbeeren selbst pflücken konnte?«, fragte Misha, als sie weiterfuhren, und hielt ihr die Tüte mit den Süßigkeiten hin.

Ally nahm sich einen Brausebonbon, der ihr auf der Zunge kribbelte. »Ja. Hätten wir mehr Zeit, hätten wir das gerne machen können. Sorry.«

»Nein, das meine ich nicht. Ich meinte eher: Warum machen wir das nicht auch auf unserer Farm?«

»Hast du gerade *unsere Farm* gesagt?«, fragte Alison mit einem Lächeln.

»Ja, ist sie doch jetzt, oder?«

»Ja, schon. Ich habe mich nur selbst noch nicht daran gewöhnt. Dir scheint es leichter zu fallen.«

Misha zuckte die Schultern. »Also? Wie findest du die Idee?«

»Sehr gut. Ich weiß nur nicht, ob das so einfach ist. Ob man da eventuell irgendwelche Genehmigungen braucht. Aber wir können uns gerne erkundigen und es den anderen vorschlagen.«

»Okay«, sagte Misha zufrieden.

Die restliche Fahrt verging wie im Flug, und gegen halb

acht am Abend erreichten sie Lodi. Das Städtchen im San Joaquin County mit seinen rund 67.500 Einwohnern, das für seine Sägemühle, seine Weine und seinen Wassermelonenanbau berühmt war. Da Misha bereits seit mehreren Jahren nicht hier gewesen war, fuhr Alison durch das Stadtzentrum, obwohl sie es auch hätte umrunden können. Dabei stellte sie noch einmal den Song *Lodi* von Creedence Clearwater Revival an.

Als sie unter dem Lodi Arch, dem weißen Bogen mit der Aufschrift *Lodi*, hindurchfuhren, sagte sie: »Das ist unser neues Zuhause. Wie findest du es?«

»Klein, aber ziemlich hübsch«, antwortete Misha und sah sich neugierig um. Betrachtete die blumengeschmückten Straßen, die flachen Gebäude, die Main Street mit ihren Geschäften, die wahrscheinlich nicht viel anders aussah als bei der Gründung der Stadt 1906, zumindest aber noch genau so wie vor zwanzig Jahren.

»Und? Bereust du es schon, dass wir uns entschieden haben herzuziehen?«

»Nein, Mom. Das wird nicht passieren, keine Angst.«

Angst. Das war das richtige Wort. Denn das war es, was Alison verspürte. Sie wusste nämlich tatsächlich nicht, ob es ein Fehler war, einfach innerhalb einer Woche sein komplettes Leben in ein paar Kartons zu packen und sich auf nach Lodi zu machen.

Ausgerechnet Lodi.

Doch wenn Misha so optimistisch war, konnte sie es auch sein, oder? Das musste sie sogar. Denn es stand viel auf dem Spiel, nicht nur das Glück ihrer Tochter und ihr eigenes, sondern auch die Zukunft der Blaubeerfarm.

Als sie diese jetzt erreichten, trafen sie dort niemanden an außer dem Vorarbeiter Arturo, der ihnen sagte, dass ihre

Grandma bei Cliff im Seniorenheim sei, und ihre Schwestern vor ein paar Stunden weggefahren waren, um Besorgungen zu machen.

Sie gingen zur weiß gestrichenen Veranda, die mit Kübeln bunter Blumen vollgestellt war, setzten sich und streckten die Beine aus. Dies war also nun ihr neues Zuhause. Für Misha ein ganz neues, für Alison eins, das schon mal genau das gewesen war, das sich heute aber gänzlich anders anfühlte.

»Komm, wir pflücken ein paar Blaubeeren«, forderte sie ihre Tochter auf, griff nach einer herumstehenden Schüssel und schlenderte hinüber zu den endlos weiten Feldern.

Kapitel 19

Fran

Als sie an diesem Morgen aufwachte, hatte sie ein Lächeln auf den Lippen. Nichts als Dankbarkeit verspürte sie für ihre Enkelinnen und ihre Urenkelin, die für sie nicht nur den weiten Weg auf sich genommen, sondern die auch alles hinter sich gelassen hatten, was ihnen etwas bedeutete. Doch sie alle hatten ihr versichert, dass sie es gern taten, und sie sich überhaupt keine Sorgen zu machen brauchte. Sie freuten sich alle sogar richtig auf dieses Abenteuer, und es würde gewiss eins werden, da war Fran sich sicher.

Natürlich waren Alison, Jillian und Delilah bei den Blaubeeren aufgewachsen, sie hatten miterlebt, wie es auf einer Blaubeerfarm zuging, doch selbst eine zu leiten, war noch einmal etwas ganz anderes.

Als Fran am gestrigen Abend zurück nach Hause gekommen war, hatten sie alle zusammen am Küchentisch gesessen, sich Geschichten von früher erzählt und dabei ausgelassen gelacht. Sie hatte Alison und Misha freudig begrüßt und sich dazugesellt, und gemeinsam hatten sie alte Zeiten wiederaufleben lassen. Für Misha schienen viele der Geschichten ganz neu zu sein, und Fran freute sich richtig, ihrer neugierigen Urenkelin so vieles über ihre Mom zu erzählen, was sie noch nicht wusste. Zum Beispiel, dass Ally sich als Teenager oftmals wie eine Mutter aufgeführt hatte und immer hinter den Kleineren her gewesen war, damit sie nur ja nichts anstellten. Auch erzählte sie Misha die Geschichte, wie Alison eines Tages eine Schwalbe mit einem verwundeten Flügel gefunden und sie zusammen mit Grandpa Cliff gesund gepflegt hatte, bis sie von allein davonfliegen konnte.

»Sie hat den Vogel Justin getauft«, plauderte Delilah aus.

Jillian lachte. »Deine Mom war damals so verknallt in Justin Timberlake, das war schon nicht mehr normal.«

»Ach komm, so schlimm war das nicht«, verteidigte sich Ally.

»Doch, doch, ich kann mich gut erinnern«, bestätigte Fran. »Du wolltest eine Zeit lang aus nichts anderem als aus deiner Justin-Timberlake-Tasse trinken. Und du hattest sogar einen Justin-Timberlake-Bettbezug, den du, wenn er mal schmutzig war, direkt gewaschen und zum Trocknen in die Sonne gehängt hast, damit du ihn bei Nacht nur ja wieder verwenden konntest.«

Alison bedeckte das Gesicht mit den Händen und schüttelte den Kopf. »Nun blamiert mich doch nicht so vor meiner Tochter.«

»Ach, ich bin mir sicher, Misha schwärmt auch für irgendeinen Promi, oder etwa nicht?«

Alle blickten zu Misha, die cool mit den Schultern zuckte und meinte: »Nein, so jemand bin ich nun wirklich nicht.«

»Nun kommt schon, helft mir!«, rief Alison. »DeeDee, schwärmst nicht wenigstens du noch für irgendjemanden?«

DeeDee legte sich einen Finger ans Kinn und überlegte. »Doch, ich glaube, für Liam Hemsworth werde ich wohl immer schwärmen.«

»Und ich schwärme noch immer für Elvis Presley, auch wenn er schon seit über vierzig Jahren tot ist«, meinte Fran, und alle lachten.

»Was hat der so für Musik gemacht? Er war doch ein Sänger, oder?«, fragte Misha.

Fran konnte es kaum glauben, dass ihre Urenkelin die Musik von Elvis nicht kannte.

»Ja, das war er, und ein wunderbarer Schauspieler noch dazu. Aber seine Musik mochte ich immer besonders gern.« Sie erhob sich und ging hinüber zu dem alten Plattenspieler, wo sie ein Album ihres einstigen Schwarms auflegte.

Heartbreak Hotel erklang, und sie begann, sich dazu zu bewegen und mitzusingen. Als sie ihre Hand in Mishas Richtung ausstreckte, kam diese lachend zu ihr und tanzte mit ihr mit.

Fran hatte schon lange keinen so schönen Abend erlebt. Es war fast, als wären alle Sorgen vergessen – wenigstens für ein paar Stunden.

Heute hatte die Realität sie leider wieder eingeholt.

Am Morgen hatte sie ihre Enkelinnen über die Farm geführt, hatte ihnen alles Wichtige gezeigt, ihnen Dinge erklärt, die sie noch nicht wussten, und ihnen die Arbeiter vorgestellt, die sie noch nicht kannten. Arturo war ja bereits seit etlichen Jahren auf der Farm und hatte die Mädchen auch schon als Kinder miterlebt. Er war ganz außer sich vor Freude, dass sie ihrer alten Grandma jetzt unter die Arme greifen wollten.

»Ihr seid sehr, sehr gute Menschen. Gott schütze euch«, sagte er ihnen, und Fran konnte ihm da nur zustimmen.

Sie führte die Mädchen in die Halle, wo die Arbeiter mit Plastikhauben und -handschuhen am Fließband standen und die schlechten Blaubeeren aussortierten. Die noch ganz oder stellenweise grünen kamen in einen Behälter und wurden später günstig als Tierfutter an einen Schweinefarmer verkauft, der sie ihnen dankbar abnahm. Vom Fließband fielen die Beeren durch einen Trichter direkt in ihre kleinen Plastikbehälter, und zwar haargenau abgewogen zu einem halben Pfund. Fran hätte gern diese recycelten Pappschalen benutzt, wie es die Bio-Farmer machten, doch die ließen sich nur schwer stapeln beziehungsweise transportieren, außerdem wurden die Früchte schneller schlecht. Und da ihre Blaubeeren sogar nach Südkalifornien, Arizona und Nevada verkauft wurden – hauptsächlich an Supermärkte –, musste sie darauf achten, dass ihre Ware lange haltbar war. Die Kühltransporter kamen jeden Abend und holten die frisch gepflückten Beeren ab. Arturo kümmerte sich um die Lieferanten, bisher zumindest. Vielleicht könnte ja bald eine ihrer Enkelinnen diese Aufgabe übernehmen.

Fran sah dabei zu, wie Francesca die Deckel der Verpackungen zudrückte und Gloria die Sticker mit dem Code daraufklebte, bevor Maria sie zu je zwölf Schachteln in eine Palette legte. Jede Farm hatte einen anderen Code zugewiesen bekommen, damit man auch genau nachverfolgen konnte, woher die Blaubeeren stammten.

Sie verließen die Halle wieder und machten sich auf den Rückweg. Als sie sich dem Gästehaus näherten, bemerkte sie wieder diesen Blick, mit dem Delilah das alte Gebäude betrachtete, und fragte sie, was es damit auf sich hatte.

»Mir schwirrt da nur eine Idee im Kopf herum«, gab ihre jüngste Enkelin zur Antwort. »Könnte man das alte Gästehaus nicht auf Vordermann bringen? Es vielleicht sogar in eine Pension umwandeln?«

»Eine Pension?«, fragte Fran überrascht. Der Gedanke

war ihr nicht ein einziges Mal gekommen, seit ihre Schwiegereltern von ihnen gegangen waren und das Haus die meiste Zeit über leer stand. Ein paarmal hatte sie dort Gastarbeiter untergebracht, doch daran gedacht, es zu vermieten, hatte sie niemals.

»Na ja, wir haben uns schließlich alle dazu entschieden, im blauen Haus zu wohnen. Und sei mal ehrlich: Wie oft hast du denn wirklich Gäste, die darin übernachten?« Ihre Enkelin deutete mit dem Finger zu dem dreistöckigen Gebäude mit den sechs Zimmern.

»Nun, hin und wieder schon mal.«

»Aber die könnte man dann ja dennoch weiterhin dort unterbringen.« Delilah sah ihr nun direkt ins Gesicht. »Was hältst du denn von der Idee?«

»Das wäre eine Menge Arbeit. Ich weiß nicht, ob ihr das schaffen würdet neben allem, was sowieso schon auf euch zukommt.«

»Ich finde die Idee spitze«, meldete sich Ally zu Wort.

»Ja, ich auch«, sagte Jillian, und ihre Augen strahlten am allermeisten. »Die Zeit würden wir sicher finden. Ich meine, wir sollen zu dritt die Aufgaben übernehmen, die du bisher allein erledigt hast, oder?«

»Und die von eurem Grandpa«, erinnerte sie ihre Enkelinnen. »Arturo hat sich in den letzten Jahren so viel aufgeladen, dass er kaum noch ein Privatleben hat. Ich möchte ihn wirklich ein wenig entlasten, damit er wieder mehr Zeit mit Vera, seinen Kindern und Enkelkindern verbringen kann.«

»Ja, das bekommen wir sicher hin«, meinte Jillian. »Aber eine Pension… Wir könnten aus dem alten Haus etwas wirklich Hübsches zaubern. Rustikales Vintage ist total angesagt.« Sie starrte das Gebäude jetzt an, als würde sie es zum ersten Mal sehen.

Fran konnte sie sich noch nicht so richtig vorstellen, diese hübsche Vintage-Pension, an die Jillian dachte. Das Haus war nämlich wirklich renovierungsbedürftig, die weiße Farbe war mit den Jahren abgeblättert, und es fehlten ein paar Dachschindeln. Es war im Jahr 1938 gebaut worden! Aber wenn die Mädchen sich der Sache annehmen wollten, hatte sie nichts dagegen.

»Ich überlasse es euch. Wenn die Farm darunter nicht leidet, macht euch gerne an die Arbeit«, sagte sie.

Die drei grinsten einander an, und Misha, die mit Travis und ihren Freundinnen in Tacoma telefoniert hatte und nun zu ihnen dazustieß, erkundigte sich gleich, warum sie alle so fröhlich aussahen.

»Weil wir eine Vision haben, Süße«, antwortete Ally ihr.

An diesem Nachmittag fuhren Alison und Misha mit zu Cliff, nachdem Delilah und Jillian bereits zweimal mit bei ihm gewesen waren. Fran war so erleichtert gewesen, dass er sie beide erkannt hatte. Am Telefon, wenn er nur ihre Stimmen hörte, tat er das nämlich manchmal nicht mehr. Doch als sie vor ihm standen und ihn mit Grandpa anredeten, wusste er gleich, wer sie waren.

Und er erkannte auch Alison, und sogar Misha, obwohl er sie seit drei Jahren nicht persönlich gesehen hatte. Allerdings stand ein aktuelles Foto von ihr auf seinem Nachttisch, und Fran zeigte es ihm täglich, damit er auf dem Laufenden blieb.

»Grandpa!«, rief Misha, als sie eintrafen, und lief auf ihn zu.

Er breitete seine Arme aus und empfing sie mit einer dicken Umarmung.

Fran hatte Tränen in den Augen, so schön fand sie es,

dass sie alle wiedervereint waren. Dass die Mädchen alle zurück nach Lodi gefunden hatten, war ihr größtes Glück, das war ihr bewusst. Und sie plante, noch diesen Monat zu Cliff nach Bridgefront Park zu ziehen. Denn es war nun wirklich an der Zeit für sie beide, wieder zusammen zu sein.

Kapitel 20

1962

Die Blaubeerfarm war ein Ort wie kein anderer. Voller Idylle, Frieden und Vogelgezwitscher. Es war früh am nächsten Morgen, als Frances durch die Reihen mit Blaubeerpflanzen spazierte, die zum Teil höher gewachsen waren als sie selbst, und sie verspürte nichts als Glück. Welch wundervoller Ort, um dort zu leben und alt zu werden. Sie beneidete die Familie Rivers sehr.

Fran hörte ein Pfeifen und drehte sich in freudiger Erwartung um. Sie wurde nicht enttäuscht. Es war der Farmerssohn Cliff, gerade einmal vierundzwanzig Jahre alt und sich schon völlig im Klaren darüber, was er mit dem Rest seines Lebens anfangen wollte. Am Abend zuvor, als die Männer zurückgekommen waren, hatte sein Vater, Bruce Rivers, Herbert und ihr angeboten, auf der Farm zu übernachten. Es gebe zwar ein Hotel im Ort, doch hatten sie genug Platz, und die Männer könnten am Morgen gleich den kaputten Wagen zur Werkstatt bringen.

»Der Reifen scheint total hinüber, Sie können froh sein, wenn die Felge nichts abbekommen hat. Es war wirklich dumm von Ihnen, ohne Ersatzreifen loszufahren, vor allem, wenn Sie wussten, wie viele Meilen Sie vor sich haben«, sagte Bruce, und Frances fragte sich, ob er wusste, wen er da vor sich hatte. Einen einflussreichen Mann in Hollywood, der eigentlich nicht so mit sich reden ließ.

Doch Herbert nickte zustimmend und erwiderte: »Sie haben ganz recht. Das war sogar sehr dumm von mir. Vor allem, wenn man bedenkt, wen ich bei mir habe.« Stolz lächelte er Frances an.

Sie saß ein wenig verlegen da in ihrem blauen Kleid und den Stöckelschuhen, mit der Tolle im Haar und all dem Make-up im Gesicht, und sie fühlte sich ziemlich fehl am Platz.

»Entschuldigen Sie, wenn wir Sie nicht kennen, aber wir haben keinen Fernsehapparat und bekommen nicht viel von der Welt da draußen mit«, sagte June.

»Oh, mich muss man nicht kennen«, beschwichtigte Frances sie sogleich.

»Noch nicht vielleicht«, mischte Herbert sich ein. »Aber schon bald wird dich die ganze Welt kennen, Herzchen.« Er holte eine Ausgabe der *Glamour Girl* hervor und zeigte den Leuten das Werbefoto.

Alle schienen schwer beeindruckt, vor allem Cliff, der sie von da an immer wieder heimlich ansah. Sie bekam es ja doch mit und fühlte sich geschmeichelt. Cliff gefiel ihr, und auch seine Art. Er war nicht so wie die jungen Männer in L.A., nicht so wie Johnny, der gleich vor ihr auf die Knie ging, oder einer der anderen, die ihr auf der Straße hinterherpfiffen oder sie auf eine Cola einluden. Er war ruhig, bescheiden, zurückhaltend – ein wahrer Gentleman. Und hätte er nicht diese schreckliche Latzhose getragen, sondern Bluejeans oder einen Anzug, hätte er auch äußerlich als einer durchgehen können.

Er hatte sich vor dem Gästezimmer von ihr verabschiedet,

ihr eine gute Nacht gewünscht und ihr gesagt, wie wunderbar man am frühen Morgen auf der Farm spazieren gehen konnte. Das hatte sie als Einladung angesehen und sich, sobald sie wach geworden war, auf nach draußen gemacht. Herbert würde sicher noch eine Weile schlafen, denn er hatte gestern Selbstgebrannten mit Bruce getrunken, und Frances hatte die beiden bis spät in die Nacht lachen und erzählen hören. Sie wusste nicht, ob Cliff auch mit von der Partie gewesen war, doch jetzt war er hier, und er schenkte ihr ein strahlendes Lächeln.

»Guten Morgen«, sagte er.

»Guten Morgen«, grüßte sie zurück.

»Haben Sie gut geschlafen?«, erkundigte er sich fürsorglich.

»Leider nicht so gut«, gab sie zur Antwort. Jedoch erzählte sie ihm nicht, dass er der Grund dafür gewesen war. Weil sie einfach nicht hatte aufhören können, an ihn zu denken.

»Oh, das tut mir leid. War das Bett zu hart?«

Sie schüttelte den Kopf. »Wenn ich von zu Hause fort bin, schlafe ich allgemein nicht so gut.«

»Sie sind in Los Angeles zu Hause?«

Sie nickte. »In Hollywood. Früher habe ich in Brentwood gelebt, mit meiner Familie. Doch ich habe mir ein eigenes Apartment gemietet, direkt am Sunset Boulevard«, erzählte sie, und ihr wurde plötzlich bewusst, dass dieser junge Mann sicher gar keine Ahnung hatte, wovon sie da sprach. »Waren Sie schon einmal in Los Angeles?«, fragte sie.

»Nein. Zu meinem Bedauern war ich noch nie im Süden. Ich lebe schon mein ganzes Leben lang auf dieser Blaubeerfarm und werde hier gebraucht.«

»Sie sollen also bis in alle Zeiten Blaubeerfarmer bleiben?«, fragte sie, beinahe ein wenig enttäuscht. So schön es hier auch war, gab es dann leider keine Chance für sie beide, sich wiederzusehen.

Cliff nickte. »Ja. Und ich werde meinen eigenen Kindern beibringen, wie man sie pflanzt, hegt und pflegt. Die Blaubeeren, meine ich.« Er räusperte sich. »Haben Sie sie schon probiert?«

»Ja, gestern. Ihre Mutter hat mir ein Stück Pie angeboten.«

»Das meine ich nicht.« Er trat jetzt ein Stück näher und sah ihr direkt in die Augen. Seine waren von einem dunklen Braun, das beinahe die gleiche Farbe hatte wie sein Haar. Beides strahlte, wie alles an ihm, nichts als Wärme aus. »Sie sollten ein paar direkt von der Pflanze probieren.« Er zog an einem Ast und hielt ihn ihr in Höhe ihres Bauches hin.

»Ich weiß nicht, wie man sie richtig pflückt«, gestand sie.

»Das ist ganz einfach. Nehmen Sie eine von den großen dunklen, und drehen Sie leicht daran.«

Sie tat, wie ihr geheißen, entschied sich für eine besonders dicke Beere, umfasste sie mit dem Daumen und dem Zeigefinger und drehte leicht. Sogleich hielt sie sie in der Hand und führte sie sich zum Mund, sich wohl bewusst, dass Cliff sie dabei beobachtete.

Das süße Fruchtfleisch fühlte sich wunderbar auf ihrer Zunge an. Der Saft rann ihr den Rachen hinunter, und sie wollte mehr. Viel mehr davon. Cliff schien es ihr anzusehen, denn er lachte, pflückte eine ganze Handvoll der blauen Beeren in Sekundenschnelle und sagte ihr, dass sie ihre Hand aufhalten solle. Dann füllte er sie ihr dort hinein.

»Danke sehr«, sagte sie und setzte sich in Bewegung. Aß eine Beere nach der anderen, während sie voranspazierte.

Cliff folgte ihr.

»Wie lange wird es dauern, bis unser Wagen wieder fahrtüchtig ist?«, fragte sie, ohne sich zu ihm umzudrehen.

»Kann ich nicht genau sagen. Es kommt ganz darauf an, wie kaputt Ihr Reifen ist. Wenn Lou ihn flicken kann, dann können Sie sicher schon heute Mittag weiter. Falls Sie einen neuen Reifen brauchen, hängt es davon ab, ob Lou einen Ersatzreifen dahat oder erst einen besorgen muss. Das kann dann schon ein, zwei Tage dauern.«

Beinahe hoffte sie, dass sie einen Ersatzreifen benötigten und dieser schwer aufzufinden sein würde. Auch wenn ihr natürlich wohl bewusst war, dass das Produktionsteam bereits am Lake Tahoe auf sie wartete und eigentlich heute mit den Shootings beginnen wollte. Die Armen waren sicher schon ganz verzweifelt und fragten sich, wo Herbert und Frances geblieben waren. Die Familie Rivers hatte leider auch kein Telefon, und Herbert würde erst einmal ein öffentliches finden müssen, um sie zu informieren.

»Wie können Sie hier eigentlich leben, ohne Telefon, ohne Fernseher und was sonst noch alles?«, fragte sie und bereute es im nächsten Moment. Das war nicht sehr höflich von ihr, nachdem diese Familie sie so gastfreundlich aufgenommen hatte.

»Es muss Ihnen echt komisch vorkommen, das verstehe ich«, erwiderte Cliff, der um den Mund herum ganz niedliche Lachfalten hatte, wie sie jetzt bemerkte. »Aber uns fehlt es an nichts. Wir sind es nicht anders gewohnt.«

»Aber würden Sie sich denn nicht gerne mal eine Sendung im Fernsehen ansehen? Haben Sie wenigstens ein Radio?«

Cliff lachte. »Aber natürlich haben wir ein Radio. Ich bin ganz verrückt nach Musik. Fürs Fernsehen allerdings fehlt mir komplett die Zeit, und wenn es mich doch mal überkommt und ich ein paar freie Stunden finde, dann gehe ich halt ins Kino.«

»Lodi hat ein Kino?«, fragte sie überrascht.

Wieder lachte er. »Ja, sicher! Das Sunset Theater.«

»Und mit wem gehen Sie dann ins Kino?«, erkundigte sie sich wie nebenbei, so, als würde es sie kaum interessieren.

Grinsend antwortete Cliff: »Mit dem einen oder anderen Mädchen.«

»Tatsächlich?« Sie sah kurz über ihre Schulter und fragte sich, ob er sie wohl necken wollte.

»Klar.« Er griff nun nach ihrem Arm und drehte sie herum, sodass sie ihm ins Gesicht sehen musste. »Mit Ihnen würde ich auch gerne mal ins Kino gehen.«

»Ich gehe nicht gern ins Kino«, schwindelte sie, drehte sich wieder um und lächelte in sich hinein. Sie wusste, das war gemein, aber sie fand, Cliff hatte es nur verdient, dass sie ihn ein wenig zappeln ließ.

Als sie jedoch ein paar Meter vorangegangen war, hatte sie auf einmal das Gefühl, als würde er ihr nicht mehr folgen. Sie drehte sich wieder um, und er war verschwunden.

Verdutzt und auch ein wenig verloren schaute sie sich nach ihm um, fand ihn jedoch nicht. Sie entdeckte nur ein paar Erntehelfer, die in der Ferne bereits bei der Arbeit waren. Enttäuscht und beleidigt machte sie sich auf den Weg zurück zum Haus. Sie musste eh nachsehen, ob Herbert inzwischen wach war.

Auf einmal sprang jemand zwischen den grünen Pflanzen hervor und erschreckte sie.

»Sie sind unmöglich!«, schimpfte Frances, und Cliff lachte. »Und ich hatte geglaubt, Sie wären anders als die jungen Herren da, wo ich herkomme.«

»Ja? Wie sind die denn?«, wollte er wissen.

»Sie benehmen sich wie unreife kleine Jungen. So, wie Sie es gerade getan haben.«

»Ich wollte nur mal sehen, ob ...« Er grinste erneut. »Und ja, nun bin ich mir sicher.«

»Wessen sind Sie sich sicher?«

Noch immer grinsend, ging er zurück in Richtung Haus.

»Hey! Ich habe Sie etwas gefragt! Wessen sind Sie sich sicher?«, rief sie ihm hinterher.

Er drehte sich um, jetzt gar nicht mehr mit diesem albernen Grinsen im Gesicht, sondern mit einem Lächeln, das nur ihr gehörte, und Augen, die ihr sagten, wie gern er sie hatte.

»Dass Sie enttäuscht sein würden, wenn ich plötzlich weg wäre. Und dass Sie mich mögen, zumindest ein kleines bisschen.«

Sie stemmte die Hände in die Hüften und sah ihn böse an. »Das hätten Sie mich auch einfach fragen können.«

»So was fragt man ein Mädchen doch nicht.«

»Ach ja? Und das wissen Sie, weil Sie solch ein Experte in Sachen Frauen sind?«

»Nein, das ist einfach nur gute alte Etikette.«

»Ist es ebenfalls Etikette, ein Mädchen erst stehen zu lassen und dann fast zu Tode zu erschrecken?«

Er sah sie nun bedauernd an. »Sie haben recht, das war es nicht, und ich möchte mich dafür entschuldigen. Nehmen Sie meine Entschuldigung an?«

Sie sah ihn an, ganz lange.

»Niemals!«, sagte sie dann und schlenderte davon. Im Hintergrund hörte sie ihn lachen.

Ach, verflixt, er wusste ja doch, dass ihr Herz ihm bereits gehörte.

Kapitel 21

Delilah

Heute war der 28. April, Delilahs Geburtstag. Vor drei Jahren hatte sie ihn das letzte Mal auf der Blaubeerfarm verbracht, damals hatte Grandpa Cliff noch hier gelebt, und alles war gut gewesen oder hatte zumindest den Anschein gehabt. Sie war jetzt bereits seit fünf Tagen zurück, und die Erinnerungen an alte Zeiten, an Geburtstage, die sie als Kind hier erlebt hatte, waren allgegenwärtig.

Jeder Quadratmeter der Farm schien etwas aus der Vergangenheit bereitzuhalten, jeder Geruch weckte längst vergessene Gefühle wieder auf. Und dass Misha ständig nachfragte und nachhakte, machte es nur noch wirklicher.

Am Tag zuvor hatte ihre Nichte sie gefragt, welche ihre schönste Geburtstagserinnerung war, und da hatte sie erst mal gründlich überlegen müssen, weil es so viele davon gab.

»Ich glaube, das war mein vierzehnter Geburtstag. Deine Mom ist extra vom College gekommen, um ihn mit mir zu feiern. Jillian war kurz davor, nach Arizona zu ziehen, und ich wusste, dass bald alles anders sein würde. Ich war so richtig traurig, das kannst du mir glauben, und das müssen auch meine Schwestern erkannt haben. Denn sie haben mir jeden Wunsch von den Lippen abgelesen.«

»Was denn zum Beispiel?«

»Oh. Sie haben mir gleich zwei meiner Lieblingskuchen gebacken, haben einen *Gilmore-Girls*-Marathon mit jeder Menge Pizza und Knabberzeug mit mir veranstaltet, und sie haben mir meinen ersten Drink gegeben. Aber sag das nicht Grandma Fran, die weiß das nämlich bis heute nicht.« Sie grinste schräg.

»Bei mir ist dein Geheimnis sicher«, versprach Misha und hob zum »Indianerehrenwort« zwei Finger in die Höhe.

Dann hatten sie weiter Blaubeeren gepflückt, während Grandma Fran drinnen mit Jill und Ally Marmelade eingekocht hatte. Ihnen musste sie erst noch zeigen, wie das ging. Mit Delilah hatte sie schon so einige Male leckere Blaubeermarmelade gemacht, wenn sie zu Besuch gewesen war, und sie hatte stets ein paar Gläser mit nach Hause genommen, worüber sich Rachel immer ganz besonders gefreut hatte.

Heute Morgen war Rachel dann die Erste gewesen, die sie angerufen und ihr gratuliert hatte.

»Es ist der erste Geburtstag seit Ewigkeiten, den wir nicht zusammen verbringen«, hatte Rachel geheult.

»Ich wei-heiß!«, hatte sie ebenfalls gejault. »Ich vermiss dich so.«

»Und ich dich erst! Ich würde sooo gerne raus zur Farm fahren, aber ausgerechnet heute ist die Party zum Hochzeitstag der Heffernans. Mein erster richtiger Auftrag, den konnte ich einfach nicht ablehnen.«

»Ist schon okay, das verstehe ich. Schaffst du das denn alles allein, oder hast du Hilfe? Für wie viele Gäste sollst du kochen?«

»Für vierzig. Und Jay und seine Schwester Erica helfen

mir zum Glück, denn allein würde ich das niemals hinbekommen. Ich mach mir jetzt schon in die Hose, dass irgendwas schiefläuft.«

»Das wirst du schon hinbekommen, da bin ich ganz zuversichtlich.«

»Dein Wort in Buddhas Ohr«, sagte ihre Freundin, und Delilah musste lachen. Oh, wie sie ihr fehlte.

Als Nächstes hatte Grandma Fran ihr gratuliert, die ihr einen selbst gebackenen Blaubeer-Muffin mit einer kleinen blauen Kerze darauf ans Bett brachte.

»Guten Morgen, Sonnenschein. Und ganz herzlichen Glückwunsch zum Geburtstag!«, trällerte sie.

»Guten Morgen, Granny. Danke, das ist lieb.« Sie nahm den Muffin entgegen, blies die Kerze aus und wünschte sich was. Dann biss sie hungrig hinein.

»Ich wollte dich nicht wecken, habe dann aber Stimmen gehört.«

»Ich hab mit Rachel telefoniert, sie grüßt dich lieb.«

»Vielen Dank. Kommt sie dich heute besuchen?«

»Leider nicht, sie hat einen Catering-Auftrag. Aber am Wochenende versucht sie vorbeizukommen, falls dann nicht wieder etwas anliegt.«

»Ich wusste nicht, dass Rachel unter die Caterer gegangen ist.«

»Ist auch noch ganz frisch. Das heute ist ihr erster großer Auftrag.«

»Na, dann drücke ich ihr die Daumen.« Fran sah sie ein wenig zaghaft an, und sie ahnte schon, was nun kommen sollte. »Darf ich auch erfahren, wie es mit Channing aussieht? Kommt er heute vorbei? Ich frag nur, weil ich wissen muss, wie viel Kuchen wir brauchen.«

Na klar. Als ob Fran nicht sowieso so viel Kuchen backen

würde, dass mindestens die Hälfte für die nächsten Tage übrig blieb.

»Mit Channing ist es aus«, gab sie zur Antwort. »Und ich würde da ehrlich gesagt nicht so gerne weiter drüber sprechen.« Nicht an ihrem Geburtstag, der sollte nichts als schön werden. Und da passte Channing nun mal nicht mehr hinein.

»Soso«, meinte Fran, bohrte aber nicht weiter nach. »Nun gut. Kommst du dann frühstücken?«

»Der Muffin reicht schon«, erwiderte sie.

»Um Himmels willen, nein! Deine Schwestern, deine Nichte und ich stehen doch schon seit Stunden in der Küche und bereiten alles vor.«

Sie blickte zu Jillians Bett hinüber, das bereits gemacht war. »Seit Stunden?«, fragte sie und sah auf die Uhr. Es war gerade mal halb neun.

»Aber ja. Wir haben bereits den ersten Kuchen aus dem Ofen geholt, und Ally schiebt gerade den zweiten hinein. Alles vegan, versteht sich.«

»Mmmm ... lecker.«

»Also hopp, steh auf, und komm in die Küche. Es gibt frisch gebackene Brötchen, Waffeln, veganen Speck und Tofu-Rührei. Jillian hat ein paar Rezepte aus dem Internet herausgesucht.«

Okay, jetzt lief ihr doch das Wasser im Mund zusammen. In ihrem Pyjama kam sie mit in die Küche, wo es ganz köstlich duftete. Sofort wurde sie von allen in die Arme geschlossen.

»Happy Birthday, DeeDee!«, riefen sie, und Jill sagte: »Tut mir so leid, aber der Sojabacon ist mir ein wenig angebrannt.«

»Ach, macht nichts. Ich mag ihn knusprig«, sagte sie und griff nach einem Stück. »Mein Gott, was macht ihr denn hier für einen Aufwand?« Sie sah sich in der Küche um. Überall stand Essen herum.

Dann sah sie ihre Grandma an, und es wurde ihr klar. All der Aufwand galt gar nicht nur ihr, sondern auch Grandpa Cliff, den sie heute für ein paar Stunden auf die Farm holen wollten. Grandma Fran hatte ihnen erzählt, was die letzten Male vorgefallen war, als sie es allein versucht hatte. Einmal hatte er sich an einer Blumenschere verletzt, als er mitten im Winter Tulpen für Fran schneiden wollte, ein anderes Mal war er plötzlich verschwunden gewesen. Eine halbe Ewigkeit hatten Fran, Arturo und ein paar der anderen nach ihm gesucht, nur um ihn dann inmitten der Blaubeerfelder zu finden, wo er auf dem Boden saß und Blaubeeren aß.

»Ich wollte doch nur zu meinen Blaubeeren, ich vermisse sie so«, hatte er gesagt. Dabei hatte er den Weg anscheinend nicht mehr zurückgefunden. Danach hatte Fran sich nicht mehr getraut, ihn abzuholen, und ihn stattdessen nur noch im Heim besucht. Doch heute, mit all der Hilfe, die sie hatte, wollte sie es wagen. Sie freute sich riesig, das konnte man ihr ansehen.

Sie setzten sich alle an den Frühstückstisch, und Misha betrachtete das Tofu-Rührei kritisch und verzog dann das Gesicht, als sie es probierte. »Können wir nicht einfach echtes Rührei essen?«, jammerte sie.

»Heute nicht«, meinte ihre Mom. »Heute ist Tante DeeDees Geburtstag, und es gibt nur Dinge, die sie mag. So haben wir es schon immer gehalten.«

»Ihr seid echte Schätze«, erwiderte Delilah und genoss ihr Frühstück. Besonders beeindruckt war sie von Jillian, die in ihrem ganzen Leben wahrscheinlich noch nie mit veganen Ersatzprodukten gekocht, es dafür aber ziemlich gut hinbekommen hatte. Und sie freute sich richtig, auch

Jillian endlich mal essen zu sehen. Sie genehmigte sich zwei Brötchen mit Blaubeermarmelade und probierte sogar von den veganen Waffeln, die Ally gezaubert hatte. Das waren wahrscheinlich mehr Kohlenhydrate, als sie im gesamten letzten Jahr zu sich genommen hatte.

Nachdem alle mehr oder weniger satt und zufrieden waren, wickelte Delilah ihre Geschenke aus, dann planten sie den Tag.

»Ich würde sagen, wir bereiten jetzt noch die restlichen Sachen vor, und dann fahren Jilly und ich Cliff abholen«, schlug Fran vor. »Währenddessen können Ally und Misha in den Ort fahren. Es wäre lieb, wenn ihr nach eurem Termin im Schulbüro noch ein paar Getränke besorgen würdet. Säfte, Wein und Sekt.«

»Klar, Grandma, das machen wir«, sagte Ally.

Sie und Misha waren am Tag zuvor bereits beim Einwohnermeldeamt gewesen, wo sie die Farm offiziell als ihren neuen Wohnsitz angegeben hatten. Nun stand einer Schulanmeldung nichts mehr im Wege.

»Meldest du Misha an der Vinewood Elementary an?«, erkundigte Delilah sich bei ihrer älteren Schwester.

»Ja, genau. Auch wenn sich das für die vier Wochen bis zu den Sommerferien kaum noch lohnt. Danach soll Misha dann auf die Lodi High gehen, genau wie wir früher.«

»Die Lodi High ist die beste Schule überhaupt«, erzählte Jill ihrer Nichte.

Delilah konnte Misha nur erstaunt betrachten. »Wann bist du eigentlich so groß geworden, sag mal?«

Ihre Nichte grinste. »Ich überhol euch bald alle.«

Damit konnte sie sogar recht haben, denn mit ihren elf Jahren war Misha bereits eins achtundsechzig, nur ein paar Zentimeter kleiner als der Rest von ihnen.

»Wenn ich auch mal was fragen darf?«, meinte Misha dann.

»Klar.«

»Wie fühlt es sich an mit dreißig?«

Delilah sah Jill und Ally schmunzeln. »Hey, du kleiner Frechdachs! Ich hab noch ein Jahr!«

»Ja, schon. Aber meine Mom hat noch viereinhalb bis zu ihrem Vierzigsten, und sie ist jetzt schon am Austicken.«

Ally nahm das letzte Stück veganen Bacon und bewarf ihre Tochter damit.

»Soja-Attacke!«, rief diese und warf es zurück.

Delilah schnappte es sich und steckte es sich in den Mund. »Mit Essen spielt man nicht«, sagte sie gespielt streng.

»Also, *Essen* kann man das ja wohl wirklich nicht nennen«, entgegnete Misha lachend.

»Na, warte!«, rief sie und stürzte sich kitzelnd auf die Kleine. Dabei erwartete sie jeden Moment, dass Fran anfangen würde zu schimpfen. Doch als sie zu ihr rüberblickte, konnte sie das glückliche Lächeln auf ihren Lippen und die Freudentränen in ihren Augen erkennen. Sofort kamen ihr ebenfalls die Tränen.

Sie glaubte beinahe, am Ende des Tages müsste sie sich Misha gegenüber korrigieren. Denn vielleicht würde das heute ihr schönster Geburtstag werden – das Potenzial dazu hatte er auf jeden Fall.

Fran bestand darauf, dass Delilah auf der Farm blieb und faulenzte, während die anderen ihre Besorgungen machten beziehungsweise Grandpa Cliff abholten. Dass das nicht so ihr Ding war und sie sich eigentlich immer gern beschäftigte, hatte ihre Grandma anscheinend noch nicht so richtig erkannt.

Bereits nach einer Viertelstunde auf der Veranda langweilte sie sich zu Tode, also holte sie ihr Smartphone hervor und antwortete auf ein paar Geburtstagsgrüße. Dann schaute sie bei Instagram vorbei und tat dort dasselbe. Danach saß sie wieder dumm herum und starrte aufs Blaubeerfeld und zu den kleinen Holzhütten, die man von hier aus sehen konnte. Schon früher hatten ihre Großeltern dort Erntehelfer untergebracht, die eigens aus Mexiko gekommen waren und nach der Ernte wieder heimfuhren. Und auch heute waren sie noch bewohnt, wie sie in den vergangenen Tagen mitbekommen hatte. Fran hatte ihnen jedoch erzählt, dass sie für die Unterkunft keine Miete verlangte, und sie gebeten, das künftig auch nicht zu tun.

Sie atmete tief aus. Was könnte sie so lange machen, bis alle zurück waren? Sie sah auf die Uhr. Kurz nach zwei. Die Party sollte um drei beginnen. Fran hatte sogar ihre Großtante Harriet eingeladen, Cliffs jüngere Schwester, zusammen mit deren Tochter Ireen, die sie beide seit Jahren nicht gesehen hatte. Sie wurde ganz hibbelig, zappelte mit dem Bein, stand dann auf und ging in die Küche. Dort war alles vorbereitet, es gab nichts mehr zu tun. Der große Tisch draußen war bereits gedeckt und dekoriert. Sie wurde fast wahnsinnig. Also entschloss sie spontan, hinaus zu den Blaubeeren zu gehen und ein paar zu pflücken. Sie wusste, dass Grandpa Cliff sie immer ganz frisch und völlig unverarbeitet am liebsten gemocht hatte, weshalb sie jetzt nach einer Schüssel oder einem Eimer suchte. Neben dem Haus fand sie eine tiefe Holzkiste, in der sich Eimer in verschiedenen Größen befanden. Sie nahm sich einen kleinen roten und ging damit aufs Feld.

Sie spazierte durch die Reihen, die Sonne im Nacken. Heute trug sie ein dunkelgrünes Sommerkleid, das bei der

Hitze vielleicht nicht die beste Wahl war, da es noch mehr Wärme aufzunehmen schien.

Ein paar Vögel flogen herbei und stibitzten sich hier und da eine Beere. Grandma Fran hatte immer gesagt, dass das zu verkraften war und dass sie sogar froh über die Vögel sei, die später nach dem Ende der Ernte alle übrigen Beeren vom Boden pickten und die Felder säuberten.

Irgendwann hielt sie an und begann zu pflücken. Eine Beere nach der anderen, nur die ganz großen und prallen, wie sie es schon als Kind getan hatte, denn diese schmeckten einfach am besten.

»Hi«, hörte sie es auf einmal und drehte sich erschrocken um. Beinahe ließ sie sogar den Eimer fallen.

»Heilige Scheiße!«, entfuhr es ihr.

Ihr Gegenüber lachte. »Sorry, ich wollte dich nicht erschrecken.«

»Schon okay. Ich hatte nur niemanden kommen hören«, sagte sie und betrachtete die junge Frau, die ihr nun gegenüberstand. Sie hatte wie die anderen Erntehelfer ein großes Plastikgefäß um den Oberkörper gebunden, das bereits bis zur Hälfte voll war. »Du bist Christina, richtig?«

Die Frau sah ziemlich erstaunt aus. »Du hast dir meinen Namen gemerkt?«

Das war wirklich mehr als verwunderlich, da hatte sie recht. Denn Grandma Fran hatte Delilah und ihren Schwestern diese Woche bereits an die fünfzig Leute vorgestellt. Weshalb sie sich ausgerechnet an den Namen dieser Pflückerin erinnern konnte, wusste sie selbst nicht so genau.

»Anscheinend, ja. Ist ja auch ein schöner Name. Ich mochte Christina Aguilera immer gerne. Früher, als ich noch kleiner war.« Vielleicht war das der Grund. Allerdings könnte sich diese Erntehelferin nicht mehr von der Sängerin unterscheiden. Denn im Gegensatz zu der zierlichen Blonden war sie sehr dunkel, was ihr Haar und auch ihre Hautfarbe betraf, außerdem schien sie ziemlich muskulös, was wohl von der harten Arbeit kam.

»Mein Name schreibt sich aber ohne H, nur mit C am Anfang. Cristina.«

»Oh. Okay. Nett, dich kennenzulernen, Cristina ohne H.«

Die junge Frau strahlte sie an. »Ich freue mich ebenfalls, Delilah.«

Unweigerlich machte sich ein Lächeln auf ihrem Gesicht breit. Sie musste gestehen, dass sie sich freute, weil Cristina ihren Namen ebenso kannte. »Ja, aber nenn mich bitte DeeDee. Alle sagen DeeDee.«

»DeeDee. Ich hoffe, es stört dich nicht, wenn ich weiterpflücke, während wir reden?«, fragte Cristina.

»Nein, nein, natürlich nicht«, erwiderte sie und erinnerte sich daran, dass sie ja eigentlich auch nur deswegen hier war. Weshalb sie nun ebenfalls wieder nach ein paar Beeren griff.

Cristina war zehnmal so schnell und so flink wie sie.

»Wie lange arbeitest du schon auf der Farm?«, erkundigte sie sich.

»Oh, lass mich überlegen ... Ist mein siebtes Jahr.«

»Ehrlich?« Sie staunte, denn Cristina konnte nicht älter als Mitte zwanzig sein. Das hieß dann also, dass sie direkt nach der Highschool als Pflückerin angefangen hatte. »Und? Macht es dir Spaß?« Sie biss sich auf die Zunge. Das war eine wirklich blöde Frage.

Cristina lachte und zuckte die Schultern. »Ist besser, als Klos zu putzen.«

Delilah musste ebenfalls lachen. »Oder als Hundescheiße einzusammeln wahrscheinlich. Das habe ich die letzten zwei Jahre gemacht. Ich mochte den Job aber trotzdem.«

»Du warst Hundesitterin?«

»Japp. In San Francisco, wo ich vorher gewohnt habe. Bevor ich zurück auf die Farm gezogen bin, um meine Grandma zu unterstützen.«

»Ich hab dich hier früher schon gesehen«, sagte Cristina jetzt. »Ich meine, du bist mir aufgefallen.«

»Echt?«

»Na ja, du bist ja nicht zu übersehen mit deinen Dreadlocks. Du passt nicht so ganz ins Bild.«

»Ich mag das irgendwie. Anders zu sein als alle anderen.«

»Find ich gut«, stimmte Cristina zu. »Und? Gefällt es dir hier? Ich meine, du hast doch vor, diesmal länger zu bleiben, oder?« Sie pflückte geschickt weiter, obwohl sie dabei Delilah ansah.

»Ja. Eine ganze Weile. Und um auf deine Frage zu antworten: Ich liebe es hier. Die Natur. Und ganz nah bei meiner Familie zu sein.«

»Familie ist das Allerwichtigste«, meinte Cristina, und Delilah glaubte, ein wenig Traurigkeit in ihren Augen zu erkennen.

Zu gerne hätte sie sich noch weiter mit ihr unterhalten, doch in dem Moment hörte sie ein Auto hupen und blickte zur Einfahrt. Ein blauer Buick. Grandma Fran war zurück.

»Ich muss jetzt leider los, meinen Geburtstag feiern.«

»Du hast heute Geburtstag? Da gratuliere ich.«

»Danke.« Sie lächelte Cristina an und lief mit ihrem Eimer davon. Doch irgendwie wusste sie schon jetzt, dass Cristina Eindruck bei ihr hinterlassen hatte, und sie freute sich richtig darauf, sie wiederzusehen und mehr über sie zu erfahren.

Kapitel 22

Alison

DeeDees Geburtstag war unglaublich schön. Es war eine große Freude mitanzusehen, wie Grandpa Cliff die Zeit auf der Farm genoss. Er saß in seinem Garten auf seinem Lieblingsstuhl, aß ein großes Stück Kuchen und hörte der Unterhaltung der anderen zu. Selbst steuerte er nicht viel bei, doch das war okay. Er spielte eine Partie Mühle mit Misha, und danach fragte er, wer Lust hätte, mit ihm durch die Blaubeerreihen zu spazieren.

Jill und Misha boten sich an, und die drei brachen auf. Alison nahm die Sorge in Grandma Frans Augen wahr und wie sie seine beiden Begleiterinnen still bat, gut auf ihn zu achten. Ihn nicht aus den Augen zu lassen, damit er nicht wieder verloren ging.

Alison blieb zurück mit Fran, Delilah, Harriet und Ireen. Harriet war nur vier Jahre jünger als ihr Bruder, doch im Gegensatz zu Cliff war sie fit wie ein Turnschuh – auch geistig. Sie fragte Delilah gerade, warum sie ihren selbst gemachten Kuchen nicht probiert hatte. »Magst du keine Pfirsiche?«

»Doch, doch, eigentlich sogar sehr gerne«, antwortete

Delilah. »Es ist nur so, dass ich Veganerin bin und ihn deshalb nicht essen kann. Tut mir wirklich leid.«

Auf Harriets Stirn erschien ein Fragezeichen.

»Sie ist eine von den Grünzeugessern, Mom«, erklärte Ireen. »Wie die kleinen Hoppelhäschen. Wir haben mal was im Fernsehen darüber gesehen, erinnerst du dich?« Sie kicherte, und ihre molligen rosa Wangen nahmen noch ein wenig mehr Farbe an.

Alison sah ihrer Schwester an, wie sie innerlich brodelte. Sagen tat sie allerdings nichts. Wahrscheinlich war das nichts Neues für sie, dass Leute so reagierten. Sie tat ihr ehrlich leid, versuchte sie doch nur, die Welt ein kleines bisschen besser zu machen.

»Ich hätte es auch verstanden, wenn du mir gesagt hättest, Delilah ernährt sich pflanzlich, weil sie kein Tierleid unterstützen möchte«, erwiderte Harriet und lächelte Delilah an, die sich freute und das Lächeln erwiderte.

Ireen winkte ab. »Wie auch immer.«

»Nehmt es ihr nicht übel«, meinte Harriet jetzt, die ein hübsches rotes Kostüm trug. »Meine Tochter behandelt nicht nur mich wie ein Kind, sondern alle um sich herum. Das bringt wahrscheinlich ihr Job im Jugendzentrum mit sich.«

»Oh, du arbeitest in einem Jugendzentrum?« Alison war überrascht. Denn Ireen hatte niemals selbst Kinder bekommen, weshalb sie angenommen hatte, dass sie nichts für sie übrig hatte.

»Oh ja! Ich leite es sogar. Schon seit vielen Jahren. Und ich wollte dich übrigens auch noch etwas fragen, Ally. Wollte dich eigentlich nicht gleich überfallen, aber wo Mom es sowieso schon angesprochen hat… Du machst doch Musik, oder?«

»Oh. Na ja, eigentlich schon seit einer ganzen Weile nicht mehr. Hm, was genau meinst du denn mit Musik machen?«
Wenn dazu gelegentliches Gitarrespielen und Singen unter der Dusche zählten, dann tat sie es vielleicht doch.

»Du hast Musik studiert und beherrschst mehrere Instrumente, richtig?«

»Ja. Klavier, Harfe, Geige und Gitarre.«

»Wunderbar! Könntest du dir vorstellen zu unterrichten?«

Etwa so wie Travis? Nein, das wollte sie gern ihm überlassen. Sie selbst hatte sich doch jetzt um die Farm zu kümmern. »Ich denke nicht, dass mir dazu die Zeit bleiben wird«, sagte sie, merkte aber selbst, dass es wie eine Ausrede klang. Und dass es sich wie eine Lüge anfühlte. Denn mal ehrlich! Ihr war jetzt schon klar, dass sie hier mehr als genug Freizeit haben würde. Als Grandma Fran sie und ihre Schwestern gebeten hatte, zurück zur Farm zu kommen, hatte sie wahrscheinlich mit einer oder vielleicht auch zweien gerechnet, und das hätte vollkommen gereicht. Denn das ganze Team war eingespielt, Arturo hatte alles fest im Griff. Und Frans Aufgaben, die übernommen werden sollten, waren gut zu schaffen, dafür brauchte es keine drei Schwestern.

Delilah hatte sich sofort bereit erklärt, den Stand zu übernehmen, außerdem das Backen, das Einkaufen, die Pflege des Gemüsegartens sowie der Blumenbeete und noch eine Million anderer kleiner Aufgaben. Wie früher schon konnte sie nie still sitzen, brauchte immer was zu tun, und wahrscheinlich hätte sie auch alles ganz allein geschafft, wenn es nötig gewesen wäre.

Jill hatte die Leitung über die Angestellten, da sie einfach gut mit Menschen konnte und irgendwie auch diese gewisse

Autorität besaß. Man merkte halt, woher sie kam und dass sie sich die letzten Jahre in höheren Kreisen aufgehalten hatte. Zudem hatte Jill sich das Gästehaus unter den Nagel gerissen. Sie wollte es restaurieren und ihm zu neuem Glanz verhelfen, damit sie die Zimmer vielleicht sogar schon diesen Sommer vermieten könnten. Das klang toll und war womöglich sogar lukrativ, und Alison hoffte einfach, dass sie da ein wenig helfen konnte, damit sie wenigstens überhaupt mal was zu tun hatte.

Denn bisher bestand ihre einzige Aufgabe darin, sich um die Finanzen zu kümmern. Diese hatte Fran ihr übertragen, da sie wusste, wie verantwortungsbewusst sie war. Sie würde nie Geld ausgeben, das nicht da war, und immer alle Rechnungen pünktlich bezahlen. Außerdem hatte sie durch ihren früheren Musikladen bereits Erfahrung mit einem eigenen Unternehmen und mit der Buchhaltung, sie wusste, was beim Finanzamt eingereicht und den Behörden gemeldet werden musste. Die Bereiche, die ihr noch nicht geläufig waren, wollte Fran ihr in den nächsten Tagen und Wochen beibringen.

Ja, sie hatte diese eine Aufgabe. Doch die Finanzen, die Gehälter der Angestellten, die Bestellungen und Lieferungen zu verwalten, nahm, wenn es hochkam, gerade mal die Vormittage ein. Und dann? Dann machte sie halt das, was sonst noch so anstand wie den Hausputz oder das Abendessen. Da sie ja noch Misha hatte, die sie zur Schule bringen und von dort wieder abholen musste, und die sie hin und wieder für die Hausaufgaben brauchte, versuchte Alison sich einzureden, dass das schon in Ordnung war. Doch im Vergleich zu ihrem früheren Leben, all der Arbeit, der alleinigen Verantwortung und den Sorgen, fühlte sich das hier beinahe wie Urlaub an. Sie wusste, sie sollte dankbar sein, endlich mal ein bisschen Zeit für sich zu haben, und doch war dem nicht so. Sie wollte sich gebraucht fühlen.

»Wir könnten im Jugendzentrum gut jemanden gebrauchen, der den Kids Musikinstrumente beibringt«, fügte Ireen hinzu.

»Wie viele Stunden die Woche würden denn dabei draufgehen?«, erkundigte sie sich.

»Das wäre individuell. Ein paar Stunden täglich oder auch nur zweimal die Woche – wie es dir am besten passen würde. Der Unterricht wäre zwar ehrenamtlich, doch sehr erfüllend, das kann ich dir versprechen. Die Kinder und Jugendlichen dort haben oftmals keinen Ort, wo sie sich nachmittags, an den Wochenenden und in den Ferien aufhalten können, und so kommen sie zu uns. Wir bieten viele Programme an, eine warme Mahlzeit und immer ein offenes Ohr. Überleg es dir, ja? Ich gebe dir meine Nummer.« Ireen holte eine Visitenkarte heraus. *Jugendbetreuerin* stand darauf.

»Ich glaub, ich muss gar nicht länger überlegen. Könnte ich die Tage mal vorbeischauen und mir das Ganze ansehen?«

»Aber natürlich! Ich bin jeden Tag dort, ab zehn Uhr, da fangen wir an, das Mittagessen zuzubereiten.«

»Alles klar. Morgen ist Mishas erster Schultag, und ich fahre sie eh in den Ort. Danach habe ich noch ein paar Besorgungen zu machen und komme dann hin. Ist das hier die Adresse?« Sie kannte den Straßennamen nicht, es musste sich um einen Außenbezirk von Lodi handeln.

»Ja, das ist sie. Die Gegend ist nicht die beste, darauf solltest du gefasst sein.«

»Kein Problem.«

Sie sah zu Harriet rüber, die eingenickt war und leise vor

sich hin schnarchte. DeeDee aß ihr drittes Stück Kuchen und war an ihrem Handy zugange. Grandma Fran trank ihren Kaffee und hielt Ausschau nach Cliff. Dann lächelte sie Alison an und sagte: »Ich finde, solch eine Aufgabe würde ganz wunderbar zu dir passen, Liebes.«

Sie nickte. Ja, das fand sie auch.

Als Grandpa Cliff, Misha und Jillian wieder da waren und Harriet wieder wach war, unterhielten sie sich noch eine ganze Weile über dies und das. Fran holte den guten Blaubeerschnaps hervor, und sie genehmigten sich ein Gläschen – wobei Misha natürlich verdünnten Blaubeersirup bekam.

DeeDee fragte, wer am Abend Lust auf einen *Gilmore-Girls*-Marathon hatte. Jill, und natürlich auch Alison und Misha waren sofort dabei. Sie beide hatten die Serie selbst schon oft geguckt, einfach weil sie es so schön fanden, wie Mutter und Tochter darin harmonierten. Als sie Misha bekommen hatte, war Alisons größter Wunsch gewesen, dass es bei ihnen ebenso sein würde, und sie war nicht enttäuscht worden. Denn manchmal wendete sich eben doch alles zum Guten. Wer hätte gedacht, dass sie beide eines Tages ebenfalls in einer Kleinstadt enden würden? Lodi war zwar ein wenig größer als Stars Hollow, aber dennoch fühlte sich das Leben hier einfach nur schön und idyllisch an.

Es wurde Zeit fürs Abendessen, und sie ging Grandma Fran in der Küche helfen. Delilah spielte derweil mit Misha ein Spiel: einen Promi anhand von fünf Hinweisen erraten. Misha war anscheinend besser, als ihre Tante angenommen hatte, denn die fluchte beinahe jedes Mal, wenn Alison rauskam, um den Tisch neu zu decken und schließlich das Essen zu bringen.

Es gab allerlei Köstlichkeiten, und bei mindestens der

Hälfte der Gerichte hätte man nicht im Traum angenommen, dass sie rein pflanzlich waren. Wie zum Beispiel Frans Gemüsepastete, die Lauchquiche oder die Würstchen im Schlafrock. Auch die Tortilla-Chips mit Guacamole und drei verschiedenen Salsas, auf die Misha sich sogleich stürzte, sahen köstlich aus. Und Ally freute sich bereits auf den veganen Nudelsalat. Statt einer normalen Mayonnaise hatten sie einfach eine ohne Ei für die Sauce genommen, sie hatte gar nicht gewusst, wie leicht es sein konnte.

DeeDee strahlte, als sie all die Speisen sah, die sie essen konnte – bei den meisten anderen Partys, zu denen sie eingeladen war, war das sicher nicht der Fall. Sie häufte sich den Teller voll – trotz der drei Stücke Kuchen, die sie erst vor Kurzem verputzt hatte – und genoss ihr Geburtstagsessen.

Harriet lachte. Und Ireen, die unter allen Anwesenden die einzige Übergewichtige war, machte große Augen. »Wie kannst du so viel essen, ohne zuzunehmen?«

»Hab einen guten Stoffwechsel«, meinte DeeDee und stopfte sich ein Würstchen im Schlafrock in den Mund.

»DeeDee ist immer in Bewegung, die kann gar nicht zunehmen«, sagte Jill.

»Sie hat eine perfekte Figur. Ihr alle habt das. Ganz wie eure Grandma früher«, meinte Harriet. »Oh, wenn ihr wüsstet ...«

Doch dann hielt sie abrupt inne und sagte gar nichts mehr. Alison sah zu Grandma Fran hinüber, die Harriet warnende Blicke zuwarf.

Sie konnte es nicht genau deuten, doch es schien so, als würde Fran Harriet davon abhalten wollen weiterzusprechen. Oder irgendein Geheimnis auszuplaudern.

»Wunderschön war sie damals. Das war alles, was ich sagen wollte.«

Grandpa Cliff, der neben Grandma Fran saß, legte eine Hand auf ihre und sagte: »Das ist sie immer noch. Die Schönste von allen.«

Nicht nur Alison hatte Tränen in den Augen. Wäre es nicht so ein fröhlicher Anlass gewesen, hätte sie ihnen jetzt freien Lauf gelassen, doch so pikste sie einfach mit ihrer Gabel in den Nudelsalat und schluckte die Tränen hinunter.

Doch auch noch später, als Harriet und Ireen sich längst verabschiedet hatten und Fran Cliff zurück nach Bridgefront Park fuhr, als der Abwasch erledigt war und die drei Schwestern und Misha auf der Couch saßen und der fünfzehnjährigen Rory Gilmore dabei zusahen, wie sie sich in Dean verliebte, hatte Alison einen Kloß im Hals.

Misha lachte, als Rory Dean von den »wirklich runden Kuchen« erzählte, die es in Weston's Bakery gab. Und sie fragte sich unweigerlich, ob ihre Tochter wohl einen festen Freund haben würde, ehe sie sich endlich wieder mal auf einen Mann einließ.

Das mit der Liebe war schon eine komische Sache. Jeder kannte sie oder glaubte, sie zu kennen. Jeder hatte einem anderen schon mal gesagt, dass er ihn liebte. Doch die wahre Liebe war unglaublich selten. So selten, dass Alison einfach nur froh war, sie von ihren Großeltern vorgelebt bekommen zu haben.

Aber das machte das Ganze natürlich umso schwerer. Denn wer konnte da schon mithalten? Es konnte doch gar keinen Mann geben, der an Grandpa Cliff und seine romantische Ader heranreichte.

Oder etwa doch?

Kapitel 23

Jillian

Samstagvormittag. Sie saß auf der Veranda in dem hübschen weißen Schaukelstuhl und hatte die Augen geschlossen. Um sie herum blühten etliche Arten von Blumen: Tulpen und Gardenien, Iris, Löwenmaul und wunderschöne rosa Pfingstrosen. Der Duft bahnte sich einen Weg in ihre Nase, und sie nahm ihn in sich auf und versuchte, ruhig durchzuatmen. Doch es wollte ihr nicht gelingen.

Also öffnete sie die Augen wieder und wagte es, erneut auf ihr Handydisplay zu sehen, das ihr eine Nachricht von Preston anzeigte.

Endlich hatte er sich gemeldet. Doch wenn sie ehrlich sein sollte, hatte sie Angst, was er von ihr wollen könnte. Wenn er sie nun bat zurückzukommen, würde sie dann wirklich stark genug sein, um Nein zu sagen?

Sie öffnete die SMS.

Hey Jill. Ich wollte dir nur kurz Danke sagen, dass du das Auto zurückgebracht und die Schlüssel dagelassen hast. Um ehrlich zu sein, war ich ziemlich verblüfft zu sehen, dass du deine Sachen geholt hast. Hätte nicht gedacht, dass du wirklich gehst. Ich hoffe, es geht dir gut. Es sind ein paar Briefe für dich gekommen. Soll ich sie dir zuschicken? Bist du schon in Kalifornien? Melde dich doch mal. Preston

Okay, gut. Er hatte ihr weder gesagt, dass er sie vermisste, noch sie gefragt, ob sie zurückkam. Auch hatte er ihr keine Vorwürfe gemacht, dass sie einfach ihre Sachen gepackt hatte, worüber sie ehrlich erleichtert war. Und doch, obwohl sie es nicht wollte, hinterließ die Tatsache, dass er sie so einfach gehen ließ, ein Gefühl der Enttäuschung. Immerhin waren sie acht Jahre lang ein Paar gewesen. Konnte man das einfach so abhaken?

Konnte Preston das?

Sie schrieb zurück.

Hi, Preston. Schön, von dir zu hören. Es tut mir leid, dass ich einfach so gegangen bin. Doch ich hatte nicht das Gefühl, dass es dir etwas ausmachen würde. Ich bin bereits in Kalifornien, auf der Blaubeerfarm. Meine restlichen Sachen kannst du entsorgen und die Post kannst du mir zuschicken, die Adresse kennst du ja. Mir geht es gut. Mach dir keine Sorgen. Jill

Sie schloss die Augen wieder und atmete tief durch. Sie wusste nicht, wie lange sie so dasaß, doch irgendwann hörte sie Grandma Frans Stimme. »Jilly, alles gut?«

Sie sah auf und lächelte ihre Grandma traurig an. »Alles okay. Ich habe bereits einen Rundgang gemacht und nach dem Rechten geschaut. Lucia hat sich krankgemeldet, und Moralez fragt, ob er seinen Lohn schon heute bekommen und morgen freinehmen kann, weil er etwas Wichtiges zu erledigen hat. Hat sich nach einem Notfall in der Familie angehört.«

»Ja, das ist kein Problem. Geh heute Abend zum Ende der Schicht zu ihm und zahle ihm seinen Wochenlohn aus. Ich habe dir ja erklärt, wie das geht.«

Sie nickte. »Okay.« Das würde sie schon hinbekommen. Sie war froh, ihrer Grandma diese Aufgabe abnehmen zu können, denn der Sonntagabend war bisher der einzige in der Woche gewesen, an dem Fran früher aus Bridgefront Park zur Farm zurückgefahren war, um sich darum zu kümmern. Es ging um eine Menge Geld, immerhin waren beinahe fünfzig Helfer zu entlohnen, und sosehr Fran Arturo auch vertraute, wollte sie ihm so eine große Summe doch nicht überlassen. Sie holte wöchentlich etwas von der Bank und bewahrte es in einem Safe im Haus auf, und Jillian hatte nicht nur einmal gedacht, dass das ganz schön riskant war. Eine alte Dame mit so viel Bargeld ganz allein ... Doch jetzt waren sie ja da, und Jill hatte schon über eine Änderung nachgedacht. Denn man könnte die Arbeiter doch auch täglich entlohnen – oder was spräche dagegen?

Fran betrachtete sie. »Du siehst nicht danach aus, als ob wirklich alles in Ordnung mit dir wäre. Schwindle mich nicht an, Jilly.«

Sie zuckte die Achseln. »Ja, du hast recht. So richtig gut geht es mir wirklich nicht.«

Grandma Fran nickte wissend. Dann ging sie die Verandastufen hinunter, wobei sie sich an dem dicken Balken des Geländers festhielt. »Komm mit, wir beide fahren zum See. Da können wir ein bisschen unter uns sein und reden.«

Jillian blickte noch einmal auf ihr Handy, es war aber keine neue Nachricht reingekommen. Also stand sie auf und folgte Grandma Fran.

»Nun sag doch mal, was ist denn mit dir los, Kind?«, meinte Fran, sobald sie angekommen waren. Fran hatte sich bei ihr eingehakt, und gemütlich spazierten sie den Weg entlang, der um den See führte.

»Ach, weißt du, es geht um Preston«, gestand sie schließlich.

»Ich habe mich schon gefragt, was mit ihm ist. Dass er nicht mit nach Lodi kommt, hatte ich mir natürlich gedacht. Ich habe aber nicht gewollt, dass meine Bitte euch auseinanderreißt. Wenn du zurück nach Arizona möchtest, dann verstehe ich das, Jilly.«

»Nein, das möchte ich gar nicht. Ich bin froh, zurück zur Farm gekommen zu sein. Es ist schön, wieder ganz nah bei euch zu sein, bei dir und Gramps und bei DeeDee, Ally und Misha. Darum geht es nicht. Weißt du, wenn ich Preston wirklich wichtig wäre, dann hätte er verstanden, was mir das hier bedeutet. Dann hätten wir eine Fernbeziehung führen, oder er hätte sich in der Nähe niederlassen können. Es war ihm aber egal.«

»Also habt ihr euch getrennt?«

»Ja. Nein. Ach, ich habe ehrlich keine Ahnung. Als ich ihm sagte, dass ich eventuell zurück nach Lodi gehen würde, haben wir uns gestritten. Ich habe meine letzten Tage in Scottsdale in einem Hotel verbracht, und er hat es nicht für nötig befunden, mich aufzusuchen und sich auszusprechen. Dann habe ich meine Sachen aus dem Haus geholt, und er hat sich dennoch nicht gemeldet. Bis heute.«

»Er hat sich heute gemeldet?«

Sie nickte. »Ja. Fast habe ich gehofft, er würde mir schreiben, dass er mich vermisst. Aber er hat mich nur gefragt, wie es mir geht und ob ich schon hier bin.«

»Na, das ist doch sehr aufmerksam«, fand Fran.

»Ich weiß nicht. Es klang ziemlich kalt.«

»Der Mann ist wahrscheinlich in seinem Stolz verletzt. Ich hatte ja nur ein einziges Mal das Vergnügen seiner Gesellschaft, doch schon da war mir klar, dass er ein großes Ego hat. Wahrscheinlich kommt er nicht damit zurecht, dass du dich gegen ihn und für die Farm entschieden hast.«

»Ja, wahrscheinlich. Trotzdem hätte ich mir gewünscht, er würde mich spüren lassen, dass ich ihm etwas bedeute. Dass er mich liebt.« Ihre Augen wurden feucht.

Fran deutete auf eine Bank, und sie setzten sich. Dann legte sie ihr eine warme Hand auf die ihre.

»Ach Jilly, es tut mir leid, dass du solchen Kummer hast. Aber es wird alles gut werden, das verspreche ich dir. Wenn Preston wirklich der Richtige für dich ist, dann wird er es dich wissen lassen. Und wenn nicht, dann ist es vielleicht ganz gut, dass du es jetzt herausgefunden hast und nicht erst später.«

»Wir waren acht Jahre zusammen, das ist eine lange Zeit.«

»Das weiß ich. Aber du bist noch jung. Es ist noch nicht zu spät, um dir mit einem anderen Mann etwas Neues aufzubauen. Eine eigene Familie zu gründen. Kinder zu bekommen. Du hast doch immer Kinder gewollt, oder?«

Sie nickte. »Ja, sehr sogar. Preston leider nicht.«

Fran seufzte leise. »Dann kann er doch gar nicht der Eine für dich sein, oder? Wenn ihr nicht dieselben Wünsche habt? Wenn du für ihn auf deine Träume verzichtest?«

»Kann sein. Hast du je für Grandpa auf einen Traum verzichtet? Und es im Nachhinein bereut?«

Fran sah zum See hinaus. Ein paar Enten schwammen darauf herum, und sie entdeckte auch einen Reiher, der auf einem Bein stand wie ein Flamingo. Dann antwortete Fran mit so viel Nostalgie in der Stimme, dass ihr ein kleiner Schauer über den Rücken lief: »Keinen Traum, der es nicht wert gewesen wäre.«

»Was war das für ein Traum? Magst du es mir erzählen?«

»Ach, das ist lange her. Ich war noch ganz jung und hatte eigentlich andere Pläne für mein Leben. Doch dann habe ich Cliff kennengelernt, und nichts war mehr wichtig außer uns beiden.«

Grandma Fran lächelte lieblich, und Jill wünschte sich von Herzen, auch einmal so für einen Mann zu empfinden. Wie schön musste diese wahre Liebe sein, die nichts anderes mehr wichtig erscheinen ließ.

Sie fragte sich, was das wohl für Pläne waren, die ihre Grandma angesprochen hatte. Hatte sie womöglich bereits einem anderen Mann Hoffnungen gemacht? Oder wollte sie woanders leben als in Lodi? Hatte sie sich ein anderes Leben gewünscht als das auf der Farm?

Sie musste innerlich lachen. Nein... Fran konnte sie sich überhaupt nirgendwo anders vorstellen als auf der Blaubeerfarm. Das war der Ort, wo sie hingehörte.

Sie hakte nicht weiter nach, sondern fragte stattdessen etwas, das ihr auf der Seele lag, genau wie ihren Schwestern, wie sie wusste. »Du, Granny, wann hast du denn vor, nach Bridgefront Park zu ziehen?«

»Darüber wollte ich auch mit dir sprechen. Tatsächlich war das einer der Gründe, weshalb ich dich um diesen Spaziergang gebeten habe. Ich habe nämlich vor, schon sehr bald hinzuziehen. Mir wurde bereits ein Zimmer zugesagt, und ich habe den Vertrag gestern unterzeichnet. Ich muss nur noch meine Sachen packen.«

»Aber Granny! Du musst uns doch noch so viel beibringen, bevor du gehst! Das hast du uns versprochen.«

»Ach, Liebes. Das werdet ihr ganz sicher allein hinbekommen. Ihr seid doch so smarte Frauen, und ihr seid immerhin auf der Farm aufgewachsen, das alles ist also keinesfalls neu für euch. Ich vertraue euch voll und ganz, dass ihr es wunderbar meistert, und falls doch etwas anliegt oder ihr Fragen habt, bin ich ja nie weit entfernt. Ruft mich an oder kommt vorbei, und ich werde selbstverständlich auch so oft wie möglich zu Besuch kommen.«

»Zu Besuch … das hört sich so komisch an. Die Farm ist dein Zuhause, ist es doch immer gewesen und wird es immer sein.«

»Nicht immer, meine Süße«, sagte Fran, und dabei lächelte sie wieder auf diese nostalgische Weise.

»Ja, ich weiß. Für deinen letzten Lebensabschnitt hast du dir ein neues ausgesucht, und das ist auch völlig okay. Wir verstehen das, Ally, DeeDee und ich, deshalb sind wir hier. Um dich in deiner Entscheidung zu unterstützen.«

»Und das werde ich euch niemals vergessen.« Ihre Grandma schaute ihr nun direkt in die Augen. »Ich möchte dich um noch einen Gefallen bitten, Jilly. Würdest du mich nächstes Wochenende nach Bridgefront Park fahren? Mit all meinen Sachen?«

»Ich?«

»Ja. Du bist die Stärkste von euch, bei dir kann ich sicher sein, dass es keinen tränenreichen Abschied gibt. Dann muss ich kein ganz so schlechtes Gewissen haben.«

Grandma Fran fand wirklich, dass sie die Stärkste von den drei Schwestern war? Für besonders stark hatte sie sich eigentlich nie gehalten, aber es mochte wohl sein, dass sie nicht ganz so gefühlsduselig war.

»Natürlich, Granny. Das mache ich gern.«

»Ich danke dir, Jilly«, erwiderte Fran und drückte ihre

Hand. »Komm, wir gehen noch ein bisschen spazieren. Es ist so schön heute, nicht zu heiß, und spürst du diese frische Brise? Es ist fast wie am Meer.«

»Ja, fast.« Sie lächelte ebenfalls, sie erhoben sich und schlenderten weiter, während zwei der Enten aufeinander zu schwammen. Es sah fast so aus, als würden die seichten Wellen des Wassers ein Herz bilden.

Kapitel 24

Fran

Fran betrat lächelnd das Zimmer, machte ein paar Schritte auf den Sessel zu und sagte über Cliffs Schulter hinweg: »Hallo, mein Lieber.«

Cliff drehte seinen Kopf zu ihr um und strahlte. »Franny. Da bist du ja. Ich hab dich vermisst.«

»Ich hab dich auch vermisst.« Sie stellte ihre Handtasche ab und setzte sich ihm gegenüber auf den Stuhl.

»Du warst so lange nicht da«, jammerte Cliff, und Fran musste schlucken.

»Ich war gestern da, mein Liebling.«

»Nein, das glaub ich nicht. Es kommt mir wie eine Ewigkeit vor.«

»Ja, mir auch«, erwiderte Fran betrübt und setzte wieder ein Lächeln auf. Sie betrachtete Cliff, dessen dunkelblaues Polohemd einen weißen Fleck aufwies. Wahrscheinlich Sauce vom Mittagessen. »Ich habe gesehen, dass es heute Lachsfilet bei euch gab. Ich bin ganz neidisch, denn du weißt, für ein gutes Lachsfilet war ich schon immer zu haben.«

Cliff antwortete nicht. Wahrscheinlich hatte er bereits vergessen, was er zu Mittag gegessen hatte.

»Ich habe mit den Mädchen noch immer die Reste von Delilahs Geburtstag gegessen. Es war tatsächlich noch Nudelsalat übrig.« Sie lachte. »Doch jetzt ist er alle.«

Cliff lächelte. Sah sie an. »Delilah hatte Geburtstag? Gratuliere ihr bitte recht herzlich von mir.«

Jetzt traten ihr doch Tränen in die Augen, denn sie fand es einfach nur traurig, dass ihr Liebster sich nicht mehr an die wunderbare Feier vor vier Tagen erinnern konnte, der er doch beigewohnt hatte.

»Das werde ich«, versprach sie und blinzelte die Tränen weg.

Sie blickte sich in dem kleinen Zimmer um, das ebenso schlicht eingerichtet war wie die restlichen. Mit hellen hölzernen Möbeln, um es ein wenig freundlicher zu gestalten. Mit gelben Gardinen und einigen farbenfrohen Bildern an den Wänden, die Blumen und Orangenhaine zeigten. Sie selbst hatte das alles noch ein wenig aufgehübscht mit persönlichen Dingen wie eingerahmten Familienfotos, mit ein paar der Holzschnitzereien, die Cliff vor Jahren selbst gefertigt hatte, und mit drei Blumentöpfen, die ihren Platz auf der Fensterbank gefunden hatten. Meistens stand auch eine Vase mit frischen Schnittblumen auf dem Tisch, doch jemand hatte sie weggestellt. Wahrscheinlich waren die Tulpen welk geworden.

Ihr Blick wanderte zu dem großen Fenster hin, von dem man Ausblick auf den Park hatte, ebenso wie in dem Zimmer, das sie sehr bald beziehen würde.

»Wollen wir einen kleinen Spaziergang machen?«, fragte sie. »Raus in den Park gehen und uns auf eine Bank setzen?«

Cliff nickte lächelnd. »Gern, Franny.«

Sie zog ihm die Pantoffeln aus und half ihm in seine Schnürschuhe, dann holte sie ihm seine dünne Wolljacke, weil er manchmal sogar bei hohen Temperaturen fror. Gemeinsam traten sie aus dem Zimmer und in den Flur, wo Fran einer der Pflegerinnen Bescheid gab, dass sie für eine Weile in den angrenzenden Park gingen.

Der Bridgefront Park war wirklich schön, Fran hatte ihn schon immer sehr gemocht. Eigentlich war er es gewesen, der ihr die Entscheidung so leicht gemacht hatte, Cliff hierherzubringen. Die Nähe zur Farm war natürlich auch ein entscheidender Faktor gewesen. Doch der kleine Park mit seinen Weidenbäumen und den Magnolien, die im Frühling so wundervoll blühten, mit dem Bach und der hübschen kleinen Brücke, der er seinen Namen verdankte, und den vielen Bänken, auf denen man sich ausruhen konnte, hatte es ihr gleich angetan. Oft schlenderten Cliff und sie die Wege entlang, und manchmal fragte sie sich, wie lange ihnen dieses Privileg wohl noch gegönnt sein sollte.

»Wie geht es dir, mein Liebster?«, erkundigte sie sich jetzt.

Er schenkte ihr ein Lächeln. »Mir geht es immer gut, wenn du bei mir bist, das weißt du doch.«

Ihr Herz ging auf, wenn er so etwas sagte. »Bald werde ich die ganze Zeit bei dir sein, mein Schatz. Ich werde hierherziehen nach Bridgefront Park, und dann können wir uns sehen, wann immer wir wollen. Ich werde im selben Flur wohnen wie du, du musst nur ein paar Schritte gehen und kannst mich in meinem Zimmer besuchen kommen.«

Cliff machte große Augen. »Wirklich?«

Sie nickte. Sie hatte es ihm bereits einige Male erzählt. »Ja. Das wird fantastisch, glaube mir. Wir können dann sogar zusammen frühstücken und zu Mittag essen, und ich werde immer ganz in der Nähe sein, wenn du mich brauchst.«

»Da freu ich mich, Franny.«

»Ja. Ich mich auch.«

Sie blieb stehen, schloss für eine Sekunde die Augen und atmete den Frühlingsduft ein. Niemals würde sie ihren Enkelinnen genug dafür danken können, dass sie ihr das ermöglichten.

»Komm, Cliff, wir setzen uns auf die Bank. Ich möchte dir eine Geschichte erzählen.«

»Was denn für eine?«

»Eine von einem jungen Mann, der eine junge Frau ganz fürchterlich erschreckte – mitten in den Blaubeerfeldern. Doch sie nahm es ihm nicht übel, denn sie hatte ihn wirklich gern.« Sie lächelte vor sich hin und deutete auf eine freie Bank, auf der sie sogleich Platz nahmen.

Cliff schien zu überlegen. Dann erhellte sich sein Blick, er riss seine Augen auf und sagte: »Das ist *unsere* Geschichte, Franny.«

»Ja, das ist sie.« Sie legte Cliff eine Hand auf seine und erinnerte sich an den Tag vor sechzig Jahren zurück ...

Kapitel 25

1962

Der Reifen konnte nicht geflickt werden. Sie waren wohl durch ein ganzes Stück Maschendrahtzaun gefahren, das von einer der Ranches in der Gegend davongeweht worden war, und der Reifen ihres Chevys war völlig durchlöchert. In der Werkstatt in Lodi sagte man Herbert, dass man einen neuen besorgen müsse; der Chef schickte den Lehrling nach Sacramento, und sie würden frühestens am späten Nachmittag ihren Weg fortsetzen können, wenn sie Glück hatten.

Frances war ganz erfreut über diese Neuigkeit.

Mit einem Lächeln im Gesicht lief sie herum, sah sich die Farm an und staunte, wie ganz anders ein Leben hier draußen ablief. Sie sah June dabei zu, wie sie Marmelade einkochte, und durfte als Erste von der köstlichen zuckrigen Masse probieren, die sie sich auf eine Scheibe selbst gebackenes Weißbrot schmierte. Dann bestand sie darauf, June beim Zubereiten des Mittagessens zu helfen, und schälte die Kartoffeln, wie sie es als Kind an der Seite ihrer Mutter getan hatte. Nach dem Lunch bat sie Cliff darum, ihr draußen ein paar Dinge über die Blaubeeren zu erzählen. Der sah fragend zu seinem Vater, da er eigentlich wieder zurück an die Arbeit musste, doch der nickte nur und wünschte ihnen viel Spaß.

»Was möchten Sie wissen?«, fragte Cliff sie und lächelte sie strahlend an.

»Vor allem erst einmal, ob Sie es künftig sein lassen werden, mich zu erschrecken.«

»Das werde ich. Und ich möchte mich noch einmal aufrichtig entschuldigen, es ist heute Morgen einfach über mich gekommen. So hätte ich nicht mit jemandem wie Ihnen umgehen sollen.«

»Da haben Sie ganz recht. Ich bin nämlich ein aufgehender Stern am Himmel. Das sagt Herbert zumindest.« Sie tänzelte lächelnd hinüber zu den Blaubeerfeldern.

»Herbert ist Ihr Agent, hab ich das richtig verstanden?«

»Mein *Manager*. Jeder Star in Hollywood braucht einen.« Sie sprach absichtlich so hochnäsig, obwohl sie sonst überhaupt nicht abgehoben war. Doch Cliff sollte verstehen, dass er nicht irgendein Mädchen vor sich hatte, sondern eben Frances Sinclair.

»Gut, dass Sie einen haben, der sich so um Sie sorgt«, erwiderte er. Dann räusperte er sich verlegen. »Die Bilder in dem Magazin sind übrigens...« Erneut ein Räuspern. »Sie sind wirklich schön.«

»Ich danke Ihnen«, sagte sie und spazierte wieder durch die unendlichen Reihen von Blaubeerpflanzen. »Und nun erteilen Sie mir eine Lehrstunde im Fach *Blaubeerkunde*.«

»Oh, da gibt es viel zu lehren. Was genau würden Sie denn gerne über die Blaubeere erfahren?«

Eigentlich interessierte sie die Blaubeere nicht im Mindesten, doch sie fand es schön, abermals mit Cliff durch die Reihen zu schlendern und sich zu unterhalten. Das hätte sie stundenlang tun können.

»Ach, erzählen Sie mir einfach alles, was Sie als wichtig erachten«, ermunterte sie ihn.

»Nun, vielleicht fangen wir mit ein wenig Geschichte an«, sagte er ganz sachlich und klang dabei fast wie ein Lehrer. »Die Blaubeere gibt es bereits seit vielen Tausend Jahren. Die amerikanischen Ureinwohner nutzten sie seit jeher als Nahrung, früher gern als Trockenfrüchte, die sie durch die langen, kalten Winter brachten. Sie brauten daraus aber auch Hustensirup oder Tee für Schwangere.« Bei dem Wort Schwangere errötete Cliff leicht und wechselte schnell das Thema. »Es gibt, ob Sie es glauben oder nicht, mehrere Hundert Arten. So richtig angebaut werden sie aber tatsächlich erst seit den Zwanzigerjahren unseres Jahrhunderts. Früher wuchsen überall nur die wilden Blaubeeren, die Huckleberrys, doch dann beschloss man, sie zu kultivieren und zu kommerzialisieren.«

Beeindruckt sah Frances ihn an. Der Junge schien gar nicht mal so dumm zu sein. Um ihn zu testen, fragte sie ihn: »Wer beschloss das?«

Zu ihrer Überraschung hatte er sofort eine Antwort parat. »Elizabeth White. Sie wuchs in New Jersey als Tochter eines Cranberryfarmers auf und gründete dort 1916 die erste Blaubeerfarm.«

»Oh, eine Frau war das? Das ist aber interessant!«

»Ja ...«

»Sie scheinen viel über Frauen zu wissen«, sagte sie, und sie wusste, dass er dabei wieder an den Tee für schwangere Indianerinnen denken musste. »Ich necke Sie doch nur, Sie brauchen sich nicht zu genieren«, fügte sie lachend hinzu.

»Tue ich nicht«, erwiderte er. »Möchten Sie noch mehr über die Blaubeere wissen?«

»Warum nicht?«, sagte sie und ging vor Cliff den dünnen Pfad entlang. Links und rechts von ihr befanden sich Äste mit unzähligen blauen Beeren daran. Sie bewegte sich geschmeidig, wackelte jedoch ein wenig mehr mit dem Hintern, als sie es für gewöhnlich tat. Gerade so viel, dass es nicht aufreizend wirkte. Doch sie wusste, wie entzückend sie in ihrem rot-weiß gestreiften Kleid mit der Schleife um die Taille aussah. Und sie war sich ziemlich sicher, dass Cliff ihr auf den nackten Hals und den Nacken starrte, auf den er durch den hohen Pferdeschwanz, den sie heute trug, freie Sicht hatte. Sie wusste auch, dass sein Blick auf dem kleinen Muttermal in Form eines Herzens liegen bleiben würde.

»Nun gut. Die amerikanische Blaubeere heißt mit botanischem Namen Vaccinium corymbosum, und die Highbush-Varianten, die hier bei uns wachsen, können bis zu vier Meter hoch werden. Wenn man Glück hat, können sie fünfzig Jahre lang Früchte tragen und ...«

Sie drehte den Kopf zu Cliff und unterbrach ihn. »Also, ich finde ja, Sie sollten unbedingt Lehrer werden, statt hier auf der Blaubeerfarm zu versauern.«

»Wenn ich irgendwann von Blaubeeren genug habe, werde ich es in Erwägung ziehen.« Er schüttelte lachend den Kopf. »Das wird aber niemals passieren.«

»Und es gibt nichts, das Ihre Meinung ändern könnte? Das Sie die Blaubeerfarm hinter sich lassen könnten?«, fragte sie hoffnungsvoll und sah ihm tief in die Augen.

Er errötete wieder, trat dann einen mutigen Schritt auf sie zu und sagte: »Ich habe es bisher immer geglaubt. Gerade bin ich mir aber nicht mehr so sicher.«

So blieben sie eine ganze Weile stehen, und irgendwann hatte Frances genug gewartet. Wenn Cliff sich nicht traute, dann musste sie eben den ersten Schritt tun. Ihre Mutter hätte dafür mit ihr geschimpft, und Herbert ebenso, doch sie war eine moderne junge Frau aus Hollywood, und sie fand, dass ruhig auch einmal die Frau die Initiative ergreifen durfte.

Und deshalb trat sie jetzt ganz schnell zwei Schritte nach vorn, stellte sich auf die Zehenspitzen und küsste Cliff auf den Mund. Nur zwei Sekunden lang, doch mehr brauchte es nicht, um die Schmetterlinge freizulassen.

»Wow!«, sagte Cliff und sah sie erstaunt an. Doch es war alles, was er gebraucht hatte, um den Mut aufzubringen, sie nun richtig zu küssen.

Oh, was für ein Kuss!

Nichts dergleichen hatte Frances je erlebt – ob sich so die Liebe anfühlte?

Ja, sie konnte es sich nicht anders erklären. Das musste Liebe sein. Sie fragte sich nur, was sie nun tun sollten, das aufstrebende Fotomodell und der Blaubeerfarmer, der nicht vorhatte, seine Farm je zu verlassen.

Als Herbert an diesem Nachmittag mit dem Auto aus der Werkstatt kam, um sie abzuholen, fiel der Abschied schwer. Sie und Cliff hatten die Adressen ausgetauscht, und er hatte ihr gesagt, dass er hin und wieder aus der öffentlichen Telefonzelle im Ort aus anrufen würde. Vor seinen Eltern wagten sie es nicht, sich erneut zu küssen, und so mussten sie die Küsse vom Blaubeerfeld in Erinnerung behalten.

Herbert und Fran schafften es bis zum Abend zum Lake Tahoe, und alle waren erleichtert, dass sie endlich da waren. Die Shootings mussten um lediglich vierundzwanzig Stunden verschoben werden, gleich am nächsten Morgen legten sie los. Frances musste sich mit der blauen Seife in der Hand vor dem blauen Wasser des Sees platzieren und in die Kamera lächeln. Lächeln, lächeln, obwohl ihr gar nicht danach war. Denn sie wusste ja nicht, wann sie Cliff je wiedersehen würde.

Doch die Gefühle für ihn waren so stark, niemals hätte sie es für möglich gehalten, einmal so für einen jungen Mann zu empfinden. Sie wusste einfach, sie musste ihn wiedersehen. Irgendwie würden sie es schon hinbekommen.

Auf der Heimfahrt ein paar Tage später schwieg Herbert eine lange Zeit. Dann schüttelte er den Kopf. »Ich habe geahnt, dass das passiert. Dass das früher oder später passiert.«

»Aber was denn, Herbert?«, fragte sie.

»Na, dass du dich verliebst.«

»Ich und verliebt? In wen denn?«, tat sie auf unschuldig.

Herbert sah sie an. »Komm mir nicht so, Kleines. Ich erkenne die Liebe, wenn ich sie sehe.«

Diese Aussage freute sie. Denn wenn sogar Herbert der Meinung war, dass die Sache zwischen ihr und Cliff mehr als nur ein kleiner Flirt war, dann bestand vielleicht wirklich Hoffnung.

»Ja? Glaubst du tatsächlich, das ist Liebe?«, fragte sie strahlend.

»Ich glaube, das könnte das Ende deiner Karriere sein, wenn wir nicht aufpassen.«

»Ach, Herbert, nun werde doch nicht so dramatisch. Wieso sollte das das Ende meiner Karriere sein? Meintest du nicht, sie hat gerade erst begonnen, und ich werde ganz groß rauskommen?«

»Wenn du das wirklich willst, dann ja. Aber wenn du stattdessen ihn willst? Es liegt nun ganz bei dir, Franny.«

Sie musste kurz überlegen. »Kann ich nicht beides haben?«

»Eines habe ich in meinen dreißig Jahren in diesem Beruf gelernt, Kleines. Man kann nie beides haben. Eins bleibt immer auf der Strecke.«

Darüber dachte sie nach, während sie nach Hause fuhren. Und als sie Los Angeles erreichten und den Hollywood Boulevard mit seinen Palmen und seinen Sternen entlangfuhren, wusste sie eines mit Sicherheit: Sie würde ihren Traum von einer Modelkarriere nicht aufgeben, komme, was wolle. Sie würde ganz groß werden und eines Tages von Postern und Plakaten überall im Land auf die Menschen blicken. Vielleicht würde sie sogar beim Film landen, oder sie würde auf Modenschauen laufen. Doch sie würde berühmt werden, das war das, was sie schon immer gewollt hatte, und egal, was auch aus ihr und Cliff werden würde, diesen wunderbaren Traum würde sie für nichts in der Welt aufgeben.

Kapitel 26

Delilah

»Okay«, sagte Misha an diesem Mittwochnachmittag nach Schulschluss. Sie standen alle am Rande der Blaubeerfelder, ihre Nichte und ihre Grandma hatten sich Delilah und ihren Schwestern gegenüber positioniert. Misha hielt ein Klemmbrett und einen Stift in den Händen und benahm sich wie ein strenger Prüfer, Grandma Fran schmunzelte, versuchte aber dennoch, ernst zu bleiben. »Dann wollen wir mal sehen, wie gut ihr alles draufhabt.«

»Ich muss gestehen, ich hab ein bisschen Angst«, flüsterte Jill, die links von ihr stand.

Ally, an ihrer rechten Seite, stimmte zu: »Ich auch.«

Delilah lachte. »Pfff, macht euch nicht lächerlich. Das wird ja wohl nicht so schwer sein. Und selbst wenn! Was passiert, wenn wir durchfallen, Misha? Kriegen wir dann lebenslanges Blaubeerverbot?«

Misha sah sie streng an. »Du sollest keine Späße machen, Tante DeeDee. Das hier ist sehr wichtig. Stimmt's, Granny?«

»Unbedingt!«, versicherte Grandma Fran. »Dann leg mal los, Misha.«

Misha nickte und sah auf ihr Klemmbrett mit den vielen

Zetteln, auf die sie anscheinend zusammen mit Grandma Fran Fragen geschrieben hatte. Prüfungsfragen. Delilah fühlte sich wie in der Schule. Das war echt absurd, und auch unnötig, wie sie fand.

»Frage eins«, begann Misha. »In welchem Jahr wurde die Rivers-Farm gegründet?«

»1938!«, rief Alison schneller, als Delilah überlegen konnte.

»Richtig! Der erste Punkt geht an Mom«, verkündete Misha und schrieb etwas auf ihren Zettel.

»Hey, das ist unfair! Ally kümmert sich um die Finanzen, da hat sie das bestimmt irgendwo in den Unterlagen gelesen.«

»Du bekommst auch deine Chance, Delilah«, sagte Grandma Fran. »Nur kein Neid.«

»Doch, klar!«, widersprach Misha. »Das hier ist immerhin ein Wettkampf.«

»Ich wusste gar nicht, dass du so ein fieses kleines Ding sein kannst«, zischte Delilah durch die zusammengebissenen Zähne.

Wieder erntete sie einen strengen Blick von ihrer elfjährigen Nichte. Das war doch verrückt!

»Okay, Frage Nummer zwei: Welche Arten von Blaubeeren wachsen auf der Rivers-Farm?«, wollte Misha als Nächstes wissen.

»Bluecrop, Duke und Elliot!«, antwortete Jill.

»Oh Mann, ist das etwa richtig?«, jammerte Delilah.

»Richtig!«, sagten Misha und Grandma Fran gleichzeitig, und Misha schrieb einen Punkt für Jill auf.

»Wie groß war die Farm bei ihrer Gründung im Jahr 1938?«, war die nächste Frage.

Die Antwort darauf kannte leider keiner, woraufhin sie alle nur ein Kopfschütteln von Misha ernteten.

»Es waren gerade einmal zwölf Hektar«, gab Fran preis. »Wisst ihr denn, wie viele Hektar sie heute umfasst?«
Delilah zuckte die Achseln.
»Ich glaube, es sind um die dreißig, oder?«, fragte Jill.
»Richtig!«, rief Misha und schrieb einen weiteren Punkt für sie auf.
»Das ist doch echt ein blödes Spiel«, verlieh Delilah ihrem Ärger Ausdruck.
»Das ist kein Spiel, Tante DeeDee, das ist alles wichtig. Diese Dinge müsst ihr wissen, wenn ihr die Farm führt.«
Ja, damit konnte Misha schon recht haben, aber mussten sie denn alles *sofort* wissen? Hatte das nicht noch Zeit?
»Wäre nur nett gewesen, wenn ihr uns vorgewarnt hättet, dann hätten wir uns ein bisschen besser vorbereiten können«, entgegnete sie genervt.
»In der Schule gibt es auch ständig unangekündigte Tests«, meinte Misha.
»Hey, wie läuft es eigentlich in der neuen Schule?«, fragte sie, als wenn ihre Nichte nicht sowieso die ganze Zeit von ihren neuen Lehrern und Mitschülern erzählen würde.
»Sehr gut, danke. Lenk aber nicht vom Thema ab. Weiter geht's.«
Delilah blickte zu Grandma Fran, die das alles sehr amüsant zu finden schien, da sie nonstop am Schmunzeln war.
»Wie lange können die Blaubeerpflanzen im besten Falle Früchte tragen?«
»Ich weiß es!«, rief Delilah noch vor Jillian, denn darüber hatte sie vor ein paar Tagen mit Cristina gesprochen, als sie wieder zusammen gepflückt hatten. »Fünfzig Jahre!«
»Yay! Endlich mal ein Punkt für Tante DeeDee!«, sagte Misha ein wenig sarkastisch.

Delilah lächelte stolz in die Runde und zeigte ihrer Nichte dann den Stinkefinger.

»Huch!«, machte Grandma Fran. »Also, so was …«

Schnell nahm sie den Finger wieder runter und stellte sich bereit. Die Beine spreizen, in die Knie und fokussieren – wie ein Footballspieler auf dem Feld. Jetzt würde sie es den anderen aber zeigen!

Misha hatte schon die nächste Frage bereit: »Welches Land ist der führende Produzent von Blaubeeren?«

»Die USA?«, riet Delilah, weil es einfach die coolste Antwort wäre.

»Richtig! Mit 600 Millionen Pfund im Jahr noch vor Kanada, Peru, Spanien und Mexiko! Schon zwei Punkte für DeeDee.«

»Ich hab dich überholt«, sagte sie neckisch zu Ally.

Ally streckte ihr die Zunge raus.

»Sieh dir deine Mom und deine Tanten an, wie früher als Kinder«, meinte Grandma Fran.

»Hey! Ich hab doch gar nichts gemacht«, kam es sofort von Jill, die sich niemals dazu herablassen würde, jemandem die ausgestreckte Zunge oder den Mittelfinger zu zeigen.

»Und welcher US-Staat ist der Top-Produzent?«, fuhr Misha fort, nachdem sie die Augen verdreht hatte.

»New Jersey?«, riet Jill, da sie alle die Geschichte von Elizabeth White kannten, die im frühen zwanzigsten Jahrhundert die erste kultivierte Blaubeerfarm in New Jersey gegründet hatte. Grandpa Cliff hatte sie ihnen früher so manches Mal erzählt. Und auch, dass die Blaubeere die offizielle Staatsfrucht von New Jersey war. Doch Delilah glaubte, das war eine Fangfrage, also riet sie etwas anderes.

»Kalifornien?«

»Falsch und falsch. Mom, hast du auch einen Tipp?«

»Hmmm … Nebraska?«

»Leider auch daneben. Es ist Michigan.«

»Woher soll man so was denn wissen?«, fragte Delilah. »Und noch eine dumme Frage hinterher: Wozu ist dieses Wissen noch mal gut, wenn es um die Leitung einer Blaubeerfarm in Kalifornien geht?«

»Na, man muss schon auf dem Laufenden sein«, meinte Fran. »Es geht ja auch um die Konkurrenz, die Preise, den Markt.«

Delilah seufzte. »*Oh boy*, da müssen wir uns aber echt erst noch schlaumachen, was?«

»Sieht ganz so aus«, meinte Misha grinsend.

»Was bist du eigentlich so hämisch? Kennst du dich denn mit den Blaubeeren aus?«

»Nein. Muss ich aber auch nicht, ich will ja keine Farm leiten.«

Am liebsten hätte sie jetzt wieder den Stinkefinger gezeigt, doch sie wollte sich nicht noch einen tadelnden Blick von Grandma Fran einfangen. »Sind wir fertig?«, fragte sie also schlicht.

»Noch laaaange nicht!«, erwiderte Misha lachend, und sie konnte Jill und Ally neben sich leise stöhnen hören.

Nachdem sie noch fast eine ganze Stunde lang befragt worden waren, gewann Jillian das Spiel mit siebzehn Punkten. Die Gute war echt schlau oder einfach nur aufmerksamer als Delilah. Ja, konnte gut sein, denn ihr war ja selbst bewusst, dass sie nicht die Geistesgegenwärtigste war. Oftmals waren ihre Gedanken einfach schon ganz woanders, während ihr Körper sich noch an Ort und Stelle befand. Wie die letzte halbe Stunde, in der sie, statt langweilige Fragen zu beantworten, viel lieber wieder aufs Feld gegangen wäre.

Mit ihrem Eimer, den sie jetzt in der Hand hielt, der aber eigentlich nur eine Ausrede war. Klar, das Blaubeerpflücken machte ihr Spaß, und sie liebte es, die süßen kleinen Dinger danach mit einem großen Schuss Sojamilch zu genießen. Doch sie hätte auch einfach in die Halle gehen und sich dort welche holen können, wie Grandma Fran es machte, wenn sie Beeren für Marmelade brauchte.

Sie hatten in den letzten Tagen so viel Marmelade eingekocht, dass sich die Kisten mit Gläsern bereits stapelten. Sie verstand es schon, ihre Grandma wollte, dass alles für den ersten Markttag vorbereitet war. Doch wie viele Gläser konnten sie denn an einem einzigen Abend verkaufen? An dem kleinen Stand? Die Leute kamen zum Lodi Farmers Market, um dort Spaß zu haben, nicht um sich mit Marmelade einzudecken. Delilah freute sich schon richtig darauf, dass es wieder losging. Zu schade, dass der Farmers Market hier nicht das ganze Jahr über geöffnet hatte wie in anderen Städten auch. Der in San Francisco am Ferry Building zum Beispiel fand sogar dreimal die Woche statt. Da er sich ganz in der Nähe ihrer früheren Wohnung befand, hatte sie dort oft das frischeste und leckerste Obst und Gemüse besorgt.

Jetzt lief sie also mit ihrem Eimer durch die Reihen, auf der Suche nach Cristina. Unter den gut dreißig Pflückern war sie gar nicht so leicht zu finden. Doch irgendwann fand sie sie, und zwar am westlichen Ende der Farm, wo die Erntehelfer heute eingeteilt waren. Bis dorthin war es ein ganzes Stück zu Fuß, sie hätte besser das Fahrrad nehmen und einmal ums Feld herumfahren sollen. Doch jetzt war sie da, und Cristina mit ihrem lockigen Pferdeschwanz und dem verschwitzten weißen Tanktop lächelte sie an.

»Hey, wie geht's?«

»Gut, und dir?«

»Auch gut. Willst du wieder Blaubeeren pflücken?«

Sie nickte und fragte sich wieder einmal, wie Cristina und die anderen in dieser Hitze den ganzen Tag pflücken konnten. Von acht Uhr morgens bis sieben Uhr abends standen sie in der prallen Sonne, mit nur zweimal einer halben Stunde Pause, um sich ein wenig in den Schatten zu setzen. Sie wäre da wahrscheinlich jedes Mal eingeschlafen.

Cristina lachte. »Du weißt aber, dass du sie auch am anderen Ende pflücken kannst, oder? Direkt beim Haupthaus?«

»Ja, schon.« Sie drehte eine Beere von ihrem Stängel und steckte sie sich in den Mund. »Mir war aber nach ein bisschen Gesellschaft.«

»Okay.« Cristina lächelte noch immer.

Während sie pflückten, unterhielten sie sich, genau wie sie es seit ihrer ersten Begegnung schon zwei weitere Male gemacht hatten. Jedoch hatten sie bisher eher über Belangloses gesprochen. Delilah hatte erfahren, dass Cristina im Nachbarort Stockton wohnte, und dass sie im Gegensatz zu den meisten anderen Farmarbeitern keinesfalls eine Einwanderin aus Mittel- oder Südamerika war. Sie hatte zwar mexikanische Vorfahren, doch sie war in Kalifornien geboren und aufgewachsen.

Darüber wollte DeeDee heute mehr erfahren. »Darf ich dich mal was fragen? Wenn du hier aufgewachsen und zur Schule gegangen bist, warum gehst du dann solch einer Tätigkeit nach? Ich meine, nichts gegen das Blaubeerpflücken, aber da könntest du doch sicher was Besseres finden, oder?«

Cristina hielt beim Pflücken inne und sah kurz einfach nur in ihren vollen Behälter. »Das Problem ist leider, dass mich sonst niemand einstellt«, gab sie dann preis.

»Oh. Wieso nicht? Hast du keinen Schulabschluss?«

Cristina antwortete nicht gleich, und Delilah sagte schnell: »Sorry, ich wollte dich nicht ausquetschen. Geht mich ja auch gar nichts an.«

Cristina pflückte weiter, sah sie aber nicht an. »Ich bin vorbestraft, deswegen. War im Jugendknast.«

Delilah erschrak kurz, dann blickte sie sich um und vergewisserte sich, dass auch niemand mithören konnte. Doch die anderen Pflücker befanden sich alle einige Meter entfernt.

»Das tut mir leid.«

Cristina lachte und schaute ihr nun doch ins Gesicht. »Echt jetzt? Es gab ja schon viele verschiedene Reaktionen, aber das hat noch niemand dazu gesagt. Warum tut es dir denn leid?«

»Na, weil es im Knast bestimmt nicht leicht gewesen ist. Und dann als Jugendliche... Da wurde dir doch ein Stück deiner Kindheit geklaut.«

»Hm! Ist es jetzt Ironie, wenn ich dir erzähle, dass ich genau deswegen drin war? Weil ich was geklaut hab?«

Diebstahl? Sie fragte sich, was das wohl genau gewesen war, was Cristina ins Gefängnis gebracht hatte. Autodiebstahl? Kreditkartenbetrug? Bewaffneter Raub?

»Du malst dir gerade alle möglichen Horrorszenarien aus, oder?«

Sie grinste schief. »Woher weißt du das?«

»Das sehe ich dir an. Aber keine Sorge, es war nichts Schlimmes. Also ja, schon, ich bin dafür immerhin eingebuchtet worden, aber ich hatte meine Gründe. Ich hab Lebensmittel, Klamotten, Shampoo und so weiter geklaut, um mich und meinen kleinen Bruder Rafael durchzubringen. Unser Dad war abgehauen, und unsere Mom war eine

Säuferin, die manchmal tagelang verschwunden war. Der Kühlschrank war leer, ich war noch zu jung, um arbeiten zu gehen, und da hab ich halt was im Supermarkt mitgehen lassen. Bin erwischt worden. Und dann noch mal. Beim dritten Mal hat der Richter keine Gnade mehr gezeigt.«

»Oh Shit. Habt ihr euch denn aber keine Hilfe suchen können? Bei einer Sozialarbeiterin oder so?« Das Jugendzentrum kam ihr in den Sinn, in dem Ireen arbeitete. Und in dem seit dieser Woche auch Ally ehrenamtlich tätig war.

»Ich glaub, ich war damals einfach zu stolz. Und ich hatte Angst, wenn ich mich erst ans Jugendamt wende, dass sie uns unserer Mom wegnehmen und mich und Rafi trennen würden.«

»Das kann ich verstehen.« Sie hätte für ihre Schwestern das Gleiche getan. Glücklicherweise hatten sie es aber immer gut gehabt, waren umsorgt worden und hatten niemals Hunger leiden müssen.

Sie hätte Cristina gerne gefragt, was denn aus Rafi wurde, nachdem sie in den Knast gekommen war, fand das dann aber doch zu persönlich. Wenn Cristina es ihr irgendwann erzählen wollte, würde sie das schon tun.

»Danke, dass du das so cool siehst und mich nicht verurteilst«, sagte die junge Pflückerin jetzt. »Du bist echt nett. Ich unterhalte mich gerne mit dir. Vielleicht magst du dich ja mal nach Feierabend mit mir treffen?«

So, wie Cristina sie ansah, wurde ihr auf einmal ganz mulmig. Schwindlig. Irgendwas flatterte in ihrem Innern, das da nicht sein sollte. »Du meinst, so richtig ausgehen? Ein Date?«

»Ja. Nur, wenn du willst, natürlich. Ich weiß ja nicht, ob du schon vergeben bist.«

»Nein, ich ... bin zurzeit Single. Ich bin aber nicht ...

sorry, wenn ich dir da irgendwie falsche Hoffnungen gemacht habe, aber ich bin nicht ... wie du.«

»Oh. Ehrlich? Und ich war mir so sicher. Normalerweise trügt mich mein Gefühl nicht. Ist sehr schade, aber schon okay. Wir können natürlich auch einfach nur als Freunde ausgehen. Ins Kino? Hast du Lust?«

»Klar. Warum nicht?«

Sie verabredeten sich für den Abend, und Delilah pflückte noch ein paar Minuten weiter. Dann verabschiedete sie sich und ging zum Haus zurück. Und jetzt war sie froh, dass sie einen so langen Weg vor sich hatte, denn sie brauchte unbedingt Zeit, um ihre Gedanken zu sortieren. Und ihre Gefühle auch, die plötzlich total verrücktspielten.

Kapitel 27

Jillian

Samstagabend. Sie hatte Grandma Fran ihre restlichen Sachen gebracht und das leere Zimmer zusammen mit ihr eingerichtet. Es befand sich nur drei Türen von Grandpa Cliffs Zimmer entfernt, und sie hatten Misha ein Schild mit großer Aufschrift fertigen lassen: FRAN. Damit Cliff sie auch gleich fand, wenn er nach ihr suchte – noch konnte er ja zum Glück Gelesenes richtig zuordnen.

Ihre Grandma jetzt jedoch dort zu lassen und allein zurück zur Farm zu fahren, fühlte sich komisch an. Falsch irgendwie, weil Grandma Fran doch so einen großen Teil der Farm ausmachte. Jill mochte sich noch gar nicht vorstellen, wie sich wohl die erste Nacht ohne sie anfühlen würde. Und andererseits wusste sie doch, dass es das einzig Richtige war. Ihre Großeltern gehörten nun mal zusammen, und sie hatte gesehen, wie schwer es ihrer Grandma jeden Abend gefallen war, ihren Liebsten zu verlassen.

Das Schöne war, dass sie ganz in der Nähe wohnten. Bridgefront Park befand sich keine Viertelstunde von der Farm entfernt. Neulich an Delilahs Geburtstag hatte es echt gut funktioniert, ihren Grandpa abzuholen. Grandma Fran hatte versprochen, zukünftig öfter mal mit ihm zu Besuch zu kommen, und sie allein würde natürlich auch ganz oft vorbeischauen, besonders zu Beginn, bis die Schwestern alles im Griff hatten.

Es war kurz nach sechs. Im Heim wurde jetzt bereits zu Abend gegessen, und Jillian war sich sicher, dass auch auf der Farm schon gekocht wurde. Bestimmt zauberte Delilah wieder irgendwas Veganes, oder Misha wünschte sich eins von ihren Lieblingsgerichten. Sie verspürte jedoch weder Appetit auf Soja-Chili noch auf Spaghetti oder schon wieder Pizza. Deshalb beschloss sie jetzt spontan, irgendwo essen zu gehen. Allein, um ihre Gedanken zu ordnen, und um endlich mal wieder etwas zu sich zu nehmen, was ihr so richtig gut schmeckte. Viel zu lange hatte sie auf alles verzichten müssen, da wollte sie jetzt nicht gleich damit weitermachen.

Sie fuhr ziellos durch die Straßen von Lodi. In den letzten vierzehn Jahren hatte sich hier nicht viel verändert. Ein paar Geschäfte hatten geschlossen, ein paar neue eröffnet. Hier und da gab es ein neues Restaurant. Und dann entdeckte sie es: Red Hill Restaurant.

Sie parkte gleich um die Ecke und betrat das rustikale Lokal. Sofort kam eine nette Bedienung auf sie zu und fragte, ob sie einen Tisch wolle und ob sie noch jemanden erwarte.

»Nein, ich bin allein«, antwortete sie und ließ sich zu einem Fenstertisch geleiten. Sie studierte die Speise- und dann die Weinkarte, entschied sich für ein Filet Mignon mit Prinzessinnenkartoffeln und grünem Spargel, und dazu einen Chardonnay.

Als die Bedienung gegangen war, sah sie aus dem Fenster und hing ihren Gedanken nach. Jetzt war es also endgültig.

Grandma Fran war weg, sie und ihre Schwestern waren da, und ab sofort würde all die Verantwortung, die eine so große Farm mit sich brachte, auf ihnen lasten. Sie fürchtete sich weder davor, noch war sie eingeschüchtert, denn sie wusste, dass sie das schon packen würden. Was ihr allerdings Angst machte, war die Veränderung. Sie hatte alles hinter sich gelassen, einfach so, und bis gestern war es ihr irgendwie so vorgekommen, als ob sie noch jederzeit die Möglichkeit hätte, einen Rückzieher zu machen. In ihr altes Leben zurückzukehren, zurück zu Preston. Doch heute wusste sie, dass es aus und vorbei war: das Leben im Luxus, die langjährige Beziehung mit Preston, einfach alles.

Eine kleine Träne kullerte ihre Wange hinunter. Schnell wischte sie sie mit dem Finger weg und blickte sich nervös um. Wie peinlich, hoffentlich hatte sie niemand gerade beobachtet.

Doch anscheinend hatte jemand genau das, ein Mann um die vierzig mit warmen dunklen Augen. Er saß ebenfalls allein, und zwar in einer Nische nahe der Küche. Er hielt ihrem Blick stand, doch Jillian sah schnell wieder weg.

Ihr Wein wurde gebracht. Sie nahm einen großen Schluck und schaute weiter aus dem Fenster. Es war noch hell, doch die Sonne stand bereits weit unten am Himmel und hüllte alles in ein grelles Orange, das sie blendete. Schon bald würde sie untergehen, und mit ihr dieser Tag.

Jillian hatte Sonnenuntergänge immer geliebt, auch wenn Preston sich nichts daraus gemacht hatte, oder aus irgendetwas anderem, das sie als romantisch erachtete. Er war ein Realist, ein Pragmatiker, ein ziemlich kaltherziger Kerl, wenn sie es genauer betrachtete. Er hatte sich nach neulich nicht noch mal gemeldet. Sie fragte sich, ob er bereits eine neue Frau an seiner Seite hatte, eine, die bei ihm wohnte und auf ihrer Seite des Bettes schlief. Eine, die er bevormunden konnte, oftmals auf diese unauffällige Weise. Wie oft hatte Jillian gar nicht bemerkt, dass er etwas von ihr erwartete oder sogar forderte? Erst jetzt im Nachhinein wurde ihr vieles bewusst, und es erschreckte sie zu erkennen, zu welchem Menschen sie geworden war.

Ihr Essen kam, doch sie verspürte kaum noch Appetit. Sie aß ein bisschen was, bestellte ein zweites Glas Wein, bezahlte und blickte sich noch einmal nach dem einsamen Mann um, der ihren Blick erneut erwiderte. Diesmal schenkte er ihr ein kleines Lächeln, doch sie verließ das Restaurant, ohne darauf einzugehen.

Ihr war einfach nicht nach Lächeln.

Sie fuhr zurück zur Farm, sagte ihren Schwestern, sie sei erschöpft, und ging ins Bett. Dort überlegte sie noch lange, wer sie war und wer sie eigentlich sein wollte. Dann fasste sie einen Entschluss. Morgen würde sie als Allererstes in Frans altes Zimmer ziehen, das jetzt leer stand. Sie würde es ganz neu einrichten und auf diese Weise hoffentlich auch mehr über sich selbst erfahren. Welche Vorlieben und Wünsche sie hatte, wenn sie sich nach niemand anderem richten musste. Das würde eine völlig neue Erfahrung sein, und sie konnte es kaum erwarten.

Am nächsten Morgen legte sie los. Sie räumte die letzten Dinge aus dem Zimmer und bat dann Delilah um ihre Hilfe. Zusammen demontierten sie die Möbel – das alte Bett, die beiden Kleiderschränke und die Kommode –, schafften sie die Treppe hinunter und rüber in den Schuppen, falls sie die Sachen noch gebrauchen konnten. Dann stellte Jillian sich in die Mitte des leeren Raums und drehte sich im Kreis. Sie brauchte eine Vision. Wie sollte ihr Reich aussehen? Orangefarbene Wände? Mit ein paar Bildern von Sonnenuntergängen? Oder doch lieber alles in Gelb? Oder in Beige?

Nach einer gefühlten Ewigkeit hatte sie sich entschieden. Für altrosa Wände und einen Vintage-Look.

Sofort machte sie sich mit dem farmeigenen Pick-up auf zum nächsten Bauhaus, wo sie Farbe, Mal- und Bastelutensilien sowie zwei rosa Orchideen im Topf kaufte. Zurück auf der Farm, zog sie sich ein paar uralte Sachen an, die Fran zurückgelassen hatte, klebte Leisten und Steckdosen ab und begann dann, die Wände in Altrosa zu streichen. Oben unter die Decke wollte sie später, wenn alles trocken war, eine beigefarbene schnörkelige Bordüre anbringen, um das Bild abzurunden.

Irgendwann klopfte Alison in ihrem hübschen dunkelblauen Jumpsuit an und fragte, ob sie denn nicht mal etwas essen wolle. Sie hatte auch angeboten, ihr beim Streichen zu helfen, doch Jillian wollte alles selbst machen, aus eigener Kraft ein neues Zuhause schaffen, in dem sie sich wohlfühlen würde.

Als das Zimmer fertig gestrichen war, war es nach drei. Sie ging die Treppe hinunter und in die Küche, wo sie ein paar Spaghetti-Reste vom Vortag aß. Sie wusch sich die Farbspritzer aus dem Gesicht, zog sich eilig um und stieg dann wieder in den Wagen, um erneut loszufahren.

»Wo willst du denn schon wieder hin?«, hörte sie DeeDee von der Veranda aus rufen.

»Zum Möbelhaus. Oder brauchst du mich hier?«

»Nein, nein, aber ... kann ich mitkommen? Mir ist voll langweilig.«

Sie musste lachen und konnte nur den Kopf schütteln. Ihre kleine Schwester war so ruhelos, sie konnte wirklich keine Minute still sitzen. Die ganze Zeit backte sie oder kümmerte sich um den Garten oder pflückte Blaubeeren, obwohl das ja nun wirklich nicht ihre Aufgabe war, dazu hatten sie schließlich die Erntehelfer eingestellt. Grandma Fran hatte auch schon ein paarmal mit ihr geschimpft, natürlich nur im Spaß, doch Delilah hatte geantwortet: »Ich muss halt immer was um die Ohren haben, so bin ich, Grandma.«

»Na, dann komm!«, rief Jillian ihr jetzt zu und winkte sie herbei.

Delilah hüpfte die drei Verandatreppen hinunter und lief zu ihr rüber.

Sie machten sich auf den Weg, fuhren vorbei an den Blaubeerfeldern, auf denen gerade die Wassersprinkler liefen und viele kleine Regenbögen in die Luft zauberten. Delilah schrieb Ally kurz eine SMS, um sie wissen zu lassen, dass sie mitgefahren war. Dann erreichten sie auch schon das Möbelhaus.

»An was hast du gedacht?«, fragte ihre kleine Schwester, als sie durch die Drehtür traten.

»An Vintage. Alles auf alt gemacht. Ich habe da so ein paar Ideen im Kopf. Falls du hier irgendwo einen schlichten runden Holztisch siehst, sag Bescheid. Ich würde so einen gern weiß streichen und dann ein bisschen was von der Farbe abschmirgeln, damit er gebraucht aussieht, verstehst du in etwa, was ich meine?«

»Klar. Aber so einen Tisch gibt es im Gästehaus, sogar ganz viele alte Holzmöbel. Warum guckst du nicht erst mal da nach, bevor du alles neu kaufst?«

»Ehrlich? Wann warst du noch mal im Gästehaus?« Sie hatten alle zusammen bereits letzte Woche hineingeschaut und festgestellt, dass Fran recht gehabt hatte. Es war ziemlich verkommen, und es bedurfte jeder Menge Zeit und

Arbeit, alles auf Vordermann zu bringen. Wochen, Monate, vielleicht Jahre.

»Vor ein paar Tagen. Hab mir mal angeschaut, was da alles zu tun wäre, um es in eine Pension zu verwandeln. Und ich bin mir ehrlich nicht mehr sicher, ob wir uns dieser Aufgabe annehmen sollten. Da würden wir eine Ewigkeit brauchen.«

»Wir könnten uns Zimmer für Zimmer vornehmen und die fertigen schon vermieten.«

»Was ist mit Toiletten? Duschen? Wir können schlecht die Wände einreißen und in jedes Zimmer ein komplett neues Bad einbauen, oder?«

Mist! Daran hatte sie ja noch gar nicht gedacht. Da hatte DeeDee natürlich recht, das ging wirklich nicht.

Sie kaute auf ihrer Unterlippe herum und überlegte. Dann kam ihr die wohl einzig annehmbare Lösung. »Und was, wenn wir Gemeinschaftsbäder einrichten? Es gibt immerhin auf jeder Etage eins, das könnten sich doch dann mehrere Gäste teilen.«

»Wie in einer Jugendherberge? Na, ich weiß nicht...« Delilah rümpfte die Nase.

»Ja, warum nicht? Ich meine, wir können ja nicht mal mit Sicherheit sagen, dass immer alle Zimmer vermietet sein werden. Und selbst wenn, wäre es dann so schlimm, wenn zwei oder drei Gäste mit einem Bad auskommen müssten?«

»Für die Gäste vielleicht schon.«

»Aber nicht, wenn wir auf der Website direkt schon darauf hinweisen würden. Wer das Zimmer trotzdem mietet, nimmt es dann ja ganz automatisch in Kauf, oder?«

»Ja, das könnte eventuell hinhauen«, meinte DeeDee und sah sie dann eingehend an. »Du hast da wirklich voll Lust drauf, oder?«

Jillian nickte. »Ja, total. Ich hab so lange nicht mehr gearbeitet, mir die Finger nicht mehr schmutzig gemacht, und jetzt fällt mir erst auf, wie gern ich genau das tun würde.«

DeeDee lachte. Dann zeigte sie mit dem Finger auf Jillians Freizeitschuhe. Weiße Vans. »Allein schon, wie sich dein Kleidungsstil verändert hat. Ich dachte, du würdest außer Jimmy Choos und Louboutins überhaupt keine anderen Schuhe besitzen.«

»Ja, ich war die letzten Jahre ganz schön eitel, das muss ich zugeben. Jetzt aber bin ich aufgewacht.«

»Das ist gut. Und ich nehme an, dass Preston sich auch nicht mehr gemeldet hat, oder?«

»Nein. Der soll bleiben, wo der Pfeffer wächst.«

»Ich hoffe es für dich. Nicht, dass der doch noch ankommt und dich wieder umdreht.«

»Das kann gar nicht passieren«, stellte sie klar. Sie sah sich in dem riesigen Geschäft um und legte hier und da ein paar Dekoartikel in ihren Einkaufswagen. »Hast du im Gästehaus zufällig auch eine alte hölzerne Kommode entdeckt?«

»Gleich mehrere«, bestätigte Delilah.

»Dann sollte ich wohl doch erst mal einen Blick darauf werfen, bevor ich hier unnötig Geld ausgebe.« Denn so flüssig war sie nun auch wieder nicht, und das Geschäftskonto, für das Fran ihnen inzwischen die Vollmacht übertragen hatte, wollte sie nicht nutzen. Auch wenn ihre Grandma ihnen gesagt hatte, dass sie das ruhig dürften, wenn es um das Farmhaus ging oder auch um die Restaurierung des Gästehauses. Doch Jillian würde einfach alles von ihrem ersten Lohn bezahlen, den Alison ihr bereits überwiesen hatte. Fran hatte ihnen gesagt, wie viel jeder von ihnen zustand, und davon würden sie gut leben können, zumal sie ja keine Miete zahlen mussten.

Sie stemmte die Hände in die Hüften und überlegte. »Hmmm ... ein Bett brauche ich aber in jedem Fall.«

Sie gingen Bettgestelle angucken und Matratzen ausprobieren. Jillian entschied sich für einen weißen Rahmen und eine weiche Matratze und suchte sich dazu passende hübsche Bettwäsche aus, weiß mit rosa Blumen darauf.

Sie bezahlten alles und fuhren nach Hause. Dort angekommen war Ally gerade dabei, Einkäufe auszupacken.

»Hey, ihr, ich war kurz im Supermarkt! Seid ihr heute Abend mit einem Salat und selbst gemachtem Knoblauchbrot einverstanden?«

Sie bejahten dies lächelnd, trugen die Sachen hoch und begaben sich dann ins Gästehaus. Dort entdeckte Jillian alle möglichen Schätze, und ihr Hirn ratterte bereits. So viele tolle Ideen gingen ihr durch den Kopf, dass sie kaum wusste, wo sie anfangen sollte. Was sie nicht für ihr eigenes Zimmer gebrauchen würde, konnte sie herrichten und hier unterbringen, sobald die Zimmer erst einmal renoviert waren.

»Also, wie sieht es aus? Hast du Lust, ein Haus mit mir zu restaurieren?«, fragte sie ihre Schwester.

DeeDee nickte begeistert und strahlte. »Endlich etwas Anständiges zu tun. Ich weiß nicht, was Grandma sich gedacht hat, aber zu dritt schaffen wir das mit der Farm locker und haben noch jede Menge Zeit übrig.«

»Ich glaube inzwischen, dass sie uns nur alle wieder hier haben wollte. Die Farm hätte sie vielleicht sogar aus dem Heim aus weiter leiten können, mit Arturos Hilfe und der einiger anderer Farmarbeiter.«

»Ja, so kommt es mir auch vor. Aber willst du wieder zurück in dein altes Leben?«

»Nein. Und du? Vermisst du San Francisco sehr?« Sie hatte es neulich gespürt, als Rachel zu Besuch auf der Farm gewesen war. Delilah, der unbeschwertesten von ihnen, schien es am Ende doch am schwersten zu fallen, ihr altes Leben hinter sich zu lassen.

»Schon, ja. Aber ich kann ja jederzeit einen Abstecher dorthin machen oder ein paar Tage bei Rachel unterkommen, wenn das Heimweh mich zu sehr packt.«

»Warst du eigentlich an Moms und Dads Todestag an ihrem Grab?«, wagte sie zu fragen, was sie schon seit einiger Zeit hatte fragen wollen. Der Todestag war nur wenige Tage vor ihrem Umzug auf die Farm gewesen.

»Ja, natürlich. Wie jedes Jahr.«

»Grandma auch?«

Delilah schüttelte den Kopf. »Nein. Schon seit Jahren nicht mehr. Seit Gramps nicht mehr in der Lage ist mitzukommen.«

»Das heißt, du hast das all die Jahre allein durchstehen müssen?« Sie überkam ein schrecklich schlechtes Gewissen.

»Ja, aber das ist schon okay. Ich war oft auf dem Friedhof, nicht nur an ihrem Todestag. Mich beruhigt das irgendwie. Ich finde es schön, ihnen nah zu sein.«

Was wohl auch ihre Liebe zu San Francisco und zur Bucht erklärte.

»Wenn du das nächste Mal hingehst, sag mir Bescheid. Dann komme ich mit.«

»Okay.« Ihre Schwester lächelte sie an und griff nach ihrer Hand, um sie zu drücken.

»Essen ist fertig!«, hörten sie Misha durch den Flur rufen und ließen das Gästehaus für heute hinter sich. Doch gleich morgen standen einige Aufgaben an, die erledigt werden wollten, und beide sahen ihnen voller Tatendrang entgegen.

Kapitel 28

Alison

Am Freitag fuhr Alison schon vormittags zum Jugendzentrum. Ireen hatte sie angerufen und gebeten, bei den Vorbereitungen fürs Mittagessen zu helfen, das nach Schulschluss gratis an die Kids verteilt wurde. Es gab zwar einiges auf der Farm zu tun, dennoch hatte sie zugesagt, einfach weil die ehrenamtliche Arbeit, wie Ireen es ihr versprochen hatte, äußerst erfüllend war.

Sie hatte sich noch am Tag nach Delilahs Geburtstag alles angeschaut und direkt zugesagt, um sogleich mit dem Musikunterricht zu beginnen. Es gab ein paar wirklich interessierte Kids, die sich für eine Gitarren- oder auch eine Klavierstunde eingeschrieben hatten. Alison war schwer beeindruckt, wie schnell Ireen ein Klavier organisiert hatte. Sie meinte, sie habe gute Beziehungen zum Stadtrat, und dass eines der Mitglieder für sie schwärmte und ihr beinahe jeden Wunsch von den Lippen ablas. Alison hatte lachen müssen. Ireen war wirklich eine Nummer für sich.

»Ally, wie schön, dass du es einrichten konntest!«, wurde sie nun fröhlich von ihr begrüßt, als sie durch die Küchentür trat. Ireen war gerade dabei, einen ganzen Berg Thunfischdosen in eine große Schüssel zu leeren. »Marjan hat sich krankgemeldet, und Ella hat einen Termin beim Gesundheitsamt. Ich dachte schon, ich stünde heute ganz allein in der Küche.«

»Da bin ich! Was kann ich tun?«

»Binde dir zuerst einmal eine Schürze um, damit du dir deine hübsche Bluse nicht schmutzig machst«, sagte Ireen und deutete zu einigen Schürzen, die an den Haken hinter der Tür hingen. »Heute gibt es Thunfischauflauf. Dafür brauchen wir noch frisches Gemüse – Karotten und Staudensellerie. Leider ist unser Lieferant heute spät dran, er sollte aber gleich hier sein.«

»Okay.« Sie sah sich in der Küche um, die zwar eher klein war, in der aber doch täglich das Essen für über fünfzig Kinder der Gegend gekocht wurde. Für diejenigen, die sich in der Schule kein warmes Mittagessen leisten konnten, sondern sich mit einem Sandwich oder Ähnlichem begnügen mussten. Sie kamen nach der Schule her, aßen, spielten, malten, bastelten oder machten Musik mit den Instrumenten, die von der Stadt zur Verfügung gestellt oder von Einwohnern gespendet worden waren. Die älteren Kids hörten Musik auf der Anlage, hingen im Gruppenraum ab, wo es einen Fernseher gab, oder schnappten sich ein Skateboard und übten auf der Rampe neben dem Jugendzentrum ihre Moves.

Ireen erzählte ihr gerade, dass es Thunfischdosen bei Snider's im Angebot gab und sie unbedingt zuschlagen sollte, als sie eine männliche Stimme vernahm. »Klopf, klopf.«

Beide drehten sie sich zur Tür, wo ein Mann eintrat, der mit zwei Kisten Gemüse beladen war. Er stellte sie auf der Theke ab und stand dann einfach nur lächelnd da. Er trug ein weißes T-Shirt mit ein paar lachenden grünen Erbsen und der Aufschrift *PEAS, BROTHER!*

»Brendan, da bist du ja! Meine Rettung!«, flötete Ireen und nahm gleich das Gemüse in Augenschein. »Grandios! Diese Karotten sind einfach nur grandios.« Sie schnappte sich drei Bund und ging damit zum Waschbecken. »Ihr beide kennt euch?«

Alison betrachtete den Mann, der anscheinend den Namen Brendan trug. Er war vielleicht einen Meter achtzig groß, hatte haselnussbraunes Haar, blaue Augen und ein nettes Lächeln. Ja, irgendwie kam er ihr tatsächlich bekannt vor, doch sie wusste nicht woher.

Er sah sie ebenso eingehend an. Dann schien es bei ihm Klick zu machen. »Alison Rivers!«, rief er freudig aus.

»Holden jetzt, aber ja. Tut mir leid, aber ich komme nicht drauf, woher wir ...«

»Brendan Boyd! Lodi High, Miss Rutherfords Klasse.«

»Oh ja! Brendan Boyd! Du hast dich damals geweigert, den Frosch zu sezieren, und hast dir damit ziemlichen Ärger eingehandelt, ich erinnere mich.«

»Ich habe sogar einen Schulverweis bekommen«, bestätigte er stolz.

Sie musste lachen. Dann sah sie zu den beiden großen Kisten, in denen sich neben den Karotten noch Staudensellerie, Zwiebeln, Kohlrabi, grüner Spargel, Salat, ein paar Kohlköpfe und Brokkoli befanden. »Wie ich sehe, bist du auch unter die Farmer gegangen. Oder lieferst du das Gemüse nur aus?«

»Nein, nein, ich baue es selbst an. Habe meine eigene Farm.«

»Wow. Ich glaube, du bist der Einzige hier, der sich aus eigenen Stücken dazu entschieden hat, Farmer zu werden. Die meisten anderen werden da doch hineingeboren und übernehmen irgendwann den Hof der Eltern. Dein Dad war doch aber Zahnarzt, wenn ich es richtig in Erinnerung habe, oder?«

»Ja, genau! Mein Traum war es aber schon immer, mein eigenes Gemüse anzubauen. Ich bin einfach ein Naturbursche.«

Hm. Da würde er ja super mit DeeDee zusammenpassen, überlegte Alison. Die beiden könnten zusammen Gemüse pflücken und irgendwas Veganes kochen. Allerdings wusste sie ja nicht mal, ob er bereits vergeben war. Verheiratet vielleicht sogar. Womöglich hatte er fünf Kinder, zehn Hühner und zwei Ziegen ...

Sie musste lachen.

»Was ist so lustig?«, erkundigte sich Brendan.

»Ach, gar nichts. Ich find's nur verrückt, dir auf diese Weise wiederzubegegnen. Ich freu mich, dich zu sehen. Wie ist es dir ergangen?«

»Gut, gut. Ich kann nicht klagen. Und dir?«

»Auch gut. Ich bin gerade mit meiner Tochter zurück nach Lodi gezogen. Auf die Blaubeerfarm«, erzählte sie, obwohl sie sich ziemlich sicher war, dass Ireen das ebenfalls schon allen mitgeteilt hatte, die es hören wollten.

»Oh, wow. So richtig endgültig?«

»Wie es aussieht, ja.« Sie blickte zu Ireen hinüber, um zu sehen, ob sie allein klarkam. Die schnippelte Karotten und lächelte vor sich hin.

»Du hast also eine Tochter? Das ist toll! Ich liebe Kinder!«, sagte Brendan.

»Hast du selbst auch welche?«

»Nein, leider bisher noch nicht. Aber ich habe zwei kleine Nichten, mit denen ich gern spiele. Verstecken und Fangen und so weiter. Vielleicht mag sich deine Tochter uns ja mal anschließen.«

Sie lachte. »Misha ist elf.«

»Oh. Okay. Dann trällern wir halt zusammen ein paar Billie-Eilish-Songs.« Brendan grinste schief.

»Du scheinst dich ziemlich gut auszukennen mit Kids«, sagte sie beeindruckt.

Er zuckte die Achseln. »Ich helfe hier manchmal aus, im Jugendzentrum, überwiegend im Winter. Im Moment fehlt mir dazu leider die Zeit. Viele meiner Gemüsesorten sind bereits erntereif.«

Sie nickte. Wie großartig von ihm, ebenfalls als freiwilliger Helfer einzuspringen.

»Wie geht es Fran?«, erkundigte er sich nun, und sie war überrascht.

»Du kennst meine Grandma?«

»Aber natürlich. Mein Marktstand auf dem Farmers Market steht immer genau neben ihrem.«

Das hätte sie sich denken können, dass er mit seinem Gemüse auch dort vertreten war.

»Ihr geht es gut, danke der Nachfrage.« Sie strich sich eine Haarsträhne hinters Ohr. »Du hast also auch einen Stand. Dann sehen wir uns wohl ab nächster Woche regelmäßig dort.«

»Ich freu mich drauf«, erwiderte er. »Jetzt will ich dich aber gar nicht länger von deiner Arbeit abhalten. Was gibt es denn heute Schönes?«, rief er Ireen zu.

»Thunfischauflauf! Falls du Interesse an Thunfischdosen hast, die gibt es gerade im Angebot bei Snider's. Sechs Dosen für nur fünf Dollar!«

»Ein Schnäppchen! Danke für den Hinweis.« Er schmunzelte Alison zu und verabschiedete sich. »Bis ganz bald, Alison Holden, früher Rivers.«

»Bis bald, Frosch-Brendan.«

Er zwinkerte ihr noch mal zu, und schon war er verschwunden.

Sie sah ihm nach. Das war ja mal eine wirklich nette Wiederbegegnung. Brendan Boyd. Der war also auch erwachsen geworden.

»Wärst du so lieb und würdest mir mal den Sellerie reichen?«, rief Ireen ihr zu.

»Aber sicher.« Sie nahm die Stangen und brachte sie zu ihr hin. »Soll ich sie auch waschen?«

»Das wäre nett. Apropos nett: Ist er nicht äußerst nett, unser Gemüselieferant?«

»Brendan?«, fragte sie, während sie die hellgrünen Selleriestangen unter kaltes Wasser hielt. »Ja, ist er. War er eigentlich schon immer.«

»Und ein wahrer Held ist er noch dazu. All das Gemüse, das er uns zweimal wöchentlich bringt, überlässt er uns kostenlos.«

»Er spendet es? Das ist aber großzügig!« Sie staunte.

»Ja, er ist einer von den Guten, unser Brendan.«

»Ist er ... verheiratet?«, fragte sie und hoffte, es würde ganz beiläufig klingen.

Ireen schmunzelte wieder. »Nein, ist er nicht. Und er ist zurzeit auch nicht liiert, wenn ich richtig informiert bin.«

»Ach so. Ich frage nicht aus persönlichem Interesse. Ich dachte nur ... fand nur, dass er doch ganz gut mit Delilah zusammenpassen würde.«

»Mit Delilah?«, fragte Ireen überrascht.

»Ja, wieso nicht?«

»Nun, ich hatte angenommen, dass Delilah andere Vorlieben hätte. Da lag ich wohl daneben, tut mir leid.«

»Wie meinst du das? Andere Vorlieben? Dachtest du etwa, sie steht auf Frauen?«

Ireen zuckte die Achseln, und weil es ihr sichtlich unangenehm war, wechselte Alison das Thema. »Gibt es eigentlich auch einen Nachtisch zu dem Thunfischauflauf?«

»Aber sicher! Vanillepudding. Wir haben sieben Paletten gespendet bekommen, sie stehen im großen Kühlschrank.«

»Du hast Lodis Einwohner echt im Griff, oder?«, fragte sie lachend.

Ireen lächelte. »Könnte man so sagen.«

Nach der Schule kam DeeDee mit Misha vorbei, die sie dort abgeholt hatte.

»Danke, dass du das heute übernommen hast«, sagte Alison ihrer Schwester.

»Gar kein Problem.«

»Ich bin hier auch gleich fertig. Das Mittagessen steht bereit, Ireen übernimmt die Ausgabe. Ich will nur noch schnell die Küche zu Ende aufräumen.«

»Mach ruhig, wir warten.«

»Ich hab auch Hunger, was gibt es denn?«, fragte Misha.

»Thunfischauflauf.«

Ihre Tochter verzog das Gesicht. »Äh. Nein, danke.«

»Lass uns gleich eine Pizza essen gehen«, sagte DeeDee. »Ich kann mir meine ja ohne Käse bestellen.«

»Ja, cool«, meinte Misha. »Oh, Skateboards! Ich wollte schon immer mal eins ausprobieren. Darf ich, Mom?«

»Klar. Aber vorsichtig.«

»Ich bring's dir bei«, meinte DeeDee und schnappte sich eins der Boards, die in einer großen Kiste standen.

Die beiden liefen nach draußen, und Alison machte Klarschiff. Dann verabschiedete sie sich von Ireen und versicherte ihr noch einmal, dass sie am Montag für die Gitarrenstunde vorbeikommen würde.

»Einen schönen Tag euch noch!«, rief Ireen ihnen fröhlich nach.

Als sie eine Stunde, eine Pizza und ein Eis später glücklich und zufrieden wieder im Auto saßen, fragte Misha, was sie denn noch unternehmen könnten.

Vor ein paar Tagen waren sie im *World of Wonders* gewesen, einem Wissenschaftsmuseum hier in Lodi, das ihnen sehr gut gefallen hatte. »Vielleicht fahren wir heute mal in den Zoo?«, schlug Alison vor.

»Nee, lieber nicht. Zoos sind doch nichts anderes als Gefängnisse für Tiere«, meldete sich Delilah gleich zu Wort. Sie nahm ihr Handy in die Hand und tippte etwas hinein. »Ich hab da neulich ein Plakat gesehen. Es gibt hier irgendwo ein Weingut mit einem Streichelzoo, wo die Tiere richtig gut gehalten werden. Was sagt ihr dazu?«

»Gibt es da auch eine Weinprobe?«, fragte Alison.

»Kann man die Tiere da so richtig streicheln und mit ihnen schmusen?«, wollte Misha wissen.

»Finden wir es heraus!«

Sie fuhren also zu dem Weingut, das sich ein paar Kilometer außerhalb Lodis befand, die Red Hill Winery, die Wein auch direkt verkaufte. Alison und Delilah nahmen an einer Weinverkostung teil, während Misha zu dem riesigen Gelände hinüberlief, wo Kaninchen, Meerschweinchen, Ziegen, Schildkröten und sogar zwei Pfauen frei herumliefen. Sie hatten ganz zauberhafte Gehege, die richtigen kleinen Städten nachgeahmt waren, mit einem Rathaus, einer Schule und sogar einer Kirche. Misha war begeistert und nahm sogleich eins der Meerschweinchen vorsichtig auf den Arm.

»Misha fleht mich schon seit Jahren wegen eines eigenen Haustiers an«, erzählte Alison ihrer Schwester.

»Na ja, auf der Farm haben wir eigentlich mehr als genug

Platz. Wir könnten selbst auch ein Außengehege bauen, sogar ein überdachtes.«

»Misha würde sich sicher riesig freuen. Aber wann sollen wir das denn alles machen? Ich bin jetzt mehrmals die Woche im Jugendzentrum, und du bist doch mit Jill im Gästehaus zugange. Wie kommt ihr eigentlich voran?«

»Es ist echt viel zu tun. Im Moment sortieren wir noch aus. Gucken, welche Möbel man noch verwenden kann und welche auf den Schrottplatz müssen. Jill will einiges restaurieren.«

»Aber ihr habt noch nicht mit dem Streichen angefangen, oder?«

»Nein, so weit sind wir noch lange nicht. Wie gesagt, erst mal müssen wir ausmisten und das Haus so leer wie möglich bekommen. Wir haben übrigens auch einige Sachen von unseren Urgroßeltern gefunden. Vielleicht magst du sie dir mal ansehen?«

»Ich schaue morgen gern mal rein.«

»Morgen kommt Granny zum Sirupmachen, vergiss das nicht.«

»Nein, wie könnte ich? Sie ruft doch ständig an, um uns daran zu erinnern.« Sie lachte, und DeeDee lachte mit.

Seit Fran ausgezogen war, rief sie mehrmals täglich an. Auch war sie gleich am Tag nach ihrem Auszug auf der Farm erschienen und hatte noch mehr Marmelade einkochen wollen. Sosehr sie sich freute, nun ganz bei Cliff zu sein, fehlte ihr die Blaubeerfarm anscheinend doch mehr, als sie zugeben wollte.

»Ist alles zu Ihrer Zufriedenheit?«, hörten sie plötzlich eine Stimme neben sich.

Alison drehte sich um und blickte in das Gesicht eines Mannes mit dunklem Haar und ebenso dunklen Augen.

Traurigen Augen, irgendwie. Doch er lächelte sie freundlich an.

»Ja, danke, alles bestens«, erwiderte sie.

»Das freut mich. Schmeckt Ihnen mein Wein?«

»Das hier ist Ihr Weingut?«, fragte DeeDee nach.

Der dunkel gekleidete Mann nickte. »Ja.« Er wechselte den Gehstock, den er in der rechten Hand hatte, in die linke, und hielt erst Delilah, dann ihr seine rechte zum Schütteln hin. »Adrian Allister. Sehr erfreut.«

»Ebenso!«, sagte Ally. »Ihre Winery ist echt toll. Der Wein ist köstlich, und der Streichelzoo ist eine fantastische Idee. Meine Tochter ist ganz begeistert, ich weiß nicht, wie ich sie später hier wegbekommen soll.«

Adrian Allister lächelte wieder. »Freut mich, dass es Ihnen gefällt. Waren Sie schon in unserem Shop?«

»Nein. Noch nicht. Werden wir aber sicher gleich noch tun, nicht wahr, DeeDee?«

»Na klar. Ich werde mir auf jeden Fall eine Flasche von dem hier mitnehmen. Mindestens.« Sie hob ihr Glas hoch und grinste breit.

»Sehr schön. Sagen Sie der Dame an der Kasse, dass Mr. Allister Ihnen einen Rabatt von zwanzig Prozent gewährt. Warten Sie, ich glaube, ich habe sogar noch einen Gutschein für eine kleine Tüte unseres roten Popcorns.«

»Rot? Ist das etwa mit Wein gemacht?«, erkundigte sich Alison.

»Nein, nein.« Er lachte. »Das kann auch Ihre Tochter essen. Rot einfach wegen des Namens Red Hill Winery.« Er suchte in seiner Hosentasche und reichte ihr dann den Gutschein.

»Vielen Dank. Darf ich fragen, wie Sie auf den Namen gekommen sind?«

»Aber sicher. Als ich damals vor zwölf Jahren meine ersten Weinreben anbaute und nach einem Namen suchte, ging gerade die Sonne unter und tauchte den Weinberg in ein tiefes Rot. Da war alles klar.«

»Eine schöne Geschichte«, sagte DeeDee ein wenig unterkühlt. »Wollen wir jetzt mal schauen, was es im Laden so gibt, Ally?«

Sie nickte. »Einen schönen Tag noch«, wünschte sie Adrian Allister. »Und danke noch mal.« Sie lief DeeDee nach, die bereits auf dem Weg zum Shop war. »Warum warst du denn so unhöflich? Er war doch wirklich nett.«

»Ja, und irgendwie unheimlich. Findest du nicht?«

»Warum denn unheimlich? Weil er am Stock geht?«

»Nein. Seine Augen, die waren total düster.«

»Ich finde, dass sie traurig waren.«

»Wie du meinst. Ich fand ihn merkwürdig. Seinen Gutschein löse ich aber trotzdem ein.« Sie griff nach einer Tüte des roten Popcorns, das sich direkt neben dem Eingang befand, und legte ihn in den Korb, den Alison sich nahm.

Und dann waren sie im Schlaraffenland. Weine, Käse, Knabbersachen, wohin sie blickten. Ihr Korb war rasch bis oben hin befüllt, und DeeDee vergaß nicht, an der Kasse die zwanzig Prozent Rabatt zu erwähnen, die Adrian Allister ihnen gewährt hatte.

War der Mann wirklich düster? Oder sogar Angst einflößend?

Nein, sie fand eher, dass er ein wenig mysteriös wirkte. Und sie fragte sich, was sich hinter seinen traurigen dunklen Augen wohl für eine Geschichte verbarg.

Kapitel 29

Fran

Am Samstag fuhr Fran zur Farm, um mit ihren Enkelinnen Blaubeersirup zu machen und zusammen mit ihnen zu Mittag zu essen. Zuerst holten sie sich ein paar Kisten Blaubeeren aus der Halle und wuschen sie, um sie danach in den Entsafter zu geben. Den Saft kochte Fran auf, gab jede Menge Zucker und ihre geheime Gewürzmischung hinzu, dann füllten sie alles in Flaschen ab.

»Wirst du uns die Zutaten für deine Gewürzmischung irgendwann einmal verraten?«, fragte Alison sie. »Oder wie sollen wir den Sirup zukünftig selbst machen?«

»Noch nicht«, erwiderte Fran. »Vorerst werde ich noch kommen und ihn zusammen mit euch herstellen, genau wie die Marmelade. Wenn die Zeit gekommen ist, werdet ihr alle Geheimnisse erfahren.« Sie wusste, dass die Mädchen dabei lediglich an die Gewürzmischung dachten, doch sie selbst meinte damit noch etwas anderes.

In letzter Zeit hatte sie oft darüber nachgedacht. In all den Jahren hatte sie ihren Enkelinnen niemals etwas davon erzählt, wer sie einmal gewesen war. Wo sie gelebt, was sie beruflich gemacht und was sie alles aufgegeben hatte. Für

Cliff und die Farm. Sie hatte es die ganze Zeit für sich behalten, und zwar aus einem einzigen Grund: weil sie mit der Vergangenheit abgeschlossen hatte. Sie hatte eine Entscheidung getroffen, und es gab kein Zurück. Allerdings wusste sie, dass darüber zu sprechen und in Erinnerungen zu schwelgen, es ihr erschweren würde. Obwohl sie nichts bereute, wollte sie nicht mit der Vergangenheit konfrontiert werden und damit, was aus ihr hätte werden können. Also behielt sie es für sich. Außer Cliff, seinen Eltern und seiner Schwester Harriet hatte niemand in Lodi je gewusst, wer sie war, und so sollte es auch bleiben.

Und deshalb hatte sie es nicht einmal ihrer Familie offenbart.

Nun aber wurde ihr eines mehr und mehr bewusst. Je älter sie wurde, desto klarer wurde ihr auch, dass sie dieses Geheimnis nicht mit ins Grab nehmen wollte. Alison, Jillian und Delilah hatten ein Anrecht darauf, die Wahrheit zu erfahren.

Allerdings war auch dafür der Zeitpunkt noch nicht gekommen. Fran vertraute auf ihr Bauchgefühl. Sie würde es wissen, wenn es so weit war.

»Wie du willst, Grandma«, meinte Alison.

»Gut. Dann lasst uns über den Markt sprechen. Kommenden Donnerstag eröffnet er, und von da an müssen immer zwei von euch donnerstagnachmittags am Stand stehen. Habt ihr euch schon geeinigt, wer das macht?«

»Wir dachten daran, uns abzuwechseln«, meinte Jill.

»Ach, ich finde, das ist eigentlich nicht unbedingt nötig«, widersprach Delilah ihrer Schwester. »Du hast so viel mit dem Gästehaus zu tun, lass das ruhig Ally und mich übernehmen.«

»Das wäre aber nicht fair, oder?«

»Doch, kein Problem. DeeDee hat recht«, stimmte Ally zu. »Du hast so schon echt viel um die Ohren. Außerdem haben DeeDee und ich schon jede Menge Erfahrung im Verkauf.«

»Na gut, wenn ihr meint.«

Fran konnte Jill die Erleichterung ansehen. Sie war ja auch wirklich nicht dafür geeignet, Obst zu verkaufen. Viel mehr passte die Aufgabe zu ihr, die sie sich selbst aufgeladen hatte. Keine leichte, das war Fran bewusst.

»Mögt ihr mir jetzt vielleicht mal das Gästehaus zeigen? Und was ihr schon alles geschafft habt?«, fragte sie jetzt, als sie die letzte Sirupflasche in einen Karton gestellt hatten.

»Ja klar.« Delilah lief voran.

»Erwarte bitte nicht zu viel, Granny. Wir haben zuallererst einmal ausgemistet. Bei ein paar Dingen wollte ich dich auch noch fragen, ob sie wirklich wegkönnen oder du sie behalten möchtest. Na ja, wir haben gestern damit begonnen, das erste Zimmer komplett freizuräumen, und die Möbel übergangsweise in die Nebenräume gestellt. Und morgen will ich es dann streichen.«

Obwohl Fran zuerst gar nicht so begeistert von der Idee gewesen war wie ihre Enkelinnen, fand sie das Ganze inzwischen doch ziemlich aufregend. Denn Jill hatte ihr ihr altes Schlafzimmer gezeigt, und was sie daraus gemacht hatte – das war wirklich unglaublich! Statt der alten dunklen Möbel standen nun weiße darin, es gab eine dezente, aber sehr geschmackvolle Dekoration, und die Wände waren in einem zauberhaften Altrosa gestrichen.

»Welche Farbe sollen die Wände denn bekommen?«

»Wir haben vor, jedes Zimmer individuell zu gestalten. Und jedes erhält ein Motto. Dieses erste Zimmer bekommt eine olivgrüne Wandfarbe und *Vögel* als Motto.«

»Das klingt ja wunderbar!«, rief Fran aus und meinte es auch so.

Sie hatten das Haus jetzt erreicht und betraten das Innere. Fran hatte sich hier die letzten Jahre nur sehr selten aufgehalten. Nur wenn sie ab und zu zum Staubwischen rübergegangen war oder eines der Betten für einen Gast frisch bezogen hatte. Oder wenn sie sich alle paar Jahre mal auf den Dachboden begab, weil die Sehnsucht einfach zu groß wurde.

»Die Idee mit der Renovierung und überhaupt mit der Eröffnung einer Pension ist wirklich großartig, Mädchen. Ich bin mir ganz sicher, dass ihr das hinbekommen und etwas Wunderbares daraus machen werdet.«

»Danke, Grandma. Das bedeutet mir sehr viel«, sagte Jillian und umarmte sie.

Dann hörten sie jemanden durchs Haus poltern. »Mom! Bist du hier?«

Fran drehte sich um und entdeckte ihre Urenkelin zusammen mit ihrer Schulkameradin und neuen besten Freundin Conny, die beide übers ganze Gesicht strahlten.

»Hallo, ihr beiden«, sagte sie.

»Hi, Granny.« Misha drückte sie kurz, dann wandte sie sich wieder an ihre Mutter. »Mom, das Zwergkaninchen von Connys Cousine hat Babys bekommen. Und sie würden mir eins abgeben, wenn du es erlaubst. Die sind sooo süß! Bitte sag Ja!«

Delilah stupste Ally an. »Du hast gestern gesagt, wenn sich die Gelegenheit ergibt, bist du einverstanden.«

Alison hob die Hände. »Jaja, ich weiß. Na gut, dann besorg mir die Nummer von Connys Tante, und ich bespreche das mit ihr.«

»Juhu!«, riefen Misha, Conny und DeeDee gleichzeitig.

»Kommt, Mädels, wir fangen sofort an, ein Gehege zu bauen.«

Fran sah den dreien nach, wie sie davonliefen, dann fragte sie, was es denn zu Mittag gäbe.

»Cheeseburger, wenn du einverstanden bist. Hat Misha sich gewünscht. Ich weiß ehrlich gesagt gar nicht, ob du die magst.«

Fran lächelte in sich hinein. Dachte an frühere Diner-Besuche und an Annie, mit der sie all die Jahre Kontakt gehalten hatte, bis sie vor sieben Jahren verstorben war.

»Ich habe Cheeseburger schon immer sehr gemocht«, erwiderte sie und freute sich richtig darauf, nach langer Zeit mal wieder einen zu essen.

Kapitel 30

1962

Sobald sie zurück in Los Angeles war, setzte Frances sich an den Tisch, der ihr als Schreib-, Ess- und Bügeltisch diente, und schrieb einen Brief an Cliff. Sie schickte ihn jedoch nicht ab, sondern wollte erst einmal abwarten, ob er sich zuerst bei ihr meldete. Nicht, dass sie all ihre Gefühle in eine Sache steckte, an der überhaupt nichts dran war.

Ja, sie hatten sich geküsst, und sie küsste nun wirklich nicht jeden, überhaupt hatte sie in ihren zweiundzwanzig Jahren erst drei Männer geküsst, Cliff eingeschlossen, aber ihr bedeutete dieser Kuss etwas. Und jedes Wort, das sie miteinander gesprochen hatten. Sogar dieses alberne Erschrecken seitens Cliff zauberte ihr im Nachhinein ein Lächeln auf die Lippen. Mit einem Mann, der humorvoll war und mit dem man herumalbern konnte, würde es sicher nie langweilig werden. Wenn sie an ihren Vater dachte, der immer nur ernst dreinschaute, und der ihrer Mutter niemals auch nur einen Witz erzählte, dann verstand sie sogar ein wenig, weshalb diese so verbittert war.

Wie aufs Stichwort klingelte das Telefon, und sie wusste schon, bevor sie ranging, wer es war.

»Hallo, Mom«, meldete sie sich.

»Wie ich sehe, wurdest du doch nicht von einer Klapperschlange gebissen«, begrüßte ihre Mutter sie ihrerseits so liebevoll wie immer.

Frances schüttelte den Kopf. Selbst wenn sie ihr erzählte, dass sie auf ihrer gesamten Reise keine einzige Schlange gesehen hatte, würde es nichts nützen. Alles, was ihr überhaupt an wilden Tieren begegnet war, waren Eichhörnchen, Backenhörnchen, Hasen und ein paar Rehe gewesen, und jede Menge Vögel, die einen ganz entzückenden Gesang von sich gegeben hatten.

»Nein, ich lebe noch«, gab sie also zur Antwort.

»Gut.« Ihre Mutter räusperte sich merkwürdig. »Ich habe inzwischen auch das Bild in dieser Zeitschrift gesehen. Es ist ganz hübsch, wenn auch sehr gewagt. Du trägst einen *Bikini*!«

»Ich weiß, Mom«, erwiderte sie, war ihrer Mutter aber nicht böse, weil sie wieder mal etwas an ihr auszusetzen hatte. Stattdessen freute sie sich richtig, dass sie sich das Bild angesehen hatte. Wie sie wohl an die *Glamour Girl* gekommen war? Ob sie sich das Magazin extra gekauft hatte?

Als sie sich danach erkundigte, antwortete ihre Mutter: »Um Himmels willen, nein! Mrs. Andrews hat sie mir gezeigt.« Mrs. Andrews war die Nachbarin.

Frances freute sich trotzdem. »Wie geht es Daddy?«, erkundigte sie sich.

»Dem geht es gut. Er hat vor, einen Farbfernseher zu kaufen, sobald man sich einen leisten kann. Er legt jeden Cent beiseite.«

»Dann hoffe ich, dass er das Geld bald zusammenhat.« Sie wusste ja, wie sehr ihr Vater das Fernsehen liebte, er verbrachte den Großteil seiner Zeit vor dem Apparat und sah sich die *Dean Martin Show* oder *Bonanza* an.

»Damit er noch mehr Zeit vor der blöden Kiste verbringt?«, fragte ihre Mutter aufgebracht, und Frances' Augen weiteten sich überrascht. So hatte sie ihre Mutter ja noch nie reden gehört. Am liebsten hätte sie sie damit aufgezogen, doch sie spürte, dass ihre Mom wirklich darunter litt, und sie sich lieber nicht lustig machen sollte.

»Bitte entschuldige«, sagte sie sogleich. »Ich hätte nicht so abfällig sprechen sollen. Sag es deinem Daddy nicht, ja?«

»Ich verspreche es«, versicherte Frances und hoffte beinahe, dieses kleine Geheimnis würde bewirken, dass sie sich ein wenig näherkamen.

Doch im nächsten Moment sagte ihre Mutter auch schon: »Gut, das weiß ich zu schätzen. Ich muss jetzt aufhängen und die Wäsche machen. Und du pass auf dich auf und lass dich lieber nicht noch einmal so freizügig ablichten. Was sollen denn die jungen Männer denken? So wirst du höchstens an einen Draufgänger gelangen, aber nicht an einen anständigen Ehemann.«

Frances seufzte. »Ja, Mutter.«

Sie legten auf, und Frances las sich die Zeilen noch einmal durch, die Cliff wissen lassen sollten, wie sehr sie die Zeit auf der Blaubeerfarm genossen hatte. Keine vierundzwanzig Stunden waren es gewesen, und doch kam es ihr viel länger vor. Jeder Moment mit Cliff fühlte sich an wie eine ganze Woche, und jeder seiner Blicke schien ein ganzes Jahr lang auf ihr gelegen zu haben. Sie vermisste ihn jetzt schon fürchterlich und hoffte sehnlichst, bald von ihm zu hören.

Stattdessen meldete sich Johnny bei ihr, der endlich ihre Nummer herausgefunden hatte und sie ins Kino einlud. Zuerst gab sie ihm einen Korb, doch da Johnny nicht lockerließ und sie von Cliff nichts hörte, und weil sie mal wieder Lust auf einen guten Film hatte, sagte sie schließlich doch zu.

Sie sahen sich *Ein Hauch von Nerz* mit zwei ihrer Lieblingsschauspieler an: Cary Grant und Doris Day. Doch küssen wollte sie Johnny nicht, als er es versuchte, denn ihr Herz gehörte noch immer Cliff.

Der Juni verging, und der Juli begann. Das dritte Foto der Candy-Cola-Reihe war in der *Glamour Girl* abgebildet. Plakate mit Frances Sinclair darauf, die eine blaue Seife in die Kamera hielt, waren in der ganzen Stadt zu sehen. Und sie haderte mit sich, ob sie den Brief nicht doch abschicken sollte. Schließlich hatte sie auch, was den Kuss anbelangte, den ersten Schritt gemacht, warum sollte sie es dann bei dem Brief nicht auch tun? Vielleicht hatte Cliff den Zettel mit ihrer Adresse verloren, oder er konnte ihre Schrift nicht entziffern. Vielleicht wartete er nur darauf, von ihr zu hören.

Als sie gerade noch überlegte, was sie tun sollte, klopfte es an der Tür. Herbert stand davor, und er hielt ein großes Paket in Händen, das er ihr überreichte.

»Ein Farbfernseher?«, rief sie begeistert und packte das Teil aus.

»Für mein beliebtestes Model nur das Beste«, erwiderte Herbert.

Frances lachte. »Ich bin dein beliebtestes Model?«

»Aber natürlich. Es sind schon wieder etliche Anfragen reingekommen. Bald kannst du aus all den Angeboten nur noch die herauspicken, die dir so richtig gefallen.«

»Klingt gut. Hilfst du mir, den Apparat anzuschließen?«, bat sie, und Herbert tat ihr den Gefallen.

Als er gerade die Antenne richtig einstellte, fragte er wie beiläufig: »Hat der junge Blaubeerfarmer sich inzwischen mal gemeldet?«

Voller Enttäuschung schüttelte sie den Kopf.

»Dann war er nicht der Richtige, Kleines. Es wäre sowieso schwierig geworden, da sind zwei völlig unterschiedliche Welten aufeinandergetroffen.«

»Das weiß ich ja. Dennoch mochte ich ihn sehr.«

»Du kanntest ihn gerade mal einen Tag, da kann man nicht unbedingt von Liebe sprechen.«

»Auch das ist mir bewusst. Und doch hatte ich bei ihm dieses Gefühl ... das ich eben noch bei keinem anderen hatte.« Wieder einmal seufzte sie.

»Der Richtige wird kommen, keine Sorge. Du bist noch so jung, und dir steht die ganze Welt offen. Eines Tages triffst du auf jemanden, der auch in dem Business ist, das wird alles vereinfachen.«

Sie nickte, und doch wusste sie tief in ihrem Herzen, dass sie gar keinen anderen wollte. Und egal, was sie ihrem Herzen auch sagte und wie sehr sie es bat, Cliff doch einfach zu vergessen, es wollte nicht auf sie hören.

Und dann! Im August, zwei Tage nach Marilyn Monroes tragischem Tod, der auch Frances betroffen gemacht hatte, geschah etwas Wunderbares.

Gerade war das vierte *Glamour-Girl*-Bild gedruckt worden, und Frances kam nach einem langen Arbeitstag nach Hause. Sie hatten auf dem Gelände der Paramount-Filmstudios ein Shooting gehabt – diesmal für ein Schallplattencover, auf dem sie schon bald zu sehen sein würde – und sie war erschöpft, aber erfüllt. Da fand sie in ihrem Briefkasten einen Umschlag vor, Absender *Cliff Rivers*.

Aufgeregt lief sie die Treppen hinauf in ihre Einzimmerwohnung, in der sie noch immer hauste. Seit einigen Wochen hielt sie bereits Ausschau nach etwas Größerem, denn jetzt konnte sie es sich leisten, doch selbst wenn etwas Passendes dabei gewesen war, hatte sie es sich doch jedes Mal anders überlegt.

Freudig riss sie nun das Kuvert auf und faltete das weiße Blatt Papier auseinander. Und dann las sie seine Zeilen und schmolz dahin.

Liebste Frances,
endlich wage ich, dir zu schreiben. Ich hoffe, du bist nicht enttäuscht, dass ich so lange damit gewartet habe. Wenn ich ehrlich sein soll, war ich ziemlich eingeschüchtert, als ich angefangen habe, nach deinem Namen und nach Bildern von dir Ausschau zu halten. Erst nachdem du wieder fort warst, habe ich erkannt, wie berühmt du wirklich bist. Ich habe gedacht, dass ich dir doch niemals das Wasser reichen könnte, und habe unsere Begegnung lieber als eine schöne Erfahrung abgehakt. Weil ich doch wusste, dass es für uns beide niemals eine Chance geben wird oder eine gemeinsame Zukunft.
Doch immer wieder muss ich an unsere Küsse denken und daran, dass sie das Schönste waren, was ich jemals erlebt habe. Und deshalb sitze ich jetzt an meinem alten Sekretär und schreibe dir diese Zeilen in der Hoffnung, dass du sie unter den vielen Liebesbriefen, die du sicher bekommst, auch liest. Und dass sie dir etwas bedeuten.
Oh, Frances, ich kann nicht aufhören, an dich zu denken. Eine Frau wie dich habe ich noch nie kennengelernt, so gebildet, lustig und wunderschön. Ich würde dich unendlich gern wiedersehen.
Falls auch nur die geringste Chance besteht, dass du ebenso fühlst, schreib mir bitte zurück. Falls nicht, dann verzeihe ich dir schon jetzt, wenn du diesen Brief niemals erwidern solltest.

Jetzt gibt es nur noch eines zu sagen: Ich mag dich, Frances. Sogar sehr. Und ich hoffe einfach auf ein Wunder.
Dein Cliff

Mit einem breiten Lächeln im Gesicht las Frances die Zeilen wieder und wieder, bis sie sie beinahe auswendig kannte. Dann ging sie ihren Briefblock und einen Stift holen und machte einen neuen Ansatz. Schrieb Cliff zurück, beendete den Brief mit einem Kuss und summte dabei *Sealed With A Kiss*. Dann legte sie den Brief auf ihren Nachttisch, machte die Augen zu und schlief mit einem überglücklichen Herzen ein.

Cliff hatte sich gemeldet, das bedeutete ihr mehr als alle Modeljobs dieser Welt.

Kapitel 31

Jillian

Es war so erfüllend.

Jeden Morgen stand sie auf, erledigte zuallererst ihre Aufgaben auf der Farm und begab sich dann in das Gästehaus, das mit jedem Tag ein wenig mehr Gestalt annahm. Die ersten beiden Zimmer waren bereits gestrichen, und in einem standen sogar schon ein paar Möbel. Neue Möbel, bereits vorhandene, und auch ein paar gebrauchte, die sie in einem hübschen kleinen Trödelladen in San Francisco gefunden hatte, als sie vor ein paar Tagen mit Delilah dorthin gefahren war, um das Grab ihrer Eltern zu besuchen. Zu dem Bett, dem Nachttisch, dem Sessel und der hübschen Kommode sollte sich bald auch noch der Kleiderschrank gesellen, den sie schleifen, neu streichen und mit Holzornamenten und hübschen Vintage-Türknäufen verzieren wollte. Sie freute sich richtig auf diese Aufgabe. Mehr noch, sie freute sich darauf, das gesamte alte Haus wieder zum Leben zu erwecken.

Obwohl es natürlich alles auch sehr stressig war, ging Jillian so richtig in ihrer neuen Beschäftigung auf. Sie hatte etwas gefunden, das ihr zeigte, dass sie nicht nur am Pool liegen und sich sonnen konnte. Sie war so viel mehr als das – wie hatte sie das nur vergessen können?

Dummerweise rief ausgerechnet an diesem Mittwochnachmittag, an dem sie draußen vor dem Haus das Holz des schmalen Kleiderschranks schliff, um es danach mit weißer Farbe bemalen zu können, ihre alte Freundin Trina aus Scottsdale an. Und dummerweise nahm sie den Anruf an.

»Jill! Es kann doch nicht wahr sein, was ich da höre, oder?«

»Hallo, Trina, wie geht es dir?«, erwiderte sie und legte die Schleifmaschine beiseite.

»Ich dachte, du wärst nur mal eben deine Familie besuchen gefahren, und jetzt höre ich, dass du vorhast, für immer in Kalifornien zu bleiben?«

Sie fragte sich, von wem Trina das wohl gehört hatte. Sie hatte sich von niemandem in Scottsdale verabschiedet, außer von zwei Freundinnen, die sie noch aus ihrer Zeit als Immobilienmaklerin kannte.

»Da hast du richtig gehört«, war alles, was sie antwortete.

»Aber ... aber Jill! Wie kannst du nur verschwinden ohne ein Wort?«

»Es tut mir leid, aber es war alles ziemlich eilig. Meine Grandma hat mich und meine Schwestern gebeten, ihr auf der Blaubeerfarm helfen zu kommen. Und das haben wir getan.«

Sie konnte förmlich sehen, wie Trina am anderen Ende der Leitung Schnappatmung bekam. »*Blaubeerfarm*? Hast du gerade *Blaubeerfarm* gesagt?«

»Ganz genau.«

»Du willst von nun an also dort leben? Willst dein exklusives Leben in Scottsdale an der Seite eines absoluten

Traummannes gegen eins auf einer *Blaubeerfarm* eintauschen?«

Sie seufzte. Allein schon, wie Trina das Wort Blaubeerfarm aussprach, da hätte sie ebenso gut *Müllkippe* sagen können. Es brachte nichts, es ihr zu erklären, sie würde es eh nicht verstehen.

»Ja«, antwortete sie also schlicht.

»Wir vermissen dich beim Tennis, Süße«, sagte Trina.

Jillian vermisste das Tennisspielen nicht im Mindesten. Seit sie zurück in Kalifornien war, ging sie hin und wieder joggen, um sich auszupowern. Das reichte ihr fürs Erste an sportlicher Betätigung.

»Und was ist mit Preston?«, stellte Trina schon die nächste Frage, bevor sie überhaupt etwas erwidern konnte.

»Was soll mit ihm sein?«

»Habt ihr euch getrennt?«

»Könnte man wohl so sagen.«

»Aber Jill! Wie kannst du ihm das antun?«

»Er wird schon klarkommen.«

»Nein, das glaube ich nicht. Seit Wochen schon läuft er mit einer Trauermiene herum. Er ist total fertig, der Arme.«

Jetzt horchte sie doch auf. »Tatsächlich?«

»Aber ja! Er hat all seine Lebensfreude verloren.«

Na, bestimmt nicht wegen mir, dachte Jill. *Eher wegen irgendwelcher Aktienverluste.*

»Er wird sicher schnell jemand Neues finden. Eine hübsche junge Frau, die ihn wieder aufheitern wird.«

»Er will aber nur dich! Er liebt dich, Jill. Hank hat neulich mit ihm gesprochen, und Preston hat ihm erzählt, dass er dich schrecklich vermisst.«

Ach ja, stimmt! Trinas Schwester Julia war verheiratet mit Prestons Kumpel Hank – das hatte sie total vergessen.

»Davon merke ich hier aber nichts. Warum sagt er mir das denn nicht einfach?«, fragte sie und war nun doch ein wenig genervt.

»Na, du weißt doch, wie die Männer sind. Die sprechen nicht gern über ihre Gefühle.«

Da kannte sie aber ganz andere Männer. Grandpa Cliff sagte immer, was er auf dem Herzen hatte, und er ließ Grandma Fran wirklich oft wissen, dass er sie liebte oder vermisste. Schon immer hatte er ihr gezeigt, wie viel sie ihm bedeutete, hatte ihr Blumen geschenkt oder war mit ihr zu ihrem Lieblingssong durchs Haus getanzt.

Jillian traten Tränen in die Augen, wenn sie an die beiden dachte und an diese wahre Liebe, die sie verband. Preston hatte ihr verdammt noch mal nie Blumen geschenkt, und zu ihren Lieblingssongs hatte er höchstens in ihren Träumen mit ihr getanzt. Wahrscheinlich kannte er nicht einen einzigen!

»Hör zu, Trina, ich muss jetzt leider auflegen. Nett, dass du dich gemeldet hast, ich hab hier aber wirklich viel zu tun.«

»Was? Etwa Blaubeeren pflücken?«

Sie legte auf. Konnte die Frau keinen weiteren Moment ertragen, die sie einmal als ihre Freundin bezeichnet hatte.

Sie atmete tief durch. Versuchte weiterzuarbeiten, war aber gerade viel zu aufgewühlt, um irgendwelche Geräte zu bedienen, und ging ins Haupthaus. Fragte, ob sie sich den Pick-up ausleihen konnte, oder ob ihn heute Nachmittag noch jemand brauchte.

»Nimm ihn dir ruhig«, sagte Ally. »Willst du wieder die Trödelläden abklappern?«

Sie nickte stumm und fuhr los. Einfach nur weg. Sie musste mit ihren Gedanken allein sein. Zur Ruhe kommen. Durchatmen.

Wie konnte Trina sie nur so abwertend behandeln? Als

wenn sie jetzt ein anderer Mensch wäre, nur weil sie nicht mehr in ihrer Villa in Scottsdale wohnte, sondern auf einer Farm in Kalifornien. Nur weil sie jetzt statt Prada schlichte und bequeme Kleidung trug. Wieso kam es den Leuten so aufs Äußere an und auf den Status? Konnte eine Blaubeerfarmerin nicht genauso gut und angesehen sein wie eine … ja, was eigentlich? Wer war sie denn schon gewesen, was hatte sie noch geleistet, nachdem sie ihren Job vor sieben Jahren aufgegeben hatte? Was leistete Trina denn?

Gar nichts.

Nur hübsch aussehen war nichts wert in dieser Welt, das erkannte Jillian nun. Heute hatte sie sich nicht einmal die Mühe gemacht, Make-up aufzulegen. Sie lief in einer Jeans, einem Oversize-T-Shirt und Turnschuhen herum, ihr Haar hatte sie sich zu einem Pferdeschwanz gebunden, der wahrscheinlich ziemlich unordentlich aussah. Doch das war ihr egal! Sie erkannte endlich, dass es ganz andere Dinge waren, auf die es ankam. Dass sie so viel mehr wert war.

Sie parkte spontan in einer freien Lücke am Straßenrand und überquerte die Straße. Sie hatte gerade unglaubliche Lust auf einen Café Latte und ein großes Stück Schokokuchen. Und genau das bestellte sie sich jetzt, als sie sich auf einen Stuhl vor dem Lodi Grand Café setzte.

Beim dritten Bissen bemerkte sie ihn. Es war derselbe Mann, der neulich Abend in dem Restaurant gesessen und zu ihr herübergesehen hatte. Der sie weinen gesehen hatte.

Sie hoffte, er würde sie nicht wiedererkennen. Doch natürlich tat er das. Er winkte ihr zu und lächelte. Dann erhob er sich und kam an ihren Tisch. Er ging an einem Stock, hatte sich wohl den Fuß verstaucht oder Ähnliches.

Mit freundlicher, warmer Stimme sagte er: »Hallo.«

»Hallo«, erwiderte sie, versuchte aber, ihm nicht direkt ins Gesicht zu sehen, weil ihr die Sache immer noch unangenehm war.

»Ich habe Sie neulich in meinem Restaurant gesehen. Und danach sehr bedauert, dass ich nicht zu Ihnen herübergekommen bin. Weshalb ich es jetzt tue. Darf ich mich für eine Minute zu Ihnen setzen?«

Oooh! Es war also sein Restaurant?

Warum sie es tat, wusste sie nicht so genau, aber sie nickte. Und er setzte sich.

»Ich habe nicht gewollt, dass Sie mich so sehen. Oder irgendwer sonst«, ließ sie ihn wissen.

»Schon gut, kein Problem. Jeder hat mal einen schlechten Tag.«

»Ja, ich hatte wirklich einen miesen Tag. Heute ist irgendwie auch schon wieder so einer.«

»Das tut mir leid.«

»Ist ja nicht Ihre Schuld.«

»Dennoch... Sie wirken so traurig. Kann ich vielleicht irgendetwas tun, um Sie aufzuheitern?«

»Nein, danke. Ich wüsste nicht, was.«

Er deutete zu ihrem halben Stück Schokokuchen. »Vielleicht noch ein Stück davon?«

Sie musste lachen. »Nein, danke. Alles gut.«

Er nickte. Dann schwiegen sie.

Jill betrachtete ihn unauffällig. Er hatte schwarzes Haar, markante Gesichtszüge und eine Nase, die ein wenig zu lang war. Er war schlank, aber nicht muskulös. Ihr waren ja schon neulich seine dunklen Augen aufgefallen, und jetzt merkte sie, dass sie irgendwie auch traurig aussahen.

Was da wohl dahintersteckte? Wer dieser Mann wohl war?

»Ihnen gehört also das Red Hill Restaurant?«, durchbrach sie die Stille zwischen ihnen.

»Ja, genau.« Er nickte wieder. »Und auch die Red Hill Winery außerhalb von Lodi.«

»Oh! Meine Schwestern waren neulich mit meiner Nichte dort. Sie haben einen Streichelzoo, oder? Die drei waren schwer begeistert.«

Jetzt strahlte er über das ganze Gesicht. »Ja, das ist richtig. Es freut mich, dass es Ihrer Familie dort gefallen hat.«

»Ja. Sie haben Wein mitgebracht, der einfach köstlich war, und dieses rote Popcorn!« Sie senkte ihre Stimme wieder. Lächelte vage. »Das war wirklich gut.«

Er lächelte ebenso zurückhaltend. »Schön, dass es Ihnen geschmeckt hat. Vielleicht kommen Sie ja auch mal vorbei.«

»Ja. Vielleicht.« Sie widmete sich wieder ihrem Kaffee und ihrem Kuchen, doch plötzlich bekam sie ihn kaum noch herunter. Ihre Kehle war wie zugeschnürt. Sie wusste selbst nicht, was los war, aber ihr war schon wieder zum Heulen zumute, und ausgerechnet dieser Mann war wieder ganz in der Nähe.

»Ich glaube, ich werde mich jetzt aufmachen«, sagte sie. »Ich habe viel zu tun. Ich restauriere gerade ein Haus. Eine Pension, die ich noch in diesem Sommer vorhabe zu eröffnen.«

»Das klingt spannend. Wenn es so weit ist, bringen Sie gerne einen Stapel Flyer vorbei, die können Sie bei mir in der Winery auslegen. Dort verirren sich viele Touristen hin.«

»Ehrlich? Das wäre ja fantastisch. Ich danke Ihnen.«

Er lächelte noch einmal, als sie sich erhob. Sie ging ins Café, um nach der Kellnerin zu suchen, die sie bedient hatte. Nachdem sie bezahlt hatte und noch einmal an dem Tisch vorbeikam, an dem der namenlose Restaurantbesitzer noch immer saß, sagte sie: »Danke. Wirklich, danke.«

Sie lächelten einander zu, und sie verschwand. Sie musste jetzt ganz dringend allein sein und weinen. Musste alles rauslassen, was ihr auf der Seele lastete. Denn auf einmal war alles einfach zu viel für sie.

Sie hatte sich selbst verloren und musste sich erst einmal wiederfinden.

Kapitel 32

Alison

Endlich war er da, der Donnerstag. Der Markttag, auf den sie alle die letzten Wochen hingearbeitet hatten.

Grandma Fran war bereits mittags auf der Farm erschienen, um noch einmal alles mit ihnen durchzugehen: die Waren, die Preise, den Ablauf. Sie hatte gecheckt, ob sie genügend Marmelade, Sirup, Pies und Muffins parat hatten – als wenn sie nicht die letzten Wochen und Tage mehr als genug eingemacht und gebacken hätten. Delilah hatte sogar ein paar vegane Muffins gebacken, um auszuprobieren, ob sie bei den Kunden ankamen. Falls ja, wollte sie in den kommenden Wochen auch anderes veganes Gebäck anbieten.

Grandma Fran hatte nichts dagegen. Im Gegenteil, sie fand es toll, mit wie viel Eifer Alison und ihre Schwestern dabei waren, und das sagte sie ihnen immer wieder.

Sie luden nun alles auf den Pick-up und fuhren ins Zentrum von Lodi, wo bereits die ersten Händler ihre Stände aufbauten und ihre Waren auslegten. Alison entdeckte Brendan am Nebenstand und grüßte ihn.

»Endlich ist es wieder so weit«, sagte er und strahlte, während er eine Kiste mit Lauchstangen auf seinem Tisch platzierte. Heute war auf seinem T-Shirt eine rote Beete mit dem Spruch *JUST BEET IT!* abgebildet. Sie musste schmunzeln.

»Ja, ist das nicht wunderbar?« Fran strahlte mindestens genauso sehr. »Brendan, das sind meine Enkelinnen Alison und Delilah, und meine Urenkelin Misha.«

»Hi«, erwiderte Brendan. »Ally kenne ich noch von früher. Freut mich, euch kennenzulernen, Delilah und Misha.« Er betrachtete Misha eine Sekunde. »Unmöglich, dass Sie schon eine Urenkelin haben, Fran!«

»Oh doch. Und eine hübsche noch dazu.« Grandma Fran lächelte, und Misha errötete.

»Ich hab gerade Emily entdeckt. Darf ich kurz rüber zu ihr?«, fragte sie.

»Aber natürlich, nur zu!«

Misha lief zu ihrer Schulkameradin, deren Eltern den Crêpes-Stand betrieben, und Alison und DeeDee befolgten die Anweisungen, die Fran ihnen gab.

Die Sirupflaschen durften nicht am Tischrand stehen, weil die am leichtesten mal auf dem Boden landeten, also kam die Marmelade dorthin. Der Sirup direkt daneben, dann das Gebäck, und die zweite Hälfte des Tisches nahmen die Schalen mit frischen Blaubeeren ein, das Pfund für vier Dollar. Alison stellte die Preisschilder auf.

Ihre Grandma vergewisserte sich noch einmal, dass genug Wechselgeld in der Kasse war, und reichte dann dem herumgehenden Marktaufseher ihre Genehmigung. Der Stand kostete schlappe achthundert Dollar für die gesamte Saison, was Alison ziemlich erstaunlich fand. Sie erinnerte sich noch gut an die Miete für den Musikladen, die fast das Vierfache betragen hatte – im Monat!

»Gut, dann wären wir wohl bereit«, sagte Grandma Fran zufrieden.

Alison sah auf ihre Armbanduhr. Es war nicht einmal halb fünf, und obwohl der Markt offiziell erst um fünf Uhr öffnete, waren bereits etliche Leute unterwegs.

Da Grandma Fran bei ihrer Marmelade stand und Dee-Dee vor ihren veganen Muffins, die sie den Leuten sicher gleich schmackhaft machen würde, stellte Alison sich einfach hinter die Blaubeeren. Direkt neben Brendan. Er schenkte ihr ein Lächeln, und sie lächelte zurück.

Sie konnte sich nicht erinnern, ob er früher auch schon so umwerfend ausgesehen hatte, doch heute tat er es auf jeden Fall. Er war ziemlich gut gebaut und sehr braun gebrannt, wahrscheinlich durch die tägliche Arbeit auf den Feldern. Und sein Lächeln, das war nicht von dieser Welt. Alison musste zugeben, dass ein kleiner Schmetterling durch ihren Bauch flatterte, jedes Mal, wenn er sie nun anlächelte. Und das tat er ziemlich oft im Laufe der nächsten Stunden.

Sie konnte gar nicht glauben, wie schnell ihnen die Waren aus den Händen gerissen wurden. Zuerst hatten sie alle Fran ja fast für verrückt gehalten, weil sie so viel mit zum Markt schleppen wollte. Doch die Marmelade war heiß begehrt, das Gebäck ging weg wie nichts – sogar DeeDees Muffins, worüber sie sich unglaublich freute –, und die frischen Blaubeeren mussten ständig aufgefüllt werden, weil die Leute so viele davon kauften. Um sechs Uhr war bereits die Hälfte von dem, was sie mitgebracht hatten, weg und der Tisch halb leer.

Eine junge Frau machte am Stand Halt. Sie kam Alison bekannt vor, und als sie kurz überlegte, war sie sich fast sicher, dass es sich um eine der Erntehelferinnen auf der Farm handelte.

DeeDee schien sie zu kennen, denn sie begrüßte sie überschwänglich. »Cristina, hey!«, sagte sie. »Was machst du denn hier?«

»Ich liebe den Farmers Market. Hab schon darauf gewartet, dass es wieder losgeht.«

»Da haben wir was gemeinsam. Hast du heute deinen freien Tag?«, fragte DeeDee das, was Alison auch gerade überlegte. Denn normalerweise standen die Pflücker ja um diese Uhrzeit noch auf dem Feld.

Die junge Pflückerin nickte. »Ja, das hatte ich dir doch erzählt.«

»Klar, stimmt«, erwiderte DeeDee und wirkte dabei irgendwie nervös. »Magst du einen meiner Muffins? Geht aufs Haus.«

Cristina sah kurz zu Fran, die sie anlächelte. Sie lächelte zurück, sagte Hallo, und dann zu DeeDee: »Gerne.«

DeeDee reichte ihr eins der süßen kleinen Küchlein, und Cristina spazierte weiter. DeeDee sah ihr verträumt nach.

Noch bevor Alison über das merkwürdige Verhalten ihrer Schwester nachdenken konnte, trat Misha an den Tisch. »Mir ist langweilig«, klagte sie.

»Wie kann dir langweilig sein?«, fragte DeeDee. »Der Markt ist doch so was von cool! Allein schon die Band, die da vorne Musik macht, und dann die ganzen Leckereien...«

»Ja, schon. Aber Emily muss am Stand mithelfen, und allein mag ich auch nicht vor der Band rumstehen. Und Geld hab ich auch keins.«

»Ich hab dir doch fünf Dollar gegeben?«, fragte Alison nach.

»Hab mir ein Stück Pizza und einen Slush gekauft, und schon war nichts mehr übrig.«

»Granny, braucht ihr mich unbedingt am Stand, oder könnt ihr mich eine halbe Stunde entbehren?«, fragte

Delilah. »Ich würde Misha gern zeigen, was man hier alles Tolles machen kann.«

»Geht nur! Ally und ich kommen eine Weile allein zurecht, oder, Liebes?«

Sie nickte und sah DeeDee und Misha dabei zu, wie sie eingehakt davonschlenderten.

»Wie geht es Ihnen, Brendan?«, hörte sie Grandma Fran fragen.

»Ich kann nicht klagen«, antwortete er. »Und wie geht es Ihnen so? Und auch Ihrem Mann?«

»Uns geht es gut, danke der Nachfrage. Wir sind überglücklich, dass unsere Enkelinnen hier sind, um uns zu helfen. Sie sind sogar alle drei auf die Blaubeerfarm gezogen, um sie zu übernehmen, damit ich zu Cliff nach Bridgefront Park ziehen konnte. Meine mittlere Enkelin Jillian ist gerade bei ihm und leistet ihm Gesellschaft, weil er es gar nicht mehr gewohnt ist, nachmittags allein zu sein.«

»Oh, Sie wohnen jetzt auch in Bridgefront Park? Ich finde es wirklich großartig dort. Meine Tante Edie ist letztes Jahr ebenfalls hingezogen, ich besuche sie hin und wieder.«

»Oh, wirklich? Ich habe Sie dort noch nie gesehen.«

»Das wird wohl daran liegen, dass Tante Edie ihr Zimmer kaum verlässt. Ich würde gerne mal mit ihr in den Park gehen, aber sie mag nicht.«

»Wie schade. Dabei ist es im Park so schön. Cliff und ich gehen sehr oft dort spazieren. Wer genau ist Ihre Tante, wenn ich fragen darf? Edie …?«

»Edie Carmichael. Sie wohnt im zweiten Stock, ganz hinten im letzten Zimmer mit Ausblick auf den Teich.«

»Mrs. Carmichael also. Ich habe schon von ihr gehört. Sie lebt sehr zurückgezogen, hm? Mal sehen, was ich da machen kann. Vielleicht schaffe ich es ja, sie aus ihrem Zimmer zu locken.«

»Das wäre ganz fantastisch, wenn Ihnen das gelänge.«

Grandma Fran setzte dieses Lächeln auf, das meistens bedeutete, dass sie bereits einen Plan hatte. Alison war sich absolut sicher, dass es ihr auch gelingen würde, ihn in die Tat umzusetzen.

Als Grandma Fran sich um den nächsten Kunden kümmerte, beobachtete Alison Brendan ein wenig bei der Arbeit. Er packte gerade je einen Rotkohl- und einen Weißkohlkopf in eine Papiertüte und reichte sie einer älteren Dame. Als er danach bemerkte, dass sie ihm zusah, grinste er. »Spannend?«

Sie räusperte sich. »Wie bitte?«

»Ist es spannend, mir dabei zuzusehen, wie ich Kohlköpfe einpacke?«

Sie musste lachen. »Äußerst.«

»Na, dann bin ich froh, für Entertainment gesorgt zu haben. Du hast Kundschaft.«

»Wie bitte?«

»Kunden!« Er deutete mit dem Kopf zu zwei Frauen, die Blaubeeren kaufen wollten.

»Oh, entschuldigen Sie bitte. Was hätten Sie gern?«

»Sind die Blaubeeren denn in Bio-Qualität?«, fragte eine der beiden.

Sie musste an etwas denken, das DeeDee ihr neulich erzählt hatte, nachdem sie nach ihrer verlorenen Raterunde einiges über die Blaubeeren gegoogelt hatte. Nämlich, dass viele Blaubeerfarmer zum Düngen der Pflanzen neben chemischen Mitteln auch merkwürdige Sachen wie Vogelfedern, Hornmehl, Fischmehl oder sogar Tierblut verwendeten. Ihre Schwester war ziemlich schockiert gewesen und hatte sich gleich bei Grandma Fran erkundigt, womit sie denn auf der

Farm düngten. Zum Glück hatte diese ihnen versichert, dass sie dazu lediglich Nadelstreu benutzten, das sich schon seit Jahrzehnten bewährt hatte.

Alison lächelte die Kundin an. »Also, wir bauen sie selbst an, und auch, wenn wir keine Bio-Farm haben, setzen wir weder chemische Düngemittel noch Pestizide ein.«

»Das reicht mir als Antwort. Dann hätte ich gern drei Schalen.«

»Selbstverständlich.« Sie packte der Frau ein, was sie wünschte, und kassierte ab.

»Das war eine gute Antwort«, lobte Grandma Fran, sobald die Kundinnen weg waren.

Alison legte ein paar neue Schalen auf die nun leeren Plätze und lächelte vor sich hin.

»Magst du vielleicht mal ausgehen?«

Überrascht blickte sie nach links, zu Brendan, der sie fragend ansah und dabei fast ein wenig unsicher wirkte.

»Ausgehen? Du meinst auf ein Date?«

»Ja.«

»Oh, ich hatte schon sehr lange keins mehr«, sagte sie und wusste nicht warum. Am liebsten hätte sie sich auf die Stirn geklatscht.

Brendan lächelte. »Na, dann würde ich sagen, ist es aber an der Zeit für eins, oder?«

Sie lächelte zurück und nickte.

Oh ja, wie recht er damit hatte!

Kapitel 33

Delilah

»Also, ich hab Hunger!«, sagte sie und sah zu ihrer Nichte herunter, die nur noch einen halben Kopf kleiner war als sie. Delilah war mit einem Meter sechsundsiebzig die größte unter den Schwestern.

»Glaubst du, du findest hier was Veganes?«, fragte Misha, die heute abgeschnittene Jeansshorts trug, genau wie Delilah es als Kind gern getan hatte.

»Ich finde *immer* was Veganes«, erwiderte sie und hielt Ausschau nach einem Falafel-Stand oder nach einem, der Obstsalat oder etwas in der Art verkaufte. Fündig wurde sie am Kebab-Stand, wo sie eine Brottasche mit Hummus und Grillgemüse bestellte. Genüsslich biss sie hinein.

»Siehst du? Ich finde immer was, hab ich doch gesagt«, sagte sie mit vollem Mund.

»Ist das Erdnussbutter, das da aus deinem Sandwich quillt?«

»Nein, das ist Hummus. Sag mir nicht, du kennst keinen Hummus!« Mit großen Augen starrte sie ihre Nichte an, die den Kopf schüttelte. »Das ist eine Paste aus pürierten Kichererbsen, kommt aus dem arabischen Raum und ist echt lecker. Gibt's doch heute in jedem Supermarkt, unfassbar, dass du das nicht kennst. Willst du mal probieren?«

»Nein, danke. Von Erbsen krieg ich immer Blähungen.« Misha grinste schief.

Delilah lachte. »Das sind Kichererbsen, das ist schon noch was anderes.«

»Trotzdem nicht.«

»Wie du willst. Worauf hast du denn Lust?«

»Hunger hab ich keinen mehr, ich hatte ja schon Pizza. Aber was Süßes könnte ich schon noch vertragen. Guck mal, da vorne gibt es gebrannte Erdnüsse. Kann ich vielleicht welche haben?«

»Klar doch. Und da die meistens vegan sind, nehme ich ebenfalls welche.«

Sie gingen rüber zu dem Stand und fragten vorsichtshalber noch mal nach.

»Nur Nüsse und Zucker«, bestätigte der Verkäufer, der dabei war, die Erdnüsse zu karamellisieren. Es duftete unglaublich.

Sie nahmen zwei große Tüten, die Reste konnte man ja auch später noch gut essen, und spazierten weiter. Stürzten sich ins Getümmel, stellten sich für ein paar Minuten vor die Band und hörten ihr dabei zu, wie sie ihre Country-Lieder spielte. Dann gingen sie hinüber zu dem Luftballon-Mann, und obwohl Delilah angenommen hatte, dass Misha sich selbst als schon zu groß für eine Ballonfigur betrachtete, ließ sie sich doch ein Kaninchen formen.

»Ist das nicht süß?« Ihre Nichte hielt ihr den rosa Ballon-Hasen mit den langen Ohren entgegen.

»Sehr süß. Unglaublich, dass einige Leute Kaninchen essen, oder?«

Misha starrte sie an. »Nicht dein Ernst!«

»Oh doch. Das ist kein Spaß.«

»Die armen kleinen Kaninchen.«

»Na ja, sie sind auch nicht ärmer dran als die armen kleinen Küken, Lämmer und Kälber, oder?«

Misha wurde still. »Ich glaube, ich verstehe jetzt, warum du das machst. Warum du dich rein pflanzlich ernährst, meine ich«, sagte sie dann.

Delilah zuckte die Achseln. »Ja, ich hab schon meine Gründe. Und ich freu mich, dass du es verstehst. Vielleicht magst du jetzt ja öfter mal mit mir zusammen essen, was ich koche. Meistens schmeckt es sogar richtig gut.«

»Okay.« Misha lächelte sie an, und sie war glücklich.

»Wann bekommst du eigentlich dein Kaninchenjunges?«, erkundigte sie sich.

»Die Kleinen müssen noch ein paar Wochen bei der Mutter bleiben. Aber im Juni können Mom und ich es abholen, hat Connys Tante gesagt. Bis dahin darf ich es besuchen und ihm sogar schon einen Namen geben.«

»Ja? Echt cool. Wie willst du es nennen? Ist es eigentlich ein Männlein oder ein Weiblein?«

»Es ist natürlich ein Weiblein! Und ich glaube, ich nenne es Cotton Candy, weil es genauso weich und weiß und fluffig wie Zuckerwatte ist.«

Delilah lächelte. »Ein guter Name.«

»Finde ich auch.«

»Weißt du, eigentlich sollte man Kaninchen nicht allein halten, sie sind keine Einzelgänger, sondern brauchen einen Artgenossen an ihrer Seite. Was meinst du, sollen wir deine Mom überreden, noch ein zweites zu nehmen?«

Misha nickte und strahlte dabei, bevor sie fragte: »Du, ist Zuckerwatte eigentlich vegan?«

»Die weiße in jedem Fall. Willst du welche?«

Misha bejahte, und sie gingen sich beide welche holen.

»Du bist echt cool, DeeDee«, meinte ihre Nichte dann.

Sie lachte. »Weshalb? Weil ich mir den Bauch mit dir vollschlage, bis uns beiden schlecht ist? Deine Mom wird mit mir schimpfen.«

»Ja, deshalb. Und weil du so ... Du wirkst einfach noch so jung, ganz anders als Mom und Tante Jill.«

»Na, ich bin ja auch einige Jahre jünger.«

»Ja, ich weiß. Wie war es eigentlich, mit zwei älteren Schwestern aufzuwachsen?«, wollte Misha wissen.

»Das war gar nicht so übel. Da ich das Nesthäkchen war, haben sie mir einiges durchgehen lassen. Sie haben mich beschützt und mir vieles beigebracht.« Sie sah ihre Nichte an. »Wie ist es, ohne Geschwister aufzuwachsen? Hättest du gern einen Bruder oder eine Schwester?«

Sie nickte. »Ja, total gerne. Ich hoffe schon seit Jahren, dass Mom oder Dad noch mal heiraten und ein Kind bekommen.«

»Ehrlich? Ich hätte angenommen, dass du hoffst, die beiden würden wieder zusammenkommen.«

Misha schüttelte den Kopf. »Nein, das wäre nicht so gut. Mom war früher immer so traurig, als sie noch mit Dad zusammen war. Jetzt ist sie viel fröhlicher.«

»Ja, manchmal sind zwei Menschen einfach nicht füreinander geschaffen, egal, wie sehr man es auch versucht.« Sie dachte an all die Männer, mit denen sie es versucht hatte, und nie hatte es auch nur annähernd funktioniert.

»Trotzdem hab ich meinen Dad echt lieb«, sagte Misha, als hätte sie ein schlechtes Gewissen wegen dem, was sie gesagt hatte.

»Misha, aber natürlich. Das sollst du auch. Du vermisst ihn bestimmt ganz schlimm, oder?«

»Ja. Aber bald sind Sommerferien, und Dad hat mir versprochen, mit mir zu verreisen. Vielleicht sogar nach Italien.«

»Nach *Italien*?« Delilah machte große Augen. Das hatte Ally bisher noch mit keinem Wort erwähnt.

»Ja. Dad wollte da schon immer mal hin und meinte, dass es zu zweit noch viel mehr Spaß machen würde. Außerdem lieben wir beide Pizza und Spaghetti.« Misha grinste, und im nächsten Moment sah sie ganz verträumt aus. »Das wäre so cool, wenn das klappen würde.«

»Oh ja, das wäre es.« So richtig konnte sie das alles zwar nicht glauben, aber wer wusste es schon? Vielleicht plante Travis ja wirklich irgendwas Tolles. Und selbst, wenn es nicht Italien werden sollte, ein Urlaub irgendwo in den Staaten wäre doch ebenso großartig. Delilah konnte sich leider an keinen einzigen Urlaub erinnern, den sie mit ihrem eigenen Dad und mit ihrer Mom gemacht hatte. Sie wusste, dass sie damals Familienurlaube in Florida und in Kanada gemacht hatten, und sie waren auch nach Disneyland gefahren. Doch sie war noch so klein gewesen, und Fotos waren die einzigen Erinnerungen, die ihr geblieben waren.

Als Nächstes machten sie Halt an einem Tisch des örtlichen Bio-Ladens. Dort entdeckte Delilah einige Leckereien, die sogar sie essen konnte: köstlich aussehende Vanilleplätzchen, die von einer Vanillefarm im Napa Valley stammten, Mandeln aus Davis, Walnüsse aus Riverside und Orangenbonbons, die eine Orangenfarmerin aus Bakersfield selbst herstellte, wie die Verkäuferin ihr jetzt erzählte. Sie nahm von allem etwas mit, dazu noch eine Flasche Erdbeersirup von einer Farm in Carmel-by-the-Sea, weil Misha sagte, dass sie den so gerne auf Vanilleeis aß, und sie gingen weiter. Bei einer Musikerin, die auf ihrem Hocker saß, Gitarre spielte und dazu bekannte Klassiker sang, blieben sie erneut stehen und probierten einen der Orangenbonbons. Die Frau spielte Songs, die eigentlich fröhlich waren, die sie jedoch in eigene Versionen umgewandelt hatte. Irgendwie klangen sie jetzt alle sehr melancholisch. Sogar *Downtown* von Petula Clark klang traurig und ein wenig depressiv. Also gingen sie weiter.

Sie waren nun fast durch, und obwohl Delilah die ganze Zeit Ausschau nach Cristina gehalten hatte, hatte sie sie nicht entdeckt. Es war eine ziemliche Überraschung gewesen, als sie ihre neu gewonnene Freundin auf einmal am Stand gesehen hatte. Denn sie hatte ihr nicht gesagt, dass sie vorhatte zu kommen, obwohl Delilah ihr mehrmals erzählt hatte, dass sie heute am Stand stehen würde.

Ob Cristina wohl ihretwegen gekommen war?

Sie beide hatten sich seit jenem ersten gemeinsamen Abend, an dem sie ins Kino gegangen waren, noch ein paar weitere Male getroffen. Meistens waren sie nach Sacramento gefahren. Einmal hatte Cristina sie gefragt, ob sie nicht mal mit zu ihr nach Stockton kommen wollte, um zu sehen, wie sie lebte. Doch Delilah hatte stattdessen einen Restaurantbesuch vorgeschlagen.

Sie wollte nicht mit zu Cristina. Weil sie immer noch nicht so genau wusste, was sie für sie empfand. Weil das alles völlig neu war. Weil sie sich selbst nie so gesehen hatte.

Weil sie wusste, dass Cristina sie mochte. Sehr sogar.

Und sie mochte sie ja auch! Doch konnte sie wirklich das sein? Cristina das geben, wonach sie suchte? Bisher war sie doch immer nur mit Männern zusammen gewesen, und obwohl sie nicht das Geringste gegen gleichgeschlechtliche Liebesbeziehungen und sogar mehr als nur ein paar homosexuelle Bekannte hatte, wusste sie nicht, ob sie es ebenfalls sein wollte.

Sein konnte.

Cristina arbeitete auf der Farm. Wenn das schiefging, würde es nicht gerade angenehm sein, sie weiterhin zu sehen. Außerdem sollte sie Berufliches mit Privatem nicht vermischen, oder? Immerhin führte sie die Farm nicht allein, sondern zusammen mit ihren Schwestern. Denen sie übrigens noch überhaupt nichts von Cristina erzählt hatte, weshalb Ally vorhin wohl so verwirrt schien. Wenn sie mit Cristina ausging, sagte sie ihrer Familie lediglich, dass sie sich mit einer Freundin traf. Und so war es ja auch.

Oder war es mehr? Viel mehr?

Sie bemerkte jetzt, dass Misha sie beobachtete. Sie schüttelte den Kopf, schüttelte Cristina aus ihren Gedanken.

»Wen suchst du?«, fragte ihre Nichte.

»Ach, niemanden.«

»Diese Frau von vorhin?«

»Wen meinst du?«

»Na, die Latina, die auch auf der Farm arbeitet. Ich hab euch vorhin gesehen, und echt, DeeDee, du hast dich ganz schön komisch verhalten. Und sie sich auch. Ihr habt euch irgendwie verliebt angestarrt.«

Delilah biss auf ihrer Unterlippe herum. »Fändest du das denn schlimm?«

»Was? Wenn ihr verliebt wärt?«

Sie nickte.

»Nein, wieso denn? Ist doch ganz normal. Demi Lovato steht auf Frauen, Amandla Stenberg auch, und Gordon aus meiner Klasse hat zwei Mütter.« Ihre Nichte zuckte mit den Achseln, und sie fiel ihr um den Hals.

»Du weißt gar nicht, wie sehr du mir gerade geholfen hast.«

Sie gingen zurück zum Stand, wo sie anderthalb Stunden

später begannen, die restlichen Sachen zurück in die Kisten zu packen. Es war aber kaum was übrig, und Grandma Fran schenkte jetzt auch noch dem Typen vom Nebenstand ein Glas ihrer Marmelade.

DeeDee wollte sich später unbedingt noch bei Ally erkundigen, was es mit dem auf sich hatte. Die beiden schienen sich nämlich nicht nur von früher zu kennen, sondern sich auch heute noch sehr zu mögen. Zumindest hatten sie ziemlich heftig miteinander geflirtet.

Jetzt musste sie sich aber erst mal um ihr eigenes Liebesleben kümmern. Das hatte Vorrang. Das war im Moment überhaupt das Allerwichtigste. Und deshalb fuhr sie, nachdem sie zurück auf der Farm waren, noch einmal los. Nach Stockton.

Zu Cristina.

Sie klingelte an ihrer Tür und sagte ihrer überraschten Freundin: »Hi. Ich würde sehr gerne mal sehen, wie du so lebst. Wenn das okay ist.«

Cristina machte die Tür für sie auf und ließ sie lächelnd eintreten.

Kapitel 34

Fran

Misha las die letzten Sätze des Kapitels vor und klappte das Buch zu. »Wollen wir morgen weitermachen, Gramps? Ich bin schon ganz heiser.«

»Kannst du noch ein bisschen lesen?«, bat Cliff und lächelte sie glückselig an. »Bitte, Ally. Du machst das so toll.«

Fran sah ihre Urenkelin an und bemerkte, wie sich ihr Gesichtsausdruck veränderte. Ihr Lächeln verschwand, und sie musste schlucken. Für bestimmt eine Minute blickte sie Cliff an, verletzt, enttäuscht, doch dann setzte sie wieder eine fröhliche Miene auf, schlug *Früchte des Zorns* von John Steinbeck erneut auf und las weiter.

Irgendwann fielen Cliff die Augen zu, und Fran bat Misha, mit ihr vor die Tür zu gehen.

»Wundert Grandpa sich denn nicht, wo wir sind, wenn er wieder aufwacht?«, fragte sie.

»Er weiß ja, dass wir gleich zurückkommen.«

»Weiß er das wirklich?«

Misha war nicht dumm. Sie war sogar besonders schlau für ihr Alter. In ein paar Monaten würde sie zwölf werden und auf die Junior High kommen – wie die Zeit doch verging.

»Lass uns ein bisschen spazieren gehen, es ist heute so schönes Wetter«, sagte sie, als ob sie nicht bereits seit zwei Wochen täglich schönes Wetter gehabt hätten. Kein Tropfen Regen, immer um die fünfundzwanzig Grad, so mochte sie es. Auch wenn der Regen natürlich der Farm ganz gutgetan hätte und sie dadurch weniger hätten wässern müssen. Doch so sah es in Kalifornien nun mal aus. Die Sonne war allgegenwärtig, was ja auch den Reiz ausmachte, in diesem Staat zu leben. Und Fran kannte es ja gar nicht anders.

Der Frühling war jedoch schon immer ihre liebste Jahreszeit gewesen, und nicht nur, weil es da noch nicht ganz so heiß war. Auch, weil die ersten Blaubeeren dann erntereif waren. Und natürlich, weil sie Cliff im Frühling begegnet war.

Es war so lange her. Ganze sechzig Jahre nun schon, und doch fühlte es sich manchmal so an, als wäre es erst gestern gewesen. Sie konnte noch immer die Klänge der Jukebox hören, den *Summertime Blues*, von dem Eddie Cochran sang.

Sie hakte sich bei ihrer Urenkelin ein, die nun ungefähr so groß war wie sie. Vor sechzig Jahren war Fran noch einen Meter dreiundsiebzig gewesen, doch mit der Zeit war sie um ein paar Zentimeter geschrumpft.

Sie machten einen Abstecher in ihr Zimmer, damit sie die Pantoffeln aus- und ihre Straßenschuhe anziehen konnte. Ihr Blick schweifte durch den Raum, den Jillian ihr einrichten geholfen hatte. Es war wirklich hübsch geworden, ihr geliebter Schminktisch stand an der einen Wand, an der anderen das Standardbett, das sie jedoch mit eigener Bettwäsche bezogen hatte. An den Wänden hingen ein paar Bilder, darunter ein gerahmtes Foto von Alison und Misha und auch eins, das Fran und Cliff mit Sam zeigte. Sam, den sie noch immer so sehr vermisste, dass es wehtat. Dann und wann fragte sie sich, wie er wohl heute aussehen würde, wenn er noch am Leben wäre. Wenn er ihnen nicht so früh genommen worden wäre.

Ob er wohl noch immer Ähnlichkeit mit Cliff hätte? Als er im Alter von fünfunddreißig Jahren starb, war er ihm wie aus dem Gesicht geschnitten.

Sie hakte sich wieder bei Misha ein, und sie gingen hinaus in den Park. Spazierten den schattigen Weg entlang.

»Misha, du darfst es nicht persönlich nehmen, ja? Nimm deinem Grandpa nicht übel, dass er dich heute Ally genannt hat.«

»Aber dachte er denn wirklich, ich sei Mom?«

»Das kann man nie so genau sagen. Vielleicht. Du siehst der jungen Ally aber auch ungeheuer ähnlich.«

»Ehrlich?«

»Oh ja. Hast du denn nie alte Bilder gesehen? Kindheitsfotos von deiner Mom?«

»Doch, schon.«

»Dann sieh sie dir noch einmal an, und schau ganz genau hin, dann wirst du die Ähnlichkeit erkennen.«

»Okay.« Misha stieß mit dem Fuß gegen einen kleinen Stein und kickte ihn weg. »Du, Granny? Darf ich dich mal was fragen?«

»Aber natürlich. Du darfst mich alles fragen.«

»Kannst du mir die Geschichte erzählen, wie ihr euch kennengelernt habt? Du und Gramps? Mom hat sie mir erzählt, aber für mich ergibt sie irgendwie keinen Sinn.«

Frans Herz pochte schneller. Sollte ihr nun ausgerechnet ihre elfjährige Urenkelin auf die Schliche kommen?

»Was ergibt für dich keinen Sinn, Liebes?«

»Dass du wegen einer Reifenpanne auf der Blaubeerfarm von Grandpa Cliff und seiner Familie übernachten musstest. Warum hast du dir kein Taxi genommen und bist nach

Hause gefahren? Oder den Bus? Oder Grandpa hätte dich bringen können.«

Oje. Oje. Oje.

Diese Frage hatte sie immer befürchtet, doch merkwürdigerweise hatte keine ihrer Enkelinnen sie je gestellt.

»Ich wohnte ein bisschen weiter weg«, gab sie nun also zur Antwort.

»Echt? Wo denn?«

»In Richtung Los Angeles.«

Misha machte große Augen. »Wow! Das ist weit.«

»Ja, da hast du recht.«

»Okay, dann verstehe ich es doch. Aber was hast du denn in Lodi gemacht?«

»Einen Ausflug.« Das war ja gar nicht so weit hergeholt. Sie hatte einen Kurztrip zum Lake Tahoe gemacht, bei dem sie nebenbei auch noch ein wenig gearbeitet hatte.

»Ganz allein?«, wollte ihre neugierige Urenkelin wissen.

»Ja«, schwindelte sie. Doch sofort überkam sie ein schlechtes Gewissen. Was sollte sie Misha denn aber erzählen? Dass sie ihren Manager dabeigehabt hatte, weil sie ein gefragtes Model gewesen war? »Nein«, korrigierte sie sich. »Ich war damals mit einem Freund unterwegs.«

»Mit deinem festen Freund?«

Fran musste lachen, als sie an Herbert dachte. »Nein, nein. Er war wirklich nur ein Freund.«

»Oh. Das wusste ich nicht.«

»Ja, dieses Detail habe ich bisher immer weggelassen, wenn ich die Geschichte erzählt habe. Einfach weil es romantischer klingt, wenn nicht noch ein zweiter Mann mit im Spiel war.«

»Ah, okay. Und ihr hattet dann also eine Autopanne, und Grandpa Cliff hat euch gefunden?«

»Nein, wir haben ihn gefunden, beziehungsweise die Farm. Als wir nach Hilfe gesucht haben. Dein Ururgroßvater Bruce hat dann unseren Wagen abgeschleppt und ihn am nächsten Tag in eine Werkstatt gebracht.«

»Und war es Liebe auf den ersten Blick? So wie im Film?«

»Hmmm.« Sie musste lächeln, als sie daran zurückdachte, wie Cliff sie an diesem Abend immer wieder angesehen hatte, und wie ihr seine Blicke mehr und mehr gefallen hatten. »Ja, das könnte man wohl so sagen.«

»Wie romantisch.«

»Ja, das war es, meine Kleine. Und schon bei unserem ersten Kuss wusste ich, dass ich niemals wieder einen anderen Mann als ihn küssen wollte.« Sie fasste sich ans Medaillon.

»Ist da ein Foto drin?«, wollte Misha wissen.

Fran nickte und öffnete es sachte. »Das hier ist Cliff, und das ist meine Freundin Annie. Sie ist leider schon verstorben, doch sie war die beste Freundin, die ich jemals hatte.«

Misha betrachtete die winzigen Schwarz-Weiß-Aufnahmen, seufzte ganz angetan und legte ihren Kopf an Frans Schulter.

Fran drückte ihr einen Kuss aufs Haar und nahm den Duft ihres Limettenshampoos in sich auf. Vielleicht würde sie morgen mal wieder einen Blaubeer-Limetten-Joghurt zubereiten. Sie könnten ihn bei einer Folge *Bonanza* genießen – Cliff würde sich sicher darüber freuen.

»Wollen wir einen Milchshake trinken gehen?«, fragte sie ihre Urenkelin. »Denn weißt du, als junges Mädchen habe ich von Milchshakes nie genug bekommen können.«

»Ich liebe Milchshakes«, erwiderte Misha. »Besonders Erdbeermilchshakes.«

Fran lächelte. »Die habe ich auch immer am liebsten gemocht.«

Kapitel 35

1962

Frances sah sich *Twilight Zone* im Fernsehen an und war ganz hibbelig. Denn nachdem sie sich nun wochenlang hin- und hergeschrieben hatten, kam Cliff sie morgen besuchen.

Er verließ tatsächlich seine Blaubeerfarm und machte sich mit dem Bus auf nach Hollywood, einer Welt, in der er nie zuvor gewesen war und die ihn vielleicht sogar ein wenig ängstigte. Doch Frances würde ihm die Angst nehmen und ihm zeigen, wie wundervoll dieser Ort war. Sie hatte schon jede Menge Dinge geplant, die sie mit ihm unternehmen wollte, und sich die ganze Woche freigenommen, auch wenn Herbert darüber nicht sehr glücklich gewesen war.

Ihren Eltern würde sie Cliff allerdings nicht vorstellen, auf gar keinen Fall. Auch wenn sie jetzt fest zusammen waren, ein richtiges Pärchen, das nun endlich auch hautnah beisammen sein konnte.

Cliff hatte sich ein billiges Hotelzimmer in der Nähe gemietet, auch wenn sie ihm gesagt hatte, dass er ruhig bei ihr unterkommen konnte. Doch in der Hinsicht war er altmodisch. Er sagte ihr, dass er erst mit einer Frau in einem Zimmer schlafen würde, wenn er mit ihr verheiratet wäre. Etwas Gutes hatte das Ganze natürlich: Sie brauchte keine Sorge zu haben, dass Cliff weitergehen wollte als sie. Denn sie war selbstverständlich noch unberührt und wollte es bis zur Ehe bleiben.

Hin und wieder dachte sie darüber nach, wie es wohl wäre, Cliff eines Tages zu heiraten, und der Gedanke gefiel ihr. Allerdings wüsste sie nicht, wie sie ihre Karriere weiter aufrechterhalten sollte von der Blaubeerfarm aus, und fand, es gäbe in dem Fall nur eine Lösung: Cliff müsste nach Hollywood ziehen. Sie verdiente inzwischen gut und könnte sie beide versorgen, bis er eine Arbeit gefunden hätte. Und er würde sicher bald eine finden, in den Filmstudios suchten sie immer starke Männer für den Kulissenaufbau, oder vielleicht könnte er auch Chauffeur für eine der vielen Hollywood-Diven werden, die sich selbst niemals ans Steuer setzen würden. Einige von ihnen schnürten sich nicht einmal die Schuhe allein zu.

Ihr Vater rief an und bedankte sich noch einmal überschwänglich für das Farbfernsehgerät, das sie ihm zum fünfzigsten Geburtstag ein paar Tage zuvor geschenkt hatte. Er fragte sie, ob sie auch gerade *Twilight Zone* guckte, und sie unterhielten sich über die heutige Episode.

»Eine bessere Tochter könnte ein Vater sich nicht wünschen«, sagte er.

»Danke, Daddy, das bedeutet mir sehr viel«, sagte sie mit Tränen in den Augen, denn ihr Vater hatte ihr zuvor noch nie etwas dergleichen gesagt.

Was ein Farbfernseher so alles bewirken konnte ... Als die Menschen damals die ersten Fernsehapparate *Zauberkisten* oder *Wunderdinger* nannten, hatten sie damit ganz recht gehabt.

Am nächsten Tag stand sie erwartungsvoll am Busbahnhof und wartete darauf, dass Cliff eintraf.

Als er aus dem Bus stieg und sich suchend nach ihr umsah, lief sie freudig auf ihn zu und fiel ihm in die Arme. Anschließend brachte sie ihn zu seinem Hotel, wo er seinen Koffer abstellen und sich frischmachen konnte, und dann führte sie ihn in ihrem Hollywood herum.

Sie zeigte ihm das Hollywood-Schild auf dem Hügel und Grauman's Chinese Theater samt der vielen Hand- und Fußabdrücke der Stars davor. Cliff stellte seinen Fuß neben den von Cary Grant, und Frances ihren neben den von Nathalie Wood. Dann gingen sie auf die Knie und legten ihre Hände in die von James Stewart und Ava Gardner. Als Cliff dann auch noch die Abdrücke von John Wayne entdeckte, war er ganz aus dem Häuschen, denn er war ein großer Western-Fan und erzählte ihr von all den Filmen, die er im Kino gesehen hatte.

»Würde es dir dann nicht auch gefallen, dir hin und wieder einen Western oder vielleicht *Bonanza* im Fernsehen anzuschauen?«, fragte sie ihn, während sie den Walk of Fame entlangspazierten. Sie hatte sich bei Cliff eingehakt, und es fühlte sich ganz wunderbar an, ihn endlich an ihrer Seite zu haben. Sie sahen sich ein paar der Sterne an, die die Stadt vor zwei Jahren angefangen hatte, in die Bodenplatten zu setzen. Auf ihnen standen Namen beliebter Schauspieler, Sänger und Regisseure – und Frances träumte davon, dass eines Tages auch ihr Name auf einem solchen Stern stehen würde.

»Doch, ich glaube, das würde mir gefallen«, antwortete Cliff, und sie nahm sich vor, es sich morgen mit ihm vor dem Fernseher gemütlich zu machen. Zuerst einmal aber wollte sie ihm noch ein bisschen was von dem Glamour zeigen, der Hollywood ausmachte.

Cliff kam aus dem Staunen gar nicht mehr heraus. Als

Frances ihn zum Stardance Diner brachte und sie sich mit Burgern und Milchshakes an ein Fenster setzten, blickte er hinaus auf die belebte Straße und deutete mit dem Finger hierhin und dorthin. »Sieh mal, der Mann auf Stelzen!«, rief er, oder: »Hast du jemals solch einen Anzug gesehen?«

Sie blickte hinaus zu dem Afroamerikaner, auf den Cliff zeigte. Er trug einen knallgelben Anzug, der so strahlte wie die Sonne. Frances hatte schon öfter Herren in solchen Outfits gesehen, in gelben, grünen, roten oder auch lilafarbenen, im Gegensatz zu Cliff, der in Lodi wohl nicht viel mehr zu sehen bekam als schlichte schwarze, graue oder braune Herrenanzüge, mit denen man sonntags in die Kirche gehen konnte.

»Wie gefällt es dir in Hollywood?«, fragte Frances, obwohl sie gar nicht hätte zu fragen brauchen. Ein Blinder konnte sehen, wie begeistert Cliff war. Aber hier ein paar Tage Urlaub zu machen war doch eine ganz andere Geschichte, als sich an solch einem Ort niederzulassen.

»Ich finde es fantastisch«, antwortete er und staunte schon wieder über irgendetwas, das er draußen vor dem Fenster sah. Eine Limousine, wie sie sogleich feststellen sollte, wahrscheinlich saß irgendein Star darin.

»Das freut mich, Cliff«, erwiderte sie. »Und könntest du dir auch vorstellen, hier zu leben?«, wagte sie sich zu erkundigen und hatte gleichzeitig Angst vor der Antwort. Denn Cliff war Blaubeerfarmer durch und durch, er redete ständig von den kleinen blauen Früchten. Wie aus dem Nichts erzählte er ihr von deren hohem Vitamin-C-Gehalt oder davon, dass die blaue Farbe früher einmal zum Färben von Kleidung benutzt wurde, oder sogar wilde Geschichten über britische Bomberpiloten im Zweiten Weltkrieg, die vor einem Nachtangriff auf Deutschland Heidelbeerpräparate eingenommen hätten, da der Beere ja nachgesagt wurde, dass sie das Sehvermögen stärke.

Cliff lachte nun und schüttelte den Kopf. »Nie und nimmer. In dieser verrückten Welt? Das ist nun wirklich nichts für mich.«

Frances ließ den Kopf hängen, versuchte aber, nicht zu zeigen, wie enttäuscht sie über seine Antwort war.

»Komm, lass uns zu mir gehen. Ich zeige dir meine Wohnung.«

»Na gut«, erwiderte er, legte drei Dollar auf den Tresen, und sie verließen das Restaurant.

Die folgenden Tage waren großartig. Frances und Cliff verbrachten viel Zeit in ihrer Wohnung und unterhielten sich, spazierten aber auch immer mal wieder durch die Straßen von Los Angeles. Sie gingen ins Kino und trafen Annie zum Picknick. An einem Tag nahmen sie den Bus zum Meer, saßen in Santa Monica am Strand und aßen ein Eis. An einem anderen brachte Frances Cliff hoch hinauf zum Griffith Observatory, wo man die beste Aussicht auf die Stadt hatte. Und hier oben war es auch, dass sie ihrem Cliff zum ersten Mal sagte, dass sie ihn liebte.

Er erwiderte ihr Bekenntnis, und sie küssten sich im Licht der untergehenden Sonne. Und dann tat Cliff etwas, mit dem sie zu so einem frühen Zeitpunkt nun wirklich nicht gerechnet hatte: Er ging vor ihr auf die Knie und bat sie, seine Frau zu werden.

»Aber Cliff«, sagte sie. »Wir kennen uns doch erst wenige Monate.«

Noch immer kniete er nieder und sah zu ihr auf. »Das weiß ich, Fran, doch ich weiß auch, dass ich nicht wieder zurück nach Lodi möchte, ohne mir einer gemeinsamen Zukunft mit dir gewiss zu sein. Ich will einfach nicht mehr ohne dich sein, Fran. Ich liebe dich doch so.«

Sie musste lächeln und sah zu dem Mann hinunter, der zu ihren Füßen hockte und sie erwartungsvoll anblickte. Und da wusste sie, dass es ihr genauso ging. »Ich will auch nie mehr ohne dich sein, Cliff. Und deshalb sage ich Ja.«

Niemals hatte sie einen Mann so strahlen gesehen, niemals solches Glück in irgendjemandes Augen. Und sie wusste, sie hatte die richtige Entscheidung getroffen. Was immer jetzt auch kommen mochte, sie würden zusammen sein. Für alle Zeit. Das war alles, was zählte. Das war alles, was sie wollte.

Und als Cliff sie am nächsten Tag bat, vor seiner Abreise noch ihre Eltern kennenlernen und bei ihrem Vater ganz offiziell um ihre Hand anhalten zu dürfen, da konnte sie es ihm nicht verwehren.

Ihr Vater hatte keine Wahl. Als er ihr Glück sah, sagte auch er Ja. Ihrer Mutter war die Enttäuschung anzusehen, doch das kümmerte Fran kein bisschen, da sie sich bereits jetzt sicher war, dass ihre Ehe harmonischer werden würde als die ihrer Eltern.

Als Cliff sich dann am darauffolgenden Tag am Busbahnhof von ihr verabschiedete, tat es ihr im Herzen weh. Doch sie wusste ja, sie würde ihn schon bald wiedersehen.

»Und du kommst so schnell du kannst nach?«, fragte er noch einmal.

Frances nickte. »Wie wir es besprochen haben. Sobald ich meine Angelegenheiten geregelt und meine letzten Jobs erledigt habe.«

»Jeder Tag wird mir wie ein ganzes Jahr vorkommen.« Der Arme sah furchtbar traurig aus, als er jetzt ihre Hand losließ und in den Bus einstieg.

Er winkte ihr noch durchs Fenster zu, und sie stand da, bis der Bus davongefahren war. Dann ging sie zuerst zu Herbert, um ihm die – zumindest für sie – frohe Botschaft zu verkünden, und wollte sich danach mit Annie treffen, die sicher tierisch neidisch sein würde, weil sie sich den wohl romantischsten Mann in ganz Kalifornien geangelt hatte.

Schon ganz bald würde sie ihren Namen ablegen und fortan Rivers heißen. Fran Rivers.

Frances Sinclair würde mit dem Tag sterben, an dem sie Hollywood verließ, und auch wenn sie voller Freude und Aufregung war, tat es ihr doch auch in der Seele weh, ihren Traum begraben zu müssen.

Kapitel 36

Alison

Samstagvormittag gab Alison eine Gitarrenstunde im Jugendzentrum. Misha und Conny waren mitgekommen, um Skateboarden zu üben, sie zeigte gerade zwei Mädchen mit den hübschen Namen Joy und Precious, die bereits erste Erfahrungen hatten, ein paar Akkorde und ließ sie dann ein bisschen spielen.

Marjan trat an sie heran. Sie war ebenfalls eine Ehrenamtliche und half meistens beim Mittagessen und der Hausaufgabenbetreuung. Alison wusste, dass sie aus Holland eingewandert war, und schätzte sie auf Mitte vierzig. Sie hatte zwei lange geflochtene Zöpfe.

»Das klingt wirklich toll, wenn du spielst.«

»Danke. Lieb, dass du das sagst.«

»Ich hab es auch immer lernen wollen. Damals in meiner Heimat habe ich Flöte gespielt.«

»Oh, ehrlich? Blockflöte?«

»Nein, Querflöte. Ich war sogar Mitglied in einer Marschkapelle.«

»Das klingt ja aufregend. Gibt es hier in Lodi nicht auch eine Marschkapelle, der du dich anschließen könntest?«

»Das weiß ich ehrlich gesagt gar nicht. Ist aber auch nicht wichtig, da ich jetzt viel lieber Gitarre spielen würde. Ich bin ein großer Countrymusik-Fan und schreibe meine eigenen Lieder.«

So etwas hätte sie sich eigentlich denken können bei ihrem Outfit. Denn Marjan trug Jeans, ein kariertes Hemd und Cowboystiefel. Es fehlte nur der Cowboyhut.

»Wow, Marjan, das wusste ich nicht! Was das Gitarrespielen angeht, könnte ich dir auf jeden Fall helfen. Ich bringe es dir einfach auch bei, was würdest du davon halten?«

Marjan strahlte. »Sehr viel sogar. Ich fände es ganz fantastisch.«

»Hättest du morgen Vormittag Zeit? Wir könnten uns treffen, du zeigst mir deine Songtexte, und ich bringe dir die Akkorde dazu bei.«

»Oh, das wäre großartig! Nur sonntagvormittags gehe ich immer in die Kirche. Mein Mann kommt aus einer sehr religiösen Familie. Wie wäre es denn nachmittags?«

»Morgen Nachmittag kommt uns mein Grandpa auf der Farm besuchen, da kann ich leider nicht. Aber wir werden schon einen Termin finden, an dem wir beide können.«

»Alison, kannst du mir kurz zeigen, wie ich die Finger beim E-Moll richtig halte?«, fragte Precious, ein bildhübsches Mädchen mit Rastazöpfen, die ihr über den ganzen Rücken gingen.

»Aber natürlich.«

»Ich will euch auch gar nicht weiter aufhalten«, meinte Marjan und ging in die Küche.

Alison wandte sich wieder ihren Schülerinnen zu und brachte ihnen dann bei, wie man *Halo* von Beyoncé spielte. Dabei musste sie an ihr bevorstehendes Date denken und wurde immer aufgeregter.

Brendan hatte sie angerufen und gefragt, ob sie Zeit und Lust hätte, ihn heute Abend zu treffen. Er hatte ihre Nummer irgendwie herausgefunden, musste Ireen oder auch Fran gefragt haben, was sie irgendwie süß gefunden hatte. Sie hatte zugesagt, jedoch dummerweise nicht nachgefragt, wohin Brendan sie ausführen wollte. Weshalb sie schon die ganze Zeit überlegte, was sie nachher anziehen sollte.

Vielleicht könnte eine ihrer Schwestern ihr helfen. Na ja, auf Jillian konnte sie wohl nicht zählen, denn die war gar nicht mehr aus dem Gästehaus rauszubekommen. Die ganze Zeit hörte man sie hämmern und schleifen und manchmal auch fluchen. Irgendwie benahm sie sich komisch, so, als müsste sie Dampf ablassen, Wut rauslassen, mit irgendeiner Sache zurechtkommen, von der sie niemandem etwas erzählte. Sie war sehr in sich gekehrt und ließ kaum jemanden an sich heran. Langsam begann Alison, sich ernsthaft Sorgen um sie zu machen.

Und Delilah? Ob die ihr in Sachen Klamotten weiterhelfen konnte, wusste sie auch nicht. Denn dafür müsste sie erst mal zu Hause sein. Sie war aber ständig unterwegs, und letzte Nacht war sie gar nicht zurück zur Farm gekommen. Angeblich traf sie neue Freunde, doch Alison konnte sich gut vorstellen, dass ein Typ dahintersteckte. Wahrscheinlich hatte ihre Schwester jemanden kennengelernt, doch warum sie ihn verheimlichte, verstand sie beim besten Willen nicht.

Als sie eine Stunde später nach Hause kam, saß DeeDee auf der Veranda und las ein Buch. Das war ein eher ungewöhnlicher Anblick, da sie sonst immer so aktiv war und nie still sitzen konnte.

»Hey, da bist du ja wieder. Wo warst du denn letzte Nacht?«, fragte Ally sie.

»Hab mit einer Freundin einen Film geguckt und bin dabei eingeschlafen. Hab dann einfach da übernachtet.«

Ally legte die Stirn in Falten. »Scheint ein sehr langweiliger Film gewesen zu sein.«

Delilah zuckte die Achseln. »Ich hab dir doch eine SMS geschickt«, sagte sie ein wenig patzig.

»Die hab ich erst heute Morgen gesehen.«

»Ally, was willst du denn von mir? Ich bin erwachsen, kann ich nicht über Nacht wegbleiben?«

»Doch, klar. Es wäre nur schön zu wissen, wo du bist.«

»Das geht dich aber gar nichts an. Ich bin schließlich kein Kind mehr, und du musst nicht mehr auf mich aufpassen.«

Sie starrte ihre kleine Schwester an. »Welche Laus ist dir denn über die Leber gelaufen?«

»Sorry, bin einfach schlecht drauf heute. Vergiss, was ich gesagt hab.«

»Okay. Ich geh mich dann jetzt fertig machen. Ich habe nämlich heute Abend ein Date.«

»Das wusste ich ja gar nicht. Mit wem?«

»Mit Brendan.« *Und du wüsstest es, wenn du mal zu Hause wärst*, hätte sie am liebsten hinzugefügt.

»Hey, hey! Wie cool! Ich freu mich für dich. Was ist mit Misha? Braucht sie einen Babysitter? Ich bin nämlich eigentlich auch wieder verabredet, und auf Jill kann man zurzeit nicht so richtig zählen.«

»Ja, ich weiß. Was ist denn nur mit ihr los? Hat sie dir was erzählt?«

DeeDee schüttelte den Kopf. »Nein. Sie hüllt sich in Schweigen, und wenn ich wissen will, was los ist, sagt sie, es ist alles okay. Keine Ahnung, was sie hat. Vielleicht trauert sie noch immer Preston nach.«

»Ich habe es ehrlich gesagt gar nicht so richtig verstanden. Haben die beiden nun Schluss gemacht oder nur eine Pause eingelegt? Oder sind sie sogar noch zusammen?«

»Ich glaube, das wissen sie selbst nicht.« DeeDee zuckte die Achseln. »Also, was ist mit Misha?«

»Sie ist bei Conny. Ihre Mom hat die beiden beim Jugendzentrum eingesammelt. Sie fahren erst zu den Kaninchen und gehen dann Pizza essen. Danach schläft Misha bei ihnen.«

»Kann das Mädchen eigentlich jeden Tag Pizza essen?«

»Ja, ich denke schon.« Sie lächelte und war froh, dass alles wieder okay zu sein schien. »Na ja, wie gesagt, ich muss mich fertig machen. Ich hatte nämlich seit Jahren kein richtiges Date mehr und werde jetzt wahrscheinlich erst mal eine Stunde vor dem Kleiderschrank stehen und nach dem perfekten Outfit suchen. Falls du also noch nichts anderes vorhast, würde ich mich über ein paar Tipps freuen.«

Delilah sprang auf, warf das Buch zur Seite und folgte ihr ins Haus.

Um Punkt sieben stand Brendan mit einem Strauß buntgemischter Rosen vor der Tür.

»Oh, wow, wie lieb. Danke.« Sie nahm sie entgegen. »Die sind wunderschön.«

»Freut mich, dass sie dir gefallen. Bist du bereit?«

»Klar. Ich wusste nur nicht so genau, was ich anziehen sollte, weil du mir ja noch nicht gesagt hast, wo wir hingehen. Ist das okay?« Sie blickte an sich herunter.

Alison hatte sich letztlich für ein Kleid entschieden, ein hübsches geblümtes braun-beiges Sommerkleid. Dazu trug sie hellbraune Ballerinas.

»Das ist ziemlich perfekt«, antwortete Brendan, betrachtete sie dabei und lächelte breit. Zum Glück trug er heute kein lustiges Gemüse-T-Shirt, sondern ein kurzärmeliges braunes Hemd zu Jeans und Boots. Optisch passten sie schon mal wunderbar zusammen.

Sie stellte schnell die Blumen ins Wasser, dann schnappte sie sich eine Wolljacke sowie ihre Handtasche und folgte Brendan zu seinem Wagen, einem blauen Mitsubishi Outlander. Nachdem sie losgefahren waren, fragte Alison: »Also? Wo bringst du mich heute Abend hin?«

»Ich hatte mir gedacht, dass ich dich ins Stonehouse bringe, meine Lieblings-Countrybar.«

»Oh, du stehst auf Countrymusik?«

»Bin ein großer Fan.«

Das hatte sie doch heute schon mal gehört, und zwar von Marjan. Und wenn sie dann noch an die Country-Band auf dem Markt dachte, die das ganze Event mit ihren Klängen begleitet hatte, schien diese Musikrichtung in Lodi wohl sehr beliebt zu sein. Sie konnte sich gar nicht erinnern, ob das früher schon so gewesen war, aber damals als Teenager hatte sie ganz andere Sachen im Kopf gehabt.

Brendan wollte sie also in seine Lieblingsbar bringen. Lieblingsbar bedeutete doch, dass er dort öfter anzufinden war, oder? Und dass ihn dort alle Welt kannte. Dass er sie an ihrem ersten Date dorthin brachte, fand sie ziemlich verwunderlich, aber gleichzeitig auch sehr sympathisch.

»Gibt es da Live-Musik?«, erkundigte sie sich.

»Und ob! Und die besten Hot Wings der Stadt. Ich hoffe, du hast Hunger?«

»Ein paar Hot Wings könnte ich vertragen«, antwortete sie. In Wahrheit starb sie fast vor Hunger, weil sie seit dem Frühstück nichts zu sich genommen hatte, so aufgeregt war sie gewesen.

»Perfekt!«, meinte Brendan.

Wenige Minuten später parkte er dann auch schon, und sie liefen ein kleines Stück nebeneinanderher. Aus der offenen Tür der Bar konnte man bereits die Country-Klänge hören. Ein Mann sang von einer Frau, die ihn für einen anderen verlassen hatte. Er hatte niemals, niemals, niemals so sehr gelitten, und würde niemals, niemals, niemals wieder so lieben.

Das Stonehouse war rustikal eingerichtet, eben so, wie man sich so eine Country-Bar vorstellte, mit Holztischen und -stühlen, riesigen hölzernen Geweihen und Bildern von Country-Stars an den Wänden. Auf den Tischen standen weder Blumen noch Kerzen, sondern lediglich Serviettenspender, Salz- und Pfefferstreuer. Es war bereits jetzt richtig voll, beinahe alle Plätze waren belegt, doch Brendan hatte zum Glück reserviert. Er winkte ein paar Leuten zu und stellte Alison einem Pärchen am Nebentisch vor. Als sie sich setzten und in die Speisekarte guckten, die die Form eines Cowboystiefels hatte, lief Alison bereits das Wasser im Mund zusammen. Es roch nach frittiertem Hähnchen, Pommes und Spare Ribs, sie konnte sich überhaupt nicht entscheiden, was sie nehmen sollte.

»Darf ich was vorschlagen? Wir teilen uns den Vorspeisenteller, da ist fast alles drauf, was es hier gibt. Zudem ist er riesig, der reicht sogar für vier Personen. Und wenn du danach immer noch Hunger hast, bestellst du einfach noch mal nach, was dir am besten geschmeckt hat.«

»Eine gute Idee«, erwiderte sie. Dazu orderte sie ein Bier. Wenn schon rustikal, dann richtig.

Noch bevor die Bedienung wieder an ihrem Tisch war, hörte Alison jemanden ihren Namen rufen. Als sie sich in dem Laden umsah, entdeckte sie Marjan, die ihr fröhlich zuwinkte.

»Huhu! Was machst du denn hier?«, rief sie.

Alison deutete zu Brendan und lächelte.

Marjan grinste breit, kam dann doch noch zu ihnen an den Tisch und sagte: »Na, das ist ja ein Ding. Ihr beiden! Habt ihr etwa ein Date?«

»Ganz genau, haben wir«, antwortete Brendan, bevor sie etwas hervorbringen konnte.

»Hach, wie schön. Ich freu mich für euch, dass ihr euch gefunden habt.« Man konnte Marjan anhören, dass sie bereits ein paar Bier getrunken hatte, oder welches alkoholische Getränk auch immer ihr diese gute Laune beschert hatte.

»*Wiedergefunden* müsste es heißen. Wir sind nämlich zusammen zur Schule gegangen«, ließ sie Marjan wissen.

»Oh mein Gott, wie romantisch! Ihr kennt euch schon so lange und wart all die Jahre getrennt, bevor ihr euch wiederbegegnet seid? Das ist ja wie bei *Der große Gatsby*! Sag, Brendan, warst du auch damals schon in sie verliebt wie Gatsby in seine Daisy?«

Sie sah, wie Brendan errötete. »Ein klein wenig vielleicht.«

»Awww! Das ist so romantisch!«, sagte Marjan erneut, während der Countrysänger jetzt von einer Frau sang, die ihm abermals das Herz gebrochen hatte. Zum hunderttausendsten Mal, um genauer zu sein.

Zum Glück kam nun das Essen, und Marjan wünschte ihnen einen guten Appetit und noch einen angenehmen Abend. Dabei zwinkerte sie ihnen verschmitzt zu.

»Puh, die ist echt was Besonderes«, sagte Brendan.

»Ich kenne sie so gar nicht.«

»So ist sie immer, wenn sie ein bisschen zu viel gekippt hat. Und das tut sie leider oft. Sie ist fast jedes Wochenende hier.«

Sie musste lachen. »Und dann geht sie am nächsten Morgen verkatert in die Kirche?«

Brendan lachte mit, und Alison begutachtete den riesigen Teller, auf dem sich allerhand Paniertes und Frittiertes türmte: Fried Chicken, Hot Wings, Country Potatoes, Chili Cheese Nuggets, Mozzarella-Sticks und irgendwas, das aussah wie frittierte Pimientos.

»Das sieht unglaublich lecker aus«, sagte sie. »Du hast nicht zu viel versprochen.«

»Greif zu! Ich mag ja die Chili Cheese Nuggets am allerliebsten, bin gespannt, was du zu deinem Favoriten kürst.«

Sie probierte einmal alles durch und entschied sich dann für die Mozzarella-Sticks. »Die sind einfach zum Hineinlegen.«

»Ja, die sind ziemlich perfekt«, stimmte er zu.

»*Perfekt* ist eins deiner Lieblingswörter, oder?«

»Wieso? Sag ich das so oft?«

Sie lachte. »Allerdings.«

»War mir nicht bewusst.«

Er grinste, und sie aßen weiter.

»Und? Wie hat es dir nun auf dem Markt gefallen? An deinem eigenen Stand?«, wollte Brendan irgendwann wissen.

»Es hat echt Spaß gemacht. Noch mehr, weil wir so einen netten Nachbarn haben.« Sie lächelte ihm zu.

Eigentlich war sie eher von der schüchternen Sorte, doch der Abend war so nett und ausgelassen, die Musik war gut, das Essen noch besser, und eine attraktivere oder aufmerksamere Begleitung hätte sie sich gar nicht vorstellen können.

»Das kann ich ehrlich nur zurückgeben«, sagte Brendan. »Deine Tochter ist übrigens bezaubernd. Wie alt ist sie noch mal?«

»Elf. Sie wird aber diesen Sommer zwölf.«

»Unglaublich, wie erwachsen die Kids heute aussehen, oder? Sahen wir damals auch mit elf schon aus wie fünfzehn?«

Sie lachte. »Ich weiß es nicht, aber das denke ich auch sehr oft. Ich meine, meine elfjährige Tochter hat beinahe dieselbe Kleidergröße wie ich. Bald wird sie sich meine Sachen ausleihen, und ich werde sie nie wiedersehen. Genauso ist es mit meinen Schwestern früher gewesen.«

»Nee, ich glaube nicht, dass das passieren wird. Wahrscheinlich findet Misha deine Klamotten viel zu... zu uncool.«

»Ja, das könnte gut angehen. Hm, dann leihe ich mir eben was von ihr aus.«

Sie lachten beide ausgelassen. Der ganze Abend war ausgelassen und einfach nur schön. Alison hatte sich schon sehr lange nicht mehr so gut amüsiert.

»Du, Brendan, stimmt das, was du zu Marjan gesagt hast? Dass du früher ein klein wenig in mich verliebt warst?«, wagte sie zu fragen.

Wieder errötete er. Doch er blickte ihr direkt in die Augen und sagte: »Ja, das war ich. Mehr als nur ein kleines bisschen, wenn ich ehrlich sein soll.«

»Wow«, erwiderte sie, weil sie nicht wusste, was sie zu solch einem Geständnis sonst sagen sollte.

Sie sahen einander weiter an, blickten sich tief in die Augen, und alles in ihr kribbelte, als hätte sie haufenweise Brausebonbons verdrückt – hunderttausend Stück.

»Wollen wir bezahlen und noch ein bisschen spazieren gehen?«, fragte Brendan.

»Gerne.«

Sie verließen die Bar, und Brendan nahm ihre Hand in seine. So schlenderten sie durch die nächtlichen Straßen

Lodis. Ihr kam der Song von CCR in den Sinn, der nach ihrer Stadt benannt war, und sie sang diese eine bestimmte Zeile: »*Oh, Lord, stuck in Lodi again.*«

Brendan lachte. Dann drückte er ihre Hand noch ein wenig fester und blieb stehen, drehte sie zu sich. »Ich bin froh, dass du zurück bist, Ally.«

»Ja, das bin ich auch.«

Als er sich ihr näherte, schloss sie die Augen und dachte kurz daran, wie lange sie schon nicht geküsst worden war. Hoffte, dass sie es nicht verlernt hatte.

Doch Brendan nahm ihr alle Bedenken. Sein Kuss war einfach unglaublich, und sie fühlte sich wie in einem dieser Countrysongs, der von der Liebe erzählte – nur dass ihre Liebe gerade erst begonnen hatte.

»Wie gefällt dir der Abend?«, fragte Brendan, als er nach gefühlten hunderttausend Minuten endlich von ihr ließ. Warm lächelte er sie an, und sie konnte nicht anders, als zurückzulächeln.

Sie atmete einmal tief ein und wieder aus, sah kurz hinauf zum Sternenhimmel und antwortete: »Er ist perfekt.«

Kapitel 37

Delilah

»Bist du glücklich?«, fragte Cristina und strich ihr übers Haar. Sie kannten sich nun bereits einen Monat. Delilah lag auf dem Sofa in Cristinas Wohnung und hatte den Kopf auf ihren Schoß gelegt. Sie betrachtete dieses wunderbare Geschöpf und fragte sich noch immer, wie gut das Schicksal es nur mit ihr gemeint hatte, sie beide zusammenzuführen.

»Sehr sogar.«

»Ich auch.« Cristina lächelte zu ihr herunter, beugte sich nach vorn und küsste sie.

Delilah genoss es. Es war anders. Anders als jeder Kuss, den sie je mit einem Mann gehabt hatte. Jede Berührung war anders. Und das Gefühl war es auch.

Sie war verliebt, so richtig verliebt. So etwas in der Art hatte sie noch nie verspürt, und sie konnte noch immer nicht so richtig erfassen, ob es nun allein an Cristina lag, dass sie sich plötzlich zu einer Frau hingezogen fühlte, oder ob es schon immer in ihr gewesen war.

Es war aber auch egal. Sie war glücklich, und niemand konnte es ihr nehmen.

»Hast du es inzwischen deinen Schwestern erzählt? Das mit uns?«, fragte Cristina jetzt.

»Nein. Ich konnte es einfach noch nicht.«

»Aber warum? Schämst du dich etwa für deine Gefühle? Für mich?«

»Nein, Cristina, wirklich nicht. Ich weiß aber nicht, ob meine Schwestern so aufgeschlossen sind, und vor allem meine Grandma. Ich möchte einfach nicht, dass sie mich von nun an mit anderen Augen betrachten. Ich bin doch immer noch ich.«

»Wenn du es ihnen nicht sagst, wirst du es niemals herausfinden.«

»Ja, ich weiß. Und ich werde es ihnen sagen, das verspreche ich dir. Ich weiß nur noch nicht, wann.«

»Okay. Es ist deine Entscheidung.«

Ja. Das war es. Und für sie war es nun mal nicht so leicht wie für Cristina, die sich bereits mit sechzehn geoutet hatte. Sie hatte sie inzwischen all ihren Freunden vorgestellt, was Delilah einfach super gefunden hatte. Überhaupt mochte sie es, mehr über die Frau zu erfahren, die sie so unglaublich gern hatte. Und sie redeten viel. Denn bei ihnen ging es um weit mehr als nur um Sex, auch wenn der wirklich nicht zu verachten war. Eigentlich war er sogar das Beste, was Delilah je erlebt hatte, und sie genoss jeden Augenblick der Intimität. Doch mindestens genauso sehr genoss sie es, wenn sie beide einfach nur dasaßen und sich unterhielten.

Sie hatte bisher einiges über Cristina erfahren. Sie hatte ihr vom Jugendgefängnis erzählt und von ihrer Mutter, die sich schließlich zu Tode gesoffen hatte, als Cristina gerade einmal neunzehn gewesen war, woraufhin sie sich um ihren kleinen Bruder gekümmert hatte. Trotz ihrer Vorstrafe war ihr das Sorgerecht für den damals vierzehnjährigen Rafael zugesprochen worden. Da die zuständige Sozialarbeiterin und auch die Familienrichterin gefunden hatten, dass ihre Obhut noch immer besser war, als die beiden auseinanderzureißen und Rafi in eine Pflegefamilie zu geben. Der Junge hatte genug durchgemacht. Außerdem war Cristina wegen guter Führung vorzeitig entlassen worden und hatte sich einen Job als Pflückerin gesucht. Auf Frans Blaubeerfarm.

Cristina war die einzige Familie, die Rafi noch hatte, und sie gab ihr Bestes, für ihn zu sorgen. Im Sommer pflückte sie Blaubeeren und im Winter Navelorangen. Sie gab einfach alles und legte jeden übrigen Cent beiseite, um Rafi aufs College schicken zu können. Erst als er mit achtzehn nach Sacramento ging, um zu studieren, war sie zufrieden und konnte aufatmen.

»Ich habe viel besser für ihn gesorgt, als unsere Mom es je getan hat«, sagte Cristina stolz und auch ein wenig bitter.

»Das hast du. Und ich bin mir sicher, Rafi wird dir das nie vergessen.«

Rafi hatte Delilah bei einem ihrer Ausflüge nach Sacramento bereits kennengelernt. Er war ein lieber Junge und erinnerte sie ein wenig an Misha, weil er ebenso smart und wissbegierig war.

Cristina kannte ihre Schwestern natürlich ebenfalls schon, schließlich waren sie jetzt ihre Arbeitgeberinnen. Doch keine von beiden wusste, dass mehr zwischen ihnen war als nur Freundschaft. Misha war die Einzige, die etwas bemerkt hatte, und sie war froh, dass ihre Nichte es für sich behielt. Sie hatte sie darum gebeten, und sie hatte ihr versprochen, nichts auszuplaudern.

Doch irgendwann musste sie es Ally und Jill sagen, das wusste sie selbst. Sie wollte keine Geheimnisse vor ihrer Familie haben, sie war ihr doch das Wichtigste auf der Welt.

Zwei Tage später, es war der letzte Samstag im Mai, fasste sie sich ein Herz. Sie rief alle zusammen: Ally, Jill, Misha und Fran. Grandpa Cliff musste nicht unbedingt dabei sein, ihre Grandma konnte es ihm später erzählen, falls sie es für nötig hielt. Vielleicht würde er es aber auch gar nicht richtig verstehen beziehungsweise hätte es schon am nächsten Tag wieder vergessen.

»Was gibt es denn Wichtiges?«, fragte Grandma Fran, als sie an diesem Vormittag auf der Farm eintraf. »Ich muss gestehen, ich bin ein bisschen in Sorge. Du hast so ernst geklungen, Delilah.«

»Ist nichts Schlimmes, wirklich nicht. Darf ich euch bitten, euch zu setzen?« Sie deutete auf die Couch und die Sessel, auf denen ihre Familie sogleich Platz nahm.

Alle sahen sie neugierig und auch ein wenig verwirrt an. Nur Misha lächelte, da sie sich wahrscheinlich schon denken konnte, worum es ging. Sie nickte ihr sogar ermutigend zu, wofür sie ihr wirklich dankbar war.

»Also?«, fragte Jillian.

»Okay.« Sie stand vor ihrer Familie und wusste nicht, wie sie beginnen sollte. Spielte mit einer ihrer Dreadlocks, knabberte an ihrer Unterlippe, lief ein bisschen auf und ab. Sie war richtig nervös, so kannte sie sich selbst gar nicht. Also beschloss sie, so vorzugehen, als würde sie ein Pflaster abreißen, dann hatte sie es endlich hinter sich. »Okay, ich mache es schnell und sag es einfach frei heraus. Ich bin verliebt. In eine Frau.«

Jill und Ally sahen sie weiterhin stirnrunzelnd an. Anscheinend wussten sie diese Neuigkeit noch nicht so richtig einzuordnen.

»In Cristina«, fuhr sie fort. »Ihr kennt sie alle, Cristina Serratos, sie arbeitet hier als Pflückerin auf der Farm. Wenn ich in den letzten Wochen abends weg war, dann war ich bei ihr, und ich habe auch bei ihr übernachtet. Ich weiß, das ist neu für euch, und auch für mich, aber so ist es. Ich stehe auf Frauen. Auf eine Frau, meine ich. Also, was sagt ihr?«

Sie wagte es, die anderen anzusehen. Ihr Blick wanderte von Ally zu Jill und dann zu Grandma Fran.

Und Grandma Fran war es auch, die zuerst etwas sagte. »Na, das war doch klar wie Kloßbrühe!«

Überrascht sah sie sie an. »Du wusstest es?«

»Aber natürlich.«

»Hat Misha es dir etwa verraten?« Sie sah zu ihrer Nichte, die wie wild den Kopf schüttelte.

»Nein, das musste mir keiner sagen. Ich bin ja nicht blind.«

»Du wusstest es auch?«, fragte Ally ihre Tochter.

Misha zog entschuldigend die Schultern hoch.

»Habt ihr es denn alle gewusst? Also, sorry, aber ich bin ziemlich überrascht.«

»Ich hab es mir zumindest gedacht«, meinte Jill.

Ally sah verblüfft aus. »Okay, und du bist jetzt also mit ihr zusammen? Mit Cristina? So richtig?«

Delilah nickte. »Ja.«

»Puh, das muss ich erst mal verdauen.«

Grandma Fran, die neben Ally saß, blickte sie an. »Was gibt es denn da zu verdauen? Das ist doch etwas ganz Natürliches. Wenn Delilah und Cristina verliebt sind, dann lassen wir sie und unterstützen sie.«

Delilah ging zu ihrer Grandma und umarmte sie. Da hatte sie solche Angst vor ihrer Reaktion gehabt, und sie war diejenige, die es am besten aufnahm.

»Für mich ist das auch völlig okay«, sagte Jill, beugte sich vor und strich ihr über den Arm.

»Für mich sowieso«, kam es von Misha.

»Jetzt hört auf, mich als die Böse darzustellen«, rief Ally aus. »Ich habe doch gar nichts dagegen. Das ist nur alles ganz schön neu für mich, ich brauche wenigstens ein paar Minuten, um das zu verarbeiten. Ich meine, ich dachte doch die ganze Zeit, DeeDee steht auf Kerle. Immerhin ist sie diejenige unter uns, die die Männer immer gewechselt hat wie andere ihre Socken. Nichts für ungut, Süße.«

»Schon gut.« Sie winkte ab. Ihre Schwester hatte ja recht.

»Seit wann weißt du denn, dass ... wann ist dir klar geworden, dass du auf das andere Geschlecht stehst?«

»Ich habe es erst so richtig erkannt, als ich Cristina kennengelernt habe. Als ich mich in sie verliebt habe. Ich war auch ziemlich schockiert, das kannst du mir glauben. Wenn ich aber ehrlich sein soll, wusste ich es schon eine ganze Weile. Weil ich bei einem Mann einfach nie diese Gefühle hatte, auch wenn ich es mir so gewünscht hab.«

Ally schüttelte fassungslos den Kopf.

»Ist das wirklich so schwer für dich, das zu akzeptieren?«, fragte sie und war ein wenig traurig. Gerade von Ally hätte sie anderes erwartet.

»Nein, das ist es nicht. Ich werde es akzeptieren. Ich akzeptiere es! Wirklich! Du bist meine Schwester, und ich liebe dich, egal, ob du nun auf Frauen oder auf Männer abfährst. Ich bin nur gerade etwas erstaunt, dass ich überhaupt keinen Schimmer hatte. Ich meine, Misha und Grandma wussten es, Jillian irgendwie auch, und sogar Ireen hat es geahnt.«

»Ireen? Wie kommst du darauf?«

»Als Brendan und ich uns zum ersten Mal wiederbegegnet sind – an dem Tag hat er Gemüse ins Jugendzentrum geliefert –, da hab ich sie gefragt, ob er verheiratet ist. Ich wollte das nur checken, weil ich fand, dass ihr beide gut zusammenpassen würdet. Und da fragte Ireen mich, ob du denn nicht ganz andere Vorlieben hättest.«

Delilah lachte. »Du wolltest mich mit Brendan verkuppeln? Na, jetzt kannst du aber wirklich froh sein, dass ich auf Frauen stehe, was?« Ally war nämlich hoffnungslos in Brendan verknallt. Die beiden waren hier die zwei Turteltauben schlechthin.

Ihre Schwester grinste jetzt. »Ja, da hast du wohl recht.«

Sie konnte sich gar nicht einkriegen und lachte immer weiter, vor allem aber, weil sie einfach nur froh war, dass es jetzt raus war.

Fran begann mitzulachen, und schon bald stimmten auch die anderen ein, bis alle sich die Bäuche hielten und ihnen die Tränen liefen.

»So. Und jetzt sollten wir die Zeit nutzen, noch mehr Marmelade einzukochen«, sagte Fran irgendwann. »Der nächste Markttag ist nicht mehr weit.«

Marmelade, Marmelade. Delilah träumte sogar schon vom Marmeladekochen.

Wenn sie nicht von Cristina träumte.

Während die Erwachsenen also Marmelade kochten, ging Misha nach draußen, wo sie das Häuschen für die Kaninchen glattschliff. Mit Schleifpapier natürlich, nicht mit der Maschine. Jill hatte es zusammen mit ihr aus alten Holzlatten gebaut, und das Gehege nahm langsam Gestalt an. In gut einer Woche sollten die kleine Cotton Candy und ihre Schwester zu ihnen kommen. Zum Glück war es nicht schwer gewesen, Ally zu überzeugen, dass zwei Kaninchen mehr Sinn machten.

»Reichst du mir noch eine Packung Gelierzucker?«, bat

Grandma Fran, und Delilah nahm sie vom Tresen und gab sie ihr.

Fran riss sie auf und schüttete den Zucker zu den Blaubeeren, die sich bereits in dem riesigen Topf auf dem Herd befanden. Sie verrührte alles und ließ es aufkochen, bis es blubberte. Dann rührte sie noch eine Weile weiter, während das Ganze vor sich hin köchelte.

»Bring doch Cristina gerne mit zu meiner Geburtstagsfeier«, schlug Jill vor. Ihr Geburtstag war ausgerechnet am kommenden Donnerstag. Da sie den Markt aber nicht ausfallen lassen konnten, hatten sie beschlossen, am Samstag zu feiern. Sie wollten Grandpa Cliff auf die Farm holen, Ireen und Harriet würden auch wieder mit von der Partie sein, und sie alle würden, wie schon an Delilahs Geburtstag im April, draußen feiern und sich die Bäuche mit Kuchen und anderen Leckereien vollschlagen.

»Ehrlich? Das wäre echt cool. Ich frag Cristina gleich, ob sie kann.«

Sie freute sich über die nette Geste ihrer Schwester und tippte direkt eine Nachricht ins Handy, die sie an Cristina abschickte. Eine Minute darauf kam schon die Antwort.

Supergerne. Ich stoße direkt nach der Arbeit dazu.

Gut, dass sie es nicht weit hatte. Delilah strahlte. »Sie hat gesagt, sie kommt sehr gerne.«

»Sehr schön. Weißt du, ich kann schon verstehen, warum du den Männern den Rücken gekehrt hast«, sagte Jill.

»Ah ja? Wieso denn?«

»Ach, das sind doch alles Schweine. Ich kenne ehrlich keinen einzigen wirklich aufrichtigen Mann. Frauen sind da ganz anders.«

Grandma Fran sagte Ally, dass sie die Gläser bereitstellen sollte. Ihre Schwester nahm ein Glas nach dem anderen aus dem Karton, öffnete den Deckel und stellte es auf den Tresen.

»Na kommt, nicht alle Männer sind Schweine«, widersprach Ally und strich sich mit dem Unterarm eine Haarsträhne aus dem Gesicht, die sich aus ihrem Zopf gelöst hatte. »Es gibt auch gute. Brendan zum Beispiel ist ein wahrer Schatz.«

»Mag sein. Aber du kannst nicht leugnen, dass man die meisten von ihnen in die Tonne werfen könnte. Oder zum Mond schießen. Entweder betrügen sie dich, oder sie bevormunden dich. Und nachdem du ihnen die besten Jahre deines Lebens geschenkt hast, scheren sie sich einen Scheiß, ob du bleibst oder gehst.« Jill war jetzt so richtig in Rage. Sie benahm sich ja schon seit ihrer Ankunft sehr merkwürdig, jetzt schien sie aber endlich alles rauszulassen. »Na, gerade ihr beiden könnt da doch mitreden. Erinnere dich, wie Travis dich behandelt hat, Ally. Und Channing hat dich doch ebenso verarscht, DeeDee. Ja, und wer weiß, was Preston in all den Jahren hinter meinem Rücken gemacht hat! Viel bedeutet habe ich ihm anscheinend nicht. Inzwischen glaube ich sogar, dass ich mir unsere Liebe nur eingebildet habe. Sie hat überhaupt nie existiert!«

»Ich konnte Preston zwar noch nie leiden, kann mir aber nicht vorstellen, dass er dich betrogen hat«, sagte Delilah.

»Warum denn nicht? Machen das nicht alle Männer? Hat Travis Ally nicht jahrelang betrogen? Immer und immer wieder?«

Sie hörte etwas zu Boden scheppern. Die anderen hörten es auch, und sie alle drehten sich zur Küchentür. Misha stand dort, ein Blumentopf aus Keramik lag zerbrochen vor ihr auf dem Boden.

Schockiert stand sie da, doch schon im nächsten Moment lief sie davon.

»Scheiße, Jill!«, sagte Ally und lief ihr hinterher.

Jillian sah echt betroffen aus. »Das wollte ich nicht. Ehrlich nicht.« Sie setzte sich auf einen der Hocker und legte das Gesicht in die Hände.

Grandma Fran stellte den Kochtopf mit der Marmelade beiseite, die war gerade nicht mehr wichtig. Sie ging zu Jillian und legte ihr einen Arm um die Schulter.

Und Delilah stand nur da und fragte sich, was zum Teufel hier gerade passiert war.

Kapitel 38

Jillian

Auf einer Farm ist ein Geburtstag ein Tag wie jeder andere. Man arbeitet, kümmert sich um die Angestellten und restauriert in ihrem Fall ein altes Haus.

Sie kam wirklich gut voran, schneller, als sie gehofft hatte. Das erste Zimmer war bereits komplett fertig, und zwei weitere hatte sie zumindest schon gestrichen. Sie suchte in dem großen Haus immer wieder nach geeigneten alten Möbeln, die sie bearbeiten konnte. All das Schleifen, Streichen, Polieren und Verzieren machte ihr richtig Spaß, und sie konnte sich sogar vorstellen, so etwas in Zukunft mal beruflich zu machen.

An diesem Vormittag nun, nachdem sie auf der Farm nach dem Rechten gesehen, Arturo begrüßt und in der Halle vorbeigeschaut hatte, ging sie ins Haupthaus, um sich mit einer großen Flasche Wasser und ein wenig Obst einzudecken. Sie winkte Ally kurz zu, die im Wohnzimmer an dem alten Schreibtisch saß und Rechnungen schrieb. Dann ging sie ins Gästehaus und widmete sich wieder Zimmer Nummer zwei, stellte die gerade fertig restaurierte Kommode hinein und hängte einen Spiegel an die Wand, den sie in einem Antiquitätenladen in Stockton ergattert hatte. Sie liebte es, herumzufahren und nach schönen Dingen für ihre Pension zu stöbern, oft machte sie wirklich tolle Schnäppchen und freute sich dann immer besonders, sie ihren Schwestern zu präsentieren. All diese Aufgaben lenkten sie glücklicherweise mehr und mehr von ihrem alten Leben ab, von ihren sogenannten Freundinnen, die sich dann und wann meldeten und sie bestürzt fragten, wie sie nur Scottsdale gegen eine Blaubeerfarm eintauschen konnte. Sie ließ sie in dem Glauben, sie sei nichts als eine Blaubeerfarmerin. Warum sollte sie ihnen von der wunderbaren Pension erzählen, der sie ihre Tage widmete? Das war ihre Therapie, ihr Weg, ihren Frieden mit der Vergangenheit und mit sich selbst zu schließen, und sie wollte all das mit niemandem teilen.

Ja, und das Restaurieren, Renovieren und Möblieren lenkte sie auch von Preston ab. Von ihm hatte sie nichts mehr gehört und war froh darüber. Denn nachdem sie sich nun wochenlang alles hatte durch den Kopf gehen lassen, war sie sich endlich sicher, dass es endgültig aus und vorbei war. Insgeheim hatte sie lange gehofft, dass Preston sie anflehen würde, zu ihm zurückzukommen. Dass er hier auftauchen und ihr seine Liebe gestehen oder irgendeine andere romantische Geste zeigen würde, der sie einfach nicht hätte widerstehen können. Vielleicht wäre sie sogar zu ihm zurückgegangen, zurück nach Scottsdale gezogen, nachdem sie mit der Pension fertig wäre und ihre Schwestern ohne sie klarkämen.

Doch Preston hatte sie anscheinend abgehakt. Und sie fand sich mit der Situation ab. War inzwischen sogar erleichtert, dass es so gelaufen war, denn nun wusste sie endlich, wer sie sein wollte. Wer sie sein konnte. Ein selbstständiger Mensch, der nach seinen eigenen Wünschen und Regeln lebte, und nicht nach denen anderer.

Deshalb liebte sie ihre Schwestern so. Sie nahmen sie so, wie sie war. Sie drängten sie nicht und akzeptierten es, wenn sie über bestimmte Dinge nicht reden wollte. Sie wusste, dass sie es ihnen in den letzten Wochen ziemlich schwer gemacht hatte, weil sie so in sich gekehrt war. Doch diese Sache musste sie mit sich allein ausmachen. Auch wenn sie wusste, dass ihre Schwestern immer für sie da waren, auch mit einem guten Rat, musste sie sich selbst aus ihrem Loch herausstemmen. Und sie hatte es geschafft.

Preston war vergessen, zumindest fast, und sie war endlich wieder glücklich. Heute Morgen, als sie nach dem Aufwachen in die Küche gekommen war und ein Geburtstagstisch mit Blumen, Kuchen und Geschenken bereitgestanden hatte, hätte sie sich nicht mehr freuen können. Leider konnten sie heute nicht so richtig feiern, weil ja Markttag war, doch am Samstag würden sie es nachholen. Dann würde Jillian nicht nur ihren Geburtstag, sondern auch ihr neues Leben feiern. Und ihre Freiheit.

Dummerweise machte Preston ihr ausgerechnet heute einen Strich durch die Rechnung. Sie hatte ehrlich gehofft, dass er ihren Geburtstag einfach vergessen würde, doch nun, als sie gerade den Spiegel fertig angehängt hatte, erschien eine Nachricht auf ihrem Handy.

Happy Birthday, Jill! Ich hoffe, dir geht es gut und du lässt dich feiern. Dies ist der erste Geburtstag seit acht Jahren, den wir nicht zusammen verbringen, und das macht mir wieder deutlich, wie sehr du mir fehlst. Findest du nicht auch, wir sollten noch mal über alles reden? Das mit uns kann doch nicht einfach so vorbei sein. Ich liebe dich, Jill, und ich weiß, du liebst mich auch. Denk drüber nach. Preston

Verdammt!!!
Da hatte sie gerade geglaubt, über ihn hinweg zu sein, und jetzt schrieb er ihr so was!
Mit zitternden Fingern tippte sie in ihr Handy:

Lieber Preston, ich danke dir vielmals für deine Glückwünsche. Doch ich finde nicht, dass es noch etwas zu bereden gibt. Es ist vorbei. Du hast es so gewollt. Jill

Sie hatte Mühe, ruhig zu atmen. In ihrem Kopf drehte sich alles, und ihr Herz pochte wie wild, weshalb sie sich nun erst einmal setzen musste.
Warum tat er ihr das an? Ausgerechnet an ihrem Geburtstag? Das war doch nicht fair!
Eine gefühlte Ewigkeit saß sie da und starrte auf den Spiegel. Irgendwann kam Ally herein und sagte, dass sie demnächst zum Markt fahren würden.
»Kannst du vielleicht auf Misha achtgeben? Sie will nicht mitkommen. Conny ist hier, die beiden sehen sich einen Film an.«
Die Sommerferien hatten bereits begonnen. Und so gern Jill normalerweise Zeit mit Misha verbrachte, schüttelte sie den Kopf. »Tut mir leid, ich muss noch mal weg.«
»Oh. Zu Grandpa?«
»Nein, ich habe etwas zu erledigen.«
»Okay, dann müssen die Mädels halt doch mitkommen.« Ihre Schwester betrachtete sie. »Bist du okay?«
»Ja, alles gut.« Doch sie sah Ally an, dass sie es ihr wieder einmal nicht abnahm. »Nein, eigentlich nicht. Preston hat

sich gemeldet. Er schreibt, dass er mit mir reden will, und dass er mich liebt.«

»Aber das ist doch schön. Vielleicht gibt es für euch beide doch noch eine Chance?«

»Nein, die gibt es nicht«, erwiderte sie und ging an ihrer Schwester vorbei aus dem Zimmer.

Ally lief ihr nach. »Jill, ich weiß, du willst nicht reden, aber kannst du mir nicht wenigstens sagen, was ... warum ... hat er dir irgendwas angetan?«

Sie blieb stehen. »Nein, nicht körperlich. Doch er hat mich jahrelang kontrolliert und verbogen. Ich war gar nicht mehr ich selbst. Jetzt bin ich es endlich wieder, und so soll es auch bleiben.«

Ally nahm sie in den Arm. »Ich bin froh, dass du das erkannt hast. Bleib stark, ja?«

Sie nickte. »Das werde ich.«

Erst wollte sie Ally noch fragen, ob sie sich ihren Wagen ausleihen konnte, weil sie den Pick-up ja heute brauchten, um Waren zum Markt zu transportieren. Doch dann entschied sie sich spontan, Frans Fahrrad zu nehmen. Die frische Luft würde ihr guttun, und das war dann auch wirklich so. Der Wind, der ihr ins Gesicht wehte, bewirkte, dass ihr Kopf gleich ein wenig klarer wurde.

Sie hatte keinen Plan. Wusste nicht, wo sie überhaupt hinwollte. Wusste nur, dass sie mal rausmusste. Und dann kam ihr Adrian Allister in den Sinn, der neulich so freundlich gewesen war und dessen Namen sie inzwischen kannte, da sie sich bei ihren Schwestern nach ihm erkundigt hatte. Sie fuhr zu seinem Restaurant, stellte das Fahrrad davor ab, und ging hinein. Sie bestellte sich Linguine mit Gorgonzolasauce und ein Glas Weißwein. Während sie ihr Geburtstagsessen genoss, hielt sie Ausschau nach Adrian, doch er schien nicht da zu sein. Also fragte sie die Bedienung, ob er zu sprechen wäre.

»Nein, tut mir leid, Mr. Allister ist gerade außer Haus.«

»Sehr schade. Ist er auf seinem Weingut?«

»Nein, nur ein paar Besorgungen machen. Darf ich ihm etwas ausrichten?«

»Nein, danke, ist nicht so wichtig.« Sie bezahlte und ging. Fuhr weiter auf ihrem Fahrrad durch die Stadt. Durch den Ort ihrer Kindheit, dem schönen Lodi, das sie schon damals aufgefangen, ihr Geborgenheit und Hoffnung geschenkt hatte. Nie hätte sie geglaubt, eines Tages wieder hier zu landen, doch so war es, und sie war froh darüber.

Sie fuhr durch den weißen Bogen hindurch und stieg ab, um das Fahrrad ein Stück zu schieben. Sie sah in jeden Laden hinein, hinter jede Biegung, und hoffte noch immer, auf Adrian zu treffen. An ihrem Geburtstag musste das Schicksal es doch einfach gut mit ihr meinen, oder?

Und dann entdeckte sie ihn tatsächlich, und zwar an einem Tisch des Lodi Grand Cafés, wo sie einander schon neulich begegnet waren. Er trug Schwarz, wie auch schon beim letzten Mal. Wahrscheinlich war es einfach sein Stil. Sie musste lächeln, schloss ihr Fahrrad an und ging zu ihm.

»Darf ich mich vielleicht zu Ihnen setzen?«

Er schenkte ihr ein Lächeln. »Wie schön, Sie wiederzusehen. Aber natürlich, setzen Sie sich gerne.«

Nachdem sie ihm gegenüber Platz genommen hatte, wusste sie plötzlich gar nicht, was sie nun tun sollte. Weshalb hatte sie Ausschau nach ihm gehalten? Was wollte sie ihm sagen?

Weil ihr nichts Besseres einfiel, sagte sie: »Ich war gerade in Ihrem Restaurant essen.«

»Oh. Ich hoffe, es hat Ihnen geschmeckt?«

»Sehr. Ich hatte die Linguine Gorgonzola.«

»Die mag ich auch sehr gern.«

»Ich habe heute Geburtstag«, ließ sie ihn wissen.

Er riss überrascht die Augen auf. »Ist das Ihr Ernst? Und da gehen Sie ganz allein essen?«

Sie zuckte die Achseln. »Es ist Donnerstag. Meine Schwestern und meine Grandma sind auf dem Markt, wir haben da einen Stand.«

»Ah, ja. Der Lodi Farmers Market.«

Sie nickte. Versuchte, den Klang seiner Stimme zu deuten. »Mögen Sie ihn nicht?«

»Doch, schon. Aber dort ist es immer sehr belebt. Die vielen Menschen ... da hab ich ein wenig Sorge, zu stolpern und zu fallen.«

»Oh, wegen Ihrer Verletzung?«

Adrian sah sie an. Sagte nichts. Sah ganz bedrückt aus. »Das ist keine Verletzung. Mir wurde vor ein paar Jahren der Unterschenkel abgenommen.«

Das schockierte sie nun aber doch ein wenig. Vor allem hatte sie ihn ja gehen sehen, am Stock zwar, jedoch hätte sie niemals geglaubt, dass er eine Beinprothese trug.

»Das tut mir sehr leid«, erwiderte sie und hätte zu gern gefragt, wie das passiert war. Doch sie war ja hier diejenige, die kaum etwas von sich preisgab. Ihren Schwestern gegenüber, Grandma Fran, und Adrian Allister, der nicht einmal ihren Namen kannte, wie ihr jetzt auffiel!

»Oh mein Gott, ich habe mich Ihnen noch nicht einmal vorgestellt, wie mir gerade klar wird. Tut mir leid. Mein Name ist Jillian Rivers.«

Nun lächelte er wieder. »Happy Birthday, Jillian Rivers. Ich bin Adrian Allister.«

»Ja, ich weiß.«

Er strahlte. »Darf ich Sie wenigstens heute auf ein Stück Kuchen einladen?«

Sie nickte. »Sie dürfen.«

Sie unterhielten sich eine ganze Weile. Schon lange hatte Jill es nicht so genossen, sich mit einem anderen Menschen auszutauschen. Vielleicht war es so, weil das Schicksal es nicht immer gut mit Adrian gemeint hatte, und er im Gegensatz zu Preston und ihren Bekannten in Scottsdale ein genügsamer, dankbarer und bescheidener Mensch war.

Er erzählte ihr von dem Unfall, der sich vor fünf Jahren ereignet hatte. Er war damals ein begeisterter Kletterer gewesen und hatte im Yosemite National Park den El Capitan besteigen wollen. Leider hatte seine Sicherung versagt, und er war den Berg hinabgestürzt. Es sei ein Wunder, dass er überhaupt überlebt hatte, sagte er ehrfürchtig. Danach habe er monatelang im Krankenhaus gelegen. Ein Arm, ein paar Rippen und ein Halswirbel waren gebrochen, das rechte Bein allerdings war bei dem Aufprall auf einen Felsen zertrümmert worden. Er musste ganze sieben Mal operiert werden, bis er stabil war. Doch das alles hatte er ertragen, weil er wusste, dass zu Hause seine Verlobte Chantal auf ihn wartete. Leider wollte die dann aber mit keinem »Krüppel« zusammen sein, mit dem sie ihrer Meinung nach keine Familie würde gründen können, weshalb sie Schluss mit ihm machte, sobald er aus dem Krankenhaus entlassen wurde.

»Ich habe dann im Nachhinein erfahren, dass sie da schon längst einen neuen Partner hatte. Und ich stand mit nichts da. Nun ja, ich hatte noch mein Weingut, auf das ich mich von da an voll konzentrierte. Vor zwei Jahren habe ich dann das Restaurant eröffnet.«

»Wow! Sie sind ein wirklich tapferer Mann. Und es tut

mir sehr leid, was mit Ihrer Verlobten passiert ist.« Plötzlich kamen Jill ihre eigenen Probleme richtig bedeutungslos vor.

»Danke«, erwiderte Adrian. »Und möchten Sie mir nun auch erzählen, was Ihnen passiert ist? Weshalb Sie so traurig sind?«

»Ein andermal, ja? Nicht heute, nicht an meinem Geburtstag.«

Er lächelte sie verständnisvoll an. »Na, dann wollen wir uns mal wieder den schönen Dingen des Lebens zuwenden. Darf es noch ein Stück Kuchen sein?«

Sie lachte. Sie hatte bereits ein Stück Cappuccinotorte und ein Stück Rhabarberkuchen mit Sahne gehabt. Ihr platzte fast der Magen. Sie musste an früher denken, als sie sich an ihrem Geburtstag gerade mal ein winziges Stück Kuchen genehmigt und zum Abendessen dann einen Salat gegessen hatte.

»Nein, danke. Ich bin jetzt schon voll bis obenhin, und meine Schwestern wollen sicher auch noch mit mir zu Abend essen.«

»Na dann ... Ich freue mich, dass Sie Ihren Geburtstagsnachmittag mit mir verbracht haben. Mein Geburtstag ist in zwei Wochen, vielleicht können wir das dann ja wiederholen?« Er sah sie mit seinen dunklen Augen an; jetzt kannte sie endlich den Grund für die Traurigkeit darin.

»Das würde ich sogar sehr gerne. Danke noch mal für die Einladung«, sagte sie, verabschiedete sich und schwang sich auf ihr Fahrrad. »Passen Sie auf sich auf!«

»Sie ebenso!«

Winkend fuhr sie davon, zurück zur Farm, wo gerade einer der Trucks die tägliche Ladung Blaubeeren abholte. Um sieben Uhr stand sie bereit und entlohnte die Arbeiter, die nun täglich ihr Geld bekamen. Das war zwar aufwendiger, aber doch sicherer und übersichtlicher, wie sie fand. Und da Grandma Fran ihr die Leitung der Angestellten überlassen hatte, hatte sie gleich ein paar Änderungen eingeführt.

Man ahnte ja als Außenstehender gar nicht, wie viel Arbeit so eine Farm machte. Wie viel zu beachten und bedenken war. Es ging nicht nur um die Erntehelfer, sondern auch um die Unterkünfte, die sie ihnen zur Verfügung stellten. Es ging um die Bestellungen und die Auslieferungen, die Trucks, die täglich Unmengen von Blaubeerkisten abholen kamen, die hohen Wasserrechnungen, die beglichen werden mussten, und so weiter und so fort. Eine so große Farm brachte zwar viel ein, doch siebzig Prozent der Einnahmen gingen allein schon an die Arbeiter, und man musste natürlich auch bedenken, dass nur fünf oder sechs Monate lang geerntet werden konnte. Den ganzen Winter lang würden sie überhaupt nichts verdienen und mussten trotzdem über die Runden kommen, was bedeutete, dass sie jetzt schon vorsorgen und sich alles gut einteilen mussten.

Während Jill die Helfer also nun verabschiedete, hatte sie noch immer Adrian im Kopf. Er war wirklich nett, und sie war froh, einen Freund gefunden zu haben.

»Feiern Sie noch schön, Jillian!«, wünschte Arturo ihr, bevor er als Letzter die Halle verließ.

»Vielen Dank. Sehr nett von Ihnen, Arturo!«, sagte sie und warf einen Blick auf ihr Handydisplay. Es war kurz vor halb acht. Der Markt würde bald vorbei sein. Sie hatte schon die ganze Zeit ein schlechtes Gewissen, weil sie Ally heute eine Abfuhr wegen Misha erteilt hatte. Die arme Kleine hatte nicht ihren Film weitergucken können, sondern mit zum Markt gemusst, obwohl sie sich zurzeit am liebsten verkroch. Sie hatte es nicht leicht, nachdem sie neulich die Wahrheit über ihren Vater aus Jillians Mund mitangehört hatte. Sie hatte dringend etwas gutzumachen, also beschloss sie spontan, noch ins Zentrum zu fahren.

»Jill! Was machst du denn hier?«, rief DeeDee ihr zu.

Grandma Fran, die gerade dabei war, die übrig gebliebenen Marmeladengläser in eine Kiste zu stellen, kam um den Tisch herum und schloss sie in die Arme.

»Noch mal alles Gute zum Geburtstag, meine Süße.«

»Danke, Grandma.«

»Ist alles wieder okay?«, flüsterte Ally ihr zu, und sie nickte.

»Ich dachte mir, wir könnten doch alle zusammen Pizza essen gehen. Was haltet ihr davon?«, fragte sie.

Misha strahlte, und ihr wurde bewusst, dass man jede Situation zum Besseren wenden konnte. Jeder hatte sein Paket zu tragen, doch am Ende wurde alles leichter, wenn man sich nur helfen ließ.

Kapitel 39

Fran

Fran ging den Gang hinunter, bis ganz zum Ende, und klopfte dann an die Tür ihrer neuen Freundin.

»Ja?«, hörte sie Edie rufen und trat ein.

Sie entdeckte ihre Freundin am Fenster und schenkte ihr ein Lächeln. »Bist du fertig? Das Bingo-Spiel fängt in einer Viertelstunde an.«

»Aber ja.« Edie Carmichael stand von ihrem Sessel auf, warf noch einen Blick in den Spiegel, strich sich das weiße Haar glatt und tapste zur Tür. »Danke, dass du mich abholen kommst.«

»Aber gerne, meine Liebe. Ich hoffe, wir gewinnen heute was Schönes.«

Fran hatte, wie sie es Brendan versprochen hatte, seine Tante unter ihre Fittiche genommen. Vor einer Woche war sie einfach zu ihr gegangen und hatte sie gefragt, ob sie mit zum Bingo kommen möge, das immer freitagnachmittags stattfand. Zuerst hatte sie nicht so richtig gewollt, doch mit ihrer gewohnt herzlichen, aber vehementen Art hatte Fran sie schließlich aus ihrem Zimmer gelockt. Der Spielenachmittag hatte ihnen beiden mehr Spaß bereitet, als sie erwartet hätten, und so beschlossen sie, von nun an jeden Freitag dabei zu sein.

Fran hatte zwar ein wenig Sorge um Cliff, der dann den Nachmittag nicht wie gewohnt mit ihr, sondern allein verbringen musste, doch sie wusste inzwischen, dass es auch andere Menschen gab, die ihre Zeit und Fürsorge brauchten. Außerdem war sie ja nie weit, und beim Abendessen würden sie wieder zusammen sein. Und heute zum Beispiel hatte Delilah versprochen, für ein Stündchen vorbeizuschauen. Die war so unglaublich toll, kam dann und wann ins Seniorenheim und unterhielt sich mit den älteren Herrschaften, die sonst niemanden hatten, dem sie ihre Geschichten erzählen konnten. Und einmal hatte sie sogar ihre Zaubersachen mitgebracht und ein paar Tricks vorgeführt. Arthur und Mickey hatten sich heute beim Frühstück noch immer gefragt, wie sie nur Arthurs Armbanduhr hatte verschwinden lassen, die dann – Überraschung! – in Mickeys Westentasche wieder aufgetaucht war.

Fran und Edie gingen nun also den Gang hinunter, und es fühlte sich ein bisschen so an wie damals, als sie mit Annie etwas unternommen hatte. Oder auch später, wenn sie sich mit einer der Frauen aus dem Ort getroffen hatte, um Kaffee trinken oder auch zum Strickkurs, Buchclub oder in die Bibelstunde zu gehen. Leider waren die meisten ihrer Freundinnen nicht mehr da, eine nach der anderen war von ihnen gegangen, was Fran oft sehr traurig machte. Aber dann dachte sie an all die Menschen, die sie noch hatte, und war einfach nur von Dankbarkeit erfüllt.

Sie musste an ihre Enkelinnen denken. Sie war sehr stolz, wie schnell sie sich auf der Farm eingelebt hatten und wie gut sie alles managten. Alison kümmerte sich gewissenhaft um alles Geschäftliche, Jillian hatte ein Gespür für die Mitarbeiter, und Delilah war sowieso der effizienteste Mensch, den sie kannte. Was das Mädchen an einem einzigen Tag schaffen konnte, war ihr ein Rätsel. Sie backte und kochte, half Jill beim Restaurieren des Gästehauses, stand donnerstags mit am Stand, sie fuhr Besorgungen machen, erledigte Einkäufe, pflanzte Gemüse an, kümmerte sich um Frans Blumengarten, ohne jemals müde zu werden. Und abends ging sie dann oft noch aus, mit ihrer neuen Freundin, die Fran ja schon seit Jahren kannte, doch erst am vergangenen Samstag näher kennengelernt hatte, als sie mit ihnen Jillians Geburtstag gefeiert hatte.

Delilah hatte an ihrer Seite sehr glücklich gewirkt. Zufrieden und friedlich, als wäre sie an irgendeinem Ort angekommen, nach dem sie lange gesucht hatte. Fran freute sich für sie und fand es gar nicht schlimm, dass eine Frau ihre Enkelin erstrahlen ließ. Sie hatte es sogar Cliff erzählt, doch als sie Cristina ein paar Tage später wieder erwähnte, hatte er schon keine Ahnung mehr, wer das Mädchen war.

Armer Cliff. Früher war er so ein helles Köpfchen gewesen, heute stand sein Gehirn oftmals still oder ratterte zumindest nur noch sehr langsam. Als bräuchte es eine Generalüberholung, neue Ersatzteile, die aber nirgendwo aufzufinden waren.

Wie damals der Reifen.

Sie fragte sich noch heute, was gewesen wäre, wenn die Werkstatt den passenden Ersatzreifen auf Lager gehabt hätte und sie und Herbert sofort hätten weiterfahren können. Es wäre nie zu dem Kuss gekommen. Hätte das ihre Geschichte verändert?

Wären Cliff und sie dann überhaupt zusammengekommen?

»Wie viele Karten möchtet ihr?«, fragte Myrtle, eine Ehrenamtliche, die das Bingo stets organisierte. Sie ging mit den Bingo-Karten von Tisch zu Tisch, sie kosteten einen Dollar pro Stück.

»Ich nehme fünf«, sagte Fran, reichte Myrtle einen Fünfdollarschein und bekam im Gegenzug fünf Bingo-Karten und einen Stift.

»Und ich hätte gern drei«, sagte Edie und bezahlte ihrerseits.

Fran wusste nicht, ob Edie lediglich drei Karten genommen hatte, weil sie knapp bei Kasse war. Dennoch schob sie ihr eine ihrer Karten hin. »Jetzt haben wir beide vier, das ist doch viel besser.«

Edie bedankte sich mit einem Lächeln, und sie beide bereiteten sich vor. Nahmen den Stift in die Hand, mit dem man eine richtige Zahl markieren konnte.

Reverend Newton erschien auf der Bühne und begrüßte alle. Manchmal übernahm er die Moderation, manchmal der nette Mr. Jones aus der örtlichen Bibliothek.

Reverend Newton drehte die gläserne Trommel. Nachdem alle Kugeln durchmischt waren, hielt er sie an und öffnete die Luke, woraufhin eine Kugel herausrollte. Der Reverend nahm sie in die Hand. »B 12«, las er laut vor.

Alle circa zwanzig Anwesenden durchsuchten ihre Karten nach der Nummer. Reihe B, Nummer 12.

»Ui, die hab ich!«, freute sich Edie und markierte die Nummer mit einem Kreis.

»Wie schön«, sagte sie und tätschelte Edies Schulter.

Am Ende gewann aber doch Fran. Sie hatte als Erste eine Reihe voll und durfte sich etwas vom Preistisch aussuchen. Sie entschied sich für eine Packung Kugelschreiber.

»Oh, die sind aber hübsch«, sagte Edie, als Fran wieder

am Tisch saß. Ihre neue Freundin betrachtete die Kugelschreiber mit den Katzenmotiven.

»Nicht wahr? Und wie wunderbar, dass es gleich mehrere sind. So können wir sie teilen.« Sie öffnete die Packung, nahm zwei der vier Stifte heraus und schenkte sie Edie.

»Oh, Fran. Vielen Dank. Ich freu mich sehr.«

»Und ich freu mich, in dir eine neue Freundin gefunden zu haben.«

Sie lächelten einander an, und Fran hoffte sehr, dass ihre Freundschaft eine Weile bestehen durfte.

Nach dem Bingo ging Fran zu Cliff, bei dem immer noch Delilah saß. Sie hielt ihm ein Foto ihres Daddys hin und erzählte Cliff von ihm. Frans Hals schnürte sich zu, und als Delilah mit einem großen Lächeln im Gesicht aufsah, musste sie wegsehen. Denn es war Sams Lächeln.

»Wie war's beim Bingo?«, fragte Delilah.

»Sehr nett. Ich habe sogar etwas gewonnen.« Sie zeigte ihrer Enkelin die Katzen-Kugelschreiber.

»Die sind ja hübsch. Aber es fehlen zwei.«

»Ich habe meiner Freundin Edie welche abgegeben.«

»Hätte ich mir denken können.« Delilah stand auf, umarmte sie sachte und stellte das Bild zurück auf die Kommode. Dann gab sie Cliff einen Kuss auf die Wange und sagte: »Bis bald, Gramps. Ich hab dich lieb.«

»Bis bald«, erwiderte er und lächelte selig.

Fran starrte noch eine Weile auf das Foto von Sam. Obwohl sie und Cliff sich weitere Kinder gewünscht hatten, war Fran doch nie wieder schwanger geworden. Allzu sehr betrübt hatte sie das allerdings nicht, da Sam der niedlichste und aufgeweckteste Junge war, den man sich nur vorstellen konnte – und sie schenkten ihm all ihre Liebe. Als er mit neunzehn die Blaubeerfarm verließ, um in Berkeley zu studieren, fiel es ihnen schwer, ihn ziehen zu lassen. Nicht ahnend, dass sie ihm schon bald auf ewig Lebewohl sagen müssten.

Wie immer machten die Erinnerungen Fran traurig. So traurig, dass sie sie gleich wieder verscheuchte. Sie legte Cliff eine Hand auf die Schulter und war dankbar, als er sie liebevoll drückte.

Bald darauf gab es das Abendessen. Fran saß mit Cliff zusammen und erzählte ihm vom Bingospielen mit Edie.

»Meine Mutter hat früher auch Bingo gespielt«, erzählte er, und Fran freute sich, dass er sich heute mal an etwas anderes aus der Vergangenheit erinnerte. Sonst beinhalteten seine Erinnerungen beinahe immer nur die Blaubeerfarm oder die Mädchen, als sie noch klein waren und bei ihnen gelebt hatten.

»Ja? Wie nett«, sagte sie und sah ihn gespannt an. Ob da wohl noch mehr kommen würde?

»Ja, sie hat es gern gespielt. Und gebacken hat sie auch gern. Erinnerst du dich an sie? Und an ihre Blueberry Pies?«

»Aber natürlich tue ich das.«

»Weißt du noch an dem Tag, als wir uns kennenlernten? Da hast du ein Stück von ihrem Pie probiert.«

Ihr Herz schlug schneller. Der Tag, an dem sie sich kennenlernten?

»Ja, Cliff, das weiß ich noch. Es war im Mai 1962.«

»Du trugst ein blaues Kleid, das dir fabelhaft stand.«

Tränen stiegen ihr in die Augen, denn er hatte recht. Sie hatte das Kleid geliebt und bewahrte es bis heute in einer der Kisten auf dem Dachboden auf.

»Oh, Cliff«, sagte sie und nahm seine Hand in ihre.

Und nach dem Abendessen, nachdem alle schon in ihren

Betten lagen, schlich sie sich aus ihrem Zimmer und hinein in das von Cliff, ihrem Schatz, dem einzigen Mann, den sie je geliebt hatte. Sie legte sich zu ihm ins Bett und hoffte, dass er noch nicht schlief, obwohl seine Augen geschlossen waren, wie sie im Schein des Nachtlichtes erkennen konnte.

Heute Nacht brauchte sie seine Nähe so sehr.

»Fran?«, hörte sie ihn fragen.

»Ja, mein Liebling. Ich bin es. Ich hatte gehofft, dass wir ein wenig kuscheln könnten. Wenn du es auch möchtest.«

Cliffs Antwort war ein Kuss. »Oh, Franny«, sagte er und hielt sie so fest, dass sie seinen Herzschlag spüren konnte.

Sein Herz, das all die Jahre nur für sie geschlagen hatte.

»Ich liebe dich, Cliff«, hauchte sie in sein Ohr.

»Und ich liebe dich, meine Fran. Mein hellster Stern am Himmel.«

So hatte er sie früher immer genannt. Weil sie doch ein kleiner Star in Hollywood gewesen war, für ihn aber der größte war.

Er wusste es noch. Sie konnte es kaum glauben.

Er hatte es nicht vergessen.

Er hatte es nicht vergessen.

Kapitel 40

1962

Im Oktober ließ Frances Los Angeles hinter sich. Sie hatte all ihre Sachen und selbstverständlich auch ihren Farbfernseher eingepackt und sich von Cliff abholen lassen. Während sie in Richtung Lodi fuhren, fragte sie sich, ob sie ihr geliebtes Hollywood je wiedersehen würde.

Die Farm wirkte jetzt im Herbst völlig anders. Die Felder waren kahl, weit und breit war keine einzige Blaubeere mehr zu sehen. Doch das Lager war voll von Marmeladengläsern, Sirupflaschen, eingemachten und getrockneten Blaubeeren, sodass man auch im Winter noch etwas von den süßen Früchten hatte.

Frances lernte Lodi kennen, und auch wenn man es nicht im Mindesten mit Los Angeles vergleichen konnte, gefiel es ihr gut – denn Cliff war an ihrer Seite. Sie mussten sich keine Briefe mehr schreiben oder sich mit ein paar Minuten am Telefon zufriedengeben, sie konnten sich jederzeit sehen, endlose Gespräche führen, Händchen halten und sich hin und wieder heimlich küssen – immer darauf bedacht, dass Cliffs Eltern es nicht mitbekamen, die streng religiös waren und solch ein Verhalten niemals geduldet hätten.

Frances zog bis zur Hochzeit ins alte Zimmer von Cliffs

jüngerer Schwester Harriet, die bereits vor zwei Jahren ausgezogen war, um zu heiraten. Mit seinen Eltern verstand Frances sich prächtig, und schon bald hatte sie sich eingerichtet und begann, tägliche Aufgaben zu übernehmen.

June brachte ihr Kochen, Backen sowie Nähen bei und zeigte ihr alles, was man als Blaubeerfarmerin können musste. Die Sehnsucht nach Hollywood mit seinem gewissen Flair, nach ihrem gewohnten Lifestyle, den Fotoshootings und der Bewunderung, nach Annie und Herbert, ja, sogar nach ihren Eltern versuchte sie, einfach hinunterzuschlucken. Denn sie war nun endlich bei ihrem Cliff, das war doch das, was sie gewollt hatte. Über alles andere würde sie schon hinwegkommen.

Mit der Zeit.

Doch die Wochen kamen und gingen, das Hochzeitskleid wurde angepasst, die Kirche gemietet, die Gästeliste geschrieben, das Essen geplant – und die Sehnsucht wurde immer schlimmer. Frances tauschte fleißig Briefe mit Annie aus, die zwar noch immer keine Anstellung bei einem Ballettensemble bekommen hatte, dafür aber einen neuen Freund, der Filmproduzent war und sie auf Premieren mitnahm, bei denen sie die Prominenten aus nächster Nähe sehen konnte. Ihre Freundin war sogar bei der Hollywood-Premiere von *Girls! Girls! Girls!* gewesen und hatte den King Elvis Presley höchstpersönlich getroffen – Frances hätte nicht neidischer sein können.

Doch dann, ein paar Tage vor der Hochzeit – sie und Cliff schliefen noch immer in getrennten Zimmern –, klopfte es eines späten Abends an der Tür. Als Frances im Nachthemd aufmachen ging, stand Cliff davor, und er bat sie, mit ihm mitzukommen.

Er führte sie hoch in sein Zimmer, das sich im zweiten

Stock befand. Aus Angst davor, erwischt zu werden, flüsterten sie so leise, wie sie konnten. Sie saßen auf seinem Bett, und er nahm ihre Hände in seine.

»Franny, ich sehe doch, wie unglücklich du bist.«

»Wie kommst du darauf? Das bin ich nicht«, erwiderte sie, doch sie wusste, sie konnte ihm nichts vormachen. Cliff kannte sie jetzt schon besser, als jeder andere es je getan hatte.

»Doch, du bist es, und ich möchte nicht der Grund dafür sein. Ich liebe dich, Fran. Am allerliebsten hätte ich es, wenn du mit mir auf der Farm lebst, doch ich möchte es nicht erzwingen. Möchte nicht, dass du für mich alles aufgibst, was dir wichtig ist. Denn du würdest mich für den Rest unseres gemeinsamen Lebens dafür verantwortlich machen, wenn du die Worte vielleicht auch niemals aussprechen würdest. Franny, du bedeutest mir die Welt, und mehr als alles andere wünsche ich mir, dass du glücklich bist. Wenn du das aber nur ohne mich sein kannst, in Hollywood, wo du zu Hause bist und wo du auch hingehörst, dann kann ich das verstehen. Noch ist es nicht zu spät, du kannst morgen deine Sachen packen und zurückgehen. Ich fahre dich sogar, keine Sorge, und wir werden Freunde bleiben.«

Aus den anfänglichen zwei Tränen, die sich in ihren Augen gebildet hatten, war ein ganzer Wasserfall geworden, der ihr nun übers Gesicht strömte.

»Oh, Cliff. Wie kannst du nur so verständnisvoll sein, so gut und so lieb? Ich habe dich gar nicht verdient.«

»Nein, Franny, *ich* habe *dich* nicht verdient.« Er sah sie erwartungsvoll an. »Also, wie entscheidest du dich?«

»Darf ich noch eine Nacht drüber schlafen?«, fragte sie. Die Hochzeit war in drei Tagen.

»Aber natürlich. Bevor du aber zurück in dein Zimmer

gehst, möchte ich dir etwas zeigen. Vielleicht hilft es dir dabei, dich zu entscheiden.«

Er ging auf die Knie, öffnete die Türen seines Kleiderschranks und holte eine Kiste hervor. Sie war wunderschön, aus Holz und mit hübschen Schnörkeln verziert. »Mein Dad hat sie für mich gemacht, als ich noch ein Kind war. Für mein Spielzeug. Heute bewahre ich aber etwas anderes darin auf.«

Er öffnete den Deckel, und zum Vorschein kamen jede Menge Zeitschriften, Flyer, Seiten und Schnipsel aus Magazinen, Zeitungen und Werbebroschüren. Sie grub sich mit den Händen durch den Stapel und holte einiges hervor, betrachtete es. »Das bin ja alles ich!«

Cliff nickte. »Ja. Seit jenem Tag, an dem ich dir begegnet bin, sammle ich alles, worauf du abgebildet bist.«

»Aber warum denn nur?«, fragte sie und blickte ihn ein wenig verwirrt an. Sie wusste, dass er keiner dieser Verrückten war, die alles über den Star sammelten, den sie verehrten. Das brauchte er ja auch nicht, er hatte sie doch längst für sich gewonnen.

»Na, für dich!«, gab er zur Antwort. »Damit du dir das eines Tages alles ansehen und dich erinnern kannst. Damit du für immer weißt, wie besonders du bist.«

»Oh, Cliff«, entfuhr es ihr gerührt. Sie war zutiefst bewegt und konnte diesen wunderbaren Mann einfach nur ansehen, ihm in seine warmen braunen Augen schauen. Und da wusste sie es. Sie brauchte keine Nacht mehr zum Nachdenken. »Du bist der beste und gütigste Mann auf Erden, Cliff, wie könnte ich dich nicht heiraten wollen?«

Cliff strahlte. »Heißt das etwa, dass du bleibst?«, wagte er zu fragen.

Sie nickte mit Tränen im Gesicht. Dann warf sie sich auf ihn und küsste ihn, konnte gar nicht mehr von ihm ablassen.

»Pssst! Wenn uns nun meine Eltern hören!«

»Werden sie nicht«, flüsterte sie und verschloss ihm seinen Mund mit ihrem.

Obwohl es noch nicht ihre offizielle Hochzeitsnacht war, fühlte Frances sich bereits verheiratet. Cliff war ihr Mann, sie wusste mit absoluter Sicherheit, dass sie den Rest ihres Lebens mit ihm verbringen wollte. Sosehr sie ihre kurze Karriere als Fotomodell auch geliebt hatte und sie immer in schöner Erinnerung behalten würde, war sie sich doch gewiss, dass das, was auf sie beide zukam, noch viel schöner werden würde.

In dieser Nacht zeigte sie ihrem Zukünftigen, wie ernst sie es meinte und wie sehr sie ihn liebte. Und sie wusste, er glaubte ihr jedes Wort.

Als sie drei Tage später vor dem Altar standen und der Reverend sie vermählte, saßen sie alle in der Kirche und sahen ihnen dabei zu. Alle, die Fran lieb waren.

Herbert war da und Annie mit ihrem neuen Freund Michael, und sogar ihre Eltern waren gekommen, was sie am allermeisten freute. Cliffs Mutter und seine Schwester hatten so viele Kuchen gebacken, dass ganz Lodi hätte satt werden können, und es schien auch wirklich die halbe Stadt anwesend zu sein. Viele freundliche Bewohner, die sie nun alle kennenlernen durfte, und von denen einige schon bald ihre Freunde werden sollten.

Cliff war an diesem Tag so stolz. Immer wieder nahm er ihre Hand, küsste sie auf die Wange und flüsterte ihr zu, wie wunderschön sie aussah. Frances hätte glücklicher nicht sein können. Und dazu bekam sie zwei der wohl großartigsten Hochzeitsgeschenke überhaupt: eine von Elvis persönlich signierte Autogrammkarte und den Segen ihrer Eltern, die sahen, wie gut es ihr auf der Farm ging und die ihr und Cliff nur das Beste für ihre gemeinsame Zukunft wünschten.

Frances war glücklich. Sie hatte sich richtig entschieden, und sie wusste von Herzen, dass sie es niemals bereuen würde.

Kapitel 41

Delilah

»Wie waren sie so?«, fragte Misha und blickte auf den Grabstein hinunter. Sie hatten ein paar Blumen in die Vase gestellt, rosa Rosen, die hatte ihre Mom am liebsten gemocht, wusste Delilah von Ally.

»Weißt du, leider kann ich mich nicht mehr so richtig an sie erinnern. Es ist schon so lange her, und ich war noch ganz klein. Ich weiß nur noch, dass meine Mom ein sehr fröhlicher Mensch war und immer viel gelacht hat. Bei Dad kann ich mich nur noch an seinen Schnurrbart erinnern, und daran, dass er mir immer meine Lieblingsschokolade mitgebracht hat. Three-Musketeers-Riegel.«

»Das ist traurig, dass du dich nicht mehr erinnern kannst. Mom sagt, dass sie beide immer versucht haben, so viel Zeit wie möglich mit der Familie zu verbringen, trotz der Arbeit und allem. Dass ihr ganz viel verreist seid und schöne Dinge unternommen habt.«

»Ja, auch davon weiß ich leider nicht mehr viel. Nur Minnie Mouse ist mir im Gedächtnis geblieben. Wie sie mit mir für ein Foto posiert hat.«

Misha griff nach ihrer Hand.

»Deshalb komme ich hierher. Weil ich sonst nicht mehr viel von ihnen habe«, gestand sie.

»Das verstehe ich.«

»Du bist wirklich reif für dein Alter, Misha. Das wollte ich dir schon die ganze Zeit sagen.«

»Danke.«

Sie blieben noch eine kleine Weile stehen und verließen den Friedhof dann.

»Okay, was wollen wir jetzt machen? Wir treffen Rachel um zwei in Chinatown, bis dahin haben wir noch zweieinhalb Stunden.«

»Zeigst du mir, wo ihr früher gewohnt habt? Als ihr Kinder wart? Ich würde gerne sehen, wo Mom aufgewachsen ist.«

Die Bitte überraschte Delilah. Misha war zum ersten Mal in San Francisco, sie hatte angenommen, ihre Nichte würde zum Pier 39 und zu den Seelöwen wollen oder einfach nur shoppen gehen. Aber sie konnte sie gut verstehen.

Es war so wichtig zu wissen, wo seine Wurzeln waren.

»Klar. Dann lass uns direkt den Bus nehmen.«

Sie waren zwar mit Alisons Auto nach San Francisco reingefahren, hatten es aber in der Nähe von Rachels Wohnung abgestellt. Eine Stadt wie San Francisco musste man einfach zu Fuß erkunden, und da sie sich gleich nach dem Frühstück aufgemacht hatten, stand ihnen jede Menge Zeit zur Verfügung. Delilah hatte Ally versprochen, gut auf Misha aufzupassen, die ja Ferien und eigentlich geplant hatte, ganz viel mit Travis zu unternehmen. Doch ihrem Vater zeigte sie seit dem Gespräch, das sie vor zwei Wochen mitangehört hatte, die kalte Schulter.

Sie stiegen in den nächsten Bus und fuhren nach Laurel Heights. Delilah war selbst lange nicht in dieser Gegend gewesen, zuletzt, als sie einen Hund für einen dort ansässigen Chefkoch ausgeführt hatte. Doch an ihrem Elternhaus war sie seit vielen Jahren nicht vorbeigegangen. Als sie jetzt davorstand, war sie überrascht zu sehen, dass es sich kaum verändert hatte. Die Fassade sah genauso aus wie früher, das Haus war weiß gestrichen und hatte fliederfarbene Türen und Fensterläden. Nur der Vorgarten war anders, dort wuchsen keine Blumen mehr, sondern nur noch Grünpflanzen, Kakteen und Palmen.

»Das ist es«, ließ sie Misha wissen, die es neugierig betrachtete. »Dort hing eine Schaukel, auf der wir als Kinder geschaukelt haben.« Sie deutete auf die nun freie Stelle vor dem Haus.

»Welches war Moms Zimmer?«

»Das dort oben. Das rechte Fenster im ersten Stock.«

Misha starrte zu dem Fenster und wurde ganz still. Dann fing sie plötzlich an zu weinen.

»Hey, Süße, was ist denn?«

»Ich fühl mich schrecklich. Ich war so gemein zu Mom.«

Ja, das stimmte, auch wenn Delilah das niemals so sagen würde. Misha hatte Ally die letzten zwei Wochen ziemlich mies behandelt, weil sie ihr die Gründe der Trennung von Travis verheimlicht hatte.

Sie legte einen Arm um Mishas Schulter und zog sie an sich. »Mach dir keine Vorwürfe. Das war ja auch eine ganz schön heftige Sache, die eigentlich gar nicht für deine Ohren bestimmt war.«

»Warum nicht? Mich geht sie doch auch was an. Mom und Dad haben sich deswegen getrennt, oder? Dad hat unsere Familie kaputt gemacht. Ich weiß nicht, wie ich ihm jemals verzeihen soll.« Sie weinte nun bitterlich, Delilah hatte ehrlich Mitleid mit ihr.

»Sprichst du deswegen nicht mehr mit ihm? Ignorierst seine Anrufe?«

Misha nickte.

»Süße, du darfst eines nicht vergessen: Das ist eine Sache zwischen deinen Eltern. Travis mag vielleicht nicht der beste Ehemann gewesen sein, aber er ist ein richtig guter Vater.«

»Ja, das ist er«, stimmte Misha schluchzend zu.

»Und du solltest ihn nicht bestrafen für etwas, das er früher einmal getan hat. Guck doch mal, wie cool er heute ist. Ich meine, er will diesen Sommer mit dir auf Reisen gehen, das solltest du wegen so einer dummen Sache nicht verstreichen lassen.«

Misha nickte und wischte sich mit dem T-Shirt die Tränen weg. »Ich hab Hunger. Ist es bald Zeit fürs Mittagessen?«

Delilah sah auf ihr Handy. »Ja, so langsam können wir uns auf den Weg machen. Und falls wir zu früh da sind, können wir uns noch ein paar der irren Läden in Chinatown ansehen. Du glaubst nicht, was es da für Sachen gibt.«

Sie machten sich auf den Weg und gingen in einen Laden, der die verrücktesten Spielzeuge hatte, alles importiert aus China. »Sieh mal, ein Wackelkopf-Trump«, sagte Misha und nahm die lustige Figur in die Hand.

»Ich hab noch was Besseres gefunden! Einen Scheißhaufen aus Plastik. Wenn wir den zu Hause auf die Veranda legen, kriegt deine Mom einen Schreikrampf.«

»Ehrlich gesagt würde ich ihr lieber etwas Schönes mitbringen. Um mich zu entschuldigen. Ich glaube aber, hier finde ich nichts Passendes.«

»Kein Problem. Wir können nach dem Essen noch am Union Square oder in der Market Street einkaufen gehen. Vielleicht kommt Rachel sogar mit.« Sie vermisste ihre beste Freundin sehr und freute sich darauf, sie zu sehen. Ihr hatte sie natürlich auch schon von Cristina erzählt, und sie war ebenfalls nicht überrascht gewesen. Anscheinend hatte jeder außer ihr selbst gewusst, dass sie all die Jahre in die falsche Richtung gelaufen war.

»Da vorne ist Rachel!«, rief Misha, als sie aus dem Laden traten. Sie hatte sie ja bereits auf Delilahs Geburtstagsfeier kennengelernt.

Sie winkten Rachel zu, die einen weiten hellroten Rock trug, der bis zum Boden ging, und dazu ein enges dunkelrotes T-Shirt. Ihre beste Freundin nahm sie beide gleichzeitig in die Arme. »Ich freue mich so, dass ihr hier seid. Habt ihr Hunger?«

»Wir verhungern schon fast«, sagte Delilah, und dann gingen sie in ihr Lieblingsrestaurant gleich um die Ecke.

Das Coole an Chinatown war, dass die Restaurants spottbillig waren und wirklich viele vegane Sachen im Angebot hatten. So gern sie inzwischen auf der Blaubeerfarm lebte, vermisste sie das Essen, das Flair und ihre Freunde in San Francisco sehr. Sie nahm sich vor, von nun an öfter mal herzukommen. Die Farm hatten sie inzwischen gut im Griff, es würde niemandem schaden. Vielleicht würde sogar Cristina mal mitkommen, dann könnte sie ihr endlich auch ihre Freunde vorstellen.

Das Essen war bombastisch, sogar Misha fand es total lecker. Während sie sich die gebratenen Nudeln mit Gemüse schmecken ließen, spielten sie wieder ihr Spiel. Mishas neues Lieblingsspiel, in dem sie einfach zu gut war. Unschlagbar, könnte man fast sagen.

»Okay«, sagte Delilah. »Es ist eine Frau. Sie ist Sängerin. Blond. War mal mit Harry Styles zu …«

»Taylor Swift!«, rief Misha schon, bevor sie sich alle fünf Hinweise zu Ende angehört hatte.

»Richtig!«, bestätigte sie und ließ Rachel direkt wissen, dass sie keine Chance gegen Misha haben würde.

»Na, das wollen wir erst mal sehen. Versuch doch mal dein Glück, Misha.«

Misha überlegte, dann musste sie grinsen. »Es ist eine Frau. Sie ist schwarz. Sie war mal Anwältin. Sie hat zwei Töchter. Ihr Mann hat den Friedensnobelpreis erhalten.«

Delilah sah Rachel gespannt an. Sie wusste bereits, um wen es sich handelte, da Misha vor ein paar Wochen einen Aufsatz über diese Person geschrieben hatte. Und wenn sie andere Hinweise gegeben hätte, wie beispielsweise, dass diese Frau ein Buch geschrieben hatte, das auf Platz eins der Bestsellerliste gelandet war, dass sie eine Zeit lang in Washington D.C. gelebt hatte, oder dass sie in einer *iCarly*-Folge sowie in *Carpool Karaoke* zu sehen gewesen war, hätte Rachel es sofort erraten. Doch ihre Freundin musste wirklich eine Weile überlegen, fasste sich ans Kinn und schloss die Augen.

Dann hatte sie es: »Michelle Obama!«

»Verdammt!«, rief Misha aus.

»Ha! Das hättest du wohl nicht gedacht, was?«, neckte Rachel Misha und führte einen kleinen Freudentanz auf.

Die schüttelte belustigt den Kopf und aß noch eine Mini-Frühlingsrolle.

Als sie alle satt waren, gingen sie in Richtung Market Street und schauten in ein paar Geschäfte rein. Bei GAP kaufte Misha ihrer Mom ein hübsches T-Shirt, über das sie sich sicher freuen würde. Und Delilah wurde in einem Comic- und Fanartikelladen fündig. Cristina war ein großer Fan der Serie *Modern Family*, und sie sammelte Funko Pop!-Figuren, die sie in ihrem Regal alle nebeneinander aufgereiht hatte.

Wie Delilah wusste, hatte Cristina bereits alle *Modern-Family*-Figuren außer Cameron. Sie hatte ihr erzählt, dass sie schon ewig auf der Suche nach ihm war, und ausgerechnet ihn entdeckte Delilah nun neben Claire, Phil, Gloria, Jay, Mitchell und den anderen.

»Oh mein Gott, sie wird sich so freuen!«, rief sie begeistert aus und lief sofort zur Kasse.

Nachdem sie noch einen wirklich schönen Nachmittag zu dritt verbracht hatten, machten Delilah und Misha sich auf den Heimweg. Während ihre Nichte erschöpft vor sich hindöste, dachte sie über etwas nach, was Cristina ihr anvertraut hatte: Es war ihr größter Wunsch, einmal Urlaub in Los Angeles zu machen und dort die Drehorte von *Modern Family* in echt zu sehen. Vielleicht, dachte sie nun, könnten sie ja irgendwann zusammen dorthin fahren. Sie selbst war seit ihrer Abschluss-Klassenreise nicht mehr dort gewesen. Das wäre ziemlich cool, und vor allem könnten sie dort ganz offen sein, Händchen halten und sich in der Öffentlichkeit küssen, was sie bisher in Lodi lieber nicht gemacht hatten. Denn Delilah wollte nicht, dass man über sie redete, und vor allem wollte sie nicht, dass es auf Fran zurückfiel, die doch solch ein Ansehen im Ort, in der Kirche und überall hatte. Und auch, wenn ihre Grandma vielleicht gar nichts dagegen gehabt hätte und gut mit dem Tratsch umgegangen wäre, wollte sie sich lieber bedeckt halten. Denn es war trotz alledem immer noch ziemliches Neuland für sie.

Aber so eine gemeinsame Reise... und dann auch noch nach L.A.... Ja, dachte sie, das war wirklich eine Überlegung wert.

Kapitel 42

Alison

April 1999, San Francisco, Kalifornien

Ally stand vor ihrer Schule und schlang die Arme um sich, versuchte, gegen den kalten Wind anzukämpfen. Seit ungefähr einer halben Stunde wartete sie schon auf ihre Mom, doch die war noch immer nicht aufgetaucht, obwohl sie sonst immer überpünktlich war.

Sie überlegte, ob sie einfach zu Fuß nach Hause laufen sollte, immerhin waren es keine zehn Blocks, doch was, wenn ihre Mom genau dann hier auftauchte und sie nicht vorfand? Dann würde sie sich sicherlich Sorgen machen. Zu dumm, dass ihre Eltern ihr noch immer kein Handy erlaubten, obwohl bereits mehrere ihrer Freundinnen eins hatten.

Vielleicht war ihre Mom ja auch nur zu spät, weil irgendwas mit einer ihrer Schwestern gewesen war. Und was, wenn die beiden ebenfalls noch immer warteten? Sie lief zurück ins Schulgebäude und fragte im Sekretariat nach, ob sie das Telefon benutzen durfte. Zu Hause nahm keiner ab, also versuchte sie es in der Grundschule ihrer Schwestern, wo ihr gesagt wurde, dass man schon seit einer ganzen Weile auf einen Elternteil warte, aber niemanden habe erreichen können. Ally sagte, sie komme sofort, und lief voller Angst los.

Man ließ ihre Schwestern erst mit ihr gehen, nachdem sie bei der Nachbarin angerufen hatten und diese der Schulleiterin bestätigt hatte, dass sie bei ihr auf die Eltern warten konnten. Dann fuhr Ally mit Jill und Delilah mit dem Bus nach Hause. Als sie dort ankamen, waren sie klitschnass. Mrs. Monaghan sah aus dem Fenster und lief zu ihnen rüber, ging mit ihnen in ihr Haus, das so ruhig war, dass es Ally Angst machte. Während sie Delilah aus den nassen Sachen heraus- und in warme und trockene hineinhalf, fragte Mrs. Monaghan: »Habt ihr denn gar nichts von eurer Mutter gehört? Das ist so unüblich für sie.«

Sie schüttelte den Kopf. »Nein, gar nichts.«

»Es wird bestimmt alles gut«, sagte Mrs. Monaghan.

Ally sah sie an. Nickte. Hoffte es so sehr. Doch ihr Gefühl sagte ihr, dass überhaupt nichts mehr gut werden würde, und dass dies der schlimmste Tag in ihrem Leben werden sollte.

»Was glaubst du, wie es hier früher aussah? Als Granny und Gramps jung waren?«, fragte Misha und tauchte ihren Löffel in ihren Spaghettieis-Becher.

Sie saßen im Lodi Grand Café, die Sonne strahlte, und das Leben war schön. Denn sie hatten sich wieder vertragen.

Nachdem Misha zwei Wochen lang sauer gewesen war und in sich gekehrt, hatte sie sich bei ihr entschuldigt. Der Ausflug nach San Francisco mit DeeDee schien irgendetwas in ihr bewirkt zu haben. Misha hatte ihr von dort ein hübsches T-Shirt mitgebracht, das sie heute trug, und sie um Verzeihung gebeten. Ihre Schwester hatte ihr erzählt, dass sie mit Misha geredet hatte, wofür sie ihr sehr dankbar war. Nur zu gern hatte sie ihrer Tochter verziehen. Vor allem wusste sie ja, wie die sich fühlen musste, nachdem sie gehört hatte, was Jill über Travis gesagt hatte. Dass sie Misha niemals von den genauen Gründen für die Trennung erzählt hatte, bereute sie aber nicht. Travis' Untreue war nichts, worüber Misha sich Gedanken machen musste, stattdessen sollte sie sich lieber auf den gemeinsamen Urlaub mit ihm freuen. Denn er hatte tatsächlich eine gemeinsame Europareise geplant, vier Wochen lang wollte er mit ihr durch die Länder reisen und sich deren Hautstädte ansehen: Rom, Wien, Prag, Berlin, Amsterdam, Brüssel, Paris und London. Da Travis kein allzu großes Budget hatte, würden sie den Zug nehmen und in Jugendherbergen übernachten, doch das dürfte Misha ziemlich egal sein. Sie freute sich riesig auf die Reise. In zwei Wochen ging es los. Alison war neidisch ohne Ende.

»Das können wir ganz leicht herausfinden«, sagte sie. »Google es doch einfach mal.«

Misha nahm noch einen Löffel Eis und fischte dann ihr Handy aus der Tasche. »Was genau soll ich eingeben?«

»Hmmm ... wie wäre es mit *Lodi, Kalifornien 1960*?«

Misha tippte, und es erschienen ein paar Bilder auf ihrem Display. Zusammen sahen sie sich an, wie Lodi in den Sechzigerjahren ausgesehen hatte.

»Wow, den weißen Bogen gab es damals schon!«, sagte Misha erstaunt.

»Ja, und sieh mal, das alte Sunset Theater. In den Sechzigern war es anscheinend ein sehr beliebtes Kino.« Leider war es bereits seit Jahren geschlossen, doch gerade wurde es restauriert und zu neuem Leben erweckt. Sie berichteten öfter mal in den Lokalnachrichten darüber.

Sie musste an Jill denken, die so super mit dem Gästehaus vorankam. Zwei Zimmer waren bereits komplett fertig, ein weiteres beinahe, und ihre Schwester hatte ihnen versichert, dass sie bis zum Ende des Sommers Gäste in ihrer Pension empfangen konnten.

»Können wir mal wieder ins Kino gehen?«, bat Misha nun.

»Na klar, können wir. Und wir müssen demnächst auch noch eine Liste machen, was du alles für eure Europa-Reise brauchst, und dann müssen wir shoppen gehen.«

»Ich brauch nichts.«

»Oh, ich glaube doch. Du bist aus deinem Badeanzug rausgewachsen, und eine Sonnenbrille könntest du auch gebrauchen. Dazu noch ein paar leichte Sommersachen, bequeme Schuhe, und wie wäre es mit Büchern, die du während der vielen Zugfahrten lesen kannst?«

»Ich kann doch aber nicht zwanzig Bücher mitschleppen, Mom, das wird viel zu schwer. Außerdem passt auch gar nicht so viel in meinen Rucksack rein.« Den hatten sie bereits besorgt, einen riesigen Reiserucksack, der beinahe halb so groß war wie Misha.

»Da hast du auch wieder recht. Wie wäre es dann, wenn wir dir einen E-Book-Reader besorgen würden? So einen Kindle, auf den du dir Bücher runterladen kannst.«

»Oder einfach die App? Conny hat sie auch auf dem Handy, das ist viel leichter.«

»Na gut, wie du willst. Ich möchte nur nicht, dass dir langweilig wird. Ihr werdet sehr viel Zeit im Zug verbringen, wenn ihr von Land zu Land fahrt.«

»Ich glaube nicht, dass das passiert. Es gibt bestimmt total viel zu sehen, wenn man aus dem Fenster guckt. Und ich will nichts verpassen.«

Alison lächelte ihre Tochter an. »Das wird eine ganz tolle Reise. Ich freu mich wirklich für dich, dass du sie zusammen mit deinem Dad machst. Und dass du ihm verziehen hast.«

»Hab ich nicht.«

»Hast du nicht?«

»Nein. Ich bin immer noch enttäuscht über das, was er gemacht hat. Aber ich will ihm nicht mehr böse sein. Außerdem will ich unbedingt nach Italien und echte italienische Pizza essen«, meinte Misha grinsend.

Sie nickte. Und sie war sich sicher, dass Misha und Travis auf ihrer Reise das Gespräch finden würden und am Ende alles gut werden würde. So musste es einfach kommen. Wenn sie selbst Travis sogar verzeihen konnte, dann sollte es doch bei einer Pizza in Italien ebenfalls funktionieren.

»So langsam müssen wir uns auf den Weg machen. In zwei Stunden beginnt der Farmers Market. Willst du mitkommen, oder soll ich dich bei Conny absetzen?«

»Eigentlich wollte ich Tante Jill im Gästehaus helfen. Sie hat gesagt, ich darf heute einen alten Tisch streichen. In Rosa.«

»Wow! Einen rosa Tisch! Ich bin gespannt, was sie mit Zimmer Nummer drei vorhat.«

Nachdem Jill das erste Zimmer grün gestrichen und ihm das Motto »Vögel« gegeben hatte, hatte das zweite Zimmer das Motto »Strand«, eine beige Wandfarbe und blaue sowie weiße Möbel bekommen, dazu statt eines Sessels einen alten restaurierten Strandkorb, der das gewisse Etwas hineinbrachte. Zimmer Nummer drei war bereits rosa gestrichen, und es stand eine mit gemalten Blumen verzierte Kommode darin. Sie konnte es kaum erwarten, das fertige Werk zu sehen.

Sie bezahlten, machten sich auf zum Wagen und fuhren

zur Farm, wo DeeDee bereits wartete. Sie fingen auch gleich damit an, den Pick-up zu beladen, während Misha ins Gästehaus lief.

»Ich habe übrigens beschlossen, das Haus die Tage schon mal von außen zu streichen«, sagte Delilah jetzt.

»Oh, ehrlich? Wie willst du da oben rankommen?« Sie deutete zu den oberen Etagen.

»Weiß ich noch nicht. Aber mir fällt schon noch was ein.«

»Na dann viel Spaß. Übrigens ist Misha gerade ganz wild aufs Streichen, vielleicht mag sie dir helfen. Zwei Wochen ist sie ja noch hier.«

»Und ich sehe dir an, dass du sie jetzt schon vermisst.«

Sie zuckte die Achseln. »Klar. Ich war noch nie so lange von ihr getrennt. Aber ich freu mich auch für sie. Dass sie die Möglichkeit hat. Wir sind ja als Kinder nie verreist, zumindest nicht mehr, als wir dann auf der Farm waren.«

»Wie hätten wir das können? Grandma und Grandpa konnten ja nicht von der Farm weg.«

»Im Winter hätten sie es schon gekonnt.«

»Sie waren einfach keine Leute, die gern weggefahren sind. Stell dir die beiden in der Großstadt vor.«

Sie musste lachen. Nein, das konnte sie wirklich nicht. Grandma Fran mochte ja noch nicht mal nach San Francisco fahren, Rom oder Paris waren für sie als Urlaubsorte wahrscheinlich genauso unvorstellbar wie der Saturn.

»Einmal sind wir aber alle ans Meer gefahren. Erinnerst du dich?«

Alison nickte. »Ja. Nach Mendocino. Das war wirklich schön.« Sie wusste noch, wie sie und ihre Schwestern im Meer gebadet hatten, Grandma Fran sich aber nur mit den Füßen ins Wasser getraut hatte und dann zurückgesprungen war, als das kalte Nass ihre Beine umspülte.

Es war wirklich lange her. Damals war Grandpa Cliff noch er selbst, er hatte am Steuer gesessen und ihnen während der Fahrt Geschichten erzählt. Von seiner eigenen Kindheit auf der Blaubeerfarm, von seiner ersten Begegnung mit Fran, und von ihrer Hochzeit, dem schönsten Tag in seinem Leben.

Sie seufzte schwer. Hach, wie die Dinge sich doch veränderten. Und die Menschen auch. Man sollte wirklich alle Tage voll auskosten und dankbar sein für jeden Moment mit seinen Liebsten – solange man sie hatte.

An diesem Nachmittag war besonders viel los auf dem Markt. Brendan stand wie immer ganz allein an seinem Stand, und Alison fragte sich, wie er das nur machte. Er war so gelassen, überhaupt nicht gestresst, bediente jeden Kunden mit einem Lächeln und beantwortete jede Frage zu seinen Produkten, die ihm gestellt wurde. Und da waren schon einige außergewöhnliche dabei.

»Welche Kräuter passen denn zu Fenchel?«

»Wie schäle ich Tomaten am besten?«

»Haben Sie ein Rezept für Zucchinikuchen?«

»Was kann ich tun, damit die Avocado nicht braun wird?«

»Kann man aus Radieschen Babybrei machen?«

»Vertragen Hunde Sellerie?«

Manchmal musste sie wirklich schmunzeln. Denn sie glaubte nicht, dass irgendein Baby auf dieser Welt begeistert wäre, Radieschenbrei zu essen. Und welcher Hund würde statt eines Knochens gern an einer Selleriestange herumkauen?

»Was ist so lustig?«, fragte Brendan, der heute ein Brokkoli-T-Shirt trug, sie irgendwann.

»Ach, gar nichts. Ich habe mir nur vorgestellt, wie das

arme Baby das Gesicht verzieht, wenn es Radieschenbrei vorgesetzt bekommt.«

Er zog eine Grimasse. »Bisschen scharf, oder?«

»Allerdings! Misha mag bis heute keine Radieschen.«

»Hey! Sag nichts gegen Radieschen, ich steh nämlich voll auf die Dinger.«

»Oh, das wusste ich noch nicht. Schreibe ich mir gleich auf meinen gedanklichen Notizzettel. Damit ich dir zum Geburtstag einen Korb voll Radieschen schenken kann.«

»Nicht nötig. Ich kann doch einfach aufs Feld gehen und mir welche pflücken. Von dir wünsche ich mir dann doch lieber was anderes.«

»Ach ja? Was denn?«

Er trat von seinem Stand weg und näher an sie heran. »Wie wär's mit ein paar Küssen?«

Und schon hatte er sich einen Kuss gestohlen.

»Sind sie nicht süß?«, hörte sie es von Delilah.

»Sehr süß«, stimmte Fran zu, die es sich nicht nehmen lassen wollte, weiterhin mit am Stand zu stehen. Obwohl Alison und Delilah das inzwischen auch gut allein hinbekommen hätten.

Sie merkte, wie ihre Wangen Farbe annahmen. Sie war einfach überglücklich, in Brendan jemanden gefunden zu haben, der so bezaubernd war.

Vor ein paar Tagen hatte Misha sie gefragt, ob sie ihn liebe.

»Ich mag ihn auf jeden Fall sehr«, hatte sie geantwortet. Denn um von Liebe zu sprechen, war es wohl doch noch ein bisschen früh.

»Ich mag ihn auch«, hatte Misha gesagt, und das hatte sie wirklich gefreut. Denn es war ihr wichtig, dass ihre Tochter sich auch mit dem Mann verstand, den sie die nächste

Zeit an ihrer Seite haben wollte. Und vielleicht sogar noch länger.

Sie fand es schön, nicht zu wissen, was die Zukunft brachte. Alles ganz frisch anzugehen. Dieses neue Leben hier in Lodi voll auszukosten. Jeden Tag zu nehmen, wie er kam, und ihn zu genießen. Und wenn sie mit Brendan zusammen war, konnte sie das besonders gut.

»Ich geh mir mal einen Crêpe holen. Möchte noch jemand was?«, fragte sie.

Delilah bat sie, ihr ein paar Red-Delicious-Äpfel vom Obststand mitzubringen, Fran schüttelte genügsam den Kopf, und als sie sich an Brendan wandte, sagte der: »Einen Liebesapfel vielleicht?«

Sie musste lachen. »Ist das dein Ernst? Die Dinger ziehen einem doch die Zähne raus.«

»Solange du mich auch noch zahnlos magst, ist mir das egal.«

»Du spinnst. Ich bringe dir einen Crêpe mit Schoko und Banane mit.« Sie wusste nämlich inzwischen, dass er diese Mischung besonders mochte.

»Lieb von dir, danke.«

Sie düste los und traf keine fünf Meter weiter auf Marjan, die ihr strahlend entgegenkam.

»Hi, Marjan«, sagte sie und seufzte innerlich.

Marjan zog sie gleich an sich und drückte sie. »Hallo, meine Liebe. Wie geht es dir? Bleibt es bei unserer Gitarrenstunde morgen Nachmittag?«

»Ja, na klar.« Sie gab der Frau seit ein paar Wochen Unterricht, oder versuchte es zumindest. Marjan wollte die meiste Zeit aber viel lieber quatschen. Sie erzählte ihr die wildesten Geschichten von ihrer Zeit in Holland und ihrem Job in einem dieser Coffeeshops, die Marihuana anboten.

Und dann brachte sie sie stets noch auf den neuesten Stand, was die Bewohner Lodis anging. Erst kürzlich hatte sie ihr erzählt, dass Ireen und Mr. Hanover aus dem Stadtrat ein heimliches Date gehabt hatten.

»Warum heimlich?«, hatte sie gefragt.

»Weil Mr. Hanover offiziell noch verheiratet ist«, hatte sie erfahren.

Marjan wusste über alles und jeden Bescheid. Und irgendwie schien sie Alison als ihre neue beste Freundin zu betrachten. Neulich in der Countrybar war sie sogar auf die Bühne gestiegen und hatte ein Lied für sie geschmettert.

»Wir sehen uns morgen«, sagte sie und machte, dass sie schnell weiterkam.

Beladen mit Crêpes und Äpfeln, kam sie zum Blaubeerstand zurück. Sie verteilte alles und reichte auch Grandma Fran einen Crêpe, die ihn dankend annahm und gleich herzhaft hineinbiss. »Die duften ja köstlich. Du kennst mich einfach zu gut, Ally, und wusstest, dass ich da nicht hätte widerstehen können.«

»Genau. Und weil ich nicht zweimal gehen wollte, hab ich dir einfach gleich schon einen mitgebracht.« Sie zwinkerte ihrer Grandma zu. »Oh. Wie ich sehe, habt ihr eine Menge Marmelade verkauft.« Es standen nur noch eine Handvoll Gläser auf dem Tisch.

»Ja, Mr. Hanover kam vorbei und hat gleich acht Gläser gekauft«, erzählte DeeDee.

»Frustessen«, sagte Fran. »Ich habe gehört, er lässt sich scheiden.«

»Oh, wo hast du das gehört?«, fragte Ally. Soweit sie wusste, kannten Marjan und Fran einander nicht.

»Ach, in Bridgefront Park gibt es jede Menge Tratschtanten«, erwiderte sie lachend.

Jaja, das Kleinstadtleben. Es war schon was Besonderes. Und so verrückt es manchmal auch war, wollte sie es dennoch nicht mehr missen.

Sie sah zu Brendan und erwiderte sein Lächeln. Zum ersten Mal seit Jahren war sie wieder so richtig glücklich. Glücklicher, als sie es sich je hätte vorstellen können.

Kapitel 43

Jillian

Freitagvormittag, eine Woche später. Jillian war dabei, Zimmer drei den letzten Feinschliff zu verpassen, das sich im Erdgeschoss des Gästehauses befand. Eine blecherne Vase hierhin, ein Zinkblumentopf dorthin, den hübschen Papierkorb, ebenfalls aus Metall, neben den Schreibtisch. Nun beschloss sie, in den Garten zu gehen und ein paar frische Blumen abzuschneiden, um sie ins Zimmer zu stellen. Es waren zwar noch keine Gäste da, doch frische Blumen machten immer etwas her. Die rochen wunderbar und würden das Zimmer noch ein wenig mehr erstrahlen lassen, wenn sie es später ihren Schwestern zeigte.

Ihr Handy flötete, doch sie ließ sich nicht beirren. Das war sicher nur wieder Preston, der ihr wieder einmal sagen wollte, dass sie noch mal miteinander reden sollten. Seit ihrem Geburtstag schrieb er ihr ständig. Irgendwie konnte oder wollte er nicht akzeptieren, dass es für sie vorbei war.

Es flötete erneut. Sie warf einen schnellen Blick aufs Handydisplay und erkannte, dass die Nachricht tatsächlich von Preston war. Allerdings löschte sie sie, ohne sie zu lesen.

»Wenn du nicht endlich aufhörst, werde ich dich doch

noch blockieren«, sagte sie, obwohl sie das hatte vermeiden wollen.

Sie atmete tief durch, ging in den Garten, den Delilah wunderbar in Schuss hielt, und schnitt einige rosa Rosen ab, die zu der Wandfarbe und der Deko im Rosa Zimmer passten. Das Motto für dieses dritte Zimmer war nämlich einfach nur »Rosa«. Es gab noch drei weitere Zimmer, die sie herrichten musste: das Elternschlafzimmer im ersten Stock, aus dem sie ein weiteres Gästezimmer machen wollte, das große Zimmer in der obersten Etage, das einen kleinen angrenzenden Raum hatte, und das man gut in eine Suite verwandeln konnte, und dann noch das große Wohnzimmer im Erdgeschoss, das ein Frühstückszimmer werden sollte. Jillian wollte alles fertig haben, bevor sie die Pension eröffneten, schließlich konnte sie den ersten Gästen keinen Baustellenlärm zumuten, wenn sie hier übernachteten.

Sie freute sich enorm, konnte es kaum erwarten, und hatte auch vor, demnächst eine Website zu erstellen, mit Fotos von der Farm und den Zimmern, Preisen und einer Online-Buchungsfunktion. Wenn alles gut ging, könnten sie vielleicht bis zum Ende des Sommers so weit sein, erste Gäste zu empfangen.

Ihre Schwestern und auch Grandma Fran waren zwar nicht ganz so begeistert wie sie, doch auch sie freuten sich über den Fortschritt und waren gespannt auf jedes neue Zimmer, das sie ihnen zeigte. Und sie halfen, wo sie konnten. Ally nicht ganz so viel, weil das Jugendzentrum einiges ihrer Freizeit einnahm, doch Delilah malte und schreinerte mit, sie fuhr mit ihr herum, um Möbel und Dekomaterial zu kaufen, und sie war ein Naturtalent, wenn es darum ging, ganz normale Dinge in Vintage-Verzierung zu verwandeln. Neulich hatte sie im Schuppen eine alte Zink-Gießkanne gefunden, die eine hübsche Aufschrift hatte und sich ganz toll als Blumenvase eignete. Ein andermal hatte ihre Schwester ein paar alte Porzellanbecher von einem Flohmarkt in Stockton mitgebracht, auf dem sie mit Cristina gewesen war. Diese hatten sie zu Stiftehaltern umfunktioniert, die sie neben das hauseigene Briefpapier stellen wollten.

Und dann war da noch Misha, die es liebte, zu malen und zu streichen. Sie half nicht nur dabei, zusammen mit Delilah die Hausfassade neu zu streichen, sondern hatte auch jede Menge alter Möbel neuen Glanz verliehen.

Jillian war wirklich dankbar für all die Unterstützung.

Sie stellte die Blumen nun ins Wasser und auf die Fensterbank, dann überlegte sie, was sie als Nächstes tun könnte. Sollte sie Zimmer vier streichen oder erst einmal damit anfangen, die Möbel dafür zusammenzusuchen? Und welches Motto sollte sie dem Zimmer geben?

Es war nicht so, dass sie keine Ideen hätte. Doch manchmal haperte es einfach an kleinen Details. Das, was ihr im Kopf herumschwirrte, musste sich natürlich auch umsetzen lassen, die Kosten mussten im Rahmen bleiben, zudem sollten die Zimmer natürlich auch alle zueinanderpassen.

Sie hörte jemanden die Treppen hinaufkommen und dachte sich, dass es sicher Alison war, die sich wieder einmal sorgte. Ständig brachte sie ihr etwas vorbei, weil sie glaubte, dass Jillian bei all der Arbeit nicht genug aß oder trank. Und Alison war es dann auch tatsächlich, allerdings hatte sie jemanden im Schlepptau, und zwar keinen Geringeren als Preston! Preston in einem weißen Anzug und einer Sonnenbrille in den Haaren.

»Du hast Besuch, Süße«, sagte ihre Schwester.

Jillian fiel die Kinnlade herunter. »Was machst du denn hier?«

»Dich besuchen. Ich bin vor anderthalb Stunden in Sacramento gelandet und schreibe dir seitdem ständig. Hast du denn meine Nachrichten nicht gesehen?«

Noch immer war sie mehr als schockiert, dass Preston plötzlich vor ihr stand. Dass er hier war in ihrer neuen Welt, in der er überhaupt nichts zu suchen hatte.

»Nein, sorry. Ich war beschäftigt.«

»Das sehe ich. Was machst du denn hier nur?« Er blickte sich in dem Zimmer um, in dem sie stand. Das noch voller alter Möbel war, und in dem sich dazu die Sachen aus den bereits fertigen Zimmern türmten.

»Ich restauriere das Haus.«

»Aha. Und ich dachte, du wärst hier, weil du auf der Farm gebraucht wirst?«

»Bin ich auch.«

Sie sah zu Ally, die neugierig in der Tür stand, aber die stumme Botschaft verstand.

»Na, ich lass euch mal allein. Ich muss mich ums Mittagessen kümmern.« Damit verschwand Ally, und Jillian war mit Preston allein.

»Und?«, fragte sie. »Was willst du nun hier? Warum hast du dich extra auf den Weg gemacht, wo du das Landleben doch so verabscheust?«

»Weil ich mit dir sprechen will. Weil ich will, dass du dir anhörst, was ich zu sagen habe.«

»Es geht immer nur darum, was *du* willst, oder? So war es schon immer. Was denkst du, weshalb ich dir nicht geantwortet habe? Schlicht und einfach, weil ich nicht mit dir sprechen möchte. Es gibt nichts mehr zu sagen.«

»Du willst uns also einfach so aufgeben?«

»Uns? Es gibt doch gar kein Uns mehr, Preston. Es war vorbei mit uns, als du mich ohne ein Wort gehen ließest.«

»Ich war überrascht. Überwältigt. Das war ja auch eine Schocknachricht, die du mir da an den Kopf geworfen hast. Ich meine, meine Lebensgefährtin will unser schönes Zuhause verlassen und auf eine beschissene...« – er hielt inne und atmete einmal tief durch – »...auf eine Blaubeerfarm ziehen. Wie sollte ich denn deiner Meinung nach darauf reagieren?«

Sie stemmte die Hände in die Hüften, auf Abstand bedacht. »Ich weiß es nicht. Vermutlich hättest du mich einfach bitten können, nicht zu gehen.«

»Und dann wärst du geblieben?«

»Kann ich dir nicht sagen.«

»Und was wirfst du mir dann vor?«

Sie war kurz vorm Durchdrehen. Das alles kam so unerwartet. Sie war einfach völlig überfordert mit der Situation. Gerade noch hatte sie überlegt, welches Motto Zimmer Nummer vier bekommen sollte, und im nächsten Moment stand der Mann im Raum, den sie acht Jahre lang geliebt hatte. Mit dem sie nicht nur das Bett, sondern auch ihre Gedanken, Geheimnisse und Träume geteilt hatte.

Sie musste sich setzen und ließ sich auf dem Bett nieder, in dem früher einmal ihre Urgroßeltern geschlafen hatten.

Sofort setzte Preston sich neben sie, doch sie war zu schwach, um wieder aufzustehen. Und auch, um ihn zu bitten zu gehen.

Er war da.

Das war das einzig wirklich Romantische, das er je für sie getan hatte. Und wie er sie ansah... so, als würde er wirklich einiges bereuen.

Er nahm ihre Hand. »Hörst du mir bitte zu? Nur fünf Minuten?«

Sie nickte.

»Danke.« Er sah ihr nun direkt in die Augen. Eindringlich. »Jill, ich vermisse dich. Schon seit dem Tag, an dem du ausgezogen bist. Als du in dem Hotel warst, habe ich ehrlich gesagt geglaubt, dass du es dir anders überlegen und jeden Moment zurückkommen würdest. Und als ich dann nach Hause kam und den Wagen und deine Schlüssel entdeckte, und auch, dass all deine Sachen aus deinem Zimmer weg waren, wurde mir erst klar, wie ernst du es meintest. Seitdem hab ich mich immer wieder gefragt, was ich hätte anders machen können. Dann hab ich versucht, über dich hinwegzukommen. Bin mit anderen Frauen ausgegangen ... aber keine war wie du.«

»Hast du mit diesen anderen Frauen geschlafen?«, wollte sie wissen.

Preston sah für einen winzigen Moment zu Boden, und das sagte ihr alles, was sie wissen musste. Innerlich begann sie, sich vor ihm zu ekeln. Er sagte doch selbst, dass er sie noch immer liebte – wie konnte er dann mit anderen Frauen herummachen?

Sie entzog ihm ihre Hand.

Er nahm sie wieder in seine. »Das ist nicht von Bedeutung. Das ist vergangen. Ich möchte aber, dass wir beide unserer Beziehung noch eine Chance geben. Wir können doch nicht einfach wegwerfen, was wir haben. Wir waren immerhin acht Jahre lang zusammen, haben einander geliebt, und tun es immer noch. Jill, ich ...«

»Hast du wirklich *mich* geliebt?«, unterbrach sie ihn. »All die Jahre? Oder hast du nur die Marionette geliebt, zu der du mich gemacht hast?«

Verwirrt sah er sie an, schien wirklich nicht zu verstehen, wovon sie sprach. »Was meinst du, Jill? Ich habe nie versucht, dich zu einem anderen Menschen zu machen.«

»Oh doch, das hast du. Ich durfte nicht essen, was ich wollte. Mich nicht kleiden, wie es mir gefallen hätte ...«

»Etwa so?« Er deutete mit dem Finger auf ihr Outfit. Auf die alte verwaschene Jeans und das zerrissene T-Shirt, das ihr beim Werkeln kaputtgegangen war.

»Nein, das meine ich natürlich nicht. Sei nicht albern.«

»Jill.« Er schenkte ihr nun dieses vertraute Lächeln, das sie so geliebt und die letzten Wochen so vermisst hatte. »Ich kann mich ändern. Dich sein lassen, wer du sein willst. Natürlich kannst du essen, was du möchtest. Ich meine, sieh dich an, die paar Extrapfunde stehen dir gut.«

Er hatte recht, sie hatte zugenommen. Seit sie auf der Farm war, bestimmt zwei bis drei Kilo. Und es gefiel ihr.

»Nein, das kannst du nicht, Preston, und das weißt du selbst am besten. Du willst immer alle kontrollieren, über alles bestimmen. Du würdest mich nie der eigenständige Mensch sein lassen, der ich sein möchte.«

»Doch, würde ich. Gib mir die Chance, es zu beweisen.«

»Du würdest mich arbeiten lassen?«

»Wenn es das ist, was du willst.«

»Was ist mit einer Familie? Ich will Babys, ich werde nicht jünger.«

Da war es wieder. Dieses Wegsehen. Das Gesicht, das sich nur für den Hauch einer Sekunde verzog.

»Da können wir ja zu einem späteren Zeitpunkt noch mal drüber reden. Jetzt ist mir erst mal wichtig, dass du mit mir nach Hause kommst.«

»Die Blaubeerfarm ist mein Zuhause. Ist es immer gewesen.«

»Die brauchen dich doch aber gar nicht wirklich hier, oder? Sonst hättest du doch nicht die Zeit, ein ganzes Haus zu restaurieren.«

»Ich bin aber gerne hier. Ich bin endlich wieder glücklich.«

»*Ich* kann dich glücklich machen. Wir könnten uns sogar verloben, wenn es sein müsste. Wenn dich das glücklich machen würde.«

Sie schloss die Augen. Wenn das nicht der unromantischste Antrag aller Zeiten war.

Sie schüttelte den Kopf, riss ihre Hand abermals weg und setzte sich darauf, damit er sie sich nicht wieder nehmen konnte. »Nein, Preston, nein! Ich will nicht mit dir zurückkommen. Ich bleibe hier, bei meiner Familie. Bitte lass es endlich gut sein, es ist vorbei.«

»Nein, das ist es nicht. Ich will nicht, dass es vorbei ist, ich will nicht …«

Sie konnte ihn nicht länger ertragen. »Ich habe bereits jemand anderen kennengelernt«, sagte sie mit kalter Stimme.

Preston starrte sie an. »Sagst du das nur, um mich loszuwerden, oder weil es wirklich stimmt?«

»Es stimmt. Sein Name ist Adrian.« Preston musste ja nicht wissen, dass sie sich lediglich zweimal in einem Café getroffen hatten und dass überhaupt nichts zwischen ihnen lief. Hauptsache, sie wurde ihn irgendwie los.

»Adrian? Und weiter?«

»Das ist nicht von Bedeutung, Preston. Alles, was ich dir über ihn sagen kann, ist, dass er freundlich ist und gütig und der totale Familienmensch – all das, was ich mir von einem Mann wünsche.«

All das, was Preston nicht war und niemals sein würde.

»Ich glaube dir nicht«, sagte Preston.

»Dann nicht. Ist mir egal. Ich möchte nur, dass du endlich gehst. Geh!«, forderte sie ihn lauthals auf.

Preston starrte sie lange an, verärgert, verletzt. Dann stürmte er ohne ein weiteres Wort aus dem Zimmer – und stieß dabei eine alte Stehlampe um, sodass sie scheppernd zu Boden fiel.

Sobald Jill ihn unten die Tür zuschmeißen hörte, trat sie zum Fenster und sah ihm dabei zu, wie er in dem glänzend schwarzen Mietwagen davonfuhr. Dann endlich konnte sie erleichtert aufatmen. Er war weg – hoffentlich für immer. Hoffentlich hatte er endlich kapiert, dass es für sie keine gemeinsame Zukunft mehr gab.

Sie musste unwillkürlich lächeln, als sie an den Grund dachte, der ihn endlich verscheucht hatte. Adrian. Ohne es zu wissen, hatte er sie heute aus einer ziemlich heiklen Lage gerettet. Fast hatte sie das Gefühl, sich bei ihm bedanken zu müssen. Und dann hatte sie wirklich Lust auf eine kleine Pause und darauf, ihn besuchen zu fahren. Vielleicht würden ihre Gedanken unterwegs ein bisschen klarer werden und ihr Herz würde wieder in normalem Tempo pochen. Ja, vielleicht würde ihr sogar ein schönes Thema für Zimmer Nummer vier einfallen.

Sie ging ins Haupthaus und lief die Treppe hoch in ihr Zimmer, wo sie das zerrissene Shirt gegen ein hübsches Sommerkleid austauschte. Dann fuhr sie mit dem Rad in Richtung Stadtzentrum.

Es vergingen keine zehn Minuten, bis sie bemerkte, dass sie verfolgt wurde. Als sie an einer Kreuzung hielt, blickte sie sich unauffällig um und entdeckte einen schwarzen BMW in einiger Entfernung hinter sich, genau so einen Wagen, wie Preston ihn sich am Flughafen geliehen hatte. Sie konnte es kaum glauben! Was fiel dem Kerl eigentlich ein, sie zu verfolgen? Sie zu beobachten? Wahrscheinlich wollte er herausfinden, ob das, was sie ihm erzählt hatte, der Wahrheit entsprach. Ob es wirklich einen neuen Mann in ihrem Leben gab.

Sie wurde so richtig sauer, weil er ihr nicht geglaubt hatte und weil er ihr noch immer nicht ihren Frieden gönnte. Und sie wusste, es würde nur einen Weg geben, ihn für immer loszuwerden ...

Wenig später hielt sie vor dem Red Hill Restaurant. Sie hoffte inniglich, dass sie Adrian dort antreffen und vor allem, dass er mitspielen würde. Sie betrat das Lokal, das glücklicherweise noch ziemlich leer war, und Gott sei Dank saß Adrian an demselben Tisch, an dem er schon neulich gesessen hatte. Als er sie erblickte, lächelte er und stand auf. »Jillian, was für eine schöne Überraschung.«

Sie ging auf ihn zu und sagte: »Was auch immer gleich geschieht, ich bitte Sie mitzuspielen.« Sie küsste ihn mitten auf den Mund und umarmte ihn dann. Und bevor sie noch irgendetwas erklären konnte, hörte sie schon, wie die Tür aufgestoßen wurde und Preston mit lauten Schritten neben sie trat.

»Das ist er also?«, fragte er in sehr lautem und sehr aufgebrachtem Tonfall.

»Preston! Was machst du denn hier?«, fragte sie gespielt überrascht. »Hast du mich etwa verfolgt?«

Statt zu antworten, schnaubte Preston nur wie ein wütender Stier.

Adrian jedoch hielt ihm ganz souverän eine Hand hin und sagte: »Sie müssen Preston sein. Nett, Sie endlich kennenzulernen. Jill hat mir schon viel von Ihnen erzählt. Was machen Sie in Lodi?«

Preston blickte von Adrian zu ihr und wieder zurück. »Ich bin nur auf der Durchreise, wie es aussieht.« Er presste seine Lippen aufeinander, wie er es immer tat, wenn er sauer war. Wie er es tat, wenn er einen Aktienverlust erlitten oder sein Lieblingsteam das Spiel verloren hatte.

»Wie schade. Ich hätte Ihnen ein Filet Mignon angeboten oder die Linguine Gorgonzola. Beides mag Jill sehr gerne, nicht wahr, Schatz?« Er legte einen Arm um ihre Taille und zog sie an sich.

Preston schnaubte erneut. Dann stürmte er aus dem Restaurant, und sie hörten ihn kurz darauf in seinem BMW davondüsen.

Jillian atmete erleichtert auf. »Ich danke Ihnen. Ehrlich, ich danke Ihnen vielmals.«

»Gern geschehen. Jetzt müssen Sie mir aber endlich ein bisschen mehr über sich erzählen.«

Sie nickte, und sie setzten sich zusammen in die Nische.

»Das war Preston, mein Ex. Aus Scottsdale, wo ich bis vor Kurzem gewohnt habe. Es ist aus zwischen uns, er will es aber nicht wahrhaben. Heute hat er mir einen Antrag gemacht.«

»Oh. Einen Antrag?«, fragte Adrian überrascht.

»Ja. Den schlimmsten Antrag aller Zeiten. Er sagte, wenn es sein müsste, könnten wir uns ja verloben.«

Adrian starrte sie verblüfft an. »So etwas Grausiges hab ich ja noch nie gehört.«

»Darf ich fragen, wie Sie damals um die Hand Ihrer Verlobten angehalten haben?« Ihr war klar, dass die Frage ziemlich unangemessen war, doch immerhin hatte er ihr schon einiges über seine Verlobte Chantal erzählt. »Sie müssen das nicht beantworten, sorry.«

»Nein, kein Problem. Ich habe damals einen Ring in ihrem Lieblingsdessert versteckt. Nicht sehr originell, ich weiß.«

»Doch, natürlich! Sehen Sie, *das* ist romantisch.« Sie seufzte. »Er ist ein Idiot. War es schon immer. Ich weiß ehrlich nicht, wieso ich all die Jahre mit ihm zusammen war.«

»Na, besser, Sie sind spät aufgewacht als nie, oder?«

Sie nickte. »Ja, wahrscheinlich. Wie auch immer, ich danke Ihnen dafür, dass Sie mir aus der Patsche geholfen haben. Ich stehe tief in Ihrer Schuld.«

Er lächelte sie an. »Jederzeit wieder.«

Sie fragte sich, ob er ebenfalls an ihre Lippen denken musste, die seine berührt hatten.

»Ich gehe dann mal.« Sie stand auf.

»Ach, bleiben Sie doch noch. Essen wir was zusammen. Ich hatte gerade in der Küche Bescheid gegeben, dass ich gern ein Gumbo hätte. Mögen Sie Gumbo?«

Sie nickte, und dann setzte sie sich wieder.

»Danke. Ich bleibe gern und esse mit Ihnen. Ich vergesse nämlich in letzter Zeit hin und wieder zu essen.«

»Wegen der Arbeit an der Pension?«, erkundigte er sich und machte gleichzeitig der Kellnerin ein Zeichen, dass sie zwei Portionen bringen sollte.

»Ja, genau. Es ist wirklich viel Arbeit, aber es macht mir unglaublich Spaß.«

»Das freut mich für Sie.« Er wurde still und betrachtete sie. »War er der Grund für Ihre Traurigkeit?«

Sie zögerte kurz und nickte dann.

»Dann bin ich doppelt froh, dass ich helfen konnte, ihn loszuwerden. Glauben Sie denn, er ist wirklich weg?«

»Ja, ganz bestimmt. Er ist jetzt schwer in seinem Stolz verletzt. Dass ich ihm jemanden aus Lodi vorziehe, hat ihn sicher getroffen. Der fliegt so schnell wie möglich nach Scottsdale zurück und sucht sich jemand Neues, um sich selbst zu beweisen, dass er es noch draufhat.«

Adrian dankte der Bedienung für das Essen, das sie in diesem Moment vor ihnen auf den Tisch stellte.

»Das duftet köstlich«, sagte Jillian und tauchte ihren

Löffel in den eher rustikalen Südstaaten-Eintopf. Sie mochte es, wenn Restaurants neben exquisiteren Gerichten auch Hausmannskost anboten. Denn es war mit dem Essen doch so wie mit allem anderen im Leben – gerade der Mix machte es.

»Schmeckt es Ihnen?«, fragte Adrian.

»Sehr gut«, erwiderte sie, nachdem sie den ersten Bissen hinuntergeschluckt hatte. Sie tauchte ihren Löffel erneut in die Schüssel und angelte sich einen Shrimp. »Sehr scharf. Genau das, was ich jetzt brauche.«

Adrian lachte und aß selbst ein wenig. Dann sagte er wie aus dem Nichts: »Da wir ja nun schon das verliebte Pärchen gespielt haben, sollten wir dann nicht auch mal im echten Leben ausgehen?«

»Oh.« Sie hielt inne bei der Suche nach einem weiteren Shrimp und sah ihm ins Gesicht. »Ich glaube, so weit bin ich noch nicht. Tut mir leid.«

»Das muss Ihnen nicht leidtun. Lassen Sie es mich einfach wissen, wenn Sie so weit sind, ja?«

Sie nickte. Dann aßen sie weiter gemeinsam Gumbo.

Als sie eine Stunde später zurück nach Hause kam, ging Jillian gleich wieder ins Gästehaus. Sie wusste jetzt, welches Motto Zimmer Nummer vier bekommen sollte, nämlich »Wein«, hatte sie beim Essen beschlossen. Sie wollte es dunkelrot streichen und mit künstlichen Weinreben und Trauben dekorieren. Doch zuerst musste sie sich Gedanken über die Einrichtung machen.

Weil sie im Haus nichts mehr fand, überlegte sie, wo sie noch suchen könnte. Da kam ihr der Dachboden in den Sinn, den sie schon die ganze Zeit mal durchstöbern wollte. Denn oftmals befanden sich doch gerade dort oben viele verstaubte und manchmal sogar wertvolle Schätze. Doch leider hatte sie bisher den Schlüssel zur Luke nicht gefunden.

Sie nahm ihr Handy in die Hand und rief ihre Grandma an.

Kapitel 44

Fran

»Oh, Moment mal, mein Telefon klingelt«, sagte Fran und legte ihren Bingo-Stift beiseite.

»Soll ich deine Karten mit im Auge behalten?«, bot Edie an.

»Das wäre lieb, danke.« Sie nahm ihr Handy aus der Handtasche und drückte auf den grünen Knopf. »Ja?«

»Hallo, Granny, ich bin's, Jill.«

»Oh, hallo, Jilly. Wie geht es dir?«

»Gut, danke. Und dir?«

Sie bemerkte, dass einige der Tischnachbarn sie streng ansahen, und verließ für eine Minute den Saal.

»Granny, bist du noch dran?«

»Ja, ja. Entschuldige, ich war gerade beim Bingo und musste mal eben mit meinem Handy in den Flur gehen. Es wird da nicht so gern gesehen, wenn man mitten im Spiel telefoniert.«

»Ach, heute ist ja Freitag! Da bist du immer mit deiner Freundin Edie beim Bingo, stimmt's? Sorry, ich wollte dich wirklich nicht stören.«

»Das macht überhaupt nichts, Liebes. Was gibt es denn?«

»Ich habe nur eine kurze Frage, dann kannst du auch schon weitermachen.«

»Ja?«

»Weißt du vielleicht, wo der Schlüssel für das Schloss zum Dachboden ist? Der im Gästehaus?«

Ihr Herz pochte schneller. »Wieso denn, Liebes?«

»Ich dachte mir, ich könnte da oben mal nach Möbeln oder anderen Sachen suchen, die ich für die Zimmer gebrauchen könnte.«

Poch poch, poch poch ...

»Ach, Jilly, da oben ist doch nichts weiter«, versuchte sie ihre Enkelin davon abzubringen.

»Ich will nur mal eben nachsehen.«

Poch poch poch, poch poch poch ...

Sie atmete durch. Wie sie Jill kannte, die gerade voller Tatendrang war, würde sie sowieso nicht lockerlassen, ehe sie den Schlüssel in der Hand hielt. Und was konnte Fran schon tun? Sollte sie sich bei Nacht auf den Dachboden schleichen und die Sachen wegschaffen?

Sie atmete noch einmal tief ein und wieder aus. Ja, vielleicht war es einfach an der Zeit ...

»Granny?«

»Der Schlüssel ist im Haupthaus. Im Wohnzimmer. In der Vase mit den falschen Orchideen.«

»Oh. Okay. Danke, Grandma. Und jetzt spiel schön weiter.«

»Das mache ich. Viel Spaß dir bei der Schatzsuche.«

Sie legten auf, und Fran setzte sich wieder zu Edie an den Tisch.

»Es kam die G 59, die hab ich bei dir markiert«, ließ Edie sie freudig wissen.

»Danke dir.« Sie nahm ihren Stift wieder selbst in die

Hand und versuchte sich auf die Zahlen zu konzentrieren. Doch ihre Gedanken waren nur bei Jillian, die nun schon bald ihr Geheimnis aufdecken würde.

Kapitel 45

1963

Der Winter kam und ging. Frances und Cliff zogen in das obere Stockwerk des dreistöckigen Hauses, das jedoch lediglich aus einem Schlafzimmer und einem winzigen angrenzenden Raum bestand, den sie als Fernsehzimmer nutzten. Sollten sie jedoch Kinder bekommen, würde es sehr eng werden. Sicherlich würden June und Bruce ihnen erlauben, in Harriets altem Zimmer ein Kinderzimmer einzurichten, doch Cliff wollte etwas Eigenes. Weshalb er bereits plante, auf dem Anwesen ein zweites Haus zu bauen. Ein Haus nur für sie allein, in dem sie wohnen und eine Familie gründen, in dem sie zusammen alt werden konnten.

»Welche Farbe soll es haben?«, fragte er Fran eines Abends, als sie zusammen vor dem Fernseher saßen und über Jerry Lewis lachten.

»Blau«, antwortete sie, ohne zu überlegen.

»Blau?«, fragte Cliff und lachte.

»Ja. Wie die Hoffnung. Gefällt dir das nicht?«

»Doch, doch. Dein Wunsch ist mir Befehl.«

So hielt Cliff es meistens. Er erfüllte ihr nicht nur alle Wünsche, er las ihr jeden von den Lippen ab, noch ehe sie überhaupt dazu kam, ihn auszusprechen. Sie wusste, dass er das ein bisschen deshalb tat, weil sie für ihn alles aufgegeben und er deswegen ein schlechtes Gewissen hatte. Doch am meisten tat er es, weil er sie liebte.

Manchmal fragte sie sich, wie viel Liebe nur in diesem Menschen steckte. Cliff war der Inbegriff von Güte, er half allen, war immer genügsam, beklagte sich nie, war dankbar, herzensgut und ehrlich. Er schenkte Frances einen neuen Strauß ihrer Lieblingsblumen, sobald der alte welk wurde. Er massierte ihre Füße und ihren müden Rücken nach einem anstrengenden Tag auf der Farm. Und er sagte ihr, dass sie die Namen ihrer Kinder aussuchen durfte, wenn sie welche bekämen.

Und dann an einem Tag im März, an dem sie die ersten blauen Beeren auf dem Feld entdeckte, entdeckte sie noch etwas anderes.

Außer sich vor Freude, lieh sie sich das Auto aus, fuhr in die Stadt und besorgte ein Paar niedliche Babyschühchen. Sie packte sie hübsch in Geschenkpapier ein und überreichte sie Cliff mit einem Strahlen im Gesicht.

»Was ist das?«, fragte er.

»Öffne es!« Sie konnte es kaum noch für sich behalten.

Cliff tat, wie ihm geheißen. Ganz langsam öffnete er das Geschenk und staunte nicht schlecht, als das Paar Babyschuhe zum Vorschein kam.

»Soll das etwa bedeuten ...«

Sie nickte überschwänglich. »Wir bekommen ein Baby!«

Er machte große Augen, konnte es anscheinend noch gar nicht so richtig begreifen. Dann aber strahlte er ebenso, hob Frances in die Lüfte und drehte sich mit ihr im Kreis.

»Du machst mich zum glücklichsten Mann auf der Welt, Franny, weißt du das?« Er setzte sie wieder ab und legte vorsichtig eine Hand auf ihren Bauch.

Sie legte ihre darüber und schloss die Augen. Einen schöneren Moment hatte es nie gegeben.

Kapitel 46

Alison

»Nimmst du die letzten beiden Tüten?«, bat Alison ihre Tochter, als sie aus dem Auto stiegen.

Sie waren bei Ross Dress for Less gewesen und hatten jede Menge Sachen eingekauft, die Misha für ihre Reise brauchen konnte. Einen Badeanzug und einen Bikini, ein paar Shorts und Shirts, ein Sommerkleid, zwei leichte Pyjamas, Flip-Flops und superbequeme Sneakers, die sie sicher gut brauchen konnte, wenn sie die Städte erkundeten.

Morgen in einer Woche ging es los. Misha würde bis Ende Juli weg sein, und sie hatte Alison versprechen müssen, sich täglich bei ihr zu melden – mit Anrufen, Text- und Sprachnachrichten oder Fotos.

Misha griff nach den beiden Tüten. »Ich weiß echt nicht, wie ich das alles in einen einzigen Rucksack kriegen soll. Und du wolltest auch noch, dass ich Bücher einpacke.«

»Das wird schon passen. Ich bin gut im Packen. Früher bin ich in den Semesterferien mit deinem Dad durchs Land gereist, oft auch nur mit einem Rucksack auf dem Rücken. Da musste ich genauso alles reinquetschen, was ich für ein paar Wochen brauchte.«

»Echt? Ihr seid durchs Land gereist? Wohin denn so?«

»Ach, hauptsächlich hier im Westen, in den Yosemite oder Joshua Tree National Park. Einmal nach Las Vegas, ein anderes Mal sogar bis nach Mexiko.«

»Wow! Hast du noch Fotos davon?«

»Bestimmt. Du kannst ja mal die Alben durchsuchen.«

Die hatte sie alle mitgenommen aus Tacoma, ihre Fotos waren ihr heilig.

Misha lachte. »Alben? Gab's damals noch keine Cloud?«

»Hm. Gute Frage. Ich hatte zumindest noch keine. Und ich fand es schön, die Bilder in ein Album zu kleben und zu beschriften, quasi Tagebücher unserer Reisen zu gestalten.«

»Klingt irgendwie cool. Vielleicht sollte ich so was auch von unserer Europareise machen.«

»Das ist doch eine gute Idee. Mach schön viele Fotos, die besten drucken wir dann aus, und du kannst ...«

»Ally!«, hörte sie jemanden rufen und blickte sich um, konnte aber niemanden entdecken.

»Ally! Hier oben!«

»Da!« Misha deutete mit dem Zeigefinger zu einem kleinen Fenster im Dachboden des Gästehauses. Jillian lugte heraus und winkte ihnen wild zu. Oder winkte sie sie herbei?

»Was ist denn?«, rief sie zurück.

»Kommt schnell her!«

»Ist was passiert?«

»Nein, kommt trotzdem schnell!«

Sie sah Misha an, die mit den Achseln zuckte. Dann liefen sie beide los. Jill wirkte sehr aufgeregt, sie war gespannt, was los war.

Sie rannten am Kaninchengehege vorbei, in dem vor Kurzem die beiden Kaninchen Cotton Candy und Marshmallow ein neues Zuhause gefunden hatten. Sie eilten ins Gästehaus und stiegen die Treppen in den ersten Stock hoch, wo bereits zwei Zimmer fertig waren, dann in den zweiten, wo sich die alten Räume von Cliff und Fran befanden und noch alles beim Alten war, und zum Schluss die heruntergezogene Leiter hoch, die zum Dachboden hinaufführte.

»Oh, hast du den Schlüssel gefunden?«, rief sie. Jillian suchte schon seit Wochen danach.

»Ja. Ich hab Grandma danach gefragt.«

»Und wo war er?«

»Sie hatte ihn in der Vase im Wohnzimmer versteckt, in der mit den Plastikorchideen.«

Obwohl sie ihre eigenen Zimmer inzwischen neu gestaltet hatten, waren sie sich alle einig gewesen, das Wohnzimmer noch eine Weile genau so zu lassen, wie es war. Damit Fran sich nicht an zu viel Neues gewöhnen musste und immer noch das Gefühl hatte, zu Hause zu sein, wenn sie zu Besuch kam.

»Oh. Warum denn das?«, fragte sie überrascht.

»Weil sie etwas vor uns verheimlicht hat.«

Jetzt war sie wirklich neugierig. Jill sah aus, als hätte sie gerade eine Kiste voll Gold gefunden.

»Was denn?«, fragte Misha, die sich auf dem staubigen Dachboden umsah.

»Pass auf, dass du nicht zwischen die Leisten trittst, nicht, dass du noch einbrichst«, warnte sie ihre Tochter. »Sag mal, Jill, wo ist eigentlich Preston?«, fiel es ihr wieder ein.

»Der ist weg, erzähl ich dir später. Das hier hat erst mal Vorrang. Macht euch auf was gefasst. Ihr werdet es nicht glauben.« Jill wirkte völlig perplex.

»Nun sag es uns schon endlich!«

Ihre Schwester sah ihr tief in die Augen, dann ging sie zu

einer hübschen hölzernen Kiste hinüber und öffnete den schweren Deckel.

Alison und Misha traten näher heran und warfen einen Blick hinein. Doch was sie erblickten, sagte ihnen nicht gleich etwas.

Die Kiste war voll von alten Zeitschriften und vielen einzelnen Seiten und Ausschnitten.

»Was ist das?«, fragte sie und ging in die Knie.

»Sieh mal genauer hin.«

Sie war verwirrt. Nahm eine lose Seite in die Hand, auf der eine junge Frau an einem Pool saß und eine Flasche Cola in der Hand hielt. Candy Cola. Gab es die heute noch? Die Bilder schienen sehr alt zu sein.

»Ist das etwa Granny?«, rief Misha aus, die ihr über die Schulter schaute.

»Quatsch, das ist doch nicht Granny«, sagte sie lachend. Doch als sie das schlanke blonde Model in seinem schwarzen Bikini eingehender betrachtete, erkannte sie auch eine gewisse Ähnlichkeit. »Das kann doch nicht sein, oder?«

»Doch! Misha hat recht! Das ist Granny! Das ist alles Granny! Unsere Grandma Fran! Ist das nicht unglaublich?«

Jill nahm eine Zeitschrift aus der Kiste und schlug sie bei der Markierung auf. Und auf dem Foto konnte man es besonders gut erkennen: Eine hübsche junge Frau stand an einem See, ein Stück blaue Seife in der Hand. Die Gesichtszüge waren dieselben, nur viel, viel jugendlicher.

»Ich kann das gar nicht glauben! Das kann doch nicht wirklich wahr sein. Hat Fran vielleicht eine Zwillingsschwester, von der wir nichts wissen?«

»Nein, das ist sie. Irgendwo habe ich sogar ihren Namen entdeckt. Warte, hier.« Jill blätterte weitere Zeitschriften durch, und da stand es:

Produktion: Westwood Pictures
Fotografie: Joe Lambert
Model: Frances Sinclair

»Ist das ihr Mädchenname?«, fragte Alison und konnte kaum glauben, dass sie es nicht wusste. Dass sie anscheinend so vieles nicht wusste.

»Muss ja so sein, oder?«

Sie alle starrten das Bild an. Schweigsam. Ungläubig. Ehrfürchtig.

Da war ihre gute alte Grandma, die sie für nichts als eine Blaubeerfarmerin gehalten hatten, in einem früheren Leben doch tatsächlich ein Fotomodell gewesen.

Alison schüttelte den Kopf, war einfach nur baff.

»Sie war so wunderschön«, sagte Misha.

»Ja. Du hast recht. Das war sie wirklich.«

»Wo ist DeeDee?«, fragte Jill. »Sie sollte das unbedingt auch erfahren.«

»Ich hab keine Ahnung, wo sie sich wieder herumtreibt. Am besten, wir rufen sie kurz an und bestellen sie her. Die wird Augen machen.«

Sie nahm ihr Handy aus der Hosentasche und wählte DeeDees Nummer.

Kapitel 47

Delilah

Sie war auf dem Feld und verteilte kleine Wasserflaschen, weil es an diesem Junitag wirklich sehr heiß war. Valeria, Alejandra und Alma nahmen ihr dankend eine Flasche ab, und sie ging weiter.

»Delilah, dürfte ich Sie etwas fragen?«, hörte sie es hinter sich.

Sie drehte sich um und sah Carlota vor sich, eine etwa vierzigjährige Frau mit langen seidigen Haaren, die sie sich mit einer Spange zusammengesteckt hatte.

»Ja, natürlich. Was gibt es denn, Carlota?« So langsam hatte sie alle Namen der gut dreißig Pflücker und der knapp zwanzig Hallenarbeiter drauf und war froh darüber. Denn sie wollte eine gute Chefin sein, locker und fair.

»Ich wollte fragen, ob ich heute früher gehen kann? Meine Tochter hat einen Arzttermin.«

»Ja klar. Gehen Sie ruhig. Sagen Sie dann nur Arturo Bescheid, damit er Sie austrägt.«

»Arturo hat sich die Hand verletzt und ist selbst zum Arzt gefahren. Deshalb frage ich Sie.«

»Oh nein, wann ist das denn passiert? Ist es schlimm?«

»Vor einer Stunde etwa. Er hat sie sich irgendwo gequetscht, glaube ich.«

»Verdammt! Ja, kein Problem, ich trage Sie aus. Wann müssen Sie denn gehen?«

»Am besten sofort.«

»Okay, dann kommen Sie mit mir mit, und ich gebe Ihnen Ihren Tageslohn.«

Carlota brachte ihren Eimer zum Wiegen zur Halle und ließ sich einen Zettel geben. Dann folgte sie ihr zum Haupthaus, wo Delilah das Geld erst einmal aus ihrem Portemonnaie nahm und auslegte. Jill konnte es ihr später wiedergeben, wenn sie den Lohn für die restlichen Arbeiter aus dem Safe holte.

Sie persönlich hätte es ja bei der wöchentlichen Bezahlung belassen, immerhin hatten ihre Großeltern es jahrzehntelang so gehalten, und es war doch auch viel weniger umständlich. Aber sie respektierte, dass Jillian es anders machen wollte, und ihre Schwester war schließlich für die Angestellten zuständig, und nicht sie.

Gerade als Carlota sich verabschiedet hatte und davoneilte, klingelte ihr Handy.

»DeeDee? Wo bist du?«, fragte Ally am anderen Ende.

»Vorm Haupthaus. Wusstest du, dass Arturo sich die Hand gequetscht hat und zum Arzt gefahren ist?«

»Ach du meine Güte, nein! Wie kann er denn überhaupt fahren mit einer verletzten Hand?«

»Hm. Dann kann es wohl nicht so schlimm gewesen sein. Am besten, ich rufe ihn gleich mal an und erkundige mich.«

»Ja, mach das. Und danach komm bitte hoch auf den Dachboden.«

»Im Haupthaus?« Der Dachboden war winzig, da konnte man nicht mal stehen. Und dort lagerten nichts als ein paar alte Kisten mit Abrechnungen und Steuerunterlagen der vergangenen Jahre.

»Nein, im Gästehaus.«

»Okay, bin gleich da.«

Sie rief Arturo an, der ihr versicherte, dass alles halb so schlimm war. Er habe einen Verband und ein Schmerzmittel bekommen und werde gleich zurück zur Farm kommen.

»Oh nein, mein Guter. Sie fahren jetzt nach Hause und ruhen sich aus. Und wenn es morgen noch sehr schmerzt, dann machen Sie einen Tag länger frei.« Seit sie wieder auf der Farm wohnte, hatte der Mann ihres Wissens nach noch keinen einzigen Tag frei gehabt. Die Erntehelfer arbeiteten an fünf oder sechs Tagen in der Woche, doch Arturo war Vorarbeiter mit Leib und Seele, und das schon seit damals, als sie und ihre Schwestern noch Kinder waren. Anscheinend wollte er tagtäglich da sein, um alles im Blick zu behalten. Er hatte schon immer den größten Respekt vor Cliff und Fran gehabt, und sie wusste, dass er es für sie tat. Um die Farm aufrecht und das Lebenswerk der beiden in Ehren zu halten. Und deswegen ließen sie ihm seine Aufgaben, auch wenn Grandma Fran sagte, dass sie ihn entlasten sollten. Er wollte es doch gar nicht, er liebte seine Arbeit, niemals würden sie sie ihm nehmen, außer er würde eines Tages darum bitten.

»Ja, gut. Wir werden sehen. Danke, Delilah«, sagte Arturo und hängte auf.

Gut. Und nun konnte sie sich Ally widmen, die sie merkwürdigerweise auf den Dachboden bestellt hatte. Wahrscheinlich hatte Jillian wieder irgendwelche alten Sachen ihrer Urgroßeltern entdeckt und wollte nun wissen, ob sie etwas davon haben wollte. Sie hatte sich bereits ein paar Schwarz-Weiß-Fotos und eine Brosche ihrer Urgroßmutter

June ausgesucht, mehr brauchte sie nicht. Ihr Zimmer war voll genug mit Krimskrams. Glücklicherweise war Jillian ja inzwischen in Frans altes Zimmer gezogen, sodass sie jetzt ihres für sich allein hatte. So, wie damals, nachdem Ally und Jill ausgezogen waren, und sie allein mit den Großeltern zurückgeblieben war.

Wie froh sie war, dass heute wieder so viel Leben auf der Farm herrschte.

Sie trat ins Haus, das bereits halb fertig renoviert war. Jillian war wirklich eine Meisterin, was das anging, und es machte Spaß, ihr zu helfen.

Sie stieg die Treppen bis ganz nach oben hinauf. Auf dem Dachboden war sie noch nie gewesen, er war ziemlich groß, alt und staubig. Sie entdeckte Ally, Misha und auch Jill in einer Ecke. Sie hatten sich um mehrere alte Kisten versammelt, in einer befanden sich anscheinend alte Kleider, in einer anderen irgendwelche Zeitschriften. Bestimmt alte Magazine, die Granny von früher aufbewahrt hatte.

»Hey. Was gibt es?«, fragte sie.

»Komm her und schau dir das an«, sagte Jill.

Sie trat näher, schaute und staunte.

»Ist das etwa...«

»Grandma Fran«, sagten alle drei bestätigend.

»Ist ja irre. Grandma Fran war berühmt?«

»Auf jeden Fall war sie ein gefragtes Model, wie es aussieht«, meinte Ally.

»Aber wann war denn das?« Sie war völlig verwirrt. Wie konnte es sein, dass Grandma Fran das alles vor ihnen verheimlicht hatte? Und warum denn nur?

»Das sollten wir sie am besten selbst fragen«, meinte Jill. »Heute ist sie beim Bingo. Aber morgen kommt sie zur Farm, und dann hat sie uns einiges zu erklären.«

Am Samstag traf Grandma Fran wie gewohnt nach dem Frühstück ein, doch heute wirkte sie nicht so fröhlich wie sonst. Sie sah eher ein wenig nervös aus.

»Guten Morgen, ihr Lieben«, sagte sie, als sie ins Haus trat. Sie blickte von Jill zu Ally zu Misha und schließlich zu ihr. »Ihr wisst es nun also, hm?«

Die Fragen stürmten gleichzeitig auf sie ein.

»Warum hast du uns nichts erzählt?«, fragte Jill.

»Warst du ein richtiges Model?«, kam es von Misha.

»Wann war denn das nur, und warum hast du es vor uns verheimlicht?«, wollte Ally wissen.

»Wo hast du denn damals gelebt? Bestimmt nicht auf der Blaubeerfarm«, meinte Delilah.

»Wenn ihr alle mal den Mund halten würdet, würde ich es euch ja erzählen. Also, wollen wir uns setzen?«

Sie alle nickten und nahmen am Küchentisch Platz. Gespannt sahen sie Grandma Fran an. Delilah konnte es kaum erwarten zu erfahren, wer ihre unscheinbare Grandma wirklich einmal gewesen war.

»Also«, sagte diese und holte tief Luft. »Es begann alles in Hollywood...«

Und in der nächsten Stunde erzählte ihnen Grandma Fran, die einst Frances Sinclair geheißen hatte, von ihrer Kindheit in Brentwood, ihren jungen Erwachsenenjahren in Hollywood, ihrer Modelkarriere, ihrem Manager Herbert, den Fotoshootings, den Zeitschriften und Plakaten. Sie erzählte ihnen von einem Ausflug zum Lake Tahoe und von der Reifenpanne, die sie mit Grandpa Cliff zusammengeführt hatte – nur ließ sie dieses Mal nichts weg.

»Du warst damals also mit deinem Manager unterwegs?«, fragte Ally noch mal nach.

»Ja, genau. Mit Herbert. Er war ein guter und freundlicher

Mann, hat mich ein bisschen behandelt wie eine Tochter. Leider ist er schon vor vielen Jahren verstorben.«

»Und bist du dann doch noch nach Tahoe gekommen?«, wollte Jill wissen, die, wie Delilah wusste, selbst jährlich zum Skifahren zum Lake Tahoe fuhr, wenn sie nicht nach Aspen fuhr.

»Ja. Am nächsten Tag. Nachdem der Reifen geflickt und ich bereits hoffnungslos verliebt war.«

»Nach nur einem Tag?«, fragte Delilah.

»Ja. Habt ihr etwa noch nie etwas von der Liebe auf den ersten Blick gehört?«

»Doch, natürlich.« Bei ihr und Cristina war es ja beinahe das Gleiche gewesen.

»Und wie ging es dann weiter?«, wollte Misha wissen, die ihr Kinn auf die Hand gepresst hatte.

Sie alle blickten wieder zu Fran, die sie in ihren Bann gezogen hatte. Niemals hätten sie diese Geschichte geglaubt, wenn irgendjemand anderes als ihre Grandma sie ihnen erzählt hätte.

»Nun, dann mussten wir uns schweren Herzens verabschieden, ich bin mit Herbert zum Lake Tahoe gefahren und habe mich für die Werbekampagne ablichten lassen. Willow Soap. Irgendwo gibt es noch Bilder davon.«

»Ja, die haben wir gesehen«, sagte Ally.

Delilah schüttelte den Kopf. »Einfach unglaublich. Candy Cola, Willow Soap, das alles gibt es heute gar nicht mehr, so lange ist das her.«

»Ja, es ist wirklich lange her«, stimmte Fran zu.

»Und wie habt ihr euch dann wiedergesehen? Du und Gramps?«, erkundigte sich Misha.

»Nun, zuerst haben wir uns geschrieben. Als ich zurück in Hollywood war. Und ab und zu rief er an, von einer öffentlichen Telefonzelle aus, da sie hier auf der Farm noch kein Telefon hatten. Und auch keinen Fernseher. Es war alles sehr altmodisch, sie verbrachten ihre Tage auf dem Feld und gingen danach schlafen. Viel mehr taten sie nicht.«

»Und deshalb wussten sie auch nicht, wer du warst?«, fragte Delilah.

»Na ja, ich war ja keine Berühmtheit wie Ava Gardner oder Ingrid Bergman. Mich musste man nicht kennen.«

»Wer?«, flüsterte Misha ihrer Mom zu.

»Schauspielerinnen«, flüsterte Ally zurück.

»Im Großen und Ganzen betrachtet, war ich noch ein Niemand, da, wo ich herkam. Herbert aber setzte große Hoffnung in mich, und wer weiß, was aus mir geworden wäre, wenn ich denn geblieben wäre.«

»Aber du bist zu Cliff auf die Farm gezogen. Hast alles aufgegeben für eure Liebe«, sagte Ally, die Romantikerin.

»Ja, so war es. Doch es ist mir nicht leichtgefallen, das könnt ihr mir glauben. Cliff ist mich in L.A. besuchen gekommen und hat um meine Hand angehalten. Und ich habe Ja gesagt. Doch sobald ich alles hinter mir gelassen hatte, kamen mir auch schon Zweifel.«

»Ehrlich? Und was hat dich letztlich dazu bewogen, zu bleiben und Grandpa Cliff zu heiraten?«, fragte Jill.

»Die Kiste, die ihr gefunden habt. Es ist seine Kiste. Er hat all das für mich gesammelt, was sich darin befindet. Damit ich nie vergesse, wie besonders ich bin.«

»Awww!«, machten sie alle gleichzeitig.

Grandma Fran lächelte. »Er hat es mir überlassen, ob ich gehe oder bleibe. Und er hat mir gesagt, egal, wie ich mich auch entscheide, er wird es verstehen und mich immer lieben.«

Delilah fasste sich ans Herz. Das war wirklich das

Schönste, was sie je gehört hatte. Jetzt konnte sie auch die innige Verbundenheit ihrer Großeltern verstehen.

»Und du hast dich für ihn entschieden«, sagte Ally, der ein paar Tränen aus den Augen kullerten.

»Das ist wahre Liebe«, meinte Jill, die ebenfalls ganz feuchte Augen hatte. »Und so was will ich auch! Wusstet ihr, dass Preston heute hier war? Und dass ich ihn endgültig in die Wüste geschickt habe? Ich habe nämlich Besseres verdient als das, was er mir bieten kann. Ich möchte eines Tages auch einmal solch eine Liebe erfahren wie die von Grandma und Grandpa, und mit dem Mann alt werden, dem mein Glück wichtiger ist als seins.«

Delilah starrte ihre Schwester an. Preston war hier gewesen? Und Jill hatte endgültig mit ihm Schluss gemacht? Heute war wirklich ein Tag der Offenbarungen.

»Ich glaub, ich brauch jetzt was von deinem Blaubeerschnaps«, sagte sie.

Grandma Fran stand lächelnd auf und ging die Flasche holen.

Kapitel 48

Jillian

Sechs Wochen später.

Es war halb neun auf der Blaubeerfarm. Jillian war bereits eine Runde joggen gegangen und hielt nun einen Kaffeebecher in der Hand, als sie die Pension betrat. Sie schloss die Tür hinter sich, ließ ihren Blick durch das Haus schweifen und lächelte in sich hinein.

Es war vollbracht.

Noch vor wenigen Wochen hätte sie nicht gedacht, das Gästehaus so schnell auf Vordermann gebracht zu haben, doch heute erstrahlte es in vollem Glanz.

Sie nahm einen Schluck ihres Milchkaffees und ging nach links ins alte Wohnzimmer, das sie in ein Frühstückszimmer verwandelt hatte, in dem ihre Gäste ab dem kommenden Wochenende eine krafttankende Morgenmahlzeit erhalten sollten. Es standen sechs Tische darin, auf jedem eine hübsche Stofftischdecke und eine Vase mit frischen Blumen. Sie hatte sogar überlegt, bald auch ein Abendessen anzubieten, besonders in den Wintermonaten würden sie sicher die Zeit finden, für die Gäste zu kochen, doch das musste sie noch mal genauer mit ihren Schwestern besprechen. Genau wie die anderen Dinge, die sie für die Zukunft planten. Ally und Misha wollten im nächsten Jahr unbedingt ein Selbstpflückangebot machen, und Delilah hätte gern einen größeren Marktstand, um noch mehr Gebäck und auch ein paar neue Marmeladensorten anzubieten. Neulich hatte sie welche mit Blaubeeren, Orangen und Zimt ausprobiert, und die hatten einfach unglaublich geschmeckt.

Sie verließ den Raum und betrat die Küche, in der in früheren Zeiten ihre Urgroßmutter June gekocht, gebacken und ihre Blaubeermarmelade eingemacht hatte. Die alte Einrichtung hatte Jillian herausgerissen und alles durch moderne Schränke und Geräte ersetzt; nun standen eine Cappuccino-Maschine sowie ein Waffeleisen bereit und warteten auf ihren Einsatz. Den Kühlschrank würde sie in den nächsten Tagen noch füllen, und sie hatte beschlossen, sich vorerst selbst um die Zubereitung des Frühstücks zu kümmern. Denn es war zwar ihre gemeinsame Pension, aber es war ihr Werk, und sie konnte es kaum erwarten, dass der erste Gast am Freitag eintraf.

Zusammen mit ihren Schwestern hatte sie inzwischen eine Website erstellt, auf der sie Fotos der einzelnen Zimmer und natürlich welche von der Blaubeerfarm, von Lodi und der Umgebung reingestellt hatten. Insgesamt siebenundzwanzig Gäste hatten bereits für die kommenden drei Monate gebucht, und es kamen jeden Tag neue Anfragen hinzu.

Am Samstag würde dann die große Eröffnungsfeier stattfinden, eine Art »Tag der offenen Tür«, wo sie Lodis Bewohnern und allen interessierten Leuten aus den Nachbarorten einen Einblick in die neue Pension gewähren wollten. Zumindest in die untere Etage, denn in den oberen Stockwerken würden sie ja schon Gäste einquartiert haben. Jill hatte sich bei denen extra erkundigt, ob es sie stören würde, wenn es ein wenig belebter würde am Samstagnachmittag, doch alle hatten ihr versichert, dass es in Ordnung war. Sie wollten sowieso die Umgebung erkunden oder sogar an der Feier teilnehmen.

Sie stellte den Becher auf dem Küchentresen ab. Er war ein Geschenk von Misha, die allen tolle Souvenirs mitgebracht hatte. Ally hatte ein wunderhübsches Armband mit der Aufschrift »Mamma« aus Italien bekommen. Für Delilah hatte sie vegane Schokolade aus Deutschland und Holland im Gepäck gehabt, und diesen farbenfrohen Becher hier hatte ihre Nichte in England entdeckt. Er war bedruckt mit dem Slogan: *You can get it if you really want.* Jillian liebte ihn jetzt schon, und sie hatte ständig diesen alten Siebzigerjahre-Song von Jimmy Cliff im Kopf. Ein neuer Ohrwurm, der sie aber stets motivierte.

Sie ging zu dem einzigen Zimmer im Erdgeschoss, das sie in ein Gästezimmer umgewandelt hatte. Früher einmal war es der Wasch- und Bügelraum gewesen, doch dafür war es viel zu schade, da es eine tolle Aussicht auf den Garten hatte. Direkt unter dem Fenster blühten die Hortensien und verströmten einen einzigartigen Duft.

Es handelte sich hierbei um das *Rosa Zimmer*. Es war ihr zweitliebstes Zimmer, einfach, weil es so blumig und romantisch und verzaubernd war. Sie würde es so oft wie möglich an allein reisende Frauen vermieten, da ein Mann wahrscheinlich nicht so begeistert wäre, in einer rosa Traumwelt zu nächtigen. Und auch, weil es nun mal so romantisch war, und weil sie hoffte, dass es diesen Frauen die Liebe bringen würde.

Sie hatte nichts mehr von Preston gehört. Er schien tatsächlich endlich akzeptiert zu haben, dass es aus war. Und das hatte sie allein Adrian zu verdanken. Mit ihm hatte sie in den letzten Wochen öfter mal zusammen gegessen, bei ihm im Restaurant oder ein Stück Kuchen im Café. Einmal hatte sie ihn auch auf seinem Weingut besucht, sie waren über den Weinberg spaziert, und er hatte ihr allerhand über seine Trauben erzählt. Seine Leidenschaft hatte sie stark an ihren Grandpa erinnert.

Sie mochte es, Zeit mit Adrian zu verbringen, und mit den Wochen war da etwas zwischen ihnen entstanden, das über eine Freundschaft hinausging. Dennoch war sie noch immer zurückhaltend und hatte ihm kein Zeichen gegeben, dass er einen weiteren Versuch wagen durfte. Denn sie genoss es einfach, wie unkompliziert es mit ihm war. Sie fand es schön, dass sie als Freunde angefangen hatten. Was die Zukunft brachte, wusste bisher nur das Schicksal.

Sie ließ die Tür offen, um das Zimmer zu durchlüften, und stieg die Treppe hinauf. Im ersten Stock gab es drei weitere Zimmer: das *Vogelzimmer*, das *Strandzimmer* und das *Weinzimmer*. In jedes warf sie einen Blick, erfreute sich an kleinen Details und war unglaublich stolz auf sich, dass sie das alles aus dem Nichts erschaffen hatte. Im *Weinzimmer* trat sie ans Fenster und sah Delilah in ihrem Zauberer-Kostüm zum Auto laufen, die heute Vormittag einen Auftritt im Seniorenheim hatte. Die Bewohner würden sich sicher freuen. Sie musste lachen, als DeeDee beim Einsteigen ihren Zylinder verlor.

Nachdem Delilah davongefahren war, verließ Jillian auch dieses Zimmer, warf einen Blick in das große Gemeinschaftsbad, das Ally auf Hochglanz poliert hatte, und begab sich hinauf in die obere Etage.

Hier befand sich die Suite mit eigenem Bad, die aus einem größeren Zimmer und einem kleinen angrenzenden Raum bestand, aus dem Jillian ein Büro mit einem Schreibtisch, einem Lesesessel und einem Bücherregal gemacht hatte. Hier würde sie neben ganz normalen Gästen auch Geschäftsleute, Journalisten oder Autoren beherbergen können, die aufs Land fuhren, um der hektischen Großstadt zu entfliehen und ein wenig Ruhe zu finden. Für Freitag und Samstag hatte es bereits ein Reporter einer größeren Zeitung reserviert, der über die Pension und die Eröffnungsfeier schreiben wollte. Sie hoffte, sie konnten einen guten Eindruck bei ihm machen, denn Publicity war nun mal alles.

Sie drehte sich nun einmal im Kreis und ließ die Dekoration auf sich wirken. Nachdem sie die Kiste auf dem Dachboden gefunden hatte, musste sie nicht mehr überlegen, welches Motto sie dem Zimmer geben wollte. Es konnte nur eines geben, und das war »Hollywood«. Nicht das heutige, actiongeladene Blockbuster-Hollywood, sondern das damalige. Frans Hollywood, das noch Glamour hatte und dieses gewisse Flair, das sie versucht hatte umzusetzen. An den Wänden hingen eingerahmte Bilder von Audrey Hepburn und Cary Grant, die Dekoration bildeten unter anderem eine Oscar-Statue, ein Blechschild mit dem Hollywood-Zeichen und drei kleinere Modellautos: ein pinker Cadillac, ein hellblauer Mustang und ein schwarzer Ford Thunderbird. Jillian hatte das Zimmer *Hollywood-Suite* getauft, und als sie es Grandma Fran gezeigt hatte, waren ihr die Tränen gekommen.

Ihre Grandma war sehr stolz auf sie, das merkte man ihr an. Sie hatte all ihren Bekannten erzählt, was Jillian mithilfe von Delilah und Misha aus dem alten Gästehaus gemacht hatte, und sie gebeten weiterzusagen, dass es jetzt noch eine Pension in Lodi gab: das *Blueberry Inn*.

Jillian hatte Adrians Angebot angenommen und einen Stapel Flyer in der Winery ausgelegt. Und im Ort hatte sie hier und da einen an ein Schaufenster kleben dürfen. Sie war zuversichtlich und guter Dinge, dass die Pension laufen und ihnen auch über den Winter ein lukratives Geschäft und vor allem eine Beschäftigung bieten würde.

Sie lächelte in sich hinein, als sie das eingerahmte Bild von Fran an der Wand neben dem Fenster betrachtete. Sie hatte eins aus der Zeitschrift in einem Fotostudio bearbeiten und drucken lassen, und es war toll geworden. Scharf und deutlich, Frances Sinclair in ihren besten Jahren.

Sie schloss die Augen. War glücklich. Doch sie hatte irgendwie das Gefühl, als ob noch etwas fehlte.

Dann wurde es ihr plötzlich klar. Sonnenklar.

Jill lief die Stufen hinunter und über den Rasen, am Haupthaus und am Kaninchengehege vorbei, zu der Überdachung hinüber, wo sie die Fahrräder abgestellt hatten. Dann stieg sie auf ihr Rad und fuhr los zur Winery, wo Adrian um diese Zeit meistens anzufinden war. Dort stellte sie es ab, ohne sich die Mühe zu machen, es anzuschließen. Das hier war Lodi, da klaute niemand ein altes Fahrrad.

Mit schnellen Schritten ging sie über den Vorplatz und hinüber zum Ausschank, wo bereits jetzt, vormittags um zehn, die ersten Weinbegeisterten einen guten Tropfen probierten. Und dort stand er und unterhielt sich mit einem älteren Herrn.

Als er sie entdeckte, entschuldigte er sich und ging auf sie zu.

»Jillian. Suchst du nach mir?«

Sie nickte. »Ja.«

Ein wenig aus der Puste blieb sie stehen und versuchte, ruhig zu atmen. Sie sah Adrian an und lächelte. »Du hast mir doch mal gesagt, ich soll es dich wissen lassen, wenn ich so weit bin.«

»Ja?«, fragte er hoffnungsvoll.

»Ja. Ich bin es nun. Ich würde mich wirklich freuen, mal so richtig mit dir auszugehen. Auf ein Date.«

»Hast du dir das auch gut überlegt? Ich meine, da ist zwar diese Verbindung zwischen uns – die spürst du doch auch, oder?«

»Ja, natürlich spüre ich sie, Adrian.«

»Und wenn wir jetzt wirklich anfangen würden zu daten, dann wäre das ziemlich verbindlich, richtig?«

Sie nickte.

»Mir ist aber wohlbewusst, was du vom Leben willst. Eine Familie, Kinder ... Wenn du dir nicht sicher bist, ob du das mit mir ... ob ich dir wirklich das geben kann, was du ...« Er stockte, und sie wusste, dass er an Chantal dachte, die ihn verlassen hatte, weil sie ihrer Meinung nach mit seinem Handicap nicht familientauglich war.

»Egal, was auch kommt, Adrian, oder was aus uns wird – ich weiß mit absoluter Sicherheit, dass du ein wundervoller Ehemann und Vater sein wirst.«

Er schien sehr berührt und nahm ihre Hand. »Okay, ich wollte nur sichergehen, dass du über die Zukunft nachgedacht hast.«

»Das habe ich. Doch erst einmal freue ich mich auf einen gemeinsamen Abend.«

»Ich freue mich ebenso. Wie wäre es denn gleich heute? Oder morgen?«

»Heute klingt perfekt. Und ich wollte dich auch noch fragen, ob du nicht Lust hast, am Samstag zur Einweihungsfeier zu kommen.«

»Oh. Deine gesamte Familie wird da sein, oder?«

»Genau. Eine wunderbare Gelegenheit, dich ihnen endlich richtig vorzustellen.«

Adrian lächelte bis über beide Ohren. »Ich komme gern.«

Sie drückte seine Hand und wusste, er war der Richtige. Ihr Cliff. Der Mann, dem ihre Wünsche das Wichtigste auf der Welt waren.

Kapitel 49

Frau

An diesem Samstag saß neben ihr auf dem Beifahrersitz Cliff, der aus dem Fenster sah und auf einen Falken deutete, der über sie hinwegflog.

Sie waren auf dem Weg zur Blaubeerfarm, auf der heute die Einweihungsfeier der Pension stattfinden sollte, die den wunderbaren Namen *Blueberry Inn* trug. Jillian und auch ihre anderen Enkelinnen hatten wirklich Großartiges geleistet. Sie hatten so viel Zeit und Arbeit in dieses Projekt gesteckt, und am Ende war es so viel besser geworden, als sie es sich je hätte vorstellen können.

Als Jillian ihr vor einigen Tagen das fertige Haus gezeigt hatte, war sie schwer beeindruckt gewesen – man erkannte es überhaupt nicht wieder! Sogar einen Frühstücksraum gab es! Und als sie das oberste Geschoss gesehen hatte, in dem die *Hollywood-Suite* untergebracht war, hatte sie angefangen zu weinen. Nicht nur, weil Jillian dieses Zimmer ihr gewidmet und sogar ein Bild von ihr an die Wand gehängt hatte, sondern auch, weil es sie so sehr an die damalige Zeit erinnerte. An *ihr* Hollywood, das sie seit beinahe sechzig Jahren nicht besucht hatte. Wenn man sich aber in diesem Zimmer aufhielt, spürte man es, dieses Hollywood-Flair vergangener Zeiten, und das hatte sie einfach überwältigt.

Sie musste an Delilah und Cristina denken, die sich morgen nach Los Angeles aufmachen würden, wo sie sich die Schauorte irgendwelcher moderner Serien ansehen wollten. Sie hatten vor, alle Filmstudios zu besuchen, die Touren anboten, und dazu gehörten die Studios von Paramount, Fox, Universal sowie Warner Brothers. Fran hatte sie gebeten, viele Fotos zu machen, damit sie eine Vorstellung davon bekommen konnte, wie es heute dort aussah. Ihr Hollywood, das sie in diesem Leben wohl selbst nicht mehr sehen würde.

Sie fuhren an Kuhweiden vorbei und an etlichen Wassermelonenfeldern, und noch bevor sie die Farm erreichten, hörten sie die Musik. *Heartbreak Hotel*. Sie musste schmunzeln, da sie doch wusste, dass Jillian dieses Lied extra für sie angestellt hatte.

»Hör mal, Cliff, sie spielen Elvis.«

Cliff lächelte. »Magst du Elvis?«

Sie nickte. »Ja, ich mag ihn sehr.«

Fran parkte den Buick neben unzähligen anderen Autos, und sie stiegen aus. Sie hakte sich bei Cliff ein und wies ihm den Weg zu den Partytischen und -stühlen, die ihre Enkelinnen gemietet und auf der Wiese aufgestellt hatten. Sie war erleichtert zu sehen, dass die meisten Tische dank Sonnenschirmen im Schatten standen, da sie die pure Sonne in letzter Zeit nicht mehr so gut vertrug.

»Grandma! Du siehst toll aus!«, rief Alison ihr zu und kam sie umarmen. Dann betrachtete sie sie in ihrem blauen Kleid, das sie für den heutigen Anlass aus seiner Kiste geholt hatte. Sie war überrascht gewesen, dass es noch immer passte.

»Danke, Herzchen.«

»Setzt euch doch. Was kann ich euch bringen?«

»Oh, ich hätte gerne eine Limonade, wenn ihr eine dahabt.«

»Wir haben alles da. Was möchtest du, Grandpa?«

Cliff war abwesend. Er starrte das alte Gästehaus an, das jetzt so anders aussah. Vorher war es weiß angestrichen gewesen, jetzt zierte die Fassade ein hübsches dunkles Blau, das an Blaubeeren erinnerte. Die Fensterrahmen, Läden und Türen waren aber erneut weiß gestrichen worden, von Delilah und Misha, wie sie wusste. Misha kam jetzt auch herbei und brachte ihnen zwei Stücke Blueberry Pie. »Hat Mom gebacken. Ihrer schmeckt jetzt fast so gut wie deiner, Granny.«

Misha stellte die Teller vor ihnen ab und kam um den Tisch herum, um sie beide zu drücken.

»Wie war es in Europa, Süße? Du musst mir alles erzählen!« Fran hatte ihre Urenkelin seit ihrer Rückkehr am letzten Wochenende noch nicht gesehen, da sie seitdem nicht auf der Farm gewesen war. Auch auf dem Markt hatte sie sich diese Woche nicht blicken lassen, weil ihre Freundin Edie krank gewesen war. Sie hatte sich sehr um sie gesorgt, nachdem sie einen leichten Herzinfarkt erlitten hatte, doch Gott sei Dank war sie auf dem Weg der Besserung. Sie mochte gar nicht daran denken, noch eine Freundin zu verlieren.

»Na klar. Ich zeig dir nachher alle Fotos. Es sind über zweitausend.«

»Ach du meine Güte! Da brauchen wir ja bis Mitternacht!«, lachte Fran.

»Ich hab euch auch was mitgebracht. Aus Frankreich. Ich hole es kurz.«

Sie sah ihre Urenkelin ins Haus laufen und wandte sich an Cliff. »Sieh mal, Liebster, es gibt Blueberry Pie. Ally hat ihn gemacht. Magst du ein Stück kosten?«

Cliff lächelte. »Blueberry Pie hat meine Mom immer gemacht.«

Sie lächelte. »Ja, das stimmt. Und ihrer ist und bleibt unübertroffen.«

Sie gab Cliff eine Gabel und ließ ihn probieren.

»Lecker.«

Sie kostete ebenfalls. »Der ist wirklich vorzüglich«, sagte sie zu Alison, die gerade mit den Getränken zurückkam.

»Freut mich, dass er euch schmeckt.«

Sie genoss den Kuchen und blickte sich um. »Eine wirklich schöne Feier. Oh, da ist ja Harriet. Ally, magst du mal eben bei deinem Grandpa bleiben, damit ich sie begrüßen kann?«, fragte sie ihre Enkelin.

»Natürlich.« Ally setzte sich zu Cliff und erzählte ihm irgendetwas, während sie sich auf zu Harriet machte, die mit Ireen und ihrem neuen Freund Mr. Hanover ein paar Tische weiter saß. Neben ihrer Schwägerin und ihrer Nichte waren noch viele bekannte Gesichter hier: Jillian und Adrian, die fröhlich miteinander lachten, Delilah und Cristina, die verliebt Händchen hielten, Mishas Freundin Conny mit ihrer Mutter und ihrer Tante, die nach den Kaninchen sahen, Arturo mit seiner Frau Vera, die den Tag in der Sonne genossen, Brendan, der von Marjan eingenommen wurde und Ally unauffällig eine Grimasse zuwarf, und viele andere Leute aus Lodi, die es sich nicht nehmen lassen wollten vorbeizuschauen, die neue Pension zu betrachten und ein Stück Gratiskuchen zu essen.

Nachdem sie ein paar Worte mit Harriet und Ireen gesprochen hatte, ging Fran auf Misha zu, die zurück aus dem

Haus kam und ihr sogleich ein Glas echte französische Blaubeermarmelade überreichte.

»Damit du mal siehst, wie sie am anderen Ende der Welt schmeckt«, sagte Misha.

»Das ist aber lieb von dir. Du bist ein Schatz, vielen Dank.« Sie lächelte. »Wollen wir zurück zu Gramps gehen?«

Misha nickte und hielt ihr ihren Arm hin, in den sie sich einhaken konnte. Als sie noch ungefähr zwei Meter vom Tisch entfernt waren, hörte sie Cliff zu Ally sagen: »Sie ist so wunderschön. Ich habe sie in diesem blauen Kleid immer am liebsten gemocht.«

Sie blieb stehen und hörte den beiden zu.

»Ja, es steht ihr wirklich fabelhaft«, erwiderte Ally.

»Weißt du, sie trug es an dem Tag, an dem wir uns zum ersten Mal begegneten. Zweiundzwanzig Jahre war sie alt und die schönste Frau, die ich je erblickt hatte.«

Fran konnte Cliff nur anstarren. Sie war zutiefst bewegt. Dieses Ambiente, die Farm, das alles schien irgendetwas in ihm auszulösen.

»Oh, Grandpa«, hörte sie Ally sagen. »Du warst wohl sehr verliebt in sie damals, oder?«

»Oh ja. Und das bin ich heute noch. Fran ist die Liebe meines Lebens. Die beste Frau, die ein Mann sich nur wünschen kann. Und hast du schon ihr blaues Kleid gesehen? Das trug sie schon damals, als wir einander zum ersten Mal begegnet sind.«

Fran hatte Tränen in den Augen, und als sie zu Misha blickte, erkannte sie, dass es ihr ebenso erging. Sie machte sich sanft von ihrer Enkelin los, ging zu Cliff und streichelte seine Wange. »Du bist auch der beste Mann, den ich mir wünschen könnte. Und dieses Kleid trage ich nur für dich.«

»Franny! Da bist du ja. Ich habe mich gerade mit dieser jungen Frau unterhalten. Habe ihr von dir erzählt.«

Sie blickte zu Alison, um zu sehen, ob es sie sehr mitnahm, doch sie lächelte nur. Sie alle hatten sich daran gewöhnt, dass Cliff die Menschen um sich herum manchmal nicht mehr zuordnen konnte. Umso wundervoller waren diese Momente, in denen die Erinnerungen wieder zu ihm zurückkamen. Meistens waren es welche von ganz früher. Und die waren ja auch die schönsten.

Fran setzte sich wieder und trank von ihrer Limonade. *All I Have to Do Is Dream* erklang, und sie summte leise mit. Der Tag war wirklich einmalig, und sie hoffte so sehr, dass sie ihn für immer in Erinnerung behalten würde.

Als sie sich am Abend verabschiedeten, drückte sie Delilah und auch Cristina noch einmal und wünschte ihnen eine schöne Reise. »Grüßt Hollywood von mir«, sagte sie.

»Bist du ganz sicher, dass du nicht mitwillst?«, fragte Delilah. »Noch ist es nicht zu spät. Wir könnten dir noch einen Flug buchen und auch ein Zimmer in unserem Hotel. Du müsstest ja nicht die ganzen Touren mitmachen, könntest einfach den Hollywood Boulevard entlangspazieren und dich in ein Café setzen.«

Sie lachte. »Nein, nein. Ich werde auf meine alten Tage sicher nicht das Fliegen ausprobieren. Außerdem kann ich doch deinen Grandpa nicht eine Woche allein lassen.«

»Ich bin mir sicher, dafür würde sich eine Lösung finden. Gramps könnte zum Beispiel so lange auf der Farm bleiben. Zimmer haben wir mehr als genug.«

»Ach, das ist wirklich lieb, Delilah. Aber fahrt mal schön ohne mich. Macht wie versprochen ein paar Fotos und seht nach, ob es den Stardance Diner noch gibt, ja?«

»Na gut, wie du willst. Können wir sonst noch irgendwas tun? Zum Beispiel nachsehen, ob dein Elternhaus noch steht, oder dir irgendetwas mitbringen?«

Sie überlegte. »Ihr könntet mir tatsächlich einen großen Gefallen tun. Würdet ihr auf dem Hollywood Forever Cemetery Annies Grab aufsuchen und einen Strauß weißer Lilien für mich hinbringen? Das waren immer ihre Lieblingsblumen.«

Sie hatte ihren Enkelinnen in den letzten Wochen noch öfter von den alten Zeiten erzählt, von ihrer tiefen Freundschaft zu Annie und ihren Treffen im Diner. Sie war gespannt zu erfahren, ob er noch an seinem Platz stand und ob es noch die Jukebox gab.

Delilah sah sie nun gerührt an. »Natürlich, Granny, das machen wir gerne.«

»Danke, Liebes. Das würde mich sehr freuen.«

Sie verabschiedete sich auch noch von allen anderen und ging dann zusammen mit Cliff zum Auto, in das sie ihn einsteigen ließ, selbst aber noch einen Moment draußen verweilte. Sie drehte sich noch einmal zur neuen Pension, dann zum hellblauen Haupthaus und schließlich in Richtung der Blaubeerfelder. Sie atmete die Luft tief ein, die nach Blaubeeren und nach einem Neuanfang duftete, und sie war sich sicher, es würden hier noch sehr viele Menschen ihr Glück finden – so, wie sie es einst gefunden hatte.

Kapitel 50

1963

Die Schwangerschaft war ein Auf und Ab der Gefühle. So glücklich Frances auch war über das Baby, das in ihrem Bauch heranwuchs, war ihr die ersten Monate doch so schrecklich übel, dass sie am liebsten gestorben wäre.

Cliff war wie immer ein Schatz, brachte ihr Tee und Cracker – das Einzige, was sie im Magen behielt – und legte ihr feuchte Waschlappen auf die Stirn.

Als er ihr einmal ein Stück Blueberry Pie von seiner Mutter brachte, und Frances ihn anschrie, dass sie keine ekligen Blaubeeren essen wollte, wurde er nicht böse. Ganz im Gegenteil, er sagte ihr, dass er wünschte, er könnte ihr die Übelkeit abnehmen. Gerne würde er selbst durch all die Strapazen einer Schwangerschaft gehen, wenn sie dafür nicht leiden müsste.

Das zweite Schwangerschaftsdrittel verlief glücklicherweise besser. Die Übelkeit legte sich, und Fran mochte wieder essen. Außerdem verspürte sie einen unentwegten Drang danach, zu tanzen und zu singen. Jeder Song, der im Radio lief, bescherte ihr gute Laune, sie tanzte durch die Küche und forderte Cliff dazu auf mitzumachen.

Ständig hatte sie diesen Song im Kopf und summte ihn

ununterbrochen: *Wonderful World* von Sam Cooke. Und sie war sich sicher, es war ein Zeichen, und wollte deshalb ihr Kind Sam nennen, wenn es ein Junge würde. Ein Mädchen sollte Carol oder Diana heißen, weil *Oh! Carol* von Neil Sedaka und *Diana* von Paul Anka ebenfalls zwei Favoriten zu dieser Zeit waren. Über einen namensgebenden Song von Paul Anka würde Annie sich sicher freuen, die natürlich immer noch sehr für den Sänger schwärmte, auch wenn sie jetzt einen eigenen Traummann an ihrer Seite hatte. Michael hatte ihr an Weihnachten einen Antrag gemacht, und die beiden wollten noch in diesem Sommer heiraten. Annie hatte Frances sogar gebeten, ihre erste Brautjungfer zu sein, und sie freute sich darauf, für diesen Anlass zusammen mit Cliff nach Los Angeles zurückzukehren. Sie hoffte nur, dass man die Schwangerschaft bis dahin noch nicht so sehr sehen und sie noch in ein anständiges Kleid passen würde.

Der Ausflug nach L.A. und Annies Hochzeit waren ein Traum. Es waren quasi die Flitterwochen, die sie und Cliff nicht gehabt hatten, weil er ja für den Bau des eigenen Hauses sparte. Er hatte bereits damit begonnen und wollte es unbedingt noch vor der Geburt des Kindes fertigstellen. Sein Vater und zwei seiner Cousins halfen Tag für Tag, trotz der Blaubeerernte. Fran freute sich unglaublich auf ihr eigenes Heim.

Annie war eine entzückende Braut und trug das schönste Hochzeitskleid, das Fran je gesehen hatte. Die Kirche war mit weißen Lilien geschmückt, und es wurde Paul Ankas *You Are My Destiny* auf der Orgel gespielt. Fran und Cliff blieben noch zwei weitere Tage in L.A., besuchten ihre Eltern und gingen in den Stardance Diner, wo sie sich Burger und Milchshakes schmecken ließen.

Das letzte Schwangerschaftsdrittel verlief gemächlicher.

Die Blaubeerernte war vorbei, Fran war nun bereits ein ganzes Jahr auf der Farm, und sie bereitete sich mit Junes Hilfe ein Nest.

Der Hausbau schritt voran, schon bald konnten sie es einrichten, und in ihren letzten Wochen vor der Geburt war Fran müde und wollte nichts als schlafen und essen. Ganze fünfundzwanzig Kilo hatte sie schon zugenommen, Herbert wäre entsetzt gewesen! Der Gute hatte ihnen eine Erstausstattung an Babykleidung und dazu einen ganz zauberhaften Kinderwagen geschenkt. In Hollywood wäre der wahrscheinlich nichts Besonderes, doch Fran war sich sicher, in Lodi würde sie die Einzige sein, die ihr Baby in solch einem hübschen Wagen herumfuhr.

Dann kam der Tag der Geburt. Fran hatte große Schmerzen und noch mehr Angst, doch Cliff war wieder einmal wunderbar. Die Ruhe in Person. Er strich ihr sanft über den Rücken und summte ihre Lieblingslieder, bis der Arzt ihn aufforderte, das Zimmer zu verlassen, weil ein Mann bei einer Geburt natürlich nichts zu suchen hatte. Doch Cliff ließ es sich nicht nehmen, dabei zu sein, wenn sein Erstgeborenes das Licht der Welt erblickte. Er saß an Frans Seite und hielt ihre Hand, bis ihr kleiner Sohn geboren war.

»Es ist ein Junge!«, rief er freudig aus. »Willst du ihn immer noch Sam nennen?«

Fran nickte und ließ sich das Baby auf die Brust legen. Erschöpft lächelte sie Cliff an.

»Ich bin so stolz auf dich, Franny. Du warst einfach unglaublich.«

Sie ruhten sich alle ein wenig aus, und als sie ein paar Tage später mit ihrem Baby im Wohnzimmer ihres neuen Heimes saßen, fragte Cliff: »Was wünschst du dir für ihn? Für unseren kleinen Sam?«

Fran stellte den Fernseher leiser. »Ich wünsche mir nichts als Glück für ihn. Dass er ein langes Leben hat und all das bekommt, was er sich erträumt.«

»Ja. Eine wundervolle Frau wie dich und viele süße kleine Kinderchen.«

Fran musste lachen. »Du denkst jetzt schon an Enkelkinder? Unser Sam ist doch gerade erst geboren, er hat noch sein ganzes Leben vor sich. Ein hoffentlich langes und erfülltes.«

»Ja, das wünsche ich ihm sehr«, stimmte Cliff zu und strich seinem Sohn über die Wange. Dann küsste er sanft seine kleine Stirn und gab schließlich ihr einen Kuss auf den Mund. »Ich liebe dich, Franny. Und für mich wirst du immer der hellste Stern am Himmel sein.«

Sie schmiegte sich an ihn, ihren wunderbaren Mann, den Vater ihres Sohnes, und konnte es kaum erwarten, dass ihre gemeinsame Zukunft begann.

Frances' 1962er-Playlist

The Wanderer – Dion
Summertime Blues – Eddie Cochran
All I Have to Do Is Dream – The Everly Brothers
Oh! Carol – Neil Sedaka
Sealed With A Kiss – Brian Hyland
Lollipop – The Chordettes
Peggy Sue – Buddy Holly
Splish Splash – Bobby Darin
Let's Twist Again – Chubby Checker
Love Potion No. 9 – The Clovers
Don't Be Cruel – Elvis Presley
Take Good Care of My Baby – Bobby Vee
Lonely Boy – Paul Anka
Living Doll – Cliff Richards
Dedicated to the One I Love – The »5« Royales
Dream Lover – Bobby Darin
A Teenager in Love – Dion and the Belmonts
Heartbreak Hotel – Elvis Presley
Put Your Head on My Shoulder – Paul Anka
Wonderful World – Sam Cooke

Rezepte von der Blaubeerfarm

Frans berühmte Blaubeer-Marmelade

Zutaten für 5 Gläser (200 ml Fassungsvermögen)

700 g frische Blaubeeren
100 ml Zitronensaft
400 g Gelierzucker (2:1)
Schale einer halben Bio-Zitrone

Die Blaubeeren waschen und in einen mittelgroßen Topf geben. Den Zitronensaft hinzufügen. Den Gelierzucker hinzuschütten und alles gut verrühren. Masse unter Rühren aufkochen und bei mittlerer Hitze circa 7 Minuten weiterköcheln lassen, zwischendurch umrühren. Währenddessen die Zitronenschale in hauchdünne Stifte schneiden. Marmelade vom Herd nehmen und Zitronenzesten unterrühren. Sofort in die Gläser füllen, fest verschließen und für 5 Minuten auf den Kopf stellen.

Die Marmelade hält sich in einem dunklen Raum gut ein Jahr. Nach dem Öffnen im Kühlschrank aufbewahren und zeitnah verspeisen. Schmeckt köstlich zu frischen Brötchen, auf Toast oder auch zu Pfannkuchen.

DeeDees vegane Blaubeer-Muffins

Rezept für 12 Muffins

- 250 g Mehl Typ 550
- 150 g Zucker
- 2 Päckchen Vanillinzucker
- 1 gehäufter TL Backpulver
- 1/2 TL Natron
- 125 ml Raps- oder Sonnenblumenöl
- 150 ml Soja- oder Mandelmilch
- 2 gehäufte EL Apfelmus
- 2 TL Zitronensaft
- 1/2 TL Apfelessig
- 200 g frische Blaubeeren
- 12 Papier-Muffinförmchen

Mehl, Zucker, Vanillinzucker, Backpulver und Natron in eine Rührschüssel geben und miteinander vermischen. Öl, Milch, Apfelmus, Zitronensaft und Apfelessig hinzufügen und alles zu einem geschmeidigen Teig verrühren. Zum Schluss die gewaschenen und auf Küchenpapier getrockneten Blaubeeren vorsichtig unterheben. Eine 12er-Muffinform mit den Papierförmchen auslegen und den Teig hineinfüllen. Muffinform auf ein Rost stellen und bei 175 Grad Umluft auf mittlerer Schiene für circa 20 Minuten backen.

Cliffs Lieblings-Blaubeer-Limetten-Joghurt

Zutaten für 4 Personen

500 g Naturjoghurt
200 g Schlagsahne
2 Limetten
2 Maracujas
4 TL Agavensirup
250 g frische Blaubeeren

Den Joghurt in eine Schüssel geben. Die Schlagsahne in einer extra Schüssel steif schlagen und vorsichtig darunterheben. Die Schale von einer der Limetten abraspeln, beide Limetten ausdrücken. Den Saft zusammen mit dem Inhalt einer Maracuja, zwei Drittel der geraspelten Limettenschale und dem Agavensirup zur Joghurt-Sahne-Masse geben und alles verrühren. Die Blaubeeren darunterheben. Den Joghurt in vier Dessertschalen verteilen, mit den restlichen Limettenraspeln und dem Fruchtfleisch der zweiten Maracuja garnieren.

Bis zum Servieren kalt stellen.

Danke

Dies ist nun der letzte Band der »Kalifornische Träume«-Reihe, und ich muss gestehen, ich werde es vermissen, mich auf kalifornische Farmen zu träumen, den Duft von Vanille oder Mandelblüten in der Nase und den Geschmack von saftigen Orangen, zuckersüßen Erdbeeren, knackigen Walnüssen oder himmlischen Blaubeeren auf der Zunge zu haben. Es waren schöne Zeiten mit Cecilia und Julia, Lucinda, Jennifer, Michelle und Rosemary, Sophie, Lydia und Alba, Amanda und Jane, Victoria und Abigail und schließlich mit Alison, Jillian, Delilah und natürlich Fran. Ich hatte großen Spaß bei meinen Ausflügen zum Lake Tahoe, nach San Francisco, Lamont, Boston, Davis, Carmel-by-the-Sea, Riverside Lodi und Hollywood, doch vor allem habe ich jeden Moment auf den Farmen genossen, unter der warmen kalifornischen Sonne, die nächste Meeresbrise nie weit entfernt. Ich hoffe, meine lieben Leser, dass Ihnen die Reise durch Kalifornien ebenso gefallen hat.

Bedanken möchte ich mich nun ein letztes Mal bei allen Blanvalet-Mitarbeitern, allen voran meinen lieben Lektorinnen Eléonore Delair, Julia Fronhöfer und Anna-Lisa Hollerbach, außerdem Angela Kuepper und Daniela Bühl für die großartige jahrelange Zusammenarbeit. Zudem ein großes Dankeschön an Nicola Bartels, Wiebke Rossa, Astrid von

Willmann, Johannes Schöffmann, Kristin Rosenhahn, Berit Böhm, Johannes Wiebel, René Stein, Angela Troni, Margit von Cossart und alle, die ich vergessen habe. Ich hätte mir für meine ersten vierzehn Romane keinen besseren Verlag wünschen können.

Leseprobe

MANUELA INUSA

Walnusswünsche

Victoria führt ein erfülltes Leben auf ihrer geliebten Walnussfarm, die schon seit Generationen im Besitz ihrer Familie ist. Seit ihre Mutter verstarb und ihre ältere Schwester Abigail – schon immer eine Rebellin – die Familie verließ, ist es allerdings an ihr allein, die Farm über Wasser zu halten, was sich nicht immer leicht gestaltet. Und dann steht plötzlich Abby wieder vor der Tür, an der Hand ihre kleine Tochter, die bezaubernde Bella. Doch schon bald fliegen zwischen den Schwestern wieder die Fetzen, und Abby verschwindet – ohne Bella. Vickys einziger Lichtblick: Liam Sanders, der auf der idyllischen Walnussfarm für seinen neuen Roman recherchieren will – und der ihr Herz dazu bringt, ein paar ganz ungewohnte Sprünge zu machen ...

Prolog

Juli 2011, Riverside, Kalifornien

»Ist das dein Ernst?«, fragte Victoria aufgebracht und starrte ihre Schwester an. Abigail war vor knapp einer Woche volljährig geworden.

Abigail antwortete, ohne aufzublicken. »Natürlich ist es mein Ernst. Ich sag doch seit Jahren, dass ich von hier wegwill, sobald ich achtzehn bin und für mich selbst entscheiden kann.«

»Verdammt, Abby! Ich dachte, das wäre nur leeres Gerede, genauso wie wir immer gesagt haben, dass wir nach Hollywood gehen und unser Glück in der Filmbranche versuchen wollen.«

Jetzt hielt ihre Schwester mit dem Packen inne und drehte sich zu ihr um. »Für mich war das kein leeres Gerede. Ich will noch immer nach Hollywood. Und wenn es da nicht klappt, dann irgendwo anders hin – wenn ich nur nicht hierbleiben muss!« Sie stopfte noch den Rest der T-Shirts, die in einem Haufen auf dem Bett lagen, in ihre Reisetasche. Dann ging sie zum Schrank, riss alle Kleider von den Bügeln und ließ sie in den blauen Koffer fallen, der offen auf dem Boden lag. Vicky konnte ihr nur verzweifelt zusehen.

»Aber, Abby ... wie willst du denn ganz allein zurechtkommen? Du kennst doch niemanden in Hollywood. Wovon willst du leben? Wo willst du wohnen?«

»Es wird sich schon was finden. Vielleicht angle ich mir einen großen Star wie Bradley Cooper und komme bei ihm unter.« Abby lachte, drehte sich wieder zu ihr um und strahlte sie an. »Mach dir keine Gedanken. Ich komme schon klar.«

Jetzt spürte Vicky Tränen aufsteigen. Ihre Schwester meinte es anscheinend wirklich ernst. Ihre einzige Verbündete, ihre beste Freundin wollte sie verlassen.

»Oh Mann, Vicky! Wieso heulst du denn jetzt? Ist ja nicht so, dass wir uns nie wiedersehen. Du kannst mich in Hollywood besuchen kommen. Bradley hat bestimmt nichts dagegen.« Sie zwinkerte ihr zu.

Okay, Abby musste den Verstand verloren haben. Oder es war alles nur ein böser Albtraum. Doch als ihre große Schwester jetzt auch noch ihre Schminktasche und ihr heißgeliebtes Glätteisen einpackte und die Box unterm Bett hervorholte, in der sie ihren gefälschten Personalausweis, laut dem sie bereits zweiundzwanzig war, eine Kopie ihrer Geburtsurkunde, ein paar Hundert Dollar vom Kellnern in Mary's Diner und alle Kinoeintrittskarten der letzten zehn Jahre aufbewahrte, wusste sie, dies war realer als alles andere. Zuletzt griff Abby nach der Spieluhr, die ein Weihnachtsgeschenk von Grandma Sue gewesen war, und Vicky brach völlig in Tränen aus.

»Lass mir wenigstens die Spieluhr, sie war ein Geschenk an uns beide«, schluchzte sie. Sie hatten sie bisher immer abwechselnd in ihren Zimmern stehen gehabt.

»Okay, hast recht. Behalte du sie.« Abby reichte sie ihr, und sie nahm sie und drückte sie an sich, als wäre sie ihr wertvollster Besitz. Und vielleicht war sie das auch.

»Wie kannst du mich einfach so zurücklassen, Abby?« Die Tränen rannen ihr unaufhörlich die Wangen hinunter. Sie konnte gar nicht glauben, dass ihre Schwester ihr das antun wollte. Auch wenn sie sich in letzter Zeit mehr stritten als vertrugen, konnte sie sich ein Leben ohne sie überhaupt nicht vorstellen.

Abby nahm sie in die Arme. »Du kannst doch nachkommen. Nächstes Jahr bist du auch achtzehn. Bis dahin hab ich uns was aufgebaut, du wirst schon sehen.«

»Ich will doch aber gar nicht weg von der Farm. Und von Mom und Dad. Oh mein Gott, was ist mit Mom und Dad? Wirst du dich wenigstens von ihnen verabschieden?«

Abby sah sie an, als wäre sie ein kleines Kind, das nichts von der Welt verstünde. »Was denkst du denn, warum ich meine Sachen mitten in der Nacht packe?«

»Und was soll ich ihnen sagen? Sie werden sich voll die Sorgen machen.«

»Ach, das glaub ich eigentlich nicht. Sag ihnen einfach, ich mach mich auf in ein besseres Leben.«

Abby nahm nun ihr Gepäck, ihre Lederjacke und ihre Handtasche und verließ das Zimmer, das sie achtzehn Jahre lang ihr Zuhause genannt hatte.

Vicky rannte ihrer Schwester hinterher. »Bitte, geh nicht, Abby!«

»Pssst! Jetzt sei doch still, sonst wachen sie noch auf.« Abby blieb an der Haustür stehen. »Wir werden uns bald wiedersehen, versprochen. Und ich werde mich ganz oft melden. Alles wird gut, okay?«

Sie fiel ihrer Schwester um den Hals, drückte sie noch einmal, sog den Geruch ihres Erdbeershampoos ein und strich ihr über das geglättete braune Haar. Eigentlich hatte Abby genau solche wilden Locken wie sie, doch die hatte sie noch nie gemocht. Sie hatte sich noch nie mit dem zufriedengegeben, was ihr im Leben geschenkt worden war, und schon immer mehr gewollt. Vicky hätte es wissen müssen. Hätte darauf vorbereitet sein müssen, dass ihre Schwester tatsächlich fortging.

Abby löste sich von ihr. »Wünsch mir Glück«, sagte sie und lächelte sie ein letztes Mal an, bevor sie zu ihrem alten Ford lief und ihre Sachen hineinwarf.

»Viel Glück«, flüsterte Vicky und sah Abby in der Dunkelheit nach, wie sie davonfuhr in eine ungewisse Zukunft. »Ich werde dich vermissen, große Sis. Pass gut auf dich auf.« Sie schloss ihre Augen, aber die Tränen ließen sich davon nicht abhalten, flossen unaufhörlich weiter.

Sie zog die Tür zu, setzte sich auf die Verandatreppe und wischte sich über das Gesicht. Dann sah sie zu den vielen Walnussbäumen, von denen sie im Dunkeln nur die Silhouetten erkennen konnte, und legte die Arme um ihre Knie. Sie fragte sich, wann sie ihre Schwester wohl wiedersehen würde, und wünschte sich, sie hätte ihr die Spieluhr doch mitgegeben. Sie selbst hatte wenigstens noch ihr Zuhause, ihre Eltern und die Walnüsse, die ihr jederzeit ein Gefühl von Geborgenheit schenkten. Die arme Abby würde in der Ferne gar nichts haben, auch wenn sie selbst jetzt noch nicht erkannte, dass man Heimat und Familie durch nichts ersetzen konnte.

Kapitel 1

Victoria

Heute

»Fährst du mich nachher zum Clubhaus?«, fragte ihr Vater, und Vicky sah auf.

Sie saßen zusammen an dem kleinen Verandatisch und frühstückten. Vicky hatte Bagels aufgebacken und dazu Spiegeleier und Bacon gebraten – wie ihr Dad es am liebsten mochte. Er hatte schon immer etwas für eine deftige Morgenmahlzeit übriggehabt, da er so Kräfte tanken konnte für einen langen Tag auf der Walnussfarm. Dass er heute wegen seines kaputten Knies nicht mehr allzu viel mit anpacken konnte, vergaß er manchmal, oder er schien sein Gebrechen absichtlich zu ignorieren. Glücklicherweise hatte er vor zwei Jahren Riversides Clubhaus für sich entdeckt, wo sich tagtäglich die älteren Herren der Gegend trafen, um miteinander Zeit totzuschlagen. Und Vicky war sehr dankbar dafür, denn so musste sie nicht mehr ständig mit ihrem lieben, aber äußerst sturen Vater streiten.

»Klar«, antwortete sie und beschmierte eine weitere Bagelhälfte mit Frischkäse. »Was habt ihr denn heute vor?

Spielt ihr wieder Schach oder Shuffleboard? Oder lest ihr ein Buch?«

»Leider nicht. Ich wünschte, ich könnte die anderen davon überzeugen, einen Buchclub zu gründen. Die wissen ja gar nicht, was sie verpassen, wenn sie nicht Steinbeck, Faulkner oder Fitzgerald lesen.«

Vicky musste schmunzeln. Ihr Dad war schon immer ein Literaturfanatiker gewesen. Im Haus gab es sogar ein Zimmer, das nur mit Bücherregalen vollgestellt war – seine ganz eigene Bibliothek. Und dort hielt er sich auch am allerliebsten auf, seit er seine Tage nicht mehr draußen auf den Feldern verbrachte.

»Eine Schande!«, sagte sie.

»Allerdings!«, stimmte er ihr zu, nahm ein Stück Bacon und hielt es Betty hin. Die Hündin, die zu seinen Füßen lag, schnappte es sich und leckte ihm zum Dank die Hand.

»Also, was habt ihr denn nun geplant für heute?«

»Joe und Carl wollen sich draußen vors Café setzen und Skat kloppen. Und dabei hübschen Frauen hinterherpfeifen.« Er rollte mit den Augen.

Sie musste lachen. Ja, die beiden Freunde ihres Dads waren wirklich noch auf Zack, was die Damenwelt anging. Und dabei hielten sie sich sogar meist an diejenigen in ihrem Alter und nicht etwa an junge, sexy Frauen, die an ihnen vorbeiflanierten. Sie hatte es selbst ein paarmal gesehen, und sie hatte auch vernommen, wie geschmeichelt sich die älteren Damen gefühlt hatten. Die gute Mrs. Edison aus dem Schreibwarengeschäft errötete jedes Mal und lachte nervös wie ein Teenager. Vicky fand es süß. Warum sollten Menschen gehobenen Alters nicht auch noch flirten dürfen?

»Wobei *du* natürlich niemals mitmachen würdest«, sagte sie und zwinkerte ihrem Dad zu.

Anthony Lloyd setzte sich aufrecht und sah sie empört an. »Aber selbstverständlich nicht! Ich werde deiner Mutter immer treu bleiben, auch wenn sie nicht mehr bei uns ist. Denn eines Tages werden wir uns wiedersehen, und ich weiß jetzt schon, dass sie mir die Hölle heißmachen würde, wenn ich sie hier unten betrogen hätte.«

Ihr Vater glaubte fest an ein Leben nach dem Tod, an den Himmel und die Hölle und an so gut wie alles andere, was in der Bibel stand. Jeden Sonntag ging er in die Kirche, und vor jedem Essen sprach er ein Dankgebet. Und sie wusste auch, dass er abends vor seinem Bett niederkniete – trotz immenser Schmerzen – und für die Seelen seiner verstorbenen Frau und seiner verlorenen Tochter betete.

»Ach, Dad. Ein bisschen flirten ist doch nicht gleich betrügen. Ich bin mir sicher, Mom hätte nichts dagegen, wenn du dich ein bisschen amüsieren und auch mal einer netten Lady hinterherpfeifen würdest.«

»Oh, ich will es lieber nicht riskieren«, sagte er und strich sich eine weiße Haarsträhne zur Seite, die ihm ins Gesicht gefallen war. Und dann warf er ihr wieder mal diesen ganz bestimmten Blick zu, den sie an ihm fürchtete, weil dann nie etwas Gutes folgte. »Wie sieht es denn bei dir aus? Hast du in letzter Zeit jemanden kennengelernt?«

»Wie denn, wenn ich meine Tage von morgens bis abends auf der Farm verbringe?«, entgegnete sie.

»Na, ab und zu fährst du doch auch mal in den Ort, oder du triffst dich mit Alexandra.«

Sie atmete einmal tief durch. »Wenn der Richtige kommt, dann kommt er. Ich werde aber nicht verzweifelt nach ihm suchen, okay?«

»Du und deine Sturheit!«

Ha! Das musste er gerade sagen!

»Dad, bitte ...« Sie sah ihm eindringlich in die Augen und hoffte, er verstand, dass das kein Thema war, über das sie reden wollte. Jetzt oder überhaupt jemals.

»Na, ich mein ja nur. Es wäre schön, wenn wenigstens ich meine Enkel kennenlernen würde, bevor ich das Zeitliche segne. Deiner Mutter ist das ja leider nicht vergönnt gewesen.«

Sie seufzte, füllte ihnen beiden Kaffee nach, gab einen Löffel Zucker in ihren Becher und rührte. »Okay, ich werde die Augen nach netten Männern offen halten.«

»Das ist alles, was ich will«, sagte ihr Dad zufrieden und lehnte sich im Stuhl zurück. Er wischte sich mit seinem Stofftaschentuch, das er ganz altmodisch immer in der Hosentasche trug, über die Stirn. Es war erst kurz nach acht, aber das Thermometer zeigte jetzt schon knapp dreißig Grad an. Die Sommer in Riverside waren stets heiß, dieser August jedoch schien der heißeste aller Zeiten zu sein. »Wir müssen um zwei los, gleich nach dem Mittagessen. Bis dahin gehe ich mal schauen, was auf der Farm so anfällt.«

Vicky nickte und spielte das Spiel mit. Ihr Dad tat nämlich so, als wenn er immer noch für alles verantwortlich wäre. Vicky hatte ihm den Titel und die Aufgaben eines Vorarbeiters übertragen, als sie die Farm übernommen hatte; insgeheim wussten sie aber beide, dass die eigentliche Vorarbeiterin nach wie vor Inès war. Inès arbeitete seit zehn Jahren für sie, war Ende dreißig, geschieden und kinderlos und hatte alles fest im Griff. Auf sie konnte Vicky sich verlassen, und sie war zudem im Laufe der Jahre zu einer echten Freundin geworden. Das Beste jedoch war: Sie spielte das Spiel mit.

»Dann viel Spaß. Ich muss mich noch um ein paar Kunden kümmern und komme dann ebenfalls nach draußen.«

»Apropos Kunden ... Wir sollten darüber nachdenken, unsere Preise auch zu erhöhen, wie alle Farmer der Gegend es diese Saison tun«, meinte ihr Dad.

Sie seufzte erneut und nickte widerwillig. »Ja, du hast recht. Über kurz oder lang sollten wir da mitziehen. Es wird jetzt schon eng. Das Wasser wird immer teurer, die Erntehelfer sind in zwei Wochen wieder im Einsatz und wollen bezahlt werden ... Ich glaube, wir kommen nicht drum herum, dieses Jahr achtzig Cent oder mehr zu verlangen.«

Sie boten ihre Walnüsse der Sorte Chandler mitsamt der Schale an und hatten Abnehmer überall im Land – von Supermärkten über Bioläden bis hin zu Privatkunden war alles dabei. Im vergangenen Jahr hatten sie das Pfund noch für fünfundsiebzig Cent verkauft, doch dieses Jahr war es fast unumgänglich, die Preise anzuheben – da hatte ihr Vater leider recht. Mit über fünftausend Plantagen stammten neunundneunzig Prozent der US-Walnussernte aus Kalifornien, und so gerne sie bei der großen Konkurrenz die Preise auch niedrig gehalten hätte, befürchtete sie, dass es auf lange Sicht einfach nicht mehr möglich war.

»Ich werde es einmal durchrechnen«, versprach sie, erhob sich von ihrem Stuhl und begann, den Tisch abzudecken. Ihr Dad humpelte derweil von der Veranda, die drei Stufen hinunter und hinüber aufs Feld, Betty immer an seiner Seite.

Noch waren kaum Arbeiter anwesend. Lediglich Inès war da und bereitete zusammen mit Rodrigo und Thiago alles für die Ernte vor, die in knapp zwei Wochen beginnen würde. Hier im Süden Kaliforniens waren die ersten Walnüsse im Gegensatz zu den nördlicheren Anbaugebieten bereits Anfang September erntereif. Die schönste Zeit des Jahres, wie Vicky fand. Endlich wieder frische Walnüsse, mit denen sie ganz wunderbare Kuchen und die köstlichsten Kekse backen konnte. Und erst der Duft frisch gerösteter Walnusskerne ... Allein der Gedanke zauberte ihr ein breites Lächeln ins Gesicht.

Sie kümmerte sich schnell um den Abwasch, schrieb dann ein paar Großkunden an, um sich zu vergewissern, dass sie auch dieses Jahr wieder auf sie zählen konnte, und trat aus dem Haus. Schritt über die Erde, die ihre Bäume seit hundertfünfzig Jahren nährte. Bereits ihre Urururgroßeltern hatten Walnüsse angebaut, tatsächlich galt die Lloyd-Farm als die älteste Walnussfarm in Kalifornien, die noch in Betrieb war. Worauf die Familie natürlich mächtig stolz war, allen voran ihr Dad, Anthony Lloyd. Vor ein paar Jahren war sogar ein Interview mit ihm in einer Zeitung erschienen, mit einem Bild, das ihn unter einem seiner geliebten Bäume zeigte, die Hände voll reifer Walnüsse. Diesen Artikel trug er stets bei sich und zeigte ihn jedem, der ihn noch nicht kannte – und auch denjenigen, denen er ihn schon zig Mal gezeigt hatte. Anthony hatte nicht mehr viel außer seinen Erinnerungen an eine bessere Zeit, doch die konnte ihm keiner nehmen.

Vicky sah hoch zu einem der Bäume, an denen die Walnüsse in ihren Schalen heranreiften. Die grünen Außenhüllen begannen bereits, sich zu spalten. Bald würden sie sich ganz öffnen und die Walnüsse freigeben beziehungsweise zusammen mit ihnen herabfallen. Und bei denen, die nicht von allein herunterkommen wollten, würden sie nachhelfen. Die Ernte war nah, und Vicky fühlte sich gesegnet, trotz allem ein weiteres Jahr dabei sein zu dürfen, wenn der Herbst hereinbrach und die Walnüsse alles andere in den Schatten stellten. Die schönste Zeit des Jahres am wohl schönsten Ort der Erde – nach wie vor konnte sie sich zum Leben keinen besseren vorstellen.

Kapitel 2

Liam

Liam saß an seinem Schreibtisch und recherchierte. Die halbe Nacht lang hatte er im Internet nach Fakten und Daten zum Hintergrundthema seines neuen Romans gesucht und sich seitenweise Notizen gemacht. Und doch war er noch kein Stück weiter. Das Thema lautete: Walnüsse.

Klar, Fakten waren wichtig, doch sie waren nicht genug. Vor allem ging es bei einer Geschichte doch immer um das Besondere, was die Leser noch nicht wussten. Und ja, wahrscheinlich hatten drei Viertel von ihnen keine Ahnung davon, dass die Walnuss seit weit über neuntausend Jahren als Nahrungsmittel genutzt wurde oder dass spanische Missionare sie 1770 erstmals nach Amerika brachten. Dass die Walnuss als Symbol der Fruchtbarkeit galt und sogar Josef auf vielen Hochzeitsbildern neben Maria mit einem Walnusszweig in der Hand abgebildet war.

Doch wen interessierte all das schon?

Er wollte Dinge erzählen, die einzigartig waren, von denen eben noch niemand wusste, Dinge mit dem »Oooh-Effekt«, auf die er selbst so gerne stieß, wenn er ein Buch las. Und er las sehr viel, war schon seit frühester Kindheit eine Leseratte, wie seine Mom ihn immerzu nannte. Liam war ihr dankbar ohne Ende, dass sie seine Leidenschaft stets gefördert und damals, als sie noch mittellos waren, jeden Cent zusammengekratzt hatte, um ihm immer wieder neue Bücher zu besorgen. Selbstverständlich hatte er als kleiner Junge auch einen Büchereiausweis besessen, doch es hatte für ihn nichts Schöneres gegeben, als am Weihnachtsmorgen ein Geschenk auszuwickeln und daraufhin ein Buch in Händen zu halten. Niemals hätte er gedacht, eines Tages selbst welche zu schreiben. Denn trotz seiner Leidenschaft für Bücher hatte er immer vorgehabt, Tierarzt zu werden. Er war auch schon dabei gewesen, seinen Traum zu verwirklichen, als das Schicksal ihn schwer getroffen und sein Leben in andere Bahnen gelenkt hatte.

Er gab erneut ein paar Wörter in die Suchmaschine ein und stieß auf einige Fakten, die er noch nicht gewusst hatte. In alten mitteleuropäischen Gräbern waren Walnussschalen als Beigaben gefunden worden ... Früher hatte man die Walnuss zum Schutz gegen schwere Krankheiten wie die Pest zu sich genommen ... Die Walnuss war sehr häufig in den Märchen der Gebrüder Grimm erwähnt worden ... Liam schloss die Augen und atmete ein paarmal tief durch. Das war nicht das, was er suchte. Das war es einfach nicht.

Er hörte es an seiner Bürotür klopfen.

»Herein!«, rief er, beinahe froh über die Ablenkung.

Seine Mutter öffnete die Tür und lächelte ihn an. Sie trug ihr rotes Lieblingskleid, das ihrer noch immer schlanken Figur schmeichelte. »Junge, hast du Hunger?«

Liam sah auf die Uhr und musste zu seinem Schrecken feststellen, dass es bereits halb drei am Nachmittag war. Er hatte überhaupt nicht mitbekommen, wie die Zeit verflogen war.

»Ich sollte wohl wirklich mal was essen.«

Seine Mutter kam ins Zimmer und legte ihm eine Hand auf die Schulter. »Du arbeitest zu viel. Du solltest ein bisschen besser auf deine Gesundheit achten, Liam.«

»Ich weiß. Allerdings muss ich das Manuskript Ende Dezember abgeben, und ich habe noch nicht einmal angefangen mit dem Schreiben.«

»Ende Dezember, das ist doch noch gut vier Monate hin. Setz dich selbst nicht so unter Druck.«

Ja, das war so leicht gesagt. Doch wie sollte man sich nicht unter Druck setzen, wenn sein Erstlingswerk ein größerer Erfolg gewesen war, als man sich je erträumt hätte? Wenn es alle Rekorde gebrochen, die Bestsellerlisten erklommen hatte und inzwischen in dreiundzwanzig Sprachen übersetzt worden war? Sein zweiter Roman hatte da schon nicht mehr mithalten können. Wenn der dritte nun noch mehr floppte, war es aus mit seiner Schriftstellerkarriere, das war so sicher wie das Amen in der Kirche.

»Ich versuche es, okay?«, sagte er, drehte sich mit seinem Stuhl herum zu seiner Mom und lächelte.

Wie froh er war, dass er sie hatte. Und vor allem, dass sie zusammen waren. Dass er ihr jetzt ein schönes Leben bieten konnte, das Leben, das sie verdient hatte. Sie hatte so viel durchgemacht all die Jahre; sie jetzt im Ruhestand zu erleben und zu sehen, wie sie die Blumen oder das Gemüse in ihrem eigenen Garten pflegte und endlich einmal Zeit hatte zu entspannen, erfüllte ihn mit Stolz und Glück. Nachdem sein Debüt ihm die erste Million beschert hatte, hatte er sich ein Haus gekauft, das groß genug war, um auch seine Mutter zu sich zu holen. Diesem Haus, das in einem ruhigeren Stadtteil von Seattle lag und sogar über einen Wintergarten verfügte, von dem seine Mutter immer geträumt hatte, war er sofort verfallen. Außerdem gab es diesen großen Garten, in dem man sein eigenes Obst und Gemüse anbauen konnte, und neben den beiden Schlafzimmern ein weiteres Zimmer, das er als Büro nutzen konnte. Es war groß genug, um all seine Bücherregale aufzustellen, und es hatte eine dieser Bänke am Fenster, auf die er sich am Abend setzen und der Sonne dabei zusehen konnte, wie sie unterging. Liam hatte Sonnenuntergänge schon immer gemocht, sie bedeuteten für ihn neue Chancen. Der Tag war vorbei, und egal was an diesem einen Tag auch geschehen war, man wusste, es würde ein weiterer folgen, an dem man es besser machen konnte.

»Gut«, sagte seine Mutter beruhigt. »Und was darf ich dir nun zu essen machen?«

»Wie wäre es mit einem Nudelauflauf? Nur wenn es dir nicht zu viele Umstände bereitet.«

»Aber gar nicht. Ich hätte selbst Lust drauf.« Sie sah ihn schmunzelnd an. »Mit grünen Nudeln?«

Er nickte. Die aß er noch immer am allerliebsten, warum, konnte er gar nicht genau sagen. Vielleicht, weil Rudy sie so gerne gegessen hatte. Weil sie ihn an ihn erinnerten.

»Dann mache ich mich an die Arbeit. Komm in einer Stunde runter, ja?« Sie küsste sein Haar und ging aus dem Zimmer.

Kurz schloss er die Augen. Seine Mom. Sie bedeutete ihm alles. Er wusste, dass viele Leute das falsch verstehen könnten, wenn man mit dreißig Jahren noch mit seiner Mutter zusammenwohnte. Doch die wenigsten Menschen hatten so eine innige Beziehung zu ihren Müttern wie er, und die wenigsten hatten eine Vergangenheit wie sie beide hinter sich. Ehrlich gesagt war es ihm ganz egal, was andere dachten. Er wusste, er tat das Richtige. Sie hatten genug verloren, da war es doch schön, dass sie wenigstens noch einander hatten.

Er recherchierte weiter und stieß auf einen Zeitungsartikel, der circa zwei Jahre alt war. Er berichtete von einer Walnussfarm in Riverside, die wohl die älteste der Gegend war. Nein, anscheinend sogar die älteste in ganz Kalifornien! Sie existiere nun schon seit über hundertvierzig Jahren, erzählte der Besitzer in dem Interview. Anthony Lloyd hieß er. Vielleicht sollte Liam ihn einfach mal kontaktieren, womöglich würde er auch ihm ein Interview geben. Es könnte doch sein, dass er derjenige war, nach dem er so dringend suchte, die Person, die eben mehr über die Walnuss zu erzählen hatte als die lahmen Fakten, die in den Lehrbüchern und auf Wikipedia standen.

Er brauchte nicht lange, bis er die Website der Farm gefunden hatte, auf der man auch direkt Walnüsse bestellen konnte. Er kopierte die E-Mail-Adresse, fügte sie in die Adressleiste einer neuen Mail ein und begann, eine Anfrage zu formulieren. Dann jedoch löschte er alles wieder und starrte auf die Website. Es waren Bilder von der Plantage abgebildet, sie waren wirklich toll. Es gab Tausende Bäume, vollbehangen mit Walnüssen, im Hintergrund ein paar Erntehelfer, die Sonne hoch am Himmel. Ihm wurde klar, dass er sich das mit eigenen Augen ansehen, diese Atmosphäre einfangen musste, um sie in seine Geschichte einarbeiten zu können. Er hatte zwar sowieso vorgehabt, im Laufe der Schreibarbeiten eine Reise nach Kalifornien und auf ein paar Walnussfarmen zu machen, doch jetzt fragte er sich: Warum noch damit warten? Viel besser wäre es doch, wenn er gleich losfahren und so viele Informationen und Eindrücke sammeln würde wie möglich, ehe er sich an sein Manuskript setzte. Ja, er war sich sogar sicher, dass er nur dann das Beste aus der Story herausholen konnte.

Als er eine Stunde später seiner Mutter beim Essen gegenübersaß, schaute er ihr in die Augen und sagte: »Ich glaube, ich muss für eine Weile weg.«

»Zu den Walnüssen?«, fragte sie, weil sie ihn oft besser kannte als er sich selbst.

Er nickte. »Ja. Ich denke, dass ich vor Ort recherchieren muss, um dieses Buch schreiben zu können. Ich muss mir die Gegenden ansehen, die Farmen, die Besitzer und die Erntehelfer. Vielleicht kann ich mit einigen von ihnen sprechen und Dinge erfahren, die man von Google, Bibliotheken oder naturwissenschaftlichen Instituten eben nicht erfährt.«

»Das ist eine sehr gute Idee, Junge«, sagte seine Mom zu seiner Verwunderung.

»Ja? Findest du?«

»Das tue ich. Ich habe nämlich das Gefühl, du hast dich selbst ein wenig verloren und brauchst einfach auch mal einen Ortswechsel, um einen klaren Kopf zu bekommen.«

Es konnte schon stimmen, was sie sagte. Er pikste ein paar grün gefärbte Nudeln mit der Gabel auf. Sie waren mit Käse überbacken und schmeckten köstlich. Dann sah er seiner Mom wieder ins Gesicht. »Es könnte sein, dass ich länger weg sein werde.«

Seine Mutter schenkte ihm ein Lächeln. »Das ist kein Problem. Ich werde mich gut um dein Haus kümmern. Und solange du mir versprichst, an Thanksgiving zurück zu sein, soll es mir recht sein.«

An Thanksgiving? Er musste lachen. Das war ja noch drei Monate hin!

»Also, da brauchst du gar keine Sorge zu haben, ich habe nicht vor, *so* lange weg zu sein.«

»Wer weiß? Man kann vorher nie erahnen, wann und wo eine Reise endet.«

Er nickte. Ja, da sprach sie aus Erfahrung. Sie beide hätten ja auch nie gedacht, einmal in Seattle zu stranden.

»Okay, dann werde ich mal schauen, wo ich unterkommen könnte, wenn ich in Südkalifornien bin. Und ich muss einen Flug buchen.«

»Warum fährst du nicht mit dem Auto? Du könntest den Roadtrip die Küste entlang machen, von dem du schon so lange sprichst.«

Die Idee war gar nicht schlecht. Und die Vorstellung, mit seinem alten Mustang, den er selbst restauriert hatte, den Highway No. 1 entlangzufahren, war großartig.

»Was würde ich nur ohne dich tun, die immer weiß, was das Beste für mich ist?«, fragte er und sah seine Mom liebevoll an.

»Du würdest sicher auch ohne mich ganz gut zurechtkommen«, widersprach sie.

»Nein, das glaube ich nicht.« Er legte eine Hand auf ihre. »Ich werde dich sehr vermissen.«

»Du wirst mir auch fehlen, Junge.«

»Versprichst du mir eins? Wirst du dann und wann Blumen für mich auf sein Grab legen?«

»Ich verspreche es.« Seine Mom sah traurig aus, und es tat ihm schon leid, dass er das Thema erwähnt hatte. Doch dann lächelte sie auch schon wieder und fragte: »Wirst du Sniffy mitnehmen?«

In dem Moment trottete sein Cockapoo in die Küche und legte sich auf die Decke neben der Verandatür.

Sosehr Liam seinen Hund liebte, wusste er doch, dass seine Mom ihn dringender brauchen würde als er. Er würde sich einfach besser fühlen, wenn er wusste, dass sie nicht allein in diesem großen Haus war.

»Damit ich mir den lieben langen Tag lang sein Gejaule

anhören muss, weil er dich so vermisst? Nein, ich lass ihn lieber hier bei dir.« Er zwinkerte ihr zu und nickte dann. »Na gut. Dann gehe ich gleich mal nach oben und kümmere mich um alles.« Er schaufelte die letzten Happen Nudelauflauf in sich hinein, stellte seinen Teller in die Spüle und eilte die Treppe hinauf. Er war richtig aufgeregt. Er würde auf einen Roadtrip gehen und hatte noch dazu ein cooles Ziel vor Augen: die älteste Walnussfarm Kaliforniens. Wenn das keine Reise wert war!

Kapitel 3

Abigail

»Mommy?«, hörte sie es im Halbschlaf.

Sie vergrub ihr Gesicht ins Kissen.

»Mommy, ich hab Hunger.«

Widerwillig drehte sie den Kopf zur Seite und öffnete die Augen. Bella grinste sie an.

»Ich komm ja schon. Gib mir eine Minute.«

»Das hast du schon vor zehn Minuten gesagt, Mommy«, erwiderte ihre Tochter. Sie hatte gerade gelernt, die Uhr zu lesen, worauf sie mächtig stolz war.

Abby stöhnte. »Okay, okay.« Sie schlug die Bettdecke zurück und stand mit wackeligen Beinen auf. Sie hasste das Aufstehen am frühen Morgen, ebenso wie sie es hasste, sich um andere Menschen zu kümmern. Sie fand es ja schon schwer genug, sich um sich selbst zu kümmern, und kriegte nicht mal das auf die Reihe.

Sie schlüpfte in die Jeans vom Vortag, sah an sich herunter und zog das weiß-grau gestreifte T-Shirt glatt. Ja, das konnte noch als sauber durchgehen. Sie fuhr sich durchs Haar und rieb sich dann die Augen.

Bella lachte. »Du siehst ganz verwuschelt aus.«

»Ach ja?« Sie schlurfte in die Küche. Wie gern wäre sie einfach wieder zurück ins Bett gegangen, doch sie wusste, sie musste Bella etwas zu essen geben. Die Kleine hatte Hunger, das hatte sie doch gesagt. Sie fragte sich, ab welchem Alter sich Kinder morgens das Frühstück selbst machen konnten. Bella war inzwischen sechs Jahre alt, eine Weile würde es wohl noch dauern.

»Pop Tarts oder Honey Loops?«, fragte sie.

»Froot Loops«, antwortete die Kleine, die ein Abbild von ihr selbst war: die gleichen braunen Locken, die gleiche Stupsnase.

»Die sind alle. Glaube ich.«

»Okay, dann Honey Loops. Kannst du wieder Froot Loops kaufen, bitte?«

Nun musste sie doch lächeln. Ihre Tochter war wirklich höflich, hängte immer schön ein »Bitte« an jeden geäußerten Wunsch dran. Irgendwas schien sie doch richtig gemacht zu haben. Obwohl das alles nicht geplant war, ja, obwohl sie an so manchen Tagen das Muttersein und ihr ganzes Leben verfluchte ...

Es war zehn Jahre her, dass sie die Walnussfarm in der Hoffnung auf ein besseres Leben verlassen hatte, ein aufregenderes Leben, eines, um das andere sie beneiden würden. Seit sie denken konnte, hatte sie mehr von ihrem Dasein auf Erden erwartet, und sie war sich sicher gewesen, dass das Schicksal auf ihrer Seite war. Als sie in dieser schwülen Julinacht im Sommer 2011 Riverside für immer hinter sich ließ, hatte sie sich direkt auf nach Hollywood gemacht. Sich ein Zimmer in einer WG gemietet, Freunde gefunden, die genauso auf eine Schauspielerkarriere aus waren wie sie. Die tagtäglich zu Castings gingen und schon ein paar Dinge vorweisen konnten: hier einen TV-Werbespot, da eine Statistenrolle, hier eine Stunde auf der Couch eines Filmproduzenten, da eine Line Koks mit dem Regisseur. Sie selbst weigerte sich, so weit zu gehen, hatte sie doch immer ihre Mutter im Kopf, die ihr liebevoll sagte: »Abigail, du bist so viel mehr wert, als du denkst. Eines Tages wirst du es erkennen.«

Alles, was sie also nach drei Jahren Hollywood in ihrer Vita stehen hatte, waren ein paar Komparsenrollen, ein winziger Auftritt in einem Werbespot für Damenrasierer und eine gebrochene Nase, die ihr eine Mitstreiterin zugefügt hatte, als sie beide in der letzten Castingrunde für einen B-Movie auf die Antwort der Produzenten warteten. Und die andere bekam auch noch die Rolle! Später hatte Abby gehört, dass die Dreharbeiten wegen Geldmangels eingestellt worden waren, und dennoch wäre es schön gewesen, überhaupt mal ausgewählt zu werden.

Alles, was Hollywood ihr jedoch eingebracht hatte, war eine schiefe Nase und ein Braten in der Röhre.

In ihrem dritten Jahr in L.A. lernte sie Larry kennen. Zu der Zeit hatte sie aus Geldnot längst ihren Ford verkauft und jobbte im Diner an der Ecke, um wenigstens die Kosten für das Zimmer und ab und zu was Warmes zu essen aufbringen zu können. Dass sie wirklich Karriere in Hollywood machen würde, hatte sie längst abgehakt. Doch Larry schenkte ihr wieder ein wenig Hoffnung. Er war Kameramann und versprach ihr, sich bei den Produzenten einer bekannten Serie für sie einzusetzen. Und selbst wenn es nur für eine Rolle als Leiche reichen würde, wäre das schon der Wahnsinn, denn es handelte sich immerhin um *The Mentalist,* eine der zu der Zeit angesagtesten Crime-Serien überhaupt! Vielleicht würde sie Simon Baker kennenlernen, wenn schon nicht Bradley Cooper. Vielleicht würde sie als Leiche so überzeugen, dass man ihr danach eine vielversprechendere Rolle gab.

Gedreht wurde in Burbank, gleich außerhalb von Los Angeles. Larry erzählte ihr jeden Abend, wie cool es war, all die Stars um sich zu haben, und das war es, was sie auch wollte. Genau das! Doch jedes Mal, wenn sie Larry fragte, ob er schon etwas erreicht hatte, hielt er sie hin. Sagte, er wäre noch nicht dazu gekommen nachzufragen, er müsste den richtigen Zeitpunkt abwarten. Also ging sie weiterhin zu Werbe-Castings für Fleischersatzprodukte, Schuppenshampoos oder Damenrasierer. Und dann eines Tages, als sie im Warteraum mit den hundert anderen Frauen saß, wurde ihr speiübel. Sie schaffte es gerade noch zur Toilette, und danach machte sie sich auf nach Hause, um das Magen-Darm-Virus auszukurieren. Als sie sich nach einer Woche immer noch nicht besser fühlte, ging sie in eine Drogerie und kaufte einen Schwangerschaftstest.

Es war der größte Schock ihres Lebens, und Abby zweifelte keine Sekunde, dass sie das Baby wegmachen lassen würde. Was sollte sie mit einem Kind? Sie wollte berühmt werden!

Als sie Larry von der Schwangerschaft erzählte, war er schneller weg, als sie gucken konnte. Empört sagte er noch, dass das Kind nicht von ihm stammen könne, da er gar nicht dazu in der Lage wäre, Nachwuchs zu zeugen. Doch er war der Einzige gewesen, und Abby musste sich mit der Tatsache abfinden, dass sie allein dastand.

Sie sammelte jeden Cent zusammen, bat Freundinnen, ihr etwas zu leihen, ließ sich von dem ekligen Typen im Erdgeschoss ihres Wohnhauses fotografieren, der einen Katzenfetisch hatte. Als sie das Katzenkostüm wieder ausgezogen und das Geld zusammenhatte, machte sie sich auf zu ihrem Termin in der Klinik. Doch als sie auf dem Behandlungsstuhl lag, wurde ihr plötzlich bewusst, dass da Leben in ihr heranwuchs – sie fühlte sich wie eine Mörderin, und das wollte sie auf keinen Fall sein. Ihre tiefreligiösen Eltern würden sie für immer verstoßen. In dem Moment dachte sie an ihre Familie – ihre Eltern, die sie seit mehr als drei Jahren nicht gesehen hatte, und ihre Schwester, die sie mehr vermisste, als sie sich je hätte vorstellen können. Und dann dachte sie sich, dass sie wenigstens nicht mehr ganz so allein wäre, wenn sie das Baby bekommen würde.

Das war jetzt sechs Jahre und zehn Monate her. Allein war sie zwar nicht mehr, doch ihr Leben war ein Trauerspiel. Ihre Wohnung war ein Loch, ihr Job das Allerletzte, und der Traum von einer Karriere als Schauspielerin schon so lange ausgeträumt, dass sie sich nicht einmal mehr daran erinnern konnte.

Sie öffnete den Küchenhängeschrank, nahm die letzte saubere Schüssel heraus, schüttete Honey Loops hinein und nahm den Milchkarton aus dem Kühlschrank. Er fühlte sich ganz leicht an, zu leicht, und als sie ihn schüttelte, erkannte sie, dass er leer war.

»Milch muss ich auch erst noch besorgen. Kannst du sie so essen?«, fragte sie, und Bella nickte.

»Okay.« Die Kleine nahm sich einen Löffel aus der Schublade, ging mit ihrer Schüssel ins Wohnzimmer und setzte sich auf den kuscheligen Teppich vor dem Fernseher.

Die Versuchung, zurück unter die Bettdecke zu schlüpfen, war groß, und doch nahm Abby die Honey-Loops-Packung in die Hand und suchte nach einer weiteren sauberen Schüssel. Es war hoffnungslos, das ganze Geschirr stapelte sich in und neben der Spüle. Sie zuckte die Achseln, beschloss, einfach aus der Packung zu essen, setzte sich zu Bella und sah sich *Die Simpsons* mit ihr an.

*Wenn Sie wissen möchten,
wie es weitergeht, lesen Sie*

Manuela Inusa
Walnusswünsche

ISBN: 978-3-7341-0977-5
ISBN: 978-3-641-26593-9 (E-Book)
Blanvalet Verlag